신의 손

2

KAMI NO TE Volume 2
© YO KUSAKABE 2010

Korean Translation Copyright © 2012 by HAKGOJAE
Originally published in Japan in 2010 by NHK PUBLISHING, INC.
Korean translation rights arranged through TOHAN CORPORATION, TOKYO., and
EntersKorea Co., Ltd., SEOUL.

이 책의 한국어판 저작권은 (주)엔터스코리아를 통해 저작권자와 독점 계약한 학고재에 있습니다.
신저작권법에 의하여 한국 내에서 보호를 받는 저작물이므로 무단 전재와 무단 복제를 금합니다.

신의 손

구사카베 요 의학 미스터리 / 박상곤 옮김

2

학고재

차례 · 2권

20. 〈24시간 온 에어!〉 · 7
21. 안락사법 임시조사회 · 33
22. 방심 · 56
23. 오쿠히에이 세미나 · 70
24. 암약 · 92
25. 죽음의 시범 · 108
26. 탄핵 · 132
27. 안락사 '실연' · 151
28. 내부 정보 · 178
29. 취재 · 199
30. 너무 많이 아는 남자 · 224
31. 재회 - 남자 · 251
32. 재회 - 여자 · 270
33. 너무 몰랐던 여자 · 290
34. 안락사법 제정 · 316
35. 신나치주의 의혹 · 342
36. 시바키 가오리의 유서 · 366
37. 문민 통제 · 384
38. 신의 손 · 408
39. 열두 개의 묘비명 · 419

옮긴이의 말 · 438

주요 등장인물

＊주인공

시라카와 다이세이   시립 교라쿠 병원 외과 부장. 소화기외과 의사

＊안락사법 추진파

니미 데이이치   일본전의료협회JAMA 대표. 심장외과 의사
사도하라 잇쇼   자공당 전 총재. 정계의 원로
시바키 가오리   JAMA 부대표. 니미의 대학 후배이며 오른팔 역할. 마취과 의사
야마나 게이스케   JAMA 집행 이사. 시라카와의 대학 동기이며 같은 의국 출신. 소화기외과 의사

＊안락사법 반대파

후루바야시 야스요   안락사한 쇼타로의 어머니. 수필가
히가시 고로   히라마사 신문사 사회부 기자

＊그외

모토무라 유키에   사가 기념병원 간호사. 시라카와의 애인
무라오 시로   진무리전드 제약 회사 영업 사원
후루바야시 쇼타로   스물한 살에 안락사한 항문암 환자. 야스요의 아들
히라노 히데오   교토 부경 형사부 조사1과 경감

20. 〈24시간 온 에어!〉

12월 21일 월요일, 히라마사 신문사 사회부 기자인 히가시 고로는 서둘러 저널리스트 아오야기 고스케의 사무소로 향했다. 후루바야시 야스요로부터 큰일 났으니 빨리 오라는 호출을 받았기 때문이다. 늘 그렇듯 야스요는 자세한 이야기는 하지 않았다.

시부야 구 하타가야의 '아오야기 사무소'에 도착하자 이미 야스요를 비롯한 '안락사법제화저지연합', 이른바 '저지련' 멤버들이 모여 있었다.

"대체 이게 무슨 일이에요!"

야스요의 신경질적인 외침이 울렸다. 히가시는 머리를 숙인 채 벽 쪽 의자에 앉았다. 탁자 위에는 오늘 발매된 『주간 VIP 예능』이 펼쳐져 있고, 인권파 변호사 사우치 고이치의 사진 아래 선정적인 문구가 달려 있었다.

'안락사 반대파 인기 변호사의 변태 행각!'
'아기 흉내를 즐기는 경악스러운 취향!'
'사우치 변호사! 기저귀를 차고 노는 사진!'

히가시는 너무 놀란 나머지 자기도 모르게 숨을 멈췄다. 갸름한 얼굴에 쌍꺼풀진 눈과 부드러운 저음으로 인기 절정인 사우치는 텔레비전에도 자주 출연했다. 2개월 전 〈선데이 프라임〉 생방송 토론에서도 박식하고 힘 있는 주장으로 '저지련'을 승리로 이끌었다. 그런 사우치가 대체 어찌 된 일인가!

불길한 징조가 조금씩 보이기는 했다. 사우치는 최근 '저지련'의 모임에 계속 불참했고 '공개 연명 치료' 녹화도 보러 오지 않았다. 바쁘다는 핑계를 댔지만 뭔가 이상했다. 지금 생각하니 아마도 자신의 볼썽사나운 행동이 폭로될 것을 눈치챘기 때문인 듯했다.

"오늘 사우치 선생이 '저지련'에 탈퇴 신고서를 제출했습니다. 여러분께 폐를 끼칠 수 없다는 이유입니다."

'저지련'의 대표이사 오쓰카가 신음하듯 말했다.

사우치의 스캔들은 '저지련'에 커다란 타격이었다. 인기 많은 사우치가 사실은 변태였다고 하면, 그의 주장까지 '변태의 말'로 간주될 것이 뻔하기 때문이었다. 게다가 법률가인 사우치의 발언이 힘을 잃게 되면 안락사법 추진파에게 이보다 더 유리한 일은 없었다.

사무실에 모인 사람들이 모두 심각한 표정으로 말없이 앉아 있는데, 야스요가 갑자기 소리쳤다.

"이미 벌어진 일은 어쩔 수 없어요. 떠나야 할 사람은 떠나야죠. 그보다 내일 방영 예정인 〈24시간 온 에어!〉를 어떻게 할 것인지가 문제예요!"

'저지련'에 가세한 아사이 에이시로 의원이 기획한 '공개 연명 치료'가 생각지 못한 방향으로 전개되고 있었다.

연명 치료의 중요성을 알리기 위해 텔레비전에 치료 과정을 공개하자는 아사이 의원의 아이디어는 분명 획기적이었다. 히가시도 몇 번 연명 치료 녹화를 지켜봤고 환자의 경과에도 주목하고 있었다.

11월 3일, 패혈증성 쇼크로 세타가야 의료센터 집중치료실에 긴급 입원한 가모시다 하지메는 애초 어떻게 될지 예측할 수 없는 상황이었다. 그러나 사흘째부터 회복 조짐이 보여, 7일에 첫 녹화를 시작해 12일에는 인공호흡기와 기관 튜브를 떼고 가족과 대화하는 감동적인 장면이 연출되었다.

가모시다 부부의 35주년 결혼기념일인 11월 23일에 퇴원할 수 있도록 주치의인 오쓰카는 최선을 다해 치료했다. 결혼기념일에 퇴원한다면 훨씬 감동적인 장면을 연출할 수 있다고 주장한 사람은 아오야기였다. 하지만 오쓰카는 시청자들의 감동을 이끌어내기 위한 무리한 조기 퇴원에 약간 불안을 느꼈다. 하지만 〈선데이 프라임〉에 출연하지 못한 아오야기에게 마음의 빚이 있던 오쓰카는 아오야기의 주장을 무시하기 어려웠다.

11월 17일, 가모시다는 약간 미열이 있었지만 퇴원 예정일에 맞추기 위해 일단 일반 병동으로 옮겼다. 아직 이르다고는 생각했지만 기왕 텔레비전에서 공개할 거라면 강한 인상을 주자는 아오야기의 의견을 아사이 의원이 강력하게 지지했기 때문이다. 히가시는 아오야기를 편드는 아사이 의원에게 묘한 위화감을 느꼈지만, 오쓰카는 자신이 '저지런'의 고문으로 초빙한 아사이 의원의 요구에 반대하지 못했다.

하지만 결과적으로 이 판단이 이후 모든 사태의 결정적인 계기가 되었다. 가모시다는 일반 병동으로 옮긴 이틀 뒤부터 40도의 고열에 시달리며 상태가 급속히 악화되었다. 오쓰카가 우려했던 대로 패혈증이 완치되지 않았던 것이다. 재발한 패혈증은 처음보다 치료가 곤란했다. 처음 치료에서 살아남은 저항력 강한 균이 증식하기 때문이었다.

가모시다는 즉시 집중치료실로 돌아갔지만 설상가상으로 이전 치료에서 항생 물질을 너무 많이 쓴 탓에 MRSA(메티실린 내성 황색포도상구균)의 원내 감염으로 폐렴을 일으켰다. MRSA에는 거의 모든 항생 물질이 효과를 내지 못하기 때문에 대응 요법이 없었다. 가모시다의 호흡 기능은 급속히 악화되었고, 집중치료실로 돌아간 다음 날에는 혼수상태에 빠져 인공호흡기는 물론 각종 중요한 치료 기구가 연결되었다.

그 뒤로 가모시다의 상태는 조금도 나아지지 않았다. 오쓰카와 나카무로가 최선을 다했지만 회복 조짐이 전혀 보이지 않았다. 결혼기념일에 아내는 눈물을 흘리며 의식이 없는 남편 곁을 지켜야 했다.

오쓰카는 괴로운 표정으로 히가시에게 털어놓았다.

"방송을 위해 결혼기념일에 퇴원한다는 생각 따위는 애당초 안 하는 게 나을 뻔했습니다."

아오야기는 책임을 느꼈는지 매일 출근하다시피 병원을 찾아와 치료 경과를 지켜보며 오쓰카에게서 자세한 설명을 들었다. 히가시도 야스요와 함께 가능한 한 동석했다.

12월 1일, 전일본의사회 상임 이사 탈퇴 사건으로 세간이 떠들썩할 때 가모시다에게서 출혈이 시작되었다. DIC(Disseminated Intravascular Coagulation: 파종성 혈관 내 응고 증후군 – 옮긴이)로 불리는 중증 합병증이 발병했던 것이다. 코피, 토혈, 하혈이 멈추지 않았고, 하혈은 하루 900그램에 달했다. DIC의 치료약은 물론 지혈제, 동결 혈장, 점막 보호제에도 반응하지 않아서 다음날부터 수혈이 시작되었다. 하지만 보존 혈액 속의 응고 인자는 원래 비활성화되어 있어서 수혈은 출혈 경향을 악화시킬 뿐이었다. 의료 분야에 해박한 히가시는 가모시다에게 비참한 연명 치료의 서막이 열리는 것을 보았다.

며칠 뒤 히가시의 불길한 예감대로 가모시다의 신장 기능이 떨어지기 시작했다. 소변은 억지로 배설되고 있었지만 전신에 부종이 나타나고 손발은 물에 빠진 사람처럼 퉁퉁 부었다. 눈꺼풀도 두껍게 부어올라 가늘게 겨우 뜬 눈 사이에서는 고름 같은 점액이 흘러넘쳤다. 흰자위는 점막 출혈로 빨갰다.

오쓰카와 나카무로는 가모시다의 심각한 상황을 가족에게 설명하며 만일에 대비하도록 했다. 가족은 비통한 표정으로 오쓰카의 이야기를 듣더니 필요 이상으로 고통을 주고 싶지 않다고 애원했다. 오쓰카로부터 그 이야기를 들은 히가시는 당연하다며 동정했다.

그런데 그 소식을 들은 아사이 의원이 돌연 병원으로 찾아와 불같이 화를 냈다.

"신장 기능이 좀 떨어졌다고요? 그게 뭐 어떻답니까? 인공 투석을 하면 되지 않습니까? 아니면 오쓰카 선생은 이제 가모시다 씨의 치료를 포기한 겁니까?"

아사이 의원의 험악한 기세에 눌리면서도 오쓰카는 냉정하게 대답했다.

"포기한 건 아닙니다. 다만 지금과 같은 상황에서는 투석을 해도 회복될 가망이……."

"전혀 없다는 말입니까? 100퍼센트 없다고 단언할 수 있습니까?"

"아니, 꼭 그렇지는 않습니다만."

"그렇다면 합시다. 단 1퍼센트의 가능성이라도 있다면 마지막까지 최선을 다해봅시다. 선생, 부디 포기하지 말아주십시오."

열의에 넘치는 아사이의 말에 오쓰카는 알겠다며 고개를 끄덕이는 수밖에 없었다.

인공 투석이 시작되자 적어도 혈액 검사상으로는 신장의 기능이 약간 회복되는 기미를 보였다. 다시 말해 요독증으로 생명을 잃을 위험성은 사라진 것이었다. 아사이는 기뻐했지만 가모시다의 부종은 여전히 심각했다. 통통 부은 피부는 운모처럼 기분 나쁜 황갈색을 띠었다. DIC의 출혈도 계속되었고 인공호흡이 길어질 것을 예상해 절개한 기관에서는 검붉은 피가 끊임없이 흘러내렸다.

패혈증으로 인한 고열도 이어졌다. 고령에도 불구하고 풍성했던 가모시다의 머리숱은 눈에 띄게 적어지더니 다시 집중치료실로 옮겨 2주가 지나자 귀 뒤쪽에 백발이 약간 남아 있을 뿐이었다. 얼굴 전체가 부어오르고 거무스름한 입술과 통통 부은 뺨에 묻힌 코에서는 도저히 예전의 모습을 찾아볼 수 없었다. 건강했을 때의 얼굴을 알고 있는 히가시는 어떻게 산 사람의 모습이 저렇게까지 변할 수 있는지 두려움을 느꼈다.

단 한 가지 다행이라면 의식이 없다는 사실이었다. 그러나 연명 치료로 변해가는 가모시다의 모습을 바로 옆에서 지켜볼 수밖에 없는 가족의 생각은 달랐다. 요독증의 위험은 사라졌지만 폐렴과 패혈증은 계속되었다. 심장의 고동이 언제 멈출지 알 수 없는 상황이었다. 집중치료실은 환자 가족조차 들어갈 수 없기 때문에 가족들은 무슨 일이 있으면 언제라도 연락해달라고 오쓰카에게 신신당부했다.

12월 16일, 가모시다는 간 기능 부전 증세를 보였고 며칠 전부터 시작된 황달이 급속히 악화되었다. 피부는 황색에서 녹색으로 바뀌기 시작하면서 썩은 달걀처럼 거무스름해졌다.

그 모습을 본 가모시다 씨의 아내와 딸은 결국 오쓰카에게 치료 중지를 요청했다. 링거와 수혈, 강심제, 투석, 인공호흡 모두 중지해달라며 집중치료실 앞으로 찾아와 통곡했다.

오쓰카는 괴로운 표정으로 두 사람에게 설명했다.

"인공호흡기를 뗄 수는 없습니다. 그렇게 되면 안락사가 되어버립니다."

"상관없습니다. 제발 부탁이니 남편을 편하게 해주세요."

그 자리에 함께 있던 히가시는 복잡한 심경으로 가모시다 부인의 외침을 들었다. 옆에 있던 야스요와 아오야기는 난감해하며 시선을 피했다. 오쓰카도 곤혹스러움을 감추지 못한 채 가까스로 의사로서의 체면을 유지하며 말했다.

"부인, 지금 일본에서 안락사는 살인이나 다름없습니다. 다만 제 생각에는 이 상태로도 부군의 고통은 머지않아 끝날 겁니다."

환자의 죽음을 기다리는 듯한 오쓰카의 설명에 히가시는 커다란 의문을 느꼈다. 이 연명 치료는 그저 비참한 상태를 연장하기 위한 것인가? 지금과 같은 상태라면 누가 봐도 연명 치료를 중지하는 편이 나았다. 그런데 그렇게 할 수 없는 이유는 뭘까? 히가시는 이전 안락사 문제를 취재했을 때 한 의사가 비아냥거리며 했던 말이 떠올랐다.

'당장 환자의 비참한 모습을 보면 가족은 안락사를 요구하지만 나중에 다른 가족이 나타나 이의를 제기하거나 가족의 마음이 바뀌어 의사를 추궁하는 경우가 있어요.'

오쓰카도 그러한 상황을 두려워하는 것일까? 아니, 오쓰카는 자기 방어를 할 사람으로는 보이지 않았다. 그저 자신이 안락사 반대파이기 때문에 고집스럽게 연명 치료를 계속하는 것 같았다. 그러나 그렇다면 자신의 신념을 위해 환자를 희생하고 있다는 말이 되었다. 히가시는 오쓰카에게 비난의 시선을 던졌지만 오쓰카 또한 환자의 가족과 마찬가지로, 아니 그 이상으로 어쩔 수 없는 이 상황에 괴로워하고 있었다. 그 모습을 보자 히사기의 생각도 흔들렸다.

그날 저녁 아사이 의원이 지난번처럼 험악한 표정으로 병원을 찾았다. 그러고는 집중치료실 앞으로 오쓰카와 나카무로를 부르더니 히가시와 야스요 앞에서 두 사람을 힐책했다.

"오쓰카 선생, 조금 전 아오야기 씨의 연락을 받았는데, 가모시다 씨가 간 기능 부전이라고요?"

'아오야기가 어째서 아사이에게?' 히가시가 그런 생각을 할 틈도 없이 아사이는 오쓰카를 다그쳤다.

"선생은 이대로 가모시다 씨를 죽게 할 생각입니까?"

"그렇지는 않습니다. 다만 상태가 이렇게 나빠진 이상 더는 치료할 방법이……."

"혈장 교환이 있지 않습니까? 간 기능 부전을 방치하면 체내에 암모니아가 쌓여서 금방 목숨을 잃고 말 겁니다."

순간 히가시는 의아했다. 아사이 의원은 어떻게 저런 것까지 알고 있을까?

"그건 그렇습니다만, 지금과 같은 상태에서는 보통 혈장 교환을 고려하지 않습니다."

오쓰카는 괴로운 듯 표정을 일그러뜨리며 옆에 서 있는 나카무로에게 동의를 구하는 시선을 보냈다. 그러나 나카무로가 입을 열기도 전에 아사이가 호통을 쳤다.

"그게 결국 환자를 방치하는 것 아닙니까? 이 상태고 뭐고 아직 살 수 있는 방법이 있는데 하지 않는다는 건 결국 더 이상 살아날 가망이 없다고 환자를 포기하는 것과 뭐가 다릅니까? 그런 태도야말로 선생이 늘 비난하던 것처럼 의사가 독단적으로 삶과 죽음을 구분하는 행위가 아니고 뭡니까? 안 그렇습니까, 야스요 씨?"

아사이가 갑작스럽게 동의를 구하는 바람에 야스요는 순간 말이 막혔지만 타고난 억센 성격으로 재빠르게 대응했다.

"아사이 의원의 말씀이 맞아요. 오쓰카 선생, 혈장 교환을 해서 가모시다 씨에게 조금이라도 희망이 있다면 부디 부탁해요."

아오야기도 지지 않겠다는 듯 덧붙였다.

"그렇습니다. 세타가야 의료센터는 '결코 환자를 포기하지 않는 병원'이지 않습니까?"

약삭빠르게 자기가 만들어 붙인 선전 문구를 읊는 아오야기에게 아사이는 어처구니없다는 표정을 지었지만, 금방 강경한 어조로 돌아가 오쓰카를 다그쳤다.

"선생이 혈장 교환을 주저하는 이유가 뭡니까? 설마 해봤자 소용없다거나 치료가 번거롭기 때문은 아니겠지요?"

의사를 상대로 혈장 교환에 관한 이야기를 이 정도로 할 수 있다는 건 아사이의 의학 지식이 상당하다는 의미였다. 대체 아사이의 정체가 뭘까? 히가시의 의문은 더욱 깊어졌다.

대답을 망설이는 오쓰카에게 나카무로가 도움의 손길을 내밀었다.

"가모시다 씨의 가족도 더 이상 치료를 바라지 않습니다."

아사이는 검은 테 안경 너머로 나카무로에게 찌를 듯 날카로운 시선을 보내며 오만하게 말했다.

"그건 선생들이 그렇게 만든 것 아닙니까? 조금이라도 희망이 있다고 설명해보십시오. 소중한 가족의 생명을 포기하려는 사람은 아무도 없을 겁니다."

나카무로는 아사이에게서 얼굴을 돌리고, 이래서 아무것도 모르는 자가 섣불리 끼어드는 건 곤란하다며 불평을 했다.

"말이야 절대로 환자를 포기하지 않는다고 해도 이 이상 치료할 의미가 있겠습니까?"

"패배주의자!"

아사이는 차마 들어주지 못하겠다는 듯 나카무로를 향해 호통을 치더니 몸을 떨며 격한 분노를 드러냈다.

"해보지도 않고 포기하다니, 안락사 찬성파 의사들과 똑같지 않습니까? 환자나 가족의 입장에서 조금이라도 생각해본 적 있습니까? 지푸라기라도 잡는 심정으로 치료를 부탁하고 조금만이라도 더 살아주기를 바라는 애끓는 마음을 어째서 모른단 말입니까? 당신은 내 아버지의 생명을 포기한 의사들과 다를 게 없어!"

아사이는 감정이 극에 달해서 눈물을 흘렸다. 잡아채듯 안경을 벗더니 옷자락으로 쓱 문질러 닦았다. 히가시는 참 과장스럽다는 생각이 들었다. 하지만 반론을 허용치 않는 아사이의 위압감은 굉장했다.

히가시는 될 수 있는 한 상황을 냉정히 파악하려고 애썼다. 만약 조금이라도 가능성이 있다면 역시 혈장 교환을 시도해봐야 할 것이다. 기회를 잡고 싶은 마음은 누구나 마찬가지였다.

오쓰카와 나카무로는 분연한 태도로 몰아붙이는 아사이 의원이 곤혹스러워 서로 눈치만 볼 뿐이었다.

"오쓰카 선생, 〈선데이 프라임〉에서 하신 말씀 잊으셨습니까?"

아사이가 분노에 휩싸여 추궁했다.

"그때 당신은 '의사는 환자에게 최선의 의료를 제공할 의무가 있다'고 말했습니다. 그렇다면 혈장 교환을 왜 주저하는 겁니까?"

대답하지 못하는 오쓰카에게 아사이는 계속해서 날카로운

공격을 멈추지 않았다.

"당신은 이런 말도 했습니다. '안락사를 시행하는 의사에게는 까다로운 치료를 빨리 끝내고 싶다는 잠재의식이 있다'고요. 지금 선생에게 그런 잠재의식이 있는 것 아닙니까?"

히가시는 문득 정곡을 찌른 말일지도 모른다는 생각이 들었다. 조금 전 오쓰카가 가모시다의 아내와 딸에게 했던 '이 상태로도 부군의 고통은 머지않아 끝날 겁니다'라는 말속에는 분명 가모시다의 죽음을 기다리는 마음이 숨어 있었다. 오쓰카는 아사이의 압박과 치료에 대한 고뇌로 안색이 흙빛으로 변했다.

"오쓰카 선생, '저지련'의 대표이사가 이렇게 약해서야 쓰겠습니까? 힘내십시오. 가모시다 씨는 아직 살아 있지 않습니까?"

열변을 토하는 아사이에게 오쓰카는 결국 굴복했다.

"알겠습니다. 지금부터 혈장 교환을 시작하겠습니다."

"고맙습니다. 역시 선생은 환자를 포기하지 않는 의사이십니다."

"하지만 오스카 선생, 가모시다 씨 가족에게는 뭐라고 설명하실 생각입니까?"

자기도 모르게 언성을 높인 나카무로에게 아사이는 찍어 누르듯 말했다.

"아직 살 가능성이 있다고 말하면 됩니다. 포기하지 말고 희망을 가지라고요."

히가시는 속으로 생각했다.

'가능성이 있는 건 사실이다. 그러나 저렇게까지 비참한 모습으로 변해버린 가모시다가 과연 회복할 수 있을까? 인공 투석 덕분에 목숨은 연명했지만 환자의 상태는 더욱 비참해졌다. 혈장 교환을 해서 더욱 참혹한 상태가 된다면 어쩔 셈인가? 하지만 여기서 포기한다면 구할 수 있는 환자를 구하지 못하게 되는 것 또한 사실이다. 환자가 아직 살아 있는데 치료를 포기하는 건 분명 패배주의다. 그렇다면 무모하더라도 혈장 교환을 해야 할까?'

히가시는 꼬리를 무는 여러 가지 생각에 가슴이 답답했다. 지금 이 상황에서 결단을 내릴 수 있는 건 '신'밖에 없었다.

가모시다의 혈장 교환은 그날 밤늦게 시작되었다. 가족에게는 다음 날 아침에 설명했다. 가모시다의 아내와 딸은 울면서 치료 중지를 애원했지만 오쓰카는 마음을 독하게 먹고 가족을 설득했다.

"혈장 교환을 하면 효과는 있는 거지요?"

히가시가 확인하자 오쓰카는 스스로를 납득시키듯 고개를 끄덕이며 대답했다.

"그렇습니다."

혈장 교환으로 가모시다의 황달이 약간 가라앉긴 했지만 흑갈색 피부가 회갈색으로 바뀐 정도일 뿐 비참함은 변함없었다. 출혈은 더욱 심해져서 코, 입, 안구 외에 귀와 유두에서도 출혈이 시작되었다. 하혈도 더욱 심해졌다. 통나무 같은 두 다리 사이로

콜타르처럼 뭉친 피가 무릎 아래까지 흘러내렸다.

폐 기능도 떨어지고 인공호흡기는 1분에 33회로 빠르게 가동하고 있었다. 강심제, 승압제를 투여해도 혈압은 90을 밑돌았고 반대로 맥박은 140이 넘었다. 오쓰카에게 부탁해 가모시다를 보러 집중치료실에 들어간 히가시는 심전도의 전자음과 인공호흡기의 빠른 작동음으로 머리가 돌 지경이었다. 반대로 그 옆에서 소리 없이 회전하는 투석과 혈장 교환 기계의 회전 날개는 기분 나쁠 정도로 조용했다. 심전도와 링거, 수혈과 중심 정맥 영양, 코에 연결된 튜브, 도뇨관, 온갖 전선과 튜브가 연결된 가모시다는 마치 시체를 이어 맞춰놓은 인조인간처럼 보였다. 히가시는 가모시다의 모습에 충격을 받아 그 자리에 얼어붙었다. 〈24시간 온 에어!〉의 방영이 사흘 뒤로 다가온 12월 19일, 아사이가 방송 전 사전 회의를 위해 관계자를 세타가야 의료센터 집중치료실 앞으로 소집했다.

"이런 상태에서 어떻게 방송을 해요."

야스요가 신경질적으로 외치자 아오야기가 달래듯 설명했다.

"가모시다 씨가 일반 병동으로 옮긴 때까지만 방송에 내보낼 겁니다. 그런 다음 '지금도 투병 중입니다. 힘내세요' 하고 끝내면 됩니다. 가모시다 씨의 가족에게도 허락을 구해놨어요."

"그래요. 흥, 나 빼고 다 결정하셨네요."

야스요는 마지막까지 출연이 미정이다가 이틀 전에야 출연하지 않아도 된다는 통지를 받았다.

히가시는 사람들을 불러 모아놓고 답답하게 침묵을 지키는 아사이가 미심쩍었다. 자신이 강요한 치료의 결과를 그는 어떻게 받아들이고 있을까?

아사이는 집중치료실의 창문 너머로 말없이 가모시다를 바라볼 따름이었다.

12월 22일 화요일, 마침내 〈24시간 온 에어!〉의 방영 당일이 되었다. 방송 시작은 오후 6시 30분이고, '연명 치료 최전선'이라는 제목으로 기획된 코너는 그날 오후 9시경부터 시작될 예정이었다.

히가시는 오후 7시 30분에 특설 스튜디오인 도쿄 센트럴 돔에 들어섰다. 방송국에서 공들여 기획한 프로그램인 만큼 돔 전체가 묘한 흥분에 싸여 있었다.

스태프 명찰을 목에 걸고 엄중한 경비를 지나 대기실로 들어가보니 이미 야스요, 아오야기, 오쓰카 세 사람이 와 있었다. 이전 〈선데이 프라임〉 때와 달리 뭐라 할 수 없는 무거운 분위기였다.

가모시다의 상태가 나빠지고 나서도 기획을 취소할 수 없다는 인식만은 모두 같았다. 그렇게 되면 애써 방송국에 힘을 써준 아사이의 체면이 구겨지기 때문이었다. 궁여지책으로 가모시다가 일단 회복되어 집중치료실에서 일반 병동으로 옮길 때까지만 보여주자는 아이디어를 낸 사람은 아오야기였다. 정당하지 않다는 것은 모두 느끼고 있었다. 당사자인 아오야기조차 평소의 기세가 한풀 꺾인 모습이었다.

야스요가 계획한 시라카와의 출연도 야스요 자신이 방송에 못 나가자 취소되었다. 게다가 시라카와가 그런 속임수 방송에 응할 것 같지도 않았다.

대기실에 있는 사람들 중에서 오쓰카의 표정이 가장 어두웠다. 지금도 가모시다의 비참한 상황은 계속되고 있으니 주치의로서 방송에 얼굴을 내밀 심정이 아닐 것이었다.

"오쓰카 선생, 기왕 이렇게 되었으니 할 수밖에 없습니다."

아오야기의 말을 받아 야스요도 격려했다.

"괴로운 마음은 충분히 이해되지만 힘내세요."

야스요는 출연이 무산되어 불만스러웠지만 사태의 심각성을 깨닫고는 마음이 풀렸다. 만약 방송이 실패하면 사우치 변호사의 추문과 함께 '저지련'은 엄청난 상처를 입을 것이 불 보듯 뻔했다. 그러니 어떻게든 이 고비를 잘 넘겨야 했다.

"아사이 선생은 아직입니까?"

야스요가 짜증스럽게 말했다. 아사이도 방송에 출연하기로 되어 있는데 아직 도착하지 않았던 것이다.

"방송이 끝난 뒤 아사이 선생과 '저지련'의 관계를 다시 생각해보는 게 좋을 것 같아요."

야스요는 애초에 아사이가 이런 기획안을 내지 않았더라면 오늘 같은 곤란도 겪지 않았을 거라는 투로 말했다. 히가시도 야스요의 말에 동조하려는 순간 아사이가 성큼성큼 걸어 들어왔다.

"여러분, 드디어 오늘입니다. 모두 수고하셨어요."

사전 회의 때와 다른 아사이의 쾌활한 태도에 히가시는 놀랐다. 야스요와 아오야기도 어이없다는 표정이었다. 오쓰카만 여전히 의기소침해 있었다.

방송 15분 전, 방송에 출연하는 아사이, 아오야기, 오쓰카 세 사람은 AD(보조 연출)를 따라 특설 스튜디오로 향했다. 히가시는 대기실에 남아 야스요와 함께 모니터 앞에 앉았다. 방송이 시작되고 두 시간이 지나 마침내 가모시다가 일반 병실로 옮기는 장면에 이르렀다.

치료의 성공에 환호하는 모습을 보며 히가시는 불현듯 묘한 느낌을 받았다. 정말로 가모시다의 치료가 성공했다면 황금 시간대에 이 방송을 내보내는 것도 충분히 이해할 수 있는 일이었다. 그러나 방송에 맞춰 치료를 서두른 결과 실패라는 쓰디쓴 결과를 낳지 않았는가. 그런데도 이 시간대에 방송을 내보내는 이유는 뭘까? 의원으로서 아사이가 힘을 쓴 덕분일까? 아니면 히가시를 비롯한 저지런 멤버들도 모르는 비밀이 있는 것일까?

모니터에 화려한 특설 스튜디오가 모습을 나타냈다. 그리스 신전풍으로 꾸민 기둥, 아크릴로 만든 무지개 장식, 반짝거리는 전구로 장식한 부채 모양의 계단이 있고, 무대 뒤로는 마치 천사가 춤을 추는 천국의 문 같은 아치 모양 구조물에 둘러싸인 거대한 스크린이 있었다. 주변은 온갖 꽃과 나무들로 장식되어 있었다. 제작진은 노란색 점퍼 차림으로 주변에 대기하고, 무대 위에는 아이돌 가수, 여배우, 개그맨, 유명 변호사에 유명 교수들이 서 있었다.

이번 회 주제는 '새로운 길'이었다. 다양한 분야에서 펼쳐지는 '새로운 길'이 감동적으로 소개되었다.

사회는 중년에 뚱뚱한 외모의 고지마 도쿠오라는 아나운서가 맡았다. 고지마가 목소리를 높여 선언했다.

— 그러면 다음은 '연명 치료 최전선'입니다.

"오쓰카 선생이 잘해낼 수 있을까요?"

히가시가 불안하다는 듯이 중얼거리자 야스요가 냉정한 눈빛으로 모니터를 바라보며 단호하게 말했다.

"열심히 해줘야죠."

고지마가 출연자 세 명을 소개한 뒤 먼저 아사이를 향해 말을 건넸다.

— 이번에 소개할 '연명 치료 최전선'은 본래 아사이 씨가 제안한 것이라고요?

— 네, 연명 치료에 대해서는 여러 가지 의견이 있습니다. 깊이 생각해보면 의사가 아닌 우리 일반인은 현장의 실태를 너무 모른 채 논쟁을 벌이는 것 아닌가 하는 생각이 들었습니다. 그래서 여기 계신 오쓰카 선생의 도움을 받아 공개 연명 치료를 한번 해보자고 제안했습니다.

— 환자인 가모시다 씨가 어떤 병을 앓고 있는지 설명해주시겠습니까?

고지마의 요청에 오쓰카는 의사의 권위를 잃지 않으려고 애쓰며 가모시다의 치료 경과를 설명했다. 옆에서 불안하게 오쓰카를 바라보던 아오야기는 오쓰카의 설명이 일단락되자마자 이야기에 끼어들었다.

— 아무튼 가모시다 씨가 긴급 입원했을 당시에는 굉장히 위험해서 전혀 방심할 수 없는 상황이었습니다. 한때는 오쓰카 선생도 가모시다 씨의 생명을 보장할 수 없었으니까요.

— 하지만 포기하지 않고 치료를 계속했군요. 그럼 그 감동의 순간을 영상으로 보시겠습니다.

고지마가 가느다란 눈을 깜빡이면서 거대한 스크린을 향해 시작하라는 신호를 보냈다.

치료 과정은 과연 어떤 식으로 편집되었을까? 히가시도 아직 본 적이 없었다. 영상은 가모시다가 패혈증으로 쓰러지는 장면부터 재현되었다. 갑작스러운 오한에 몸을 떨며 고열로 머리를 감싸 쥔 가모시다가 구급차에 실려와 집중치료실에서 의식을 잃은 채 인공호흡기와 링거, 심전도가 연결되는 모습이었다. 그다음부터 실제 가모시다 씨를 찍은 화면으로 바뀌면서 사실적인 영상이 흐르기 시작했다. 히가시도 함께 지켜봤던 마지막 녹화 영상이었다.

계속해서 가족에게 가모시다의 상태를 설명하는 오쓰카. 심각한 상황이 전해지고 연명 치료를 계속할지 중지할지에 대한 논의가 오갔다. 절망한 아내와 딸에게 오쓰카의 열의 넘친 격려가 이어지고 치료를 계속하기로 결정한 다음, 의사와 간호사는 24시간 비상 태세로 치료에 전념했다. 그리고 상태가 서서히 회복되어 인공호흡기와 기관 튜브를 뺀 가모시다가 가족과 이야기를 나누는 감동적인 장면이 이어졌다. 이윽고 가모시다가 집중치료실을 나와 기쁜 얼굴로 일반 병실로 옮기는 장면이 흘러나왔다.

"꽤 멋지게 편집되었는데요."

히가시는 의외로 감동적으로 정리된 내용에 안도의 한숨을 쉬었다.

화면이 특설 스튜디오로 바뀌어, 고지마가 오쓰카에게 연명 치료 상황에 대한 설명을 요청했다. 뭔가 꺼림칙한 표정으로 앉아 있는 오쓰카를 대신해서 이번에도 아오야기가 옆에서 끼어들어 보충했다.

— 적절한 연명 치료를 하면 앞서 보신 바와 같이 환자는 기필코 살릴 수 있습니다. 마지막까지 희망의 끈을 놓지 말아야 합니다. 환자, 가족, 의사가 한 마음으로 치료에 전념하는 것이 가장 중요하지요.

고지마는 미묘하게 시간차를 두고 짧게 맞장구를 쳤다. 사전 협의에서는 이어서 아사이가 연명 치료의 중요성을 호소하고 지금도 투병 중인 가모시다를 격려하기로 되어 있었다. 그런데 고지마는 아사이가 아닌 카메라를 향해 이렇게 말했다.

— 이쯤에서 병원을 연결해 가모시다 씨의 건강한 목소리를 들려드리고 싶습니다만, 유감스럽게도 지금은 그럴 수 없는 상황입니다.

"저건 또 무슨 말이지?"

사전 협의와 다른 고지마의 말에 야스요가 불안해하며 낮은 목소리로 중얼거렸다. 히가시가 상황을 생각해보기도 전에 아사이가 침통한 얼굴로 말했다.

— 그렇습니다. 사실 가모시다 씨는 현재 긴급 입원했을 때보다 훨씬 가혹한 연명 치료를 하고 있는 상황입니다.

"저 사람, 대체 무슨 말을 하는 거야?"

야스요의 얼굴이 두려움으로 일그러졌다. 너무 놀란 나머지 말도 나오지 않는 모양이었다. 히가시의 표정도 얼어붙었다. 모니터에서는 아사이가 고지마를 상대로 단숨에 말을 이어갔다.

— 가모시다 씨는 일반 병동으로 옮긴 뒤 패혈증이 재발해서 집중치료실로 돌아갔습니다. 인공호흡기를 다시 달았고 출혈 증상이 심해진 데다가 신부전과 간부전을 일으켰습니다. 아마도 모든 내장 기능이 한계에 달한 것 같습니다. 그래도 저희는 치료를 포기하지 않았습니다. 아직 투석과 혈장 교환을 하는 방법이 남아 있기 때문입니다. 저는 오쓰카 선생을 설득해서 철저한 치료를 하도록 부탁했습니다. 1퍼센트라도 살아날 가망이 있다면 최선을 다해야 한다고 생각했기 때문입니다. 하지만 지

금 가모시다 씨는 한 달이나 의식을 잃은 채 출혈과 부종, 황달로 눈 뜨고는 볼 수 없는 비참한 상태에 빠져 있습니다. 그 모습을 보고 저는 저 자신의 잘못을 깨달았습니다.

예상치 못한 전개에 아오야기는 당황해서 이야기에 끼어들려고 했다. 하지만 고지마는 아오야기를 막고 아사이에게 말했다.

— 연명 치료 중지나 안락사 문제는 지금 커다란 주목을 받고 있습니다. 이번 공개 연명 치료는 안락사에 반대할 목적으로 시작한 것입니다만, 실제로 해보니 생각지 못한 결과가 나타났다는 말씀이군요.

— 그렇습니다.

아사이가 침통한 표정으로 대답했다. 모니터를 뚫어지게 쳐다보고 있던 히가시는 갑자기 이 기획이 황금 시간대에 방송을 탄 이유를 깨달았다. 그렇다. 처음부터 모두 계획되어 있었던 것이다. 사회를 보는 고지마와 아사이는 미리 말을 맞춘 것이 틀림없었다. 그렇지 않다면 아사이가 저렇게 침착할 리 없었다. 히가시의 뇌리에 지금까지 아사이에게 위화감을 느꼈던 순간들이 스쳐 지나갔다.

아사이는 계속해서 자신의 지론을 펼쳤다.

— 지금까지 저는 연명 치료 도중 포기하는 의사를 철저히 비난해왔습니다. 그러나 현장을 직접 체험하고 나서 치료를 주저하는 의사의 진심을 이해하게 되었습니다. 때로는 용기 있는 포

기도 필요합니다. 안락사라는 선택도 경우에 따라서는 필요하다고 말하지 않을 수 없습니다.

고지마는 묘한 표정으로 아사이의 말을 경청하고 있었다. 야스오는 퍼뜩 정신을 차린 사람처럼 소리쳤다.

"어떻게 이런 일이! 도대체 뭐죠. 아사이 의원은 대체 언제부터 안락사 추진파가 된 거요!"

아사이와 고지마 틈에서 발언 기회를 얻지 못한 아오야기가 더 이상 참지 못하겠다는 듯 끼어들었다.

—잠깐만, 제 얘기도 좀 들어보세요. 가모시다 씨는 한때 회복되었었고 지금도 치료를 계속하면 아직 회복될 가망이 있지 않습니까?

—그만두십시오!

아사이가 아오야기를 향해 소리쳤다.

—지금과 같은 상황에서도 아직 회복될 가망이 있다는 말은 자기기만에 지나지 않습니다. 가모시다 씨에 대한 모독이에요.

—모독이라니, 말씀이 지나치군요. 가모시다 씨가 비참한 상황에 빠진 것은 바로 당신이 오쓰카 선생에게 무리한 치료를 강요했기 때문 아닙니까?

아오야기는 적대감을 적나라하게 드러내며 거칠게 반박했다. 아사이는 그 말을 기다렸다는 듯이 뻔뻔한 미소를 지었다.

—무리한 치료? 말 한번 잘했습니다. 당신들은 늘 그렇게 자신들의 상황에 맞게 말을 바꾸는군요. 환자를 위해 의사가 연명

치료를 중지하면 환자를 버리는 것처럼 규탄하고 치료를 계속해서 비참한 결과가 나오면 이번에는 무리한 연명 치료였다고 비난하지요. 결과만 보고 비난하는 건 잘못된 일 아닙니까? 안 그렇습니까, 오쓰카 선생?

오쓰카는 가모시다의 상황에 기가 꺾인 탓인지 변변한 대답조차 하지 못했다.

— 의료에는 불확실한 요소가 많으니까요.

고지마가 도움의 손길을 내밀었지만 오히려 이 말은 아사이의 정당성을 강조할 뿐이었다.

아사이는 최후의 한 방을 날리려는 듯 심각하게 고지마에게 말했다.

— 저는 지금까지 환자를 포기하는 행위라는 둥 의사가 멋대로 삶과 죽음을 결정한다는 둥 여러 말을 해왔습니다. 하지만 이상적인 말만으로는 아무것도 해결되지 않는 의료 현장을 눈앞에서 직접 목격하고 생각을 바꾸지 않을 수 없었습니다. 현장에서 온갖 고생을 하면서 의사가 최후의 선택으로 연명 치료를 중지하거나 안락사를 선택할 수밖에 없는 상황을 알게 된 겁니다.

고지마가 진지한 표정으로 고개를 끄덕였다. 아사이의 마지막 말이 결정적이었다. 아사이는 지금까지 '저지련'이 해온 모든 주장이 '현장을 이해하지 못한 탁상공론'이었다고 결론지어 버린 것이나 다름없었다.

— 이번 주제인 '새로운 길'에서는 최신 연명 치료를 소개할

예정이었습니다만, 오히려 비참한 연명 치료를 용기 있게 중지하는 일, 나아가 안락사를 선택하는 일이야말로 '새로운 길'이라는 결론에 이르게 되었군요.

— 그렇습니다. 그것이야말로 의료가 나아가야 할 '새로운 길'입니다.

아사이가 확신에 찬 표정으로 고개를 끄덕였다. 아오야기와 오쓰카는 망연자실한 표정으로 바라보기만 할 뿐이었다. 야스요는 모니터를 노려보며 그저 입술만 깨물었다.

이 방송의 영향은 클 것이다. 히가시는 '저지련'의 완전한 패배를 의식하지 않을 수 없었다.

21. 안락사법 임시조사회

 감동적인 화제를 다루기로 유명한 〈24시간 온 에어!〉에서 연명 치료의 실패를 적나라하게 폭로한 아사이 의원의 발언은 시청자에게 강한 인상을 남겼다. 그 부분의 순간 최고 시청률은 방송 말미의 자선 마라톤 골인 장면과 견주어도 뒤지지 않을 정도였다.

 방송 다음 날, 자사 모니터를 통해 그 사실을 알게 된 히가시는 시청자들의 흥미가 미심쩍은 탁상공론에서 적나라한 현실로 옮겨가기 시작했음을 느꼈다.

 열렬한 안락사 반대론자였던 아사이의 전향은 세간에 커다란 충격을 주었다. 현장을 체험하고 나서 안락사의 필요성을 인정했다는 건 반대론자의 주장이 하나같이 현실을 모르는 '탁상공론'이었다는 인상을 주기에 충분했다.

이어서 몇몇 주간지가 이 문제를 다루었다. 모두 가모시다의 현재 치료 상황을 보고하고 무리한 연명 치료의 비참함을 고발하는 내용이었다. 아사이 자신도 적극적으로 취재에 응해 자신이 연명 치료를 지속하도록 주장한 일, 그것이 얼마나 현실을 무시한 행동이었는지를 주간지에 솔직하게 고백했다.

"모든 것은 환자를 위해서 한 일입니다. 하지만 그것은 저 혼자만의 생각이었던 겁니다. 그 탓에 가모시다 씨가 비참한 상황에 빠진 것에 대해 어떻게 사죄를 드려야 할지 모르겠습니다."

아사이는 한 텔레비전 프로그램에 출연해서 이렇게 말했다.

"저는 의사가 연명 치료를 주저하거나 안락사를 선택하는 것은 환자를 위해서가 아니라 의사 자신과 주변인들의 형편만을 고려한 행동이라고 생각했습니다. 치료를 빨리 끝내버리고 싶다는 의사의 마음, 혹은 간병에 지친 가족의 상황과 맞물린 선택이라고요. 하지만 결코 그렇지 않았습니다. 연명 치료를 무리하게 계속하면 환자가 말할 수 없이 비참한 상황에 처하게 됩니다. 의사는 그것을 알기 때문에 무리한 치료를 삼가고 안락사를 선택하기도 하는 것입니다. 그런 의사의 진심도 알지 못한 채 얄팍한 이상주의로 환자를 위해 최선을 다하는 의사를 공격한 저 자신이 정말 부끄럽습니다."

아사이의 자기비판은 안락사 반대파 전체를 대표하는 말처럼 전해졌다. 히가시는 그것이 교묘한 선전 전략으로 생각되었다. '저지련' 쪽에서는 효과적인 반격 수단이 없어 보였다. 주간지는 가모시다의 가족도 취재했다. 가모시다의 아내 레이코는 남편을 필요 이상으로 고통스럽게 하고 싶지 않다고 울면서 호소했지만 병원 측이 자신의 의견을 무시하고 더욱 고도의 치료를 지속했다고 증언했다. 누가 치료를 지속했느냐는 질문에 레이코는 모두 오쓰카 의사의 주장이었다고 대답했다. 실제로 주장한 사람은 아사이였지만 그는 가족에게 설명할 때는 교묘하게도 전혀 얼굴을 내밀지 않았다. 그런 탓에 처음부터 끝까지 모두 오쓰카의 책임이 되었다.

오쓰카는 가모시다의 치료에 대한 모든 책임을 혼자 질 생각인 듯했다. 아무리 아사이가 강요했다고 하더라도 실제로 치료를 한 것은 자신이기 때문이었다. 오쓰카는 의사로서의 긍지와 책임감을 느끼고 있었다.

옆에서 상황을 지켜보던 히가시는 오쓰카의 고뇌를 가슴 아플 정도로 이해할 수 있었다. 만약 아사이에게 책임을 전가하고 자신은 치료를 중지할 생각이었다고 한다면 '마지막까지 환자를 포기하지 않는다'는 지금까지의 주장과 모순되었다. 실제로는 아사이가 강요한 것이지만 그런 말을 결코 입 밖에 낼 수는 없었다.

가모시다의 치료는 그 뒤로도 언론의 주목을 받았지만 오쓰카는 치료를 중지할 수 없었다. 중지하면 곧바로 사망할 것이고, 그것은 안락사와 다름없기 때문이었다. 하지만 치료를 계속하더라도 가모시다의 비참한 상황은 더욱 악화될 것이 뻔했다. 출혈, 토혈, 하혈, 부종, 황달에 가세해 악취가 나고 머리카락이 빠지며 욕창이 생겨 뼈가 노출되고 온몸의 피부가 벗겨지고 손톱은 검게 괴사하며 발가락은 미라처럼 변하는 등 차마 눈 뜨고 볼 수 없는 상황이 계속될 것이었다. 통통 부어오른 가모시다의 눈꺼풀은 벌써 오래전부터 완전히 감기지 않은 채 결막출혈이 생겼다. 벌게진 눈에서 흘러내리는 분비액은 마치 원망의 눈물 같았다.

해를 넘겨 1월 4일, 가모시다의 심장은 마침내 마지막 고동을 멈췄다. 가모시다의 사망 소식은 텔레비전과 신문에 대대적으로 보도되었고, 세타가야 의료센터에서는 오쓰카를 비롯해 치료를 담당한 의사의 기자회견까지 열렸다.

"가모시다 씨의 치료에 대한 책임은 모두 제게 있습니다. 죄송할 따름입니다."

오쓰카는 보도진 앞에 깊이 머리를 숙였지만 기자들의 날카로운 추궁이 잇따랐다.

"그런 비참한 상황이 될 때까지 치료를 계속한 이유가 뭡니까?"

"환자와 가족에게 고통만 안겨준 결과에 대한 책임은 어떻게 질 생각입니까?"

"치료에 최선을 다했다면 결과는 아무래도 좋다는 겁니까?"

오쓰카는 필사적으로 대답했다. 모든 과정을 알고 있는 히가시는 오쓰카의 성실함이 가슴 아플 정도였다. 그와 동시에 마치 세상을 대표하기라도 하듯 고압적인 질문을 쏟아내는 기자들에게 분노를 느꼈다. 사정을 모른다면 자신도 똑같은 질문을 던졌을 것이다. 신문기자란 바로 그런 직업이라고 생각하니 부끄럽기 그지없었다.

마지막으로 보수파 기자가 고압적인 태도로 오쓰카에게 질문을 던졌다.

"가모시다 씨의 가족이 울면서 치료 중지를 부탁했는데, 왜 들어주지 않은 겁니까?"

"치료를 중지하면 가모시다 씨는 분명 사망할 테니까요. 그 시점에서 치료를 중지하면 살인죄에 해당합니다."

"결국 안락사가 인정되지 않기 때문에 그런 비참한 상황이 되어도 치료를 중지할 수 없었다는 말이군요."

"음……, 그렇다고 할 수 있습니다."

오쓰카는 너무 지친 나머지 머리도 잘 돌아가지 않는 모양이었다. 그의 발언은 안락사만 인정되었다면 이런 상황은 피할 수 있었다는 뜻과 다름없었다. 기자회견을 보면서 히가시는 오쓰카가 안락사법 추진파에게 보기 좋게 이용당하고 있다는 느낌이 들었다.

1월 11일 월요일, '저지련' 사무국이 있는 교세이 회관에서 임시 이사회가 열렸다. '저지런' 대표이사인 오쓰카를 포함해 이사 일곱 명과 후루바야시 야스요, 아오야기 고스케, 히가시 고로가 참관인으로 출석했다. 공개 연명 치료의 실패로 생긴 피해를 어떻게 만회할 것인가가 이날의 의제였다.

모두 침울한 표정으로 말없이 자리에 앉아 있었다. 연명 치료에 대한 세간의 역풍은 상당히 심각했고, 오쓰카도 일주일 전 기자회견의 충격에서 회복하지 못한 상황이었다.

가라앉은 분위기 속에서 사회를 맡은 나카무로가 회의를 시작하려 할 때 회의실로 예기치 않은 인물이 들어섰다. 공개 연명 치료를 기획한 장본인 아사이 에이시로였다.

"아사이 의원! 여기가 어디라고, 뻔뻔스러운 얼굴을 잘도 내미는군."

야스요가 반사적으로 자리에서 일어서자 아사이는 유유히 안으로 들어와 빈자리에 앉으며 말했다.

"사무국에서 임시 이사회가 있다는 말을 들어서요. 저도 하고 싶은 말이 있습니다."

"당신 따위는 아무 말도 할 자격이 없어, 이 배신자!"

텔레비전에서 아사이를 막지 못한 아오야기가 이를 갈며 외쳤다. 아사이는 아오야기에게 눈길조차 주지 않은 채 뻔뻔한 미소를 지으며 말했다.

"배신자라니, 말도 안 됩니다. 나는 현실을 솔직히 직시하고 허심탄회하게 제 의견을 말했을 뿐입니다."

"그렇더라도 사전에 아무 의논도 하지 않고 갑자기 본 방송에서 반대 의견을 내다니, 비겁하잖아요?"

야스요가 적의를 드러내자 아사이는 가볍게 코웃음을 쳤다.

"방송 직전까지 어떻게 해야 할지 고민이었으니까요."

거짓말! 분명 방송 전에 고지마 아나운서와 사전 협의를 한 것이 틀림없었다. 히가시는 아사이를 향해 의심스러운 눈초리를 거두지 않았다. 아사이는 전혀 개의치 않고 말을 이어갔다.

"저는 연명 치료가 조금이라도 가능성이 있다면 환자를 포기해서는 안 된다고 생각했습니다. 아마 '저지련'의 여러분도 같은 생각일 겁니다. 그래서 마지막까지 치료를 계속해달라고 부탁했지요. 당신들도 치료에 찬성하지 않았습니까?"

"그렇게 비참한 상태가 되리라고는 예상치 못했으니까요."

야스요가 불쾌한 표정으로 얼굴을 일그러뜨리며 반론했다. 아사이는 질렸다는 듯이 어깨를 움츠렸다. 그것을 본 야스요는 양손으로 책상을 내리치며 신경질적으로 외쳤다.

"뭡니까? 누구를 바보로 압니까? 오쓰카 선생은 그때 분명 보통 혈장 교환까지는 하지 않는다고 말하지 않았나요? 그런데도 당신이 억지로 강요해서 그렇게 비참한 상황으로 몰아넣었잖아요. 주치의가 치료하지 않는 편이 좋다고 말하면 그 말에 따라야 하는 것 아닙니까?"

그런 반론을 하면 안 되지. 히가시가 혼자 그렇게 생각하고 있는데, 아니나 다를까 아사이가 비열한 미소를 띠며 말했다.

"호오, 주치의가 오쓰카 선생인 경우에는 치료를 그만두자고 하면 따라야 한다는 말이군요. 그런데 안락사파 의사가 똑같은 말을 하면 환자를 버린다느니, 치료를 빨리 끝내고 싶어 한다느니 비난하는 거군요."

"그건 전혀 차원이 다르다고요!"

"아니, 똑같습니다. 당신들은 늘 그렇게 아전인수 격으로 해석하고 있어요. 마지막까지 치료를 해야 한다면 말 그대로 마지막까지 철저히 치료해야 하는 것 아닙니까? 비참한 상태가 될 것 같으니 치료를 그만두자는 건 안락사파 의사와 다를 것이 없습니다. 당신들은 겉으로만 그럴듯한 말을 하고 있어요. 환자를 생각하는 척하면서 연명 치료의 비참함을 환자에게 알리지 않고 의사라는 권위를 공격해서 자기만족에 빠져 있을 뿐입니다."

"당신이야말로 의사와 영합하는 보수 반동이야."

"이크, 그렇게 나오시다니. 그렇다면 내 비판을 인정한다는 뜻이군요, 하하하."

"그게 아니야, 절대로 아니라고."

야스요는 분해서 이를 갈았지만 아사이는 그런 야스요를 무시하고 오쓰카에게 음흉한 시선을 돌렸다.

"오쓰카 선생, 이번 가모시다 씨의 비참한 연명 치료에 대한 책임은 어떻게 질 생각입니까?"

오쓰카는 탁자 위에 올려놓은 두 손을 꽉 쥐고 침통한 표정으로 대답했다.

"여러분에게 큰 폐를 끼치게 되어 죄송합니다. 그래서 저는 '저지련' 대표이사를 사임할 생각입니다."

회의실 안이 작게 술렁였다. 예견된 일이었지만, 그래도 이사들의 동요는 감출 수 없었다.

아사이가 안경 너머로 기분 나쁜 시선을 보내며 냉혹하게 말했다.

"그것만으로는 충분하지 않습니다. 당신이 사임한다고 해서 뭐가 달라지겠습니까? 일단 '저지련'을 해산하고 모든 일을 백지로 돌려야 하는 것 아닙니까?"

갑작스러운 해산 요구에 오쓰카는 할 말을 잃었다.

"오쓰카 선생, 해산이라니 말도 안 됩니다. 저따위 말은 무시하세요."

"그래요, 터무니없는 요구예요."

아오야기와 야스요가 함께 목청을 높였다. 아오야기가 아사이에게 증오심을 드러내며 말했다.

"대체 당신한테 무슨 권리가 있다고 '저지련' 해산 요구를 하는 거지? 당신은 그저 외부인일 뿐이야."

"호오, 그렇습니까? 오쓰카 선생에게는 고문으로서 꽤 정중한 대우를 받았는데요. 뭐 외부인이라고 해도 상관없습니다. 저는 그저 '저지련'을 생각하는 마음에서 해산을 제안했을 뿐이니까요."

"'저지련'을 생각하는 마음이라고? 우리를 아주 갖고 노는

군!"

아오야기가 화나서 벌게진 얼굴로 말하자 사회자석에서 상황을 지켜보던 나카무로가 문득 생각난 듯이 아사이를 바라보며 말했다.

"아사이 선생, 당신은 안락사법 임시조사회에서도 입장을 바꿀 생각입니까?"

나카무로의 지적에 히가시도 허를 찔린 느낌이었다. 안락사법 임시조사회는 정부가 안락사법 제정을 위해 준비해온 총리 자문 기관이었다. 안락사 반대파는 임시조사회 설치를 맹렬히 반대했지만 정부의 움직임을 막지는 못했다. 그때 아사이가 나서 찬성파와 반대파를 똑같은 인원수로 구성해 균형을 맞춘다는 조건으로 설치를 인정하도록 했다. 반대파 위원으로 참가한 아사이는 임시조사회에서 안락사법에 완강히 저항할 예정이었지만 이번 일로 입장을 바꾼다면 시나리오가 완전히 뒤틀리는 셈이었다.

이사들이 웅성거렸지만 아사이는 모른 척 대답했다.

"방송에서 연명 치료를 격렬히 비판했으니 안락사법에 대해서도 다시 생각해봐야겠군요. 안락사가 인정되지 않아 고통받는 환자나 고령자 혹은 그 가족으로부터 안락사 법제화를 요구하는 목소리가 연일 정부와 후생노동성에 전해지고 있습니다. 제가 '저지련'의 해산을 권하는 것도 그런 정세를 고려했기 때문입니다. 어떻습니까? 여러분도 더 이상 고집 부리지 말고 안락사의 필요성을 인정한 다음, 안락사법에 여러분의 의견을 반영시키는 쪽으로 전략을 수정하는 편이 낫지 않습니까?"

"절대로 안 돼! 안락사법은 절대로 안 돼요. 그런 악법은 받아들일 수 없어요."

야스요가 갈라지는 목소리로 외쳤지만 오쓰카를 비롯한 '저지런' 이사들은 당황한 표정이었다.

"그러지 말고, 여러분도 잘 생각해보세요."

아사이는 이 말을 남기고 나타났을 때와 마찬가지로 유유히 회의장을 떠났다.

임시 이사회는 '저지련 해산'이라는 아사이가 던진 충격적인 발언으로 구체적인 논의도 하지 못한 채 폐회했다. 오쓰카의 사임안도 보류된 상태였다.

히가시는 곧장 히라마사 신문사로 돌아가 자사의 데이터베이스를 통해 아사이에 대해 조사해보았다.

아사이 에이시로는 기후 현 출신 참의원 의원으로 중의원을 합해 총 세 번 당선된 경력이 있었다. 작년 4월에 자공당을 탈당해 무소속이 되었지만 정치가로서의 경력은 복잡했다. 2001년 비서관 급여 유용 의혹으로 민화당 중의원 의원이 사임한 뒤 치른 보궐 선거에서 아사이는 자진당에서 입후보해 처음으로 당선되었고, 2년 뒤에 또다시 당선되었다. 그 후 자진당이 분열하자 자공당과 연립해 여당이 된 보신당에 들어갔다. 2005년 자공당의 공천을 받았지만 총선에서 낙선하자, 2007년 참의원으로 방향을 바꿔 자공당에서 입후보해 당선되었다.

아사이는 언변이 좋아서 교묘하게 사람을 설득하는 능력이 있었다. 또한 이렇다 할 학력은 없지만 역경을 딛고 출세한 인물로 평가받고 있었다. 반면에 출신 지역에서 공영 도박 조합과 불투명한 관계에 있다는 등 안 좋은 소문도 있었다. '저지련'에는 오쓰카가 데려왔지만 아사이를 오쓰카에게 소개한 사람은 간사이 지역에서 작가 겸 저널리스트로 유명한 인물이었다. 작년 '10·1 절대 불가! 안락사 심포지엄' 직전, 당시 안락사법 추진파에서는 자공당의 이무라와 민화당의 미카사 등 국회의원이 언론에 적극적으로 나서고 있었다. '저지련'에도 힘이 되어 줄 의원이 필요하던 차에 안락사법에 반대해 자공당을 탈당한 의원이라고 아사이를 소개받은 오쓰카는 배후 관계도 충분히 확인하지 않은 채 믿어버렸다.

히가시는 더 자세한 정보를 얻기 위해 히라마사 신문사의 기후 지국에 조사를 의뢰했다. 아사이의 부친에 관한 이야기가 궁금했기 때문이다.

일주일쯤 지나서 결과를 들을 수 있었다. 아사이의 부모는 그가 중학교 1학년 때 이혼했고 아사이와 누이는 어머니에게 맡겨졌다. 간신히 아버지 쪽의 배다른 여동생과 연락이 닿았다는 지국장은 흥분한 목소리로 이야기했다.

"히가시, 놀라지 말게. 아사이의 아버지가 타계한 건 맞아. 그런데 사망한 이유는 위암이 아니라 뇌경색이라고 하네. 임종 장소도 나고야의 노인 보건 시설이고."

"뭐라고요? 병원에서 돌아가신 게 아니란 말입니까?"

노인 보건 시설에서 사망했다면 변변한 치료도 받지 못했을 것이다. 당연히 연명 치료 중지 운운하는 말도 있을 수 없었다. 아사이가 입버릇처럼 말하던 '아버지를 존엄사로 잃은 원통함'은 새빨간 거짓말이었던 것이다. 히가시는 마침내 아사이의 모든 행동이 처음부터 '저지련'을 망치기 위한 작전이었음을 확신했다.

공개 연명 치료를 받던 가모시다가 사망한 뒤 여론은 안락사 허용 쪽으로 크게 기울었다. 히라마사 신문의 설문 조사에 따르면 안락사 법제화를 요구하는 의견이 80퍼센트에 육박했다. 1년 전에는 생각도 할 수 없는 결과였다. 이제는 언론 대다수가 무리한 연명 치료를 비판하고 안락사에 긍정적인 자세를 보였다. 그에 반해 '저지련' 쪽의 주장은 한결같이 '탁상공론'에 불과하다며 들은 척도 하지 않았다.

히가시는 설문 조사 결과를 보고 무섭게 바뀌는 세간의 '분위기'를 느꼈다. 일단 한쪽으로 분위기가 흘러가기 시작하면 그에 반하는 의견은 모두 무시되었다. 이 나라를 움직이는 것은 이제 정의도, 이념도, 경제도 아니었다. 그저 분위기일 뿐이었다. 제2차 세계대전이 일어나기 이전의 군국주의에서 최근의 자기책임주의와 글로벌주의에 이르기까지 일본을 움직여온 것은 늘 사회를 뒤덮는 '분위기'였다.

아사이의 거짓을 알게 된 히가시는 곧바로 그 사실을 '저지련' 관계자에게 알렸다.

"뭐라고요? 아사이 그 사람, 처음부터 우리를 배신할 계획이었군요. 공개 연명 치료도 일부러 망친 게 틀림없어요."

"아주 비열한 놈이었군. 결코 그냥 넘어갈 수 없습니다."

야스요와 아오야기는 분해서 어쩔 줄 몰라 했지만 아사이를 데려온 오쓰카는 아사이의 거짓말에 할 말을 잃고 넋이 나간 표정이었다. 가모시다의 치료가 실패한 책임을 자기 혼자 떠맡을 생각이었던 오쓰카는 이 허망한 사태에 완전히 힘이 빠져버린 듯했다.

"오쓰카 선생, 이 빚을 꼭 갚아주자고요. 주간지에 아사이의 음모를 전부 폭로해서 혼내줍시다."

아오야기는 기세등등하게 당장 그 자리에서 전화를 걸었지만 출판사의 반응은 예상외로 냉담했다.

"아사이 에이시로는 안락사법 추진파의 스파이였습니다. 정말 비열한 음모란 말입니다. 네? 아니, 하지만 그런……."

아오야기가 아무리 목청을 높여 이야기해도 주간지 쪽은 별 흥미를 보이지 않았다. 아사이의 거짓말은 '저지련' 사람들에게는 일대 사건이었지만 여론은 이미 '저지련'에 등을 돌렸기 때문에 '저지련' 쪽의 반박 기사는 뉴스거리로서 별 가치가 없었다.

그와 반대로 아사이는 안락사법 임시조사회에 참가하는 등 언론의 주목을 모으고 있었다. 아사이는 반대파에서 찬성파로 180도 태도를 바꾸었다는 사실을 적극적으로 공언하며 자신의 변절을 일종의 당당함으로 교묘히 내세웠다.

전문지나 종합 잡지에는 안락사를 허용하는 발언이 잇따라 게재되었고 텔레비전에서는 시사 프로그램뿐 아니라 개그맨이나 연예인이 출연하는 정치 오락 프로그램에서도 안락사 법안에 찬성하는 내용이 방송되었다. 또한 난치병인 루게릭병 환자가 NHK의 한 프로그램에서 안락사 법제화를 간절히 호소해 커다란 반향을 불러일으켰다.

이러한 여론에 힘입어 아사이는 아침 생방송에 출연해서 시청자들에게 간살스러운 목소리로 주장했다.

— 제 말은 하나의 선택으로서 안락사를 인정하자는 것입니다. 고통받는 사람의 바람을 들어주기 위한 법 정비입니다. 안락사법이 제정되었다고 해서 물론 누구나 안락사를 해도 된다는 말은 아닙니다. 오히려 법률이 제정되어도 당장은 상황이 바뀌지 않을 겁니다. 장기 이식법 때와 마찬가지입니다. 최초의 심장 이식까지 1년 반이나 걸렸으니까요. 환자나 의사 쪽도 이 법률을 실제로 적용하기까지 상당히 신중하게 판단할 것이라고 생각합니다.

안락사법을 요구하는 목소리가 커지는 가운데 안락사법 임시조사회는 회의를 거듭해 이례적으로 단기간에 결의해서 최종 답신을 2월 8일 보고한다고 발표했다.

1월 마지막 일요일, 히가시는 집에서 텔레비전 채널을 돌리다가 〈선데이 프라임〉을 보게 되었다. 마침 전일본의사회 붕괴의 주역이었던 전 상임 이사 반도 교이치가 출연하고 있었다. 주제는 바로 '안락사의 시비'였다. 사회를 맡은 다도코로 신야가 〈24시간 온 에어!〉의 공개 연명 치료 실패에 대해 질문했다.

— 반도 선생은 뇌외과 의사십니다. 현장에서는 그런 비참한 연명 치료가 자주 있습니까?

— 그렇습니다. 뇌외과에서는 더욱 심각한 경우도 있습니다. 어쨌거나 다발성 장기 부전이 되기 전에 수술로 뇌를 절제하는 것이니까요.

— 상상만 해도 무섭군요. 일본판 포스트마 사건으로 알려진 시라카와 선생에 대해서는 어떻게 생각하십니까? 시라카와 선생에게도 출연을 부탁드렸습니다만 거절하셨습니다. 그럴 시간이 없다고 하십니다…….

다도코로는 출연 섭외에 응하지 않는 시라카와에게 불만을 드러냈다.

— 시라카와 선생이 작년에 실시한 교토의 안락사 사건도 이런 비참한 연명 치료를 피하기 위한 것이지요. 공개 연명 치료의 실패는 시라카와 선생의 정당성을 뒷받침하는 것이라고 생각합니다.

— 그렇습니다. 제가 시라카와 선생이었어도 같은 선택을 했

을 겁니다.

— 그렇다면 반도 선생도 안락사에 찬성하시는 겁니까? 그리고 하나만 더 여쭙겠습니다. 선생이 완전히 해체시킨 전일본의사회는 안락사에 강경하게 반대했었습니다. 그 이유는 무엇입니까?

반도는 표정을 바꾸지 않은 채 대답했다.

— 안락사를 인정하면 의료 수입이 줄기 때문입니다. 현재와 같은 행위별 수가제에서는 환자를 살려서 검사나 치료를 계속하면 이익이 올라가니까요. 환자를 안락사시키면 그 시점에서 의료는 중지되어버립니다.

— 그러니까 뭡니까. 의사는 환자가 고통을 받건 가족이 슬퍼하건 억지로라도 생명을 연장시켜 돈벌이를 한다는 말입니까?

다도코로의 노골적인 발언에 반도는 웃음기 없는 표정으로 짤막하게 대답했다.

— 의사회의 속내는 그렇습니다.

의사회는 이미 사라지고 없지만 남아서 안락사에 반대하는 무리에게 비판이 거세지는 것은 필연적이었다.

— 이번에 반도 선생을 포함해 의사회에서 탈퇴한 그룹이 JAMA로 들어간다고 들었습니다. JAMA는 의사회와 다른가요?

— 물론입니다. JAMA는 의료청과 협력해 일본의 의료 체제를 근본적으로 혁신한다는 목적 아래 활동하고 있습니다. 이른

바 '이상적인 의료'를 실현하려는 것입니다.

— 이상적인 의료, 그것 괜찮군요.

다도코로가 부자연스럽게 반복하자 반도는 자신만만한 표정으로 수긍했다.

그 뒤로 안락사법 임시조사회에서는 아사이의 강력한 설득 덕분에 안락사법에 신중했던 의원과 중립파 의원 몇 사람이 법제화 찬성으로 돌아섰다고 보도되었다. 아사이와 함께 임시조사회에 참여했던 사생당의 미야기 아즈사 당수는 아사이를 격렬히 비난했지만, 그럴수록 임시조사회 내의 입지가 더욱 좁아질 뿐이었다.

'저지련' 쪽의 상황은 나날이 불리해졌다. 아직 대표이사를 맡고 있는 오쓰카는 무기력한 상태로 아무런 활동도 하지 못하고 있었다. 야스요와 아오야기는 열심히 저지련의 회복을 도모했지만 그들의 발언을 들어주는 언론은 적었다. 두 사람이 패널로 출연하는 〈프론티어〉에서도 연출자로부터 안락사에 관한 발언은 자제해달라고 지시받을 정도였다.

아사이의 배신을 용서하지 못한 야스요는 히가시에게 손을 좀 써보라고 여러 번 채근했지만 그들의 요구에 응하는 언론은 없었다. 게다가 최근에는 아사이가 자공당에 복귀하고 다음 총선에서 중의원 자리를 약속받았으며 전국구에서 앞 번호를 받게 될 것이라는 소문이 퍼졌다. 안락사법 임시조사회에서의 활약이 평가를 받았다고 하지만 그것은 처음부터 잘 짜인 각본이었다.

히가시는 참을 수 없이 화가 났지만 어쩔 도리가 없었다. 야스요와 아오야기도 분개하며 아사이를 사기죄로 고소하자고 했지만 현실적으로 불가능한 일이었다. 그런 가운데 더욱 충격적인 소식이 전해졌다.

안락사법 임시조사회 최종 발표가 나오는 2월 8일 새벽, 오쓰카는 자택에서 스스로 목숨을 끊었다.

시신을 처음 발견한 사람은 아내인 하루에였다. 전날 밤 오쓰카는 할 일이 있다면서 서재에 틀어박혔다. 먼저 잠자리에 든 하루에는 새벽이 되어도 남편이 잠자리에 들지 않자 이상하게 생각해 서재로 갔다가 소파에 쓰러져 있는 오쓰카를 발견했다.

경찰의 발표에 따르면 오쓰카는 스스로 만든 자살용 링거 장치를 이용했다고 한다. 오쓰카는 타이머와 링거용 펌프를 사용해 마취제로 의식을 잃게 한 뒤 심장 정지를 일으키는 염화칼륨을 정맥에 주사하는 장치를 만들어 사용했다.

유서에는 가족과 병원 관계자, 환자에게 보내는 사죄의 말과 함께 자신의 경솔한 행동이 '저지련'의 활동을 헛되게 만든 점에 대한 통렬한 회한이 담겨 있었다.

오쓰카의 죽음은 신문에 대대적으로 보도되었고, 일부 스포츠지에는 다음과 같은 표제가 달렸다.

'안락사 반대 의사, 스스로 만든 안락사 장치로 자살!'

오쓰카가 사용한 링거 장치가 미국에서 여러 환자를 안락사시킨 의사가 만든 장치와 흡사했기 때문이다.

오쓰카가 자살한 날 저녁, NHK는 오후 7시 뉴스에서 안락사법 임시조사회의 최종 의견을 보도했다. 예상대로 안락사를 정당한 의료 행위로 인정하지만 엄격한 규정에 따라 실시해야 한다는 내용이었다. 결국 의사에 의한 안락사를 합법화해야 한다는 뜻이었다.

이에 따라 나가미네 총리는 안락사법 제정 방침을 각의 결정했다. 동시에 각 정당의 의견을 조정하기 위해 '안락사에 관한 정당협의회'를 발족시켰다. 이 협의회는 아즈마 후생노동성 장관을 위원장으로 안락사법의 법안 요강을 정리하기 위한 특별 위원회였다. 이로써 빠르면 7월에 개최되는 임시 국회에 법안이 제출될 전망이며, 중의원 후생노동위원장은 여론의 요구를 배경으로 "법안이 제출되면 신속하게 심의하겠다"고 발언했다. 나아가 오사카, 나고야, 후쿠오카 등 주요 도시의 지방 공청회 일정도 검토되면서 안락사법을 제정하기 위한 토대가 일사천리로 정비되었다.

다음 날인 2월 9일, 오쓰카의 장례식은 오전 10시부터 오쓰카의 집에서 가까운 세타가야 구 '시모기타자와 아크홀'에서 치러졌다. 조문객은 대략 300명으로, 모두 안락사법 반대론자였다.

그들은 성실했던 오쓰카의 죽음을 애도했다.

"오쓰카 선생, 얼마나 허망했을까?"

"훌륭한 분이셨는데."

야스요가 눈물을 흘리자 아오야기도 얼굴을 일그러뜨리며 입을 다물었다. 히가시는 이제 멈출 수 없게 된 안락사법 제정의 흐름에 불안을 느끼면서 오쓰카의 영정을 바라보았다.

장례식을 마치고 돌아오는 길에 히가시는 야스요에게 이끌려 식장에서 가까운 아오야기의 사무실에 들렀다.

"이것으로 '저지련'도 끝이군요."

아오야기가 한숨을 쉬며 중얼거렸다. 야스요와 함께 1년 남짓 참가한 '저지련'에 그는 그다지 미련이 없어 보였다. 열심인 척했지만 결국에는 표면적으로만 '저지련'에 참여했던 것이다. 그러나 야스요는 달랐다. 그녀는 예기치 않게 아들을 안락사로 잃은 어머니가 아닌가. 그렇게 생각하며 히가시는 야스요의 옆얼굴을 훔쳐보았다. 야스요는 분노를 억누르는 듯 복잡한 표정이었다.

텔레비전에서는 한낮의 버라이어티 쇼가 방송되고 있었다. JAMA의 부대표인 시바키 가오리가 전날 있었던 안락사법 임시조사회의 발표에 대해 이야기했다.

— 마침내 환자들이 참을 수 없는 고통에서 해방될 길이 열렸습니다. 비참한 연명 치료는 이른바 의료가 만들어낸 지옥입니다. 지금까지는 손 쓸 방법이 전혀 없었습니다만, 안락사법

이 제정되면 의료가 그 지옥에서 환자를 구해낼 수 있습니다. 이로써 인생의 마지막에 극심한 고통과 비참함을 맛볼 일은 사라졌습니다.

옆에 앉아 있던 르포 기자인 다치하라 나오키도 안락사법 제정의 길이 열린 것을 기뻐하며 말했다.

―드디어 일본도 서구에 버금가는 종말기 의료 수준에 이른 것입니다. 지금까지 일본인은 죽음을 직시하지 못하고 있었습니다. 어차피 죽는다면 누구나 편안하게 가고 싶어 하지 않겠습니까? 앞으로는 더욱 쾌적한 죽음을 위해 일본이 안락사 선진국이 될 것이라고 기대합니다.

야스요가 참을 수 없었는지 텔레비전 스위치를 껐다.

"사람들은 정말 바보로군. 뭐가 중요한지 생각해보지도 않고 안락사법 추진파에게 휘둘리다니."

"맞는 말입니다. 안락사법이 제정된 다음에 후회해봤자 늦을 텐데."

아오야기도 불쾌한 듯 입을 비죽거리며 말했지만 히가시는 암울한 기분으로 두 사람의 말을 들었다.

이대로 안락사법이 제정되어도 정말 괜찮을까? 안락사를 위장한 상속 살인이나 간병에 지쳐 환자를 억지로 안락사시키는 일은 없을까? 혹은 의사가 안락사라는 명목으로 중환자의 치료를 중지하거나 성급히 치료를 포기하지는 않을까? 그런 일이 실제로 일어난다 해도 사라진 생명을 되돌리지는 못한다. 안락사법이 일본에 처음 도입되는 것이어서 과연 어떤 상황이 벌어질지 아무도 예측할 수 없었다.

히가시는 왠지 모를 불안을 느끼며 야스요에게 말했다.

"야스요 씨, 이제 안락사법 제정을 막을 방법이 없는 건가요? 이대로 가만히 지켜보는 수밖에 없나요?"

"천만의 말씀! 여기서 물러설 수는 없어요."

"그렇다면 무슨 수라도 써야 하지 않습니까?"

야스요는 아무런 대답도 하지 않았다. 히가시는 초조하게 물었다.

"전에 야스요 씨가 만났던 시라카와 선생에게 다시 한 번 협조를 부탁하면 어떨까요? 시라카와 선생이 움직인다면 아직 기회는 있지 않을까요?"

"알고 있어요. 저도 포기한 건 아니에요. 분명 뭔가 방법이 있을 거예요."

야스요는 험악한 표정으로 시선을 피했다. 하지만 대체 어쩔 생각인지 히가시는 짐작조차 할 수 없었다.

22. 방심

작년 말 유키에에게 청혼했다 거절당하자 시라카와 다이세이는 속이 텅 비고 껍데기만 남은 느낌이었다. 대체 자신은 무엇을 하고 있는 걸까?

돌이켜보면 지난 1년 몇 개월 동안 혼란의 소용돌이 속에 있었다. 재작년 10월에 후루바야시 쇼타로를 안락사시킨 뒤 이모 아키코가 보낸 괴문서를 시작으로 경찰의 조사와 이해할 수 없었던 불기소 처분, 일본판 포스트마 사건의 당사자로서 언론에 화제가 되는 등 정말 많은 일이 있었다. 자신은 조금도 변한 것이 없는데 주위의 시선은 엄청나게 달라졌다. 비위를 맞추는 사람도 있었고, 유명인이 된 걸 비판하는 사람도 있었다. 환자의 가족에게서 익명의 편지를 받기도 했다. 물론 자신의 책임이지만 아내에게 불륜을 폭로하는 사진이 도착했고, 야스요에게는 과거의 수술 사망 건으로 약점을 잡혀 안락사를 부정하라는 협박을 받았다.

지금까지 환자의 치료에 최선을 다했고 외과 부장으로서 부끄럽지 않은 진료를 해왔다고 자부하지만 실제로는 깨닫지 못하는 사이 많은 문제를 안고 있었는지도 모른다. 그것이 지금 하나둘 터져 나오고 있었다.

경찰의 조사가 시작되면서 시라카와는 근무가 서서히 줄어들었다. 불안정한 상태에서 진료하다가 만에 하나 사고가 나거나 실수라도 하면 큰일이기 때문이었다. 빨리 원래 상태로 돌아가야 한다고 생각하면서도 이런저런 일들이 겹쳐 불규칙한 근무가 계속되었다. 새해 들어서도 병원에 출근은 하고 있지만 거의 부장실에 틀어박혀 지내는 휴직과 다름없는 상태였다. 병원 측은 대학 의국에 선처를 구한 모양이지만 의국장인 모리는 시라카와의 전근 요청을 감안해 우선 연내 이동으로 일단락해놓았다.

청혼을 거절당한 충격에 시라카와는 망연자실했지만 유키에는 그런 시라카와를 열심히 위로했다.

"저는 선생님을 사랑하고 있어요. 선생님은 제게 그 무엇과도 바꿀 수 없는 분이에요."

"그런데 대체 왜?"

괴로워하며 묻는 시라카와에게 유키에는 입을 굳게 다물고 그저 복잡한 의미가 담긴 젖은 눈동자로 응시할 뿐이었다.

시라카와는 유키에를 집까지 바래다주었다. 유키에는 그냥 돌아가려는 시라카와를 억지로 자신의 집으로 데리고 들어갔다.

"선생님이 청혼해주셔서 얼마나 기쁜지 몰라요. 눈물이 나올 만큼요."

문을 닫자 유키에는 몸을 던지듯 입을 맞추었다. 시라카와는 유키에의 요구에 응하기를 주저했다. 하지만 격정적으로 달려드는 유키에에게 휘말려 시라카와도 그녀를 안았다. 위로와 간절함과 포기가 뒤섞인 비참한 포옹이었다.

시간이 지나도 유키에는 몸을 떼지 않았다.

"지금은 이렇게 있고 싶어요. 이게 가장 좋아요."

꿈을 꾸듯 중얼거리는 유키에의 말에 시라카와는 혼란스러웠다. 유키에의 본심은 뭘까? 한쪽 팔에 닿는 유키에의 머리카락을 느끼며 시라카와는 신음하듯 말했다.

"하지만 나는 괴로워. 이대로는 못 견딜 것 같아."

유키에는 말없이 천장을 바라보면서 꼼짝하지 않았다. 무슨 생각을 하는 걸까?

"선생님, 저……."

이윽고 유키에가 공허하게 중얼거리며 다시 시라카와의 가슴에 머리를 묻었다. 머리를 쓰다듬자 유키에는 뺨을 시라카와의 가슴에 댔다. 이것이 시라카와를 향한 애정의 표현이 아니고 뭐란 말인가? 사랑하지만 함께할 수 없는 이유가 뭘까? 시라카와는 문득 어떤 생각이 떠올라 물어보았다.

"그때 오사카에서 찍힌 사진, 유키에가 아내에게 보낸 것 아니었어?"

시라카와의 팔에 안긴 유키에의 몸이 경직되었다. 역시 짐작이 맞았다고 생각하려는 순간, 유키에가 시라카와를 올려다보며 단호하게 대답했다.

"그렇지 않아요. 제가 보낸 게 아니에요."

"그럼, 누구지?"

"몰라요."

분명 유키에는 동요하고 있었다. 무엇을 숨기고 있는 걸까?

"하지만 그날 우리가 오사카에서 만나기로 한 건 아무도 모르는 일이었어. 그때 엘리베이터에 함께 탔던 남자, 당신이 그 남자에게 사진을 찍도록 한 거야?"

"아니에요. 제가 왜 그런 일을 하겠어요?"

"협박을 당했나?"

유키에의 눈이 희미하게 떨렸다. 설마.

"'안락사자유연합' 놈들이야?"

"모르는 사람들이에요. 선생님, 이제 그만 돌아가세요."

"하지만."

유키에는 시라카와에게 등을 돌리고 거칠게 옷을 입었다. 그리고 어깨너머에서 흥분한 목소리로 말했다.

"제가 선생님의 가정을 망쳤다고 말씀하시는 건가요? 억울하네요. 너무하세요."

그 뒤로 유키에는 돌처럼 마음을 닫고 말았다. 유키에의 집을 나서는 시라카와는 마치 넋이 나간 사람 같았다.

시간이 몸을 스쳐 지나갔다.

꿈에 그리던 유키에와의 생활도 무산되자, 시라카와는 어디에도 의지할 곳이 없었다.

그래도 눈앞의 현실은 사라지지 않았다. 마사미와의 재결합은 불가능했다. 아내와 이혼하는 건 이미 자명한 사실이었다. 그저 빨리 정리하고 잊어버리고 싶었다.

그렇게 생각하기는 마사미도 마찬가지였다. 루이가 새해 첫날 아침부터 학원에 간 뒤 마사미는 시라카와를 불렀다. 그리고 종이 한 장을 내밀었다.

"아버지와 의논해서 제가 받아야 할 위자료를 계산했어요."

종이에는 복잡한 수식과 화살표가 그려져 있었다.

"당신이 정년까지 지금 병원에 근무한다고 가정해서 앞으로 13년, 수입이 다소 늘어날 테니까 평균 연봉을 1800만 엔으로 계산해서 2억 3400만 엔, 거기에 퇴직금 약 3000만 엔, 총 2억 6400만 엔이에요. 전부 다 받고 싶지만 반만 받겠어요. 다시 말해서 1억 3200만 엔이에요."

지금까지의 울분을 토해내듯 마사미는 고압적으로 말했다. 시라카와는 멍하니 마사미의 말을 듣고 있었다. 반응이 없는 시라카와에게 초조함을 드러내며 마사미가 말을 이었다.

"통장과 집은 일단 제가 갖겠어요. 당신 때문에 루이와 내가 길에 나앉을 수는 없잖아요. 그 정도 책임은 져야 하지 않겠어요?"

마사미는 시라카와를 맨몸으로 쫓아낼 기세였다. 시라카와의 머리가 겨우 돌아가기 시작했다. 마사미는 친정아버지 쪽 힘을 빌려서 능력 있는 변호사를 얼마든지 고용할 수 있었다. 이대로라면 정말 무일푼으로 쫓겨날 수도 있었다. 시라카와는 거의 자포자기해서 말했다.

"병원에서 정년까지 근무하기는 어려울 거야. 대학 의국에서 이동에 관한 이야기가 나오고 있으니까."

"병원을 그만둔다고요? 언제요?"

"3월 말."

"그러면 어디로 가죠? 당신이야 어차피 또 월급이 적은 낡은 병원으로 가겠지만."

"한동안 갈 곳이 정해지지 않을지도 몰라."

"무슨 소리예요. 백수? 기가 막혀. 의국에 밉보인 거죠? 방송에 출연해서 으스댈 때부터 알아봤다니까."

마사미는 경멸과 분노가 뒤섞인 말을 내뱉으며 위자료가 계산된 종이를 낚아챘다. 시라카와는 될 대로 되라는 식으로 말했다.

"지금부터 평생 열심히 일해서 당신에게 갖다 바치느니 차라리 일하지 않는 편이 나아. 나한테 수입이 없으면 당신도 어쩔 수 없겠지."

"어떻게 그런 말을. 세상에, 어이가 없군요. 당신이 길에서 객사를 하건 자살을 하건 아무 상관 없지만, 부디 나와 루이에게는 피해가 오지 않게 해줘요."

마사미는 증오를 담아 이야기하면서도 분노와 낙담한 기색을 감추지 못했다. 시라카와는 그런 마사미를 곁눈으로 확인했다.

"당신이 그렇게 무능력한 사람인 줄은 몰랐네요. 그럼 교라쿠 병원의 퇴직금은 얼마나 되죠?"

"글쎄, 2500만 엔 정도 될걸."

"그럼, 그건 전부 위자료예요. 3월까지 월급도 전부 제가 받겠어요."

시라카와는 분한 표정으로 입을 다물었다.

"뭐예요, 그 표정은? 불만이라도 있나요?"

마사미의 위압적인 태도에 시라카와는 모욕을 느꼈다. 하지만 조용히 숨을 토해내며 마사미에게 머리를 숙였다.

"알겠어. 이번 일은 전부 내 탓이니까 어쩔 수 없지. 당신 말대로 하겠어. 다만 나도 당장 생활을 해야 하니까 퇴직금 중 1000만 엔은 내가 받을 수 없을까?"

"안 돼요. 뻔뻔하기는."

"직장을 금방 구하지 못하면 나는 정말로 무일푼이야."

시라카와는 더욱 불쌍한 척 어깨를 축 늘어뜨렸다. 마사미는 정떨어진다는 듯 혀를 찼다.

"정말 한심하네요. 알았어요. 그럼 500만 엔만 주겠어요. 하지만 그걸로 끝이에요."

"미안해."

머리를 숙이면서 시라카와는 속으로 혀를 날름 내밀었다. 세상 물정에 어두운 마사미는 아무것도 몰랐다. 인색한 마사미의 머릿속에는 되도록 변호사 비용을 들이지 않고 이혼하고 싶다는 생각뿐일 테니 앞으로의 수입이 불투명해지면 일단 받을 수 있는 것만이라도 받으려고 서두를 게 뻔했다. 마사미는 자신의 남편이 평생 돈벌이와는 무관한 의사라고 생각하고 있지만 어쨌거나 상관없었다. 지금은 그렇게 생각하는 쪽이 편리했다.

시라카와는 이혼이 빨리 성사되면 자신에게는 오히려 이득이라고 생각했다. 무엇보다 이 울적하고 답답한 기분에서 해방될 테고, 정말 이혼했다는 걸 알면 유키에의 마음도 바뀔지 모를 일이었다. 시라카와는 아직 유키에와의 삶을 완전히 포기하지 않고 있었다.

그로부터 얼마 뒤 2월 초순, 시라카와는 교안 대학의 의국장 모리에게서 연락을 받았다. 전근할 병원에 대해 이전 부교수였던 야마나로부터 이야기가 있다는 것이었다. 야마나는 라이토 소화기의료센터 부센터장에서 고문으로 물러났지만 동기의 의리로 시라카와가 옮길 만한 곳을 찾아봐주었는지도 모른다. 시라카와는 일주일 후 야마나와 만나기로 약속했다.

2월 10일, 시라카와는 라이토 소화기의료센터의 응접실에서 약 5개월 만에 야마나와 만났다. 이전에 '안락사자유연합'이라는 단체에게 유키에의 일로 협박당한 뒤에도 이 병원을 방문했었다. 그때 야마나는 그 단체에 대해 알아보겠다고 했는데 그 뒤 어떻게 되었을까?

학창 시절에는 야마나와 별로 친하지 않았지만 쇼타로의 안락사로 조사를 받은 뒤부터 서로 도움을 주고받는 사이가 되었다. 이번에 다시 도움을 받게 되었지만 동기 좋다는 게 뭐겠는가.

"의국장인 모리에게 이야기 들었네."

야마나는 시라카와를 허물없이 맞이하면서 의자를 권했다.

"자네는 처음부터 열심히 일해왔으니 좀 쉴 때도 되었지."

시라카와가 여유 있는 민간 병원으로 가고 싶어 한다는 말을 들었을 것이다. 야마나는 모든 것을 알고 있다는 듯 웃었다.

"면목이 없군."

"아니야, 미안해할 필요 없네. 자네는 앞으로도 활약할 곳이 많지 않겠는가."

뭔가 의미심장한 말이었다. 시라카와는 진의를 묻는 듯 눈을 들었지만 야마나는 개의치 않고 준비된 봉투에서 화려한 팸플릿을 꺼냈다.

"자네에게 추천하려는 병원이라네. 미나토 구에 있는 시로가네 메디컬."

"도쿄에 있는 병원인가?"

예기치 못한 추천지에 시라카와의 표정이 어두워졌다. 순간 유키에의 일이 머리를 스치고 지나갔다. 도쿄에 가면 만나기 어려워질 것이 분명했다. 야마나는 시라카와의 망설임을 예상했다는 듯이 계속했다.

"일단 계속 들어보게. 이 병원은 내가 참여하고 있는 JAMA의 직영 시설이야. 의사가 170명에 이르는 대형 병원이지. 그래서 여러 면에서 융통성이 있어. 대우도 교라쿠 병원의 두 배는 보장될걸."

"고맙네. 하지만 그전에 이야기해두어야 할 일이 있어."

시라카와는 목소리를 약간 높여 부끄러운 듯 말했다.

"사실 지금 아내와 이혼 협의 중이네."

야마나는 심각한 표정으로 미간을 찌푸렸다. 야마나 역시 대학병원 업무에 너무 열중하다 보니 아내와 사이가 벌어져 5년 정도 전에 이혼했기 때문에 그 고통을 충분히 이해할 수 있었다.

"그래서 이혼이 성립될 때까지 표면적으로는 수입이 적은 것으로 해두고 싶네. 위자료 문제도 있고."

스스로도 한심하다고 생각했지만 가만히 손 놓고 있다가는 마사미에게 전부 빼앗길 수도 있었다. 야마나는 조금 생각해보더니 대답했다.

"그렇다면 당분간 촉탁이라는 형식을 취하면 될 거야."

"다 정리되면 그때 정식 직원이 되도록 하지. 촉탁 기간 중의 보수도 실제로는 많이 받을 수 있도록 조정하겠네."

"그렇게 해준다면야 고맙지."

"그런데 갑자기 웬 이혼인가?"

"그게…… 사실 부끄러운 이야기지만, 전에 잠깐 이야기했던 여자 문제 때문일세."

"허어……."

야마나가 묘하게 말끝을 늘였다.

"실은 둘이 만나는 현장을 찍은 사진이 집으로 배달되었어. 그때 자네에게 부탁한 '안락사자유연합'이 의심스러운데, 자네 뭔가 들은 이야기 없나?"

"아, 그 건은 잘 해결되었어. 바빠서 말하는 걸 잊었는데, 크게 신경 쓸 필요도 없는 시시한 단체더라고. 조금 과격한 사람이 있었던 모양이지만 잘 이야기했으니까 그 뒤로는 문제를 일으키지 않았을 텐데."

"그렇군."

그렇다면 사진은 다른 사람이 보냈다는 뜻이었다. 시라카와의 시선이 흔들리자 야마나가 비밀스러운 미소를 지으며 물었다.

"그런데 그 여자와는 어떻게 알게 된 건가?"

시라카와는 유키에와의 일을 대충 설명했다. 수술 보조를 아주 뛰어나게 해주던 간호사라고 말하자 야마나는 고개를 끄덕이며 문득 생각난 듯이 제안했다.

"그런 우수한 간호사라면 함께 도쿄로 데려가면 어떤가? 시로가네 메디컬에서 받아줄 걸세."

"설마, 유키에가 수긍할 리도 없고."

"아니야, 틀림없이 함께 갈걸."

어째서 야마나는 그렇게 확신하는 걸까? 시라카와가 의심스러워하자 야마나가 얼버무리듯 말했다.

"자네는 이혼할 것 아닌가? 그러면 상대도 당연히 자네 요구에 따르겠지."

"글쎄, 과연 그럴지……."

시라카와는 쓴웃음을 지으며 대답했지만 어쩐지 개운치 않았다. 야마나는 허둥지둥 화제를 돌렸다.

"그보다 올해 10월에 의료청과 의료인권리원이 발족하는 건 자네도 알고 있지? 전일본의사회도 해체되었고 앞으로 일본의 의료는 근본적으로 바뀔 걸세. 전에도 이야기한 JAMA의 니미는 '의료 신질서'가 도래할 것이라고 말하고 있어."

"의료 신질서?"

"그래."

야마나는 주변을 살피듯 목소리를 낮췄다.

"사실 니미는 정치가나 관료와 상당한 연줄이 있어. 자네에게만 말하지만 아마도 의료인권리원의 의장이 될 거야. 의료인권리원은 작은 조직이기는 해도 의료청을 감독하는 기관이야. 이른바 일본 의료의 사령탑인 셈이지."

시라카와는 무심코 야마나의 이야기에 집중했다. 교토교엔에서 후루바야시 야스요가 했던 말이 생각났기 때문이다.

'니미는 JAMA에서 의료청을 좌지우지해 일본의 의료를 지

배하려는 속셈입니다.'

그때는 설마 그렇게까지 하겠냐고 생각했지만, 물밑에서는 이미 진행 중이었단 말인가? 시라카와는 순간 숨이 멎는 것 같았지만 야마나는 동요하지 않고 시라카와를 똑바로 마주 보며 말했다.

"니미는 일본판 포스트마 사건으로 유명해진 자네를 주목하고 있네. 그러니까 자네가 JAMA 관련 병원에 와준다면 분명 나쁘지 않을 걸세."

"쇼타로의 안락사와 관련된 보도는 역시 JAMA가 주도한 거군."

시라카와의 표정이 굳어지자 야마나는 잠깐 아무 말도 하지 않다가 큰 소리로 웃었다.

"그렇게 말하니 뭔가 음흉한 꿍꿍이라도 있었다는 식으로 들리는군. 우리 쪽에서 조금 힘을 쓰기는 했지만 특별히 나쁜 일을 벌이지는 않았네. 일본에서 안락사를 법제화하기 위한 것이니까. 안락사법 제정에는 자네도 찬성 아닌가?"

"하지만 나는 뭔가 개운치 않아. 얼마 전 안락사법 임시조사회가 최종 의견을 보고했지만 이대로 안락사법이 제정되어도 정말 괜찮을지 좀 더 신중하게 생각할 필요가 있다는 생각이 들어."

"자네, 안락사로 유명해진 사람이 그렇게 마음 약한 말을 하면 어떻게 하는가? 현장에서 안락사가 인정되지 않아서 고통받는 환자가 얼마나 많은지 알고 있지 않은가? 그런 환자들을 그저 지켜만 봐야 하는 의사들도 많지. 마지막 선택으로 안락사가 필요하다는 점은 누구나 인정하고 있다네."

"그야 그렇지. 하지만 그건 의사에게만 통용되는 논리 아닌가. 안락사 허용을 의사의 논리만으로 결정해도 될까?"

시라카와는 야스요가 한 말을 떠올렸다. 야마나는 표정을 바꾸고 표준말로 강경하게 말했다.

"안락사를 시행하는 건 의사야. 그 책임도 의사가 지지. 세상은 요구만 할 뿐 아무런 책임도 지지 않아. 의사의 논리가 우선시되는 건 당연하지 않은가?"

확실히 야스요의 이야기는 이상주의에 가까운 면이 있었다. 시라카와는 야마나가 현장 상황을 무시하고 말만 그럴듯하게 한다는 느낌도 들었다. 실제로 고통받는 사람을 구하는 것은 의사다. 역시 의사가 책임을 지고 주도하는 편이 나을지도 모른다.

시라카와가 억지로 이해하려 애쓰는 동안 야마나는 다시 간사이 사투리로 돌아가서 말했다.

"교라쿠 병원에서 있었던 일은 모리에게 들었네. 와다 원장과 사이가 별로 좋지 않다고. 그러니까 자네는 교토를 떠나는 편이 낫지 않겠는가? 도쿄로 가서 새롭게 다시 시작하는 거야."

"음…… 그럴지도 모르지. 그럼 부탁하네."

시라카와가 머리를 숙이자 야마나는 힘 있게 그의 어깨를 두드렸다.

"맡겨두게나. 도쿄에서 함께 열심히 해보세."

23. 오쿠히에이 세미나

4월 9일 금요일, 오전 11시.

신경정신과 병원 '마코토 요양원'은 신령한 기운이 흐르는 히에이 산 깊숙한 곳에 자리하고 있었다. 지금은 문을 닫은 요양원 로비에서 야마나 게이스케는 훤히 뚫린 천장을 올려다보았다. 천장 한가운데에 초현실적인 스테인리스 장식물이 걸려 있고 그 뒤로 스테인드글라스 창이 색색으로 아름답게 비치고 있었다. 빛의 자극을 싫어하는 정신과 환자를 위해 간접 조명이 설치된 널따란 로비에는 엄숙한 분위기가 감돌았다.

"야마나 선생, 안녕하세요. 앞으로 사흘 동안 잘 부탁드립니다."

진무리전드 제약의 MR인 무라오 시로가 야마나에게 다가와 마흔다섯이라는 나이에 걸맞지 않은 명랑한 목소리로 인사를 건넸다. MR란 Medical Representative의 약자로 의약 정보 제공자라는 뜻인데, 이전에 '프로퍼(회사의 정사원이라는 의미로 쓰임 - 옮긴이)'라 불리던 영업 사원을 말한다. MR는 자사 약품을 팔기 위해 의사들에게 다양한 접대 공세를 펼치는데, 특히 진무리전드 제약처럼 신흥 기업은 타사 제품을 밀어내기 위해 더욱 적극적이었다.

"아, 이번에도 신세를 많이 지겠군. 잘 부탁하네."

야마나가 웃으며 말하자 무라오는 정중하게 응대했다. 그는 JAMA의 창립 기념 총회 때도 실무 책임자로 일했다.

"연단은 이런 느낌이면 될까요?"

정면에 연단이 있고 그 양옆에 간부용 탁자, 뒤에는 호화로운 꽃꽂이가 장식되어 있었다. 연단 뒤쪽에는 'JAMA 오쿠히에이 세미나 4. 9~4. 11'이라고 쓰인 커다란 판이 걸려 있었다.

"좋군. 나머지는 니미 선생의 카리스마를 강조하면 되겠어."

"알겠습니다. 그건 조명으로 연출할 생각입니다."

무라오는 알겠다는 듯 고개를 끄덕이고 재빨리 수첩에 메모했다.

야마나는 현관 쪽으로 걸어가 탁자 위에 쌓인 세미나 자료를 집어 들었다. 고급스럽게 인쇄된 전단은 뮤지컬이나 콘서트 팸플릿처럼 화려했다. 안내를 돕는 여성들도 모두 모델처럼 아름다웠다.

"저 여성들은 어디서 데려왔나?"

"니미 선생이 지시하신 오사카의 파견 회사에서요."

니미가 지시했다면 특별히 걱정할 필요는 없었다. 업자 선정에 신중한 야마나는 도우미 여성들을 향해 가볍게 고개를 끄덕였다.

니미는 세미나 장소를 찾아보라고 하면서 외부에 정보가 누출될 염려가 없는 곳이어야 한다는 조건을 붙였다. 오쿠히에이에서도 외진 곳에 있는 시설을 고른 것은 그 때문이었다. 마코토 요양원은 오쿠히에이 고속도로가 지나가는 요코다카야마의 교토 쪽에 위치한 시설로, 교안 대학 출신인 신경정신과 의사가 6년 전에 개원한 병원이었다. 근대적인 설비와 데이 서비스(노인 및 장애인의 일상생활과 재활 훈련 등을 돕기 위해 1979년 일본에서 시작된 복지 제도의 하나 – 옮긴이), 단기 체류 등이 가능한 시설이었지만 2년 전 남성 간호사가 환자를 '학대'했다는 보도와 원장의 성희롱, 진료비 허위 청구 의혹 등의 문제가 드러나면서 작년 말에 문을 닫았다.

"문 닫은 정신병원을 아주 멋지게 꾸몄군요."

야마나가 호텔처럼 멋지게 꾸민 장식을 칭찬하자 무라오는 황송해했다.

"참가자들이 숙박할 방은?"

"단기 체류용 방과 그룹 홈의 개인실, 그리고 병동의 큰 방을 칸막이로 나누어 준비해두었습니다. 일부 철창이 설치된 방도 있습니다만, 그것도 색다른 즐거움이 되지 않을까요?"

"하하하, 세미나가 아무리 힘들어도 도망치지 못하겠군."

야마나가 웃자 무라오도 따라 웃었다.

한 시간 후, 이번 세미나의 간부들이 점심을 겸한 사전 협의를 위해 병원 회의실에 모였다. JAMA에서는 니미 데이이치, 시바키 가오리 및 야마나를 포함한 집행부 이사 일곱 명, 구 의사회에서는 반도 교이치, 가네코 리쓰 등 전 상임 이사 다섯 명이 출석했다.

전일본의사회가 붕괴되고 반도 등 일행이 JAMA에 합류한 데 이어 의사회 쪽이었던 의사들이 대거 JAMA에 가입했다. 조직 재편의 필요성을 느낀 니미는 JAMA와 구 의사회의 주요 멤버 90여 명을 소집해 상호 의견 통일과 친목을 위해 이 '오쿠히에이 세미나'를 개최하기로 결정했다.

사전 협의는 JAMA 측, 의사회 측 모두 서로 속내를 탐색하는 자리가 되었고, 결국 각각 담당할 일과 세미나 내용을 확인하는 데 그쳤다. 야마나가 맡은 일은 마지막 날에 일본판 포스트마 사건의 주역인 시라카와 다이세이와 안락사의 실상에 대해 이야기하는 것으로 정해졌다.

시라카와는 야마나의 권유에 따라 4월 1일부터 시로가네 메디컬에 촉탁 고문으로 취직했다. 병원의 대우는 시라카와의 조건을 전적으로 받아들인 것이기 때문에 시라카와는 야마나에게 크게 신세를 졌다고 생각하고 있었다. 이번 세미나 참석도 애초에는 망설였지만 야마나의 강권으로 승낙한 것이었다.

야마나는 니미에게서 직접 세미나 준비를 일임받았는데, 이는 상당히 중요한 역할인 듯했다. 대표실에서 지시를 받았을 때 니미는 은밀하게 말했다.

"이번 세미나는 '선생'의 지시에 따른 겁니다. '선생'은 '의료 신질서'를 실현하기 위한 제2단계에 들어섰다고 보고 계십니다."

자공당의 숨은 실력자인 사도하라 잇쇼가 '선생'이라고 부르는 오직 한 사람이자, 니미도 절대적으로 신뢰하는 인물에 대한 이야기를 듣자 야마나는 긴장했다.

오후 1시, 접수가 시작되자 참가자들을 태운 리무진 버스가 하나둘 도착하기 시작했다. 안내원들이 미소로 맞이하며 자료와 일정표를 나눠주었다. 참가자들의 첫인상은 괜찮아 보였다.

"야마나 선생, 여러모로 잘 부탁합니다."

새롭게 JAMA에 참가한 도테이 대학의 외과 교수가 야마나에게 악수를 청했다. 학회에서는 거만하기 그지없던 교수가 오늘은 마치 다른 사람처럼 저자세였다. 야마나는 터져 나오려는 웃음을 간신히 참으며 친절한 미소를 지었다.

야마나의 등 뒤에서 전속 비서처럼 손님을 맞이하는 무라오를 발견한 어떤 뚱뚱한 의사가 무척 놀라며 물었다.

"진무리전드의 무라오 부장 아닙니까?"

"아, 다카키 중앙병원의 고가 선생님, 오랜만에 뵙습니다."

무라오는 당혹스러운 표정으로 한 걸음 뒤로 물러섰다.

"무라오 군, 부장이었어요?"

야마나가 묻자 무라오는 곤란한 듯 머리를 흔들었다.

"아닙니다. 직함은 그렇지만 여러 가지 일을 맡고 있습니다. 아직 작은 회사여서요."

"그렇게 겸손하지 않아도 됩니다. 야마나 선생, 무라오 씨는 한토 대학 약학부 출신으로 진무리전드가 다케노우치 약품 연구소에서 스카우트한 인재입니다. 이번에 개발본부장에서 이사로 승진했다고 들었습니다."

고가가 시시콜콜 다 이야기하자 무라오는 더욱 황송해하며 양손으로 상대를 제지하려고 했다. 야마나는 그런 무라오를 묘한 기분으로 바라보았다. 그 나이에 영업 사원이라고 해서 무능력한 사람이라 생각했는데 개발본부장이었다니 의외였다. 그렇다면 신약 개발에도 참여할 테고, 이사로 승진했다면 실적도 꽤 좋을 것이었다.

"그런 사람이 어떻게 영업을?"

야마나가 묻자 무라오는 붙임성 있게 대답했다.

"니미 선생님과는 황송하게도 같은 대학 출신입니다. 모처럼 불러주셨는데 아랫사람에게 맡길 수는 없지요. 작은 힘이나마 제가 도움이 된다면 그보다 기쁜 일이 없을 겁니다."

"아하, 나중에 JAMA의 도움을 받으려는 거군."

야마나가 무라오의 속셈을 다 꿰뚫어보듯이 말하자 무라오는 너무 괴롭히지 말라며 울상을 지었다.

23. 오쿠히에이 세미나

그때 갑자기 현관이 소란스러워지며 화려하게 차려입은 한 무리가 들어섰다. 의사회 측 의사들이 한꺼번에 도착한 모양이었다. 얼핏 봐도 40여 명은 되어 보였다. 그때 기다렸다는 듯이 로비에서 반도가 나타나 과장스러운 몸짓으로 그들을 맞이했다.

"야아, 여러분, 기다리고 있었습니다. 저희 세미나에 잘 오셨습니다."

반도 주변으로 사람들이 모여들자 순식간에 주위의 시선이 집중되었다. 반도다운 행동이었다. 야마나는 지지 않겠다는 듯이 성큼성큼 다가가 의사들 뒤에서 큰 소리로 외쳤다.

"구 의사회 여러분, 오시느라 고생하셨습니다. 저는 JAMA의 야마나입니다."

순식간에 분위기가 경직되더니 의사들의 얼굴에 의아스러워하는 표정이 역력했다. 반도가 사뭇 대단한 체하며 다가오더니 천천히 야마나의 등에 팔을 둘렀다.

"소개하지요. JAMA의 음……, 야마나 선생입니다."

명백히 아랫사람을 소개하는 말투였다. 야마나는 불끈 화가 치밀어서 반도의 손을 떨쳐내고 한 걸음 앞으로 나갔다.

"라이토 소화기의료센터 고문을 맡고 있는 야마나 게이스케입니다. JAMA에서는 집행부 이사로 있습니다."

직위로 압도할 생각이었지만 반응은 냉랭했다.

반도가 여유만만한 표정으로 앞으로 나서며 야마나를 내버려둔 채 의사들을 이끌었다.

"여러분, 이쪽으로 오십시오. 선생들을 위해 특별한 방을 준비해두었습니다."

손가락을 튕기자 안내를 맡은 여성이 상냥하게 다가와 의사회 측 참가자들을 병동으로 안내했다. 반도는 앞장서서 무리와 환담을 나누며 걸어갔다. 일행의 끄트머리에 있던 가네코가 난처해하며 야마나에게 머리를 숙여 인사하고 지나갔다.

"반도 선생, 인기가 대단하군요."

무라오가 감탄한 듯 중얼거리자 야마나는 화가 난 몸짓으로 바닥을 걷어찼다.

"정말 못 봐주겠군. '저희 세미나'라고? 어이가 없어서."

"아, 맞습니다. 확실히 그 말은 이상합니다. 이 세미나는 어디까지나 JAMA에서 주최하는 거니까요."

무라오가 비위를 맞추려 했지만 야마나의 마음은 편치 않았다. 니미는 반도를 어떻게 대우할 생각일까? 설마 시바키와 동격인 부대표 자리에 앉히지는 않겠지?

야마나의 의심이 깊어지고 있을 때 어딘지 모르게 허탈한 모습의 시라카와가 현관에 들어섰다. 야마나는 표정을 바꾸고 다가가 시라카와를 맞이했다. 무라오도 뒤에서 따라왔다.

"무라오 군, 내 동급생인 시라카와 선생입니다. 일본판 포스트마 사건 알고 있죠?"

"물론 알고 있습니다. 진무리전드 제약의 무라오라고 합니다. 짐은 제가 들지요."

무라오는 명함을 내밀고 나서 시라카와의 가방을 억지로 빼앗아 들었다.

"시라카와 선생은 안락사 체험담을 이야기할 예정입니다."

"그렇습니까? 기대되는군요. 저도 꼭 듣겠습니다."

"방으로 안내하지. 자네는 간부에 준한 대우를 받게 될 거야."

야마나가 단기 체류 병동으로 향하자 시라카와는 함께 걸으며 우울한 듯 말했다.

"실은 세미나에서 할 이야기 말인데, 나는 여전히 석연치 않은 기분이야. 그래서 잘 이야기할 수 있을지 자신이 없네."

"무슨 말인가?"

"자네도 출연했던 〈선데이 프라임〉의 토론에서 '저지련'의 오쓰카 의사가 말했었지. 안락사를 시행하는 의사에게는 '까다로운 치료를 빨리 끝내고 싶다'는 잠재의식이 있다고 말이야. 나 자신도 그런 의식이 있었는지 어땠는지 잘 모르겠네. 만약 그런 의식이 조금이라도 있었다면 당당하게 안락사를 권할 수 없어."

야마나는 초조함과 탄식이 뒤섞인 표정으로 고개를 흔들었다.

"아직도 그런 말을 하는가? 자네는 그때 환자와 가족을 위해 안락사를 실시한 거야. 그거면 충분하지 않은가? 방송에서 오쓰카가 한 말은 안락사법 추진파를 흔들기 위한 생트집이었을 뿐이야."

"하지만 잠재의식에 대해서는 스스로도 확신할 수가 없네."

"그따위 말에 신경 쓸 필요 없어. 무의식은 의식되지 않는 거니까. 무엇보다 오쓰카 자신도 패배를 인정하고 안락사하지 않았는가? 이렇듯 안락사에 대한 여론이 강해졌는데 당사자인 자네가 흔들리면 어떡하나?"

야마나가 밝은 목소리로 격려했지만 시라카와의 우울한 기분이 쉽게 걷힐 것 같지 않았다.

오후 2시, 회의장에는 이미 90여 명의 세미나 참가자가 자리를 메우고 있었다. 이번 세미나에 참가한 사람들은 JAMA 각 지부에서 모인 대표 및 구 의사회 간부 중 젊은 층에 속하는 멤버, 즉 차세대 일본 의료를 담당할 인재들이었다.

회의장에는 모차르트의 경쾌한 피아노 협주곡이 흐르고 있었지만 음악과 달리 야마나의 마음은 울분으로 들끓었다. 조금 전 현관홀에서 반도에게 당한 일이 시간이 지날수록 더욱 불쾌하게 느껴졌기 때문이다.

반도는 무대 맞은편에 앉아 있었다. 저런 삼류 사립대 출신한테 얕보일 수는 없다고 야마나는 속으로 이를 갈았다. 야마나는 반도를 권력욕으로 똘똘 뭉친 사람이라며 혐오했지만, 어떤 의미에서는 자신의 닮은꼴에 대한 증오이기도 했다.

야마나의 아버지는 후쿠이 현 미카타 군의 우체국 직원이었고, 집은 결코 유복하지 않았다. 야마나는 혼신의 힘을 다해 공부해서 현립 다케조노 고교에서 교안 대학 의학부에 합격했다. 자신의 힘으로 노력해서 의학부에 입학한 야마나는 의사가 되고서도 부보다는 명예를 원했다. 일류 교수가 되어 일본 의료를 이끌어나가는 것이 젊은 시절부터 야마나가 바라던 꿈이었다. 그런데 시대가 바뀌어 교수의 권위가 땅에 떨어졌다.

때늦은 선택이었다고 후회하고 있을 즈음 니미를 만났다. 그리고 현재 야마나의 야망은 어떻게 해서든 니미에게 잘 보여 일본 의료 시스템의 근간에 관여하는 것이었다. 야마나의 출세 지향은 분명 반도와 비슷한 구석이 있었다.

회의장에서는 준비를 마친 JAMA 직원들이 정해진 위치로 물러가고 무라오가 뒤쪽에서 전체적인 준비를 점검하고 있었다. 시라카와는 무대 가장자리에서 전단지를 읽고 있었다. 야마나 옆에 앉아 있던 시바키가 시간을 확인하고 자리에서 일어섰다.

"여러분, 정숙해주십시오."

소란스럽던 실내가 시바키의 낭랑한 목소리에 조용해졌다.

"그러면 지금부터 JAMA가 주최하는 오쿠히에이 세미나를 시작하겠습니다. 저는 세미나 진행을 맡은 시바키 가오리입니다. 그러면 먼저 니미 선생의 인사말이 있겠습니다."

짙은 감색 양복에 같은 색 셔츠, 자주색 넥타이 차림의 니미가 자리에서 일어나 유유히 연단으로 다가갔다. 조명이 어두워지고 강렬한 스포트라이트가 니미를 비췄다. 민머리가 빛나고 새하얀 피부는 신비로운 분위기를 풍겼다.

니미는 날카로운 시선으로 참가자들을 바라보며 양손을 들어 가볍게 인사했다.

"여러분, 이번에 반도 선생을 비롯해 구 의사회의 많은 분들이 저희 JAMA에 참가하셨습니다. 그리하여 JAMA는 일본 의료를 대표하는 명실상부한 단체로 성장했습니다. 여러분은 앞으로 일본 의료를 짊어질, 의료 붕괴의 구세주가 되실 겁니다."

모든 것을 삼켜버릴 듯한 새하얀 빛 속에서 니미는 검은 눈동자를 빛내며 강력하게 말했다.

"저희 JAMA는 다가올 의료청 설치를 위해 이상적인 의료를 추구하고 '모든 것은 환자의 이익을 위해서'라는 이념 아래 의료청의 기획 단계에서부터 시스템 구축에 이르기까지 협력해왔습니다. 의료청이 발족한 뒤에는 함께 일본의 새로운 의료 질서가 실현되도록 더욱 노력할 생각입니다. 나아가 저희 JAMA는 안락사를 적정한 의료로 규정하고 종말기 의료의 현실적 전개를 일관되게 추구해왔습니다. 불필요한 연명 치료 중지와 기만적이고 독선적인 의료를 지양하며 건설적인 논리를 부단히 펼쳐왔습니다. 여론이 요구하는 안락사법 제정도 이제 눈앞에 다가왔습니다."

인사말은 금방 니미 특유의 난해한 연설조로 바뀌고 긴장도 서서히 고조되었다. 니미는 수도사 같은 표정으로 말을 이어갔다.

"정부의 무관심과 의료계의 이기주의로 야기된 오늘날의 의료 붕괴는 더 이상 두고 볼 수 없는 지경입니다. 이러한 위기 상황에서 저희 JAMA는 의료 붕괴를 저지하기 위한 다섯 가지 제안을 비롯해 무엇보다 먼저 의료청을 설치하도록 주장해왔습니다. 우리가 주장하는 '의료 신질서'는 최신, 최적, 최선의 의료를 지속적으로 제공한다는 지극히 현실적인 의료 전략입니다. 우수한 의사가 고도의 의료를 실현한다면 환자와 세상의 신뢰는 저절로 회복될 것입니다. 저는 이번 세미나가 JAMA의 의견 일치와 이념을 확립하는 기반을 다지고 일본에 새로운 의료를 창설하는 역사적인 회합이 될 것이라고 기대합니다."

니미가 강렬한 어조로 인사말을 마치자 참가자들은 일제히 열렬한 박수로 호응했다.

회의장이 조용해지기를 기다려 시바키가 다시 마이크를 잡았다.

"그러면 세미나의 첫 번째 강의 '다가올 일본 의료의 내실과 규율'을 시작하겠습니다. 먼저 VTR를 봐주십시오."

회의장의 조명이 꺼지고 무대 오른쪽 화면에 영상이 비쳤다. '의사의 생활: 세계와 일본의 비교'라는 제목이 화면 한가운데 떠올랐다.

시바키가 편집한 이 영상을 야마나는 아직 보지 못했다.

화면에는 먼저 선글라스를 쓴 젊은 일본인이 등장해 눈부시게 파란 하늘을 배경으로 자기소개를 했다.

—여러분, 안녕하십니까? 저는 JAMA의 회원으로, 현재 플로

리다 대학 심장외과에서 일하고 있는 노지마 히로시입니다. 오늘은 여러분께 미국 의사의 생활을 소개하고자 합니다.

남자는 랜드 크루저 V8을 타고 고급 주택가로 보이는 넓은 도로를 달렸다. 그러고는 하얀 벽 앞에 서더니 경비원에게 신호를 보내고 삼엄해 보이는 문 안으로 들어갔다.

— 이곳은 게인스힐 북서부에 위치한 게데드 커뮤니티입니다. 거주자 외 출입을 제한하는 주택가로, 저도 그렇습니다만 대부분의 의사들이 이런 곳에 살고 있습니다. 오늘은 친구인 마취과 부장 존 맥그리거 선생의 집을 보여드리겠습니다.

차는 호화로운 저택들이 늘어선 부지를 지나 스페인풍 아치로 장식된 2층 빌라 앞에 멈췄다. 40대로 보이는 호리호리한 한 남자가 현관에 나와 노지마와 악수를 하고 곧장 집 안으로 안내했다.

— 집안 구조는 일본식으로 말하면 6LDK입니다. 거실과 부엌, 식당이 각각 분리되어 있고 침실을 포함해 방이 여섯 개, 게다가 넓은 지하실도 있습니다. 총건평은 약 110평(360제곱미터) 정도이고, 부지 면적은 약 1200평(4000제곱미터)입니다. 정원에는 수영장과 창고, 바비큐 공간이 있고 주차장에는 승용차 네 대가 주차되어 있습니다.

호화로운 방과 정원을 둘러본 뒤 노지마는 나무 그늘에 앉아 존을 인터뷰했다. 존의 이야기는 일본 의사로서는 도저히 믿기 어려운 내용이었다.

존은 매일 아침 커뮤니티 안에 있는 헬스클럽에서 운동을 하고 저녁에는 아내와 테니스를 치거나 아들의 축구 시합에 맞춰 오후 5시에 퇴근한다. 주말에는 커뮤니티 전용 골프장에서 골프를 즐기기도 하고 마이애미에 있는 별장에서 가족이나 친구들과 보낸다. 존이 대학 병원에서 받는 연봉은 일본 엔화로 계산하면 약 4200만 엔(약 5억 6천만 원)이다.

― 존의 연봉은 부장으로서는 낮은 편입니다. 제 상사는 6천만 엔 가까이 받으니까요. 미국 의사의 수입은 레지던트일 때는 400만에서 500만 엔으로 일본과 비슷하지만 전문의가 되면 크게 오릅니다. 외과 계통은 대학 병원 초임이 1500만 엔 정도입니다. 미국인 의사가 이렇게 우아하게 생활할 수 있는 건 수입뿐 아니라 체계화된 의료 시스템 덕분이기도 합니다. 미국 병원은 업무가 세분화되어 있어서 의사는 전문성 높은 업무에만 전념하면 됩니다. 문진이나 환자에 대한 설명, 검사 수속이나 다른 진료과 소개 등의 일반 업무는 임상 간호사나 인정 자격이 있는 공인 간호사가 맡습니다. 아울러 컴퓨터 입력이나 데이터 관리 등의 잡무는 의료 비서가 담당하지요. 그래서 의사는 시간적인 여유를 갖고 치료에 전념할 수 있습니다.

존의 말이 자막으로 나왔다.

― 미국에서는 고도의 기술과 전문성을 갖춘 의사가 풍요로운 생활을 누리는 것을 당연하게 여깁니다. 우수한 인재의 수입이 높은 것은 당연하고 반대로 높은 수입은 그 사람의 우수성을

증명하기도 합니다.

화면이 바뀌어 구름이 잔뜩 낀 유럽풍 거리가 비쳤다. 여신의 모습을 새긴 건물 벽에 일장기가 걸려 있고 그 앞에 양복을 입은 일본인이 서 있었다.

―JAMA 회원 여러분, 안녕하십니까? 저는 빈 주재 일본 대사관의 의료관 하나와 요시유키라고 합니다. 저는 반년 전에 JAMA에 가입했습니다.

하나와는 자기소개를 한 뒤 고급 아파트 단지에 있는 개인 병원을 방문했다. 흰머리가 희끗희끗한 50대 신사가 웃는 얼굴로 맞이했다.

―크로이처 교수는 빈 대학 산부인과 교수로, 이곳은 그가 진료를 맡고 있는 병원입니다. 보시는 바와 같이 원목 바닥에 고풍스러운 조명, 대기실에는 샹들리에와 난로가 있고 진료실도 호화로운 귀족의 응접실처럼 꾸며져 있습니다.

금발의 비서가 상냥한 미소를 띠며 커피를 가져다주었다. 고급 도자기 접시에 담긴 초콜릿을 먹으며 크로이처 교수가 빈 의사의 일상생활에 대해 이야기했다.

―우리 의사들은 항상 환자의 치료를 최우선으로 생각합니다. 한밤중에 환자를 방문하는 경우도 있고 개인 진료소는 아침 6시부터 시작합니다. 하지만 평소 생활은 여유로운 편입니다. 점심시간도 두 시간 정도고 저녁에는 5시에 퇴근합니다. 그래야 옷을 갈아입고 오페라를 보러 갈 수 있으니까요.

— 휴가는 며칠 정도입니까?

— 1년에 6주에서 8주입니다. 한꺼번에 쉴 수도 있지만 대개는 나눠서 쉬지요. 여름에 4주, 가을과 겨울에 2주씩. 하나와 의사가 근무하는 대사관에서는 여름휴가가 일주일이라고 하는데, 그렇게 짧다니 믿을 수가 없군요.

— 일본에서는 그것도 길다고 합니다. 휴가는 어떻게 보내십니까?

— 음악제 철에는 잘츠부르크에 갑니다. 가을에는 슈타이어마르크의 별장에서 사슴 사냥을 하거나 겨울에는 티롤에서 스키를 즐기기도 합니다. 여름에는 지중해의 리조트에서 보내기도 하고요.

— 어떻게 하면 그렇게 긴 휴가가 가능한가요?

— 그건 의사를 대신할 수 있는 체제가 확실히 정비되어 있기 때문입니다. 오스트리아에서는 병원에 의사가 집중되어 있으니까요. 병원을 늘리기보다 의사를 모아 기능을 높이는 것입니다.

— 의사의 휴가가 길어서 불만을 제기하는 환자는 없습니까?

— 그럴 이유가 없습니다. 의사에게도 휴가는 필요합니다. 휴가를 통해 재충전하고 돌아와서 진료를 제대로 하는 편이 환자에게도 이득 아닙니까? 휴가도 없이 일을 계속하면 피로가 쌓이고 마음의 여유도 잃어 진료의 질이 떨어집니다.

하나와는 카메라를 보며 말했다.

─크로이처 교수의 자택은 빈의 고급 주택가에 있는 호화로운 단독 주택입니다. 그 밖에도 별장 세 채와 국립 오페라와 음악협회의 연간 회원권을 갖고 있지요. 실례가 될 것 같아 수입은 묻지 않았습니다만, 일본 의사의 세 배 정도는 될 겁니다. 대학 병원과 개인 병원 외에 시내 사립 병원에서도 진료를 하고 있습니다. 모두 간호사와 기사, 비서의 지원 체제가 확실히 정비되어 있어서 크로이처 교수의 업무는 결코 많지 않습니다.

다시 화면이 바뀌어 이번에는 일본의 낡은 아파트가 등장했다. 피곤에 지친 듯한 50대 중반의 남성이 얼굴을 찌푸리며 말했다.

─저는 시민 병원의 외과 부장입니다만, 주간 근무 시간이 100시간을 넘을 때도 있습니다. 연봉은 1420만 엔. 병원이 적자인 탓에 상여금도 매년 줄고 있습니다. 방 세 개에 거실과 주방이 있는 아파트에서 삽니다. 거품 경제 시기에 구입했기 때문에 20년 정도 대출금을 계속 갚아야 합니다. 아직 800만 엔 정도 남아 있습니다. 차는 블루버드를 30년 정도 타고 있고요. 두 딸의 교육비 때문에 여행을 갈 돈도 시간도 없습니다. 즐거움이라고는 한 달에 한 번 잡지에 실린 맛집을 찾아가 외식하는 겁니다.

이어서 대학 병원의 외래 진료실이 나왔다. 눈에 핏발이 선 의사가 빠른 말투로 증언했다.

─저는 호흡기 내과 부교수입니다. 지금 시각은 오후 4시 10

분. 이제 겨우 오전 외래 진료가 끝났습니다. 지금부터 개호 보험 의견서와 보험 서류를 작성하고 학회 슬라이드를 만들어야 합니다. 점심요? 먹을 시간이 없습니다. 아직 병동 회진과 환자 가족에게 환자의 상태를 설명하는 일, 동의서 설명 등 일곱 건이 남아 있습니다. 장기 휴가는 꿈도 못 꿉니다. 여름휴가와 연말연시에도 3일 이상 쉬어본 적이 없습니다.

마지막은 일본 의대생 인터뷰였다.

— 솔직히 의대에 들어온 것이 잘한 선택이었는지 의문스럽습니다. 성공 모델이 없어요. 교수나 병원장은 절대로 수지맞는 직업이 아닙니다. 의사에 대한 사회의 요구는 더욱 엄격해지고 있는데, 이대로는 괜히 몸과 마음만 다칠 것 같습니다. 이용만 당하고 버려지는 것 아닌가 걱정입니다. 졸업하는 즉시 외국으로 나갈 계획인 의대생도 많고 의대를 그만두고 벤처 기업으로 옮긴 친구도 있습니다. 우수한 친구일수록 심각하게 고민하는 편입니다.

어둡게 바뀐 화면에 자막이 올라갔다.

'올해 도테이 대학 의학부를 졸업한 100명 가운데 25명이 외자계 기업의 취업 설명회에 참가했다. 일본에서 의사로 살아가기를 포기한 것이다.'

VTR가 끝나고 니미가 다시 연단에 등장했다. 조금 전과 마찬가지로 강렬한 조명 아래서 니미는 가라앉은 목소리로 말하기 시작했다.

"여러분, 이것이 오늘날 일본에서 의사로 살아가는 이들의 실태입니다. 얼마 전 이런 뉴스를 들었습니다. 국립 대사질환센터의 교수가 강연과 집필로 연간 2천만 엔의 부수입을 올렸다고 합니다. 그 교수는 세계적으로 알아주는 당뇨병 전문가로 일본의 당뇨병 치료 수준을 조금이라도 올려보려고 활동해왔습니다. 하지만 언론은 그 교수가 공무원인 주제에 고액의 부수입을 올렸다며 맹렬히 비판했습니다. 세금을 받아 연구한 성과로 부수입을 올리는 것은 용서할 수 없다는 겁니다. 이 얼마나 천박한 발상입니까? 미국에서는 고액의 보수가 실력 있다는 증거가 되지만, 일본에서는 비판의 대상밖에 되지 않습니다. 이러니 우수한 인재들이 자꾸 외국으로 빠져나갈 수밖에요."

니미는 연단의 마이크를 쥐고 천천히 참가자들이 앉아 있는 통로로 다가갔다. 강렬한 조명이 그 뒤를 쫓았다. 한동안 침묵이 흐른 뒤 니미는 크게 숨을 내뱉더니 다시 열띤 어조로 말했다.

"일본 의사들은 피폐해 있습니다. 그 이유를 의사가 부족하기 때문이라고 보는 시각도 있습니다만, 그것은 잘못된 생각입니다. VTR에서도 보았듯이 원인은 일본의 의료 체제에 있습니다. 의료 스태프를 늘리고 병원을 통합해서 의사를 집약하면 의사의 업무를 축소함과 동시에 처우를 개선할 수 있습니다. 정말로 우수한 의사에게 제대로 된 대우를 해줘야 합니다. 이것이 우리 JAMA가 지향하는 '의료 신질서'입니다. 그리고 그 중심에 우리가 제창하는 '의사의 노블레스화'와 총체적인 실천 형태인 '의료 정화'가 있습니다."

'의사의 노블레스화'와 '의료 정화', 이 두 개념은 야마나도 전부터 니미의 지론으로 익히 들어온 말이었다. '노블레스 오블리주'라는 말에서도 알 수 있듯이, 먼저 의사에게 합당한 사회적 지위를 부여하고 그에 맞는 오블리주, 즉 도덕적 의무를 다하게 한다는 개념이었다. 의사도 노블레스에 어울리는 생활을 할 수 있게 되면 기쁘게 책무를 다할 것이라는 생각이었다. 좁은 아파트에 살면서 대출금에 허덕이고 점심 식사도 제대로 하지 못한 채 잡무에 쫓기는 지금과 같은 상태를 어떻게 노블레스라고 할 수 있을까?

한편 세상은 후한 대접을 받고 싶다면 먼저 의사가 책무를 다해야 한다고 말할 것이다. 여기에서 닭이 먼저냐, 달걀이 먼저냐 하는 문제가 발생한다. 이것을 해결하는 비책이 바로 니미가 말하는 '의료 정화'다. 의료비라는 한정된 파이를 분배하는 상황에서 의사를 노블레스화하려면 분모를 줄이는 방법밖에 없다. 즉, 수준 낮은 의사를 도태시켜 우수한 의사에게 합당한 대우를 하자는 것이다.

'의료청이 가장 먼저 할 일은 의사 사냥이 되겠군.'

니미의 이야기를 들으며 야마나는 언젠가 사도하라가 가류소에서 했던 말이 떠올랐다. 의사 부족 문제를 해소하기 위해 일시적으로 의학부의 정원을 늘렸다. 하지만 의사의 인건비를 계산해 보니 이대로는 장래 의사의 수입이 격감할 것으로 판명되었다.

의사의 지위를 높이려면 의사의 수를 줄일 수밖에 없었다. 현장의 의사 부족 현상은 간호사와 의료 기사에게 의사 업무를 일부 이전하면 충분히 대응할 수 있다는 것이 니미의 지론이었다.

"일본에서 의사의 지위가 낮은 것은 의사가 존경받지 못하기 때문입니다. 이는 의사 쪽에도 책임이 있습니다. 일부 악질 의사들의 돈벌이에만 치중한 의료, 오만함, 불성실은 반드시 제거해야 합니다. 이렇게 한심한 의사들이 존재하는 한 의사는 결코 존중받지 못합니다. 의사 개개인은 스스로 정신성을 높이고 서로의 잘못을 감싸주는 행동을 중지해 질 나쁜 의사들을 도태시켜야 합니다. 그리고 지금 우리에게는 진실로 존경할 만한 의사가 되기 위한 노블레스화가 강력히 요구되고 있습니다. 여러분, 우리는 '의료 신질서'의 지평을 열어 구태의연한 자세에서 벗어나 노블레스로서 스스로 약진해야 합니다!"

니미의 열띤 연설에 청중석에서는 박수가 터져 나왔다. 아마나는 늘 그렇듯 니미의 말에 강한 카리스마를 느꼈다. 니미만 따라가면 의사의 존엄이 회복되고 일본의 의사도 미국이나 오스트리아의 의사처럼 우아한 생활을 할 수 있을 것이라는 집단 환상이 회의장을 가득 채웠다.

24. 암약

　니미의 강연은 예정보다 한 시간 더 지난 오후 7시가 다 되어 끝났다.

　그는 열띤 어조로 의사의 '노블레스'화를 이야기하는 한편 '의료 정화'의 구체적인 대책으로서 의료청 산하에 의사통괄국을 두자고 제안했다. 통괄국에서 부적격 의사를 선별하고 재교육, 업무 정지에서 의사 면허 박탈에 이르기까지 엄격하게 관리해야 한다는 것이었다. 회의장에 모인 의사들은 모두 자신들이 우대받는 쪽이라고 믿으며 니미의 주장을 열렬히 지지했다.

　이렇게 첫째 날의 프로그램이 끝나는가 싶었는데, 구 의사회의 반도 교이치가 손을 들었다.

　"니미 선생에게 한 가지 여쭙겠습니다. 이번에 의료청과 함께 설립되는 의료인권리원에 대해서입니다만, 그 임무와 권한에 대해 설명해주십시오."

니미는 반도를 굳은 시선으로 쳐다보며 잠시 틈을 두고 나서 대답했다.

"오늘은 정해진 시간도 다 되었으니 그 설명은 다음 기회에 하지요."

"아니, 오늘 꼭 듣고 싶습니다."

반도가 붙잡고 늘어지자 회의장에는 팽팽한 긴장감이 감돌았다. 니미는 무표정하게 대답했다.

"한마디로 말하자면 의료 행정의 민주적 관리와 의료인의 권리 옹호를 담당하는 행정위원회입니다."

"의료청과의 관계는 어떻게 됩니까? 의료인권리원은 의료청보다 상위에 위치한다고 들었습니다."

"의료인의 권리를 보호한다는 의미에서는 의료청의 상위에 위치한다고 볼 수도 있습니다."

야마나는 니미가 설명을 얼버무리고 있다는 느낌을 받았다. 의료인권리원은 모든 면에서 의료청보다 상위 기관이며 일본 의료를 좌지우지하는 조직이었다.

반도는 질문을 계속했다.

"니미 선생은 의료인권리원에서 중요한 역할을 맡게 될 것이라고 들었습니다."

명백한 견제였다. 반도는 니미가 의료인권리원의 의장 자리를 노리고 있다는 소문을 어디선가 들었을 것이다. JAMA에서 지위를 확보하려면 니미에게 잘 보여야 할 반도가 호전적인 태도를 보이는 이유는 뭘까? 야마나가 긴장한 표정으로 사태의 추이를 지켜보고 있는데 니미가 무뚝뚝한 말투로 재빨리 대답했다.

"모르겠습니다. 의료인권리원의 인사는 아직 아무것도 정해지지 않았으니까요."

대답을 마친 니미는 곧바로 연단을 내려왔다.

시바키가 즉시 마이크를 잡고 첫날 프로그램이 끝났음을 알렸다. 참가자들이 자리에서 일어서자 JAMA 직원이 그들을 만찬회장으로 안내했다.

만찬회장은 신경정신과 데이케어센터인 '나고미'였다. 넓은 공간에 호텔에서 가져온 탁자들이 질서 정연하게 놓여 있었다. 요리는 교토 임페리얼 호텔의 출장 뷔페였다. 가습기에서는 향기로운 수증기가 피어올랐다. 시중을 드는 종업원들도 호텔에서 파견한 사람들이었다.

참가자들이 자리에 앉자 샴페인 잔이 채워지고 니미가 건배를 들었다.

"JAMA와 일본 의료의 새로운 시작을 축하하며 건배!"

모두 함께 니미를 따라 건배를 제창하고 나서 호화로운 식사가 시작되었다. 우아한 음악이 흐르는 만찬회장은 마치 의료학회의 리셉션처럼 화려했다.

식사를 마친 뒤에는 인접한 레크리에이션 룸에서 연회의 2부가 시작되었다. 접수계의 안내원을 포함해 노출이 심한 드레스를 입은 여성 20여 명이 의사들을 접대했다.

야마나는 무심한 듯 천천히 룸 안을 둘러보았다. 니미와 시바키는 이미 방을 떠난 것 같았다. 반도는 가운데 진을 치고 앉아 구의사회 측 참가자와 접대 여성들에게 둘러싸여 즐기고 있었다.

문득 보니 무라오가 방 한구석에서 시라카와와 진지하게 이야기를 나누고 있었다.

"수고 많았습니다. 그런데 무슨 얘기를 그리 심각하게 합니까?"

야마나가 다가가자 무라오는 재빨리 물러나며 머리를 흔들었다.

"심각하다니요? 그저 시라카와 선생에게 안락사에 관한 이야기를 듣고 싶어서요. 역시 현장에서 부딪치는 의사의 고생은 이만저만이 아니군요."

"그렇지. 특히 시라카와 선생은 아주 성실하니까."

야마나는 시라카와에게 할 이야기가 있다는 눈짓을 했다. 그것을 눈치 빠르게 감지한 무라오가 말했다.

"그럼 저는 이만 물러가겠습니다."

"오늘 세미나 어떻던가?"

시라카와는 특별히 대답할 말이 없다는 표정으로 얼굴을 피했다. 야마나가 그 뒤를 쫓듯 계속해서 추궁했다.

"니미 선생이 강연에서 말했던 의사의 노블레스화와 의료 정화에 대한 자네의 생각은 어떤가?"

"노블레스화라는 말은 감이 잘 안 오는군. 정말 일본 의사들이 그렇게 유복한 생활을 원할까? 난 잘 모르겠네."

"자네는 어떨지 모르지만 대부분의 의사는 대우에 불만을 느끼고 있어. VTR에 나온 외국 의사와 비교해보게."

시라카와는 분명 니미의 강연에 강한 인상을 받지 못한 것 같았다. 야마나는 마지막으로 확인하듯 말했다.

"하지만 질 높은 의료를 제공하려면 의사의 인격과 기량을 높일 필요는 있어. 그것이 노블레스화 아니겠나?"

"그렇군. 하지만 의료 정화는……, 글쎄."

"어째서? 돈벌이에만 치중해서 의료의 질은 안중에도 없는 의사를 배제하는 일은 환자를 위한 것이기도 하다네. 지금까지 의사회는 그런 의사들을 무질서하게 관리해왔어. 그것을 정리할 필요가 있지 않을까?"

"그럴지도 모르지만, 니미 선생의 주장은 조금 강압적인 냄새를 풍긴단 말일세."

야마나는 당황해서 주위를 살폈다. 니미에 대한 비판이 언제 어떻게 니미의 귀에 들어갈지 모르기 때문이었다.

"시라카와 자네는 지나친 결벽주의자야. 니미 선생의 주장은 많은 의사들이 느끼고 있는 불만을 가장 합리적으로 해결하는 방법이라네."

"그럴까? 나는 자네처럼 전적으로 긍정할 수가 없군. 미안하지만 피곤하니 그만 방에 돌아가 쉬어야겠네."

"이봐, 시라카와. 한 잔 더 하자고."

아마나가 불러 세웠지만 시라카와는 손을 흔들며 자리를 떴다.

레크리에이션 룸에는 반도를 중심으로 구 의사회 의사들이 모여 있었다. 여의사들도 몇 명 있었는데 어느새 방으로 돌아간 듯했다. 남자 의사들은 접대 여성들과 어울려 큰 소리로 웃고 떠들며 천박한 농담을 주고받았다. 데이 서비스용 가라오케 코너에서는 목청을 자랑하며 노래를 부르는 사람, 여자와 듀엣으로 노래를 부르는 사람, 여자의 어깨를 끌어안고 노래를 부르는 사람 등 각양각색이었다. 이건 단란주점이나 다름없다며 야마나는 혐오감이 뒤섞인 쓴웃음을 지었다.

밤 9시를 넘자 소파가 길게 놓인 어두컴컴한 바의 천장에서는 조명등이 천천히 회전하며 벽에 동그란 빛을 뿌렸다. 음악도 〈파리에서의 마지막 탱고〉나 〈I want you〉 같은 관능적인 곡으로 바뀌었다. 구 의사회 의사들은 브랜디나 칵테일을 주문하고 함께 자리한 여성들에게도 억지로 권했다. 그중에는 자신이 좋아하는 술이 없다며 소란을 피우고 바텐더를 괴롭히는 이도 있었다. 칸막이가 있는 어둠침침한 자리에서는 성급히 접대 여성을 껴안는 자, 여자의 귓가에 무엇인가 속삭이는 자가 드문드문 눈에 띄었다. 여러 명이 함께 술을 마시는 자리에서는 때때로 여자의 비명 소리가 들렸다. 아직 젊어 보이는 의사가 "유방암 진단!"이라고 외치며 여자의 가슴 속으로 손을 집어넣은 것이었다.

"정말 한심하기 짝이 없네요."

카운터에서 술을 홀짝이는 야마나에게 구 의사회 전 상임 이사인 가네코 리쓰가 다가와 말했다. 야마나는 부드럽게 웃으며 느긋하게 대답했다.

"평소에 모두 스트레스가 심했을 테니까요."

"아닌 게 아니라 일본 의사의 생활은 가혹하니까요, 오늘 본 VTR에서처럼."

가네코는 바텐더에게 탄산수를 주문하고 사람들과 떨어진 구석 테이블을 잔으로 가리켰다.

"저쪽에서 잠깐 이야기하지 않겠습니까?"

야마나는 JAMA 본부에서 가네코를 처음 만났을 때부터 그에게 호감을 가졌다. 같은 국립대학을 졸업한 데다가 두뇌 회전이 상당히 빠른 인물이라는 인상을 받았기 때문이다. 게다가 아직 확실치는 않지만 가네코는 반도와 거리를 두고 싶어 하는 것 같았다. 만약 가네코를 자신의 편으로 끌어들일 수 있다면 니미의 의도와도 맞아떨어질 것이었다.

가네코는 야마나에게 상석을 권하면서 야단법석을 떨며 노는 의사들을 홀끗 보더니 내뱉듯이 말했다.

"오랫동안 의사회 일을 하면서 가장 싫었던 것이 저런 저속한 자들과 자리를 함께해야 한다는 점이었습니다. 그것만큼 고통스러운 일도 없었지요. 그들은 의사로서, 아니 인간으로서의 품격조차 갖추고 있지 않습니다. 반면 야마나 선생을 비롯해 JAMA의 선생님들은 모두 절도가 있으십니다."

"그렇게 칭찬해주시니 몸 둘 바를 모르겠군요. 니미 선생이 워낙 엄격하셔서 저희도 자제하고 있습니다. 사실은 조금 더 편하게 즐기고 싶습니다만."

야마나가 호의적으로 응대하자 가네코는 소파에서 여자를 희롱하며 웃고 떠드는 반도를 경멸하는 눈초리로 쳐다보았다.

"제 고생은 저 사람 탓이기도 하지요. 야마나 선생은 어떻게 생각하십니까?"

반도를 '저 사람'이라고 부르는 가네코에게 반도를 향한 경의는 느낄 수 없었다. 야마나는 가네코의 의도를 살피듯 의례적으로 대답했다.

"반도 선생은 젊어서 의사회 수석 상임 이사가 된 만큼 역시 걸출한 인물이 아니겠습니까?"

"처음에는 물론 그랬습니다. 저도 그 점을 높이 평가했었지요. 하지만 상임 이사가 된 뒤로는 사람이 영 달라졌습니다. 본색을 드러냈다고나 할까요. 지위에만 연연하는 사람이 되어버렸습니다."

가네코는 완전히 질렸다는 듯이 한숨을 쉬었다. 그는 정말 반도에게 정나미가 떨어진 것일까? 야마나는 슬쩍 물어보았다.

"하지만 반도 선생은 가네코 선생을 의지하고 계시지 않습니까?"

"글쎄요, 과연 어떨지."

가네코는 어떻게 되든 상관없다는 표정으로 눈을 가늘게 떴다. 그러고는 무심하게 회의장을 둘러보는 척하며 방금 깨달았다는 듯이 말했다.

"그러고 보니 니미 선생과 시바키 선생이 안 보이는군요."

"네, 오늘은 일찍 방으로 돌아가신 모양입니다. 협의할 일도 있고요."

"협의요? 그러면 JAMA의 방침은 그 두 분이 결정하는 겁니까?"

"특별히 그렇지는 않습니다. 저희가 회의에 참가할 때도 있습니다."

"하지만 JAMA는 실질적으로 니미 선생 독재 체제 아닙니까?"

가네코는 무슨 말을 하고 싶은 걸까? 야마나는 경계하며 아무 대답도 하지 않았다. 그러자 가네코는 뜻밖의 질문을 했다.

"그런데 시바키 선생은 니미 선생의 개인 비서 같은 위치인가요? JAMA의 2인자라는 느낌은 안 들던데요."

야마나가 의아한 표정으로 바라보자 가네코는 정색을 하고 물었다.

"JAMA의 조직은 어떻게 구성되어 있습니까?"

"어째서 그런 질문을?"

"앞으로는 저도 JAMA의 신세를 져야 할 몸이니 중앙 조직 정도는 알아두어야 할 것 같아서요."

확실히 의사회 측 회원은 JAMA의 내부 사정을 알기 어려울 것이다. 홈페이지에서도 규약이나 이념은 소개했지만 조직도는 공표하지 않았다. 야마나는 무난한 내용부터 설명했다.

"JAMA의 의결 기관은 총회와 운영위원회 두 곳이 있습니다. 집행부는 운영위원 중에서 선출되며 총무, 재무, 의사법제, 학술, 홍보 등 13개 위원회를 담당하고 있지요. 현재 집행부는 니미 선생과 시바키 선생, 저를 포함한 이사 일곱 명으로 구성되어 있습니다. 세미나에서 무대 한쪽에 앉아 있던 그룹이지요. 구 의사회 상임 이사분들도 무대에 앉아 계셨으니 장차 집행부에 들어가지 않겠습니까?"

"각 이사들의 서열은요?"

"서열은 특별히 없습니다."

"그렇군요. 서열을 애매하게 해서 간부들이 서로 경쟁하도록 한 거군요. 나치와 똑같은 방법이네요. 히틀러는 심복들을 같은 서열에 놓고 서로 견제하게 해서 충성심을 높였지요. 이거 실례했습니다. JAMA를 나치에 비교하다니 당치도 않은 말을 했군요. 그런데 야마나 선생은 집행 이사 중에서 시바키 선생 다음으로 니미 선생과 가깝지 않습니까?"

"어째서 그렇게 생각하십니까?"

"곁에서 보면 알 수 있습니다."

야마나는 그렇게 보인다는 사실이 싫지 않았다. 야마나의 표정이 부드러워지자 가네코가 얼굴을 바짝 대고 말했다.

"선생에게만 하는 말입니다만, 반도는 이번 세미나에서 계획을 꾸미고 있습니다. 내일 오후에 열릴 심포지엄에서 니미 선생과 예기치 않은 논쟁을 벌여 참가자들에게 자신이 니미 선생보다 우위라는 인상을 주려는 계획입니다. 그렇게 해서 JAMA의 주도권을 쥘 속셈이지요."

"설마……."

"정말입니다. 반도는 구 의사회파가 JAMA를 장악하도록 할 작정입니다."

그건 불가능한 일이었다. 야마나는 코웃음을 치려다가 문득 의심이 들었다.

"어째서 그런 이야기를 내게?"

"반도는 제게 JAMA의 이사 몇 명을 회유하라고 지시했습니다."

"그런 가당치도 않은 일을 꾸미다니!"

야마나가 몸을 뒤로 빼자 가네코는 태연하게 계속했다.

"그렇습니다. 저도 반도의 지시를 따를 생각은 없습니다. 그래서 이렇게 선생에게 모든 사실을 밝히는 겁니다. 니미 선생과 반도 선생의 역량에는 명확하게 큰 차이가 있으니까요. 다만 반도가 어떤 일을 꾸미고 있는지 니미 선생도 알아두는 편이 좋을 것 같습니다."

니미에게 도움을 주어 구 의사회파에서 JAMA 쪽으로 갈아타겠다는 속셈일까? 가네코는 야마나의 시선을 마주 보며 엷은 미소를 지었다.

"다만 정보원이 저라는 사실은 니미 선생에게 말하지 말아주십시오. 밀고자라는 딱지를 달고 싶지는 않으니까요."

"그럼 누구에게서 들었다고 할까요?"

"굳이 말하지 않아도 될 것 같은데요. 선생의 상황 판단이라고 하면 어떨까요?"

공을 다 넘기겠단 말인가? 야마나가 의구심과 공명심 사이에서 흔들릴 때 바 저편에서 여성의 교성이 울려 퍼졌다. 옷매무새가 흐트러진 한 의사가 여자를 껴안고, 옷이 반쯤 벗겨진 여자는 필사적으로 가슴을 가리고 있었다. 다른 의사가 뒤에서 여자의 치마 속으로 들어가자 여자는 비명을 지르며 펄쩍 물러섰다. 유리잔이 깨지는 소리에 주위에 있던 의사들이 박수 치는 소리와 야유가 뒤섞였다.

한순간 야마나의 흐트러진 주의를 되돌리듯 가네코가 낮게 속삭였다.

"야마나 선생, 저와 손잡지 않으시겠습니까?"

야마나는 놀라서 고개를 들었다.

"무슨 뜻입니까?"

"JAMA에서 니미 선생의 존재는 굳건하겠지만 2인자, 3인자의 자리라면 손에 넣기 힘든 것도 아닙니다. 그리고 2인자와 3인자가 손을 잡으면 1인자를 끌어내릴 힘도 갖게 될 겁니다."

가네코는 치켜뜬 눈으로 야마나를 강렬히 응시했다. 야마나는 당황해 얼굴을 숙이고 머리를 흔들었지만 뺨에는 경련이 일었다.

야마나는 쓴웃음을 짓고는 곤혹스러워하며 얼굴을 들었다.

"2인자는 시바키 선생입니다. 그 지위는 JAMA 창립 이후 변함이 없습니다. 당신은 그녀를 너무 과소평가하고 있어요."

가네코는 즉시 야마나의 말을 부정했다.

"아니, 야마나 선생이야말로 시바키 선생을 과대평가하고 있습니다. 지금 그녀는 허세를 떨고 있을 뿐 기껏해야 니미 선생의 추종자에 지나지 않습니다. 우리가 니미 선생과 대등한 입장이 되면 저절로 3인 체제가 될 겁니다."

"3인 체제?"

야마나가 되묻자 가네코가 빠르게 대답했다.

"제가 하고 싶은 말은 나이로 보나, 실력으로 보나 야마나 선생이나 저 같은 사람이 더욱 핵심적인 위치에 있어야 한다는 말입니다. 니미 선생은 야마나 선생보다 몇 기 아래입니까? 시바키 선생은 12나 13기 아래지요? 그들이 주도권을 쥐고 있는 한 집행부가 점점 젊은 사람들로 채워지는 것은 시간문제입니다. 야마나 선생 같은 실력자는 JAMA 창립 초기에만 이용당하다가 JAMA의 입지가 굳건해지면 내쫓기기 십상입니다. 결국 그 자리는 젊은 사람들이 차지하겠지요. 그렇게 되어도 좋습니까?"

그건 안 될 말이었다. 하지만 설마 니미가 자신을 이용만 하고 버릴까? 야마나는 의심을 떨쳐버리지 못하며 손에 든 술잔으로 시선을 떨어뜨렸다. 술잔에 맺힌 이슬이 마치 야마나의 마음속에 맺힌 식은땀처럼 느껴졌다.

야마나의 동요를 알아챈 가네코가 속삭였다.

"니미 선생에게 약점은 없습니까?"

"약점……?"

그런 생각은 한 번도 해보지 않았다. 가네코는 니미의 약점을 잡아 무엇을 하자는 걸까?

"야마나 선생이라면 많이 알고 계시겠죠? 지금까지 JAMA가 여러 번 위험한 상황에 처한 적이 있었다는 것을요."

"무슨 말입니까?"

"예를 들면 〈24시간 온 에어!〉에서 안락사 반대파에서 추진파로 전향한 아사이 에이시로 의원의 암약, 나아가서는 시라카와 선생의 안락사 사건에 대한 취조 경위, JAMA가 검찰에 외압을 행사했다거나 아사이 의원이 스파이 행위를 했다는 것을 시라카와 선생이 알게 되면 어떻게 나올까요? 동요한 시라카와 선생이 안락사법 반대파로 돌아서기라도 한다면 니미 선생의 입장이 아주 곤란해지지 않겠습니까?"

야마나의 이마에 식은땀이 맺혔다. 가네코는 어디에서 그런 정보를 얻었을까? 야마나는 궁지에 몰린 느낌이었지만 필사적으로 평온을 가장했다.

"가령 니미 선생에게 약점이 있다면 가네코 선생은 어쩔 셈입니까?"

"뭘 어쩔 생각은 없습니다. 그저 JAMA 안에서 약간의 발언권을 갖게 된다면 좋겠다고 생각할 뿐입니다. 물론 니미 선생에게 모든 협조를 아끼지 않을 겁니다. 카리스마가 대단하니까요. 다만 저는 니미 선생의 부하가 아닙니다. 그것은 야마나 선생도 마찬가지 아닙니까?"

가네코는 직접적으로 말하지 않았지만 야마나에게 지금과 같은 상태로는 니미의 부하나 마찬가지 아니냐고 야유를 보내고, 그 지위에서 빠져나오라고 부추기고 있었다. 니미의 약점을 잡고 자신과 손잡으면 야마나의 지위도 더욱 올라갈 것이라고.

"야마나 선생, 카리스마는 연출이 필요합니다. 연출가가 없으면 카리스마는 끈 끊어진 꼭두각시나 다름없습니다. 니미 선생의 지위가 영원하지는 않을 겁니다. 정치가와 관료는 교활한 인종들이니까요. 하지만 우리가 뒤에서 받쳐준다면 니미 선생의 카리스마는 한층 위력을 발휘할 겁니다."

가네코는 웃고 있었지만 눈은 파충류처럼 차가웠다. 야마나가 망설이자 가네코는 탄산수를 한 모금 마시더니 새로운 화제를 꺼냈다.

"그런데 '선생'이란 누구를 말하는 겁니까?"

예상치 못한 질문에 야마나는 심장을 움켜잡힌 듯한 충격을 받았다. JAMA에서도 간부만이 '선생'의 존재에 대해 알고 있는데 가네코는 어디서 알게 되었을까?

야마나의 동요를 모른 척하며 가네코는 혼잣말처럼 중얼거렸다.

"제게도 여러모로 도움을 주는 분이 있습니다. 우리가 '선생'

의 정체를 안다면 더욱 바람직한 형태로 니미 선생에게 협조할 수 있을 겁니다."

음악이 어느새 신나는 팝송으로 바뀌었다. 그러나 경쾌한 음악과 달리 룸은 퇴폐적인 분위기였다. 어두컴컴한 소파에서 수상한 인기척과 꿈틀거림이 어렴풋이 보였다.

반도는 어디에 있는 걸까? 야마나가 둘러보자 조금 전까지 반도가 앉아 있던 안쪽 소파는 비어 있고, 공허한 불빛만이 깨진 술잔을 비출 뿐이었다.

25. 죽음의 시범

둘째 날인 4월 10일, 세미나는 오전 9시부터 시작되었다.

오전의 주제는 '안락사법 성립 후의 대책'이었고, 발제자는 시바키 가오리였다. 짧은 머리에 피부가 흰 시바키는 치켜올라간 눈썹과 강렬한 전자파를 발산하는 듯한 날카로운 눈매가 유독 눈에 띄었다. 트레이드마크인 흰색 정장에서는 성실성과 결벽증이 느껴졌다.

몸집이 작은 시바키는 무라오가 준비한 높이 10센티미터 정도의 받침대 위를 걸어서 연단으로 향했다.

"여러분, 얼마 전 안락사법 임시조사회의 의견이 보고되면서 일본에도 드디어 안락사법이 성립될 전망입니다. 하지만 법률이 제정되었다고 안락사가 간단히 실행될까요?"

시바키가 낭랑한 목소리로 뜻밖의 질문을 던졌다. 회의장에 당황하는 기색이 번졌다.

"지금까지 안락사는 환자와 가족 사이에서만 언급되던 문제였습니다. 여기에 커다란 결함이 있습니다. 바로 안락사를 시행하는 의사 쪽의 시점입니다. 사람들은 안락사를 당하는 환자만 생각하느라 안락사를 시행하는 의사의 고뇌와 심리적 부담에 대해서는 전혀 주의를 기울이지 않습니다. 마치 의사라면 누구나 지체 없이 안락사를 시행할 수 있는 것처럼 안이하게 생각하고 있습니다. 터무니없는 발상이지요."

시바키는 분노를 담아 연단을 내리쳤다.

"의사도 인간입니다. 더구나 환자를 구할 목적으로 오랫동안 수련해온 사람입니다. 아무리 환자를 고통에서 해방시키기 위해서라지만 생명을 빼앗아야 하는 돌이킬 수 없는 행위를 강요당하면서 평온할 리 있겠습니까?"

충격으로 분위기가 무겁게 가라앉았다. 참가자들은 시바키의 지적을 듣고 실제로 안락사를 행할 때 자신들이 느낄 심리적 부담에 처음으로 생각이 미쳤다.

야마나는 연단 한쪽에 앉아 있는 시라카와의 기색을 살폈다. 실제로 안락사를 행했던 시라카와라면 시바키의 지적에 공감할 것이라고 생각했지만, 그는 굳은 표정으로 고개를 숙이고 있을 뿐이었다.

"여러분은 2002년 주치의가 체포된 가와사키 협동병원의 안락사 사건을 기억하십니까? 그 사건에는 안락사의 어려움을 상징하는 중대한 사실이 감춰져 있습니다. 주치의였던 여의사는 무의미한 연명 치료로 고통받던 환자가 편안히 죽음을 맞이할 수 있도록 가족의 희망에 따라 기관 튜브를 뽑았습니다. 그런데 환자는 바로 죽지 않고 더 고통스러운 상태에 빠졌습니다. 그래서 당황한 여의사는 환자에게 근이완제를 투여해 강제로 사망에 이르게 했습니다. 그것은 도저히 편안한 죽음이라고 할 수 없습니다. 결국 내부 고발에 따라 주치의는 체포되어 살인죄로 유죄 판결까지 받았습니다. 이처럼 안락사를 실행할 때는 예기치 못한 상황이 발생할 수 있습니다. 실패나 재실행 등 실수가 이어지면 안락사 반대파가 또다시 들고 일어날 것입니다. 안락사라는 중대한 선택이 이 나라에 정착하려면 우리 의사들은 안락사법이 제정된 다음에 어떻게 할 것인지 만반의 대책을 세워야 합니다."

시바키는 일단 말을 끊고 오른쪽 스크린에 VTR를 내보냈다. 안락사가 합법적으로 실행되고 있는 네덜란드의 상황을 소개하는 비디오였다.

리포터는 암스테르담에 거주하는 의료 기자, 유리코 팬 니블랜드였다. 그녀가 결혼 뒤에 쓴 르포 『네덜란드에서 평온한 죽음을』이라는 책은 분초 문고에서 출판되어 베스트셀러가 된 바 있었다.

— 네덜란드에서 안락사법이 성립된 것은 2001년입니다만, 실제로는 30여 년 전부터 안락사가 시행되어왔습니다. 법률은 그 사실을 추인한 형태입니다. 현재 네덜란드에서 안락사를 선택하는 사람은 연간 3천 명 정도입니다. 전체 사망자 수가 12만 명 전후니까 국민의 약 2.5퍼센트가 안락사로 사망하는 셈입니다. 최근 조사에 따르면 네덜란드의 개업의 중 안락사 의뢰를 받은 적 있는 의사는 88퍼센트, 실제로 안락사를 시행한 의사는 53퍼센트라는 결과가 나왔습니다. 즉, 개업의 두 사람 중 한 명은 안락사를 행한 적이 있다는 뜻입니다.

대략적인 내용을 설명한 뒤 유리코는 안락사 희망자와 가족을 인터뷰했다.

첫 번째는 폐암 말기 진단을 받고 3개월 전부터 안락사를 희망하고 있는 일흔여덟 살의 남성이었다. 그는 양복을 입고 넥타이를 맨 차림으로 자택 소파에 편안히 앉아 있었다.

— 지난주에 이웃에 사는 친구를 불러 홈 파티를 했지. 아들 부부가 돌봐주었어. 얼마나 즐거웠다고. 나는 이 집에서 40년이나 살았어. 그래서 이 집에서 죽고 싶어. 안락사는 주치의인 데 호엘 선생에게 부탁해두었어. 시기는 아직 결정하지 않았고. 하지만 고통스럽지 않게 마지막을 맞이할 수 있다는 걸 생각하면 마음이 편안해져. 나는 내 인생에 만족하고 언제 끝나도 좋다고 생각해. 지금 즐거운 일이 뭐냐고? 그거야 데 호엘 선생의 마지막 주사지. 죽으면 어떻게 될지 알고 있으니까. 어쨌거나 살면

서 처음 겪는 일이라 가슴이 두근거려. 어쩌면 먼저 떠난 아내 안나를 만나게 될지도 모르지.

 노인은 장난기가 가득한 표정으로 윙크를 했다.

 두 번째는 남편이 죽은 뒤 노인 복지 시설로 들어간 여든두 살의 여성이었다. 그녀는 사진이 들어간 엽서만 한 카드를 보여주며 말했다.

 ―이것은 안락사 패스포트예요. 만약 내가 병으로 의식 불명에 빠지거나 치매에 걸려 의사를 표명할 수 없게 되면 의사에게 안락사를 부탁하는 서류입니다. 복잡한 기기에 연결되고 튜브나 바늘이 잔뜩 꽂혀서 물과 영양을 주입받으며 살기는 싫거든요. 이 패스포트를 취득한 건 24년 전이에요. 남편도 똑같은 패스포트를 갖고 있었어요. 덕분에 남편은 8년 전 편안하게 죽음을 맞이할 수 있었지요. 간부전으로 고생하고 투석을 견디다 못한 남편은 의사에게 안락사를 부탁했어요. 남편의 의사를 재차 확인하는 의사에게 남편은 이제 그만 쉬고 싶다고 답했지요. 그래서 저도 각오했답니다. 슬프지만 남편을 생각하면 더 이상 고통받게 하는 것이 오히려 가혹한 일이었으니까요.

 그녀는 눈물을 흘렸지만 금방 미소를 지어 보였다.

 세 번째 사람은 바로 3주 전에 동생을 안락사시켰다는 50대 남성이었다.

 ―동생은 심각한 우울증으로 오랫동안 정신과 치료를 받았습니다. 의사 선생님은 열심히 치료해주셨지만 병은 더욱 깊어

질 뿐이었지요. 동생의 상태는 옆에서 보기 힘들 정도였습니다. 동생은 필사적으로 병과 싸웠고 살기 위해 애썼습니다. 하지만 한계가 있었어요. 일본에서도 우울증으로 스스로 목숨을 끊는 사람들이 있겠지요? 그들의 고통을 알지도 못하면서 쉽게 비판해서는 안 된다고 생각합니다. 우울증을 겪는 사람은 다른 사람들이 모르는 아픔을 짊어지고 마음의 고통에 괴로워하지요. 세상에는 죽음이 아니면 벗어날 수 없는 고통도 있답니다. 그 괴로움을 모르는 사람이 '더 치료해야 한다'고 쉽게 말해서는 안 됩니다. 물론 저도 동생이 오래 살기를 바랐어요. 동생의 죽음이 얼마나 애통한지 모릅니다. 하지만 그것은 저의 이기주의입니다. 진정으로 동생을 생각한다면 그녀의 의사를 존중해야겠지요. 그토록 괴로워하며 견디기 힘든 시간을 살아가는 동생에게 죽지 말라는 건 너무 가혹한 말이었습니다.

남성 곁으로 아내가 다가와 두 손을 꼭 맞잡았다. 화면에 자막이 흘렀다.

'네덜란드에서는 육체적인 고통뿐 아니라 정신적인 고통에도 안락사가 인정되고 있다.'

이어서 유리코는 암스테르담 교외에 있는 사설 요양원 '루돌피나 하우스'를 방문했다. 안락사를 전문적으로 시행하는 그 요양원에서는 연간 150명 이상이 인위적인 죽음을 맞이한다고 했다. 유리코는 원장을 포함해 의사 세 명과 좌담회 형식으로 이야기를 나누었다.

대머리인 원장이 요양원에서 안락사를 시행하는 절차를 설명했다.

—합리적으로 안락사를 시행하려면 다양한 요건이 충족되어야 합니다. 본인의 의사 확인, 질병의 진단, 설명과 동의, 제3자적 입장인 의사의 진단 등입니다. 그래서 저희 시설에서는 기재 사항이 50개 이상인 서류를 준비하고 연계된 왕립 병원 의사에게 진찰을 의뢰합니다. 그리고 가족의 의견서도 제출받아 사전에 '안락사 지역평가위원회'에 제출합니다. 실행 뒤에 검증이 원활하게 이루어지도록 하기 위해서입니다.

— 희망하면 누구나 안락사가 가능합니까?

유리코가 질문했다.

—아니요, 환자가 안락사를 희망하면 먼저 병원 윤리위원회에서 안락사가 최선의 수단인지 검토합니다. 나아가 본인이 자발적으로 숙고한 뒤 안락사를 희망하는 것인지 확인합니다. 일시적인 감정이나 충동으로 안락사를 희망하는 경우는 제외해야 하니까요.

— 안락사에 사용하는 약제는 무엇입니까?

— 모르핀과 베큐로니움 브로마이드(근이완제)가 일반적입니다.

— 환자의 안락사는 원활하게 이루어지나요?

—꼭 그렇지만은 않습니다. 경우에 따라서는 세 번이나 추가 주사를 놔야 하는 경우도 있습니다. 처음부터 많은 양을 주사하

면 급격히 사망에 이르러 가족이 충격을 받으니까요.

— 편안하게 안락사하기가 결코 쉽지 않다는 말씀이시군요.

— 그렇습니다. 인간의 생명력에 놀랄 때가 많습니다. 비쩍 마른 아흔 살의 여성에게 근이완제를 추가로 주사해야 했을 때는 제 눈을 의심할 정도였습니다.

유리코는 계속해서 두 의사에게 질문했다. 빨간 머리의 30대 여의사와 머리가 덥수룩하고 테 없는 안경을 쓴 30대 남자 의사였다.

— 안락사를 실제로 행할 때의 기분은 어떻습니까?

— 한마디로 말하기 어렵습니다. 심각하고 괴롭고 도망치고 싶은 기분입니다.

— 저는 스스로 목을 조르는 듯한 기분이 듭니다. 약을 투여하고 나서 환자가 죽기까지의 시간은 최악입니다.

— 하지만 누군가 하지 않으면 안 될 일이지요.

원장이 덧붙였다.

— 알고 있습니다. 그래서 저는 안락사가 환자에게 최선의 선택이고 안락사를 행하지 않으면 환자는 더욱 고통스러울 것이라고 스스로 되뇝니다.

— 저는 주치의로서 무엇을 할 수 있는지 생각합니다. 환자가 극심한 고통에 시달릴 때 아직 치료 여지가 있다거나 마지막까지 희망을 버려서는 안 된다고 말하는 건 기만입니다. 그래서 저 자신은 괴롭지만 안락사를 실천에 옮겨야 합니다. 적어도 환

자는 고통에서 해방될 테니까요.

유리코가 질문했다.

― 나중에 환자 가족에게 공격을 받거나 한 적은 없습니까?

원장이 침울하게 대답했다.

― 있습니다. 너는 살인자다, 당신이 우리 어머니를 죽였다는 등의 말을 들으면 저도 죽고 싶습니다. 안락사는 의사에게도 굉장한 스트레스이기 때문에 상당한 정신적 고통이 따릅니다.

― 안락사에서 가장 문제가 되는 것은 무엇입니까?

여의사가 즉시 대답했다.

― 환자 본인의 심경 변화입니다. 이쪽에서는 안락사를 준비하고 있는데 오늘 밤이 아니라 하루 더 기다리는 편이 나을 것 같다는 말을 들으면 화가 납니다.

― 저도 경험한 적이 있습니다. 마침내 마지막 확인을 마치고 이제 날을 정하는 단계만 남았는데 갑자기 안락사가 가톨릭 교의에 어긋나니 다시 생각하라고 설득당한 사람이 있었습니다. 너무하다는 생각이 들더군요.

― 하지만 환자가 안락사를 그만두는 건 살고 싶다는 마음의 표현이니까 기뻐해야 할 일 아닙니까?

고개를 갸웃거리는 유리코에게 원장이 대답했다.

― 안락사는 환자 한 사람만의 문제가 아닙니다. 가족과 의료 스태프 등 많은 사람이 관련된 커다란 문제입니다. 그래서 본인의 의사가 가장 중요하고 확고해야 합니다. 만약 환자가 동

요하면 의사를 비롯해 주변인들이 깊은 고민에 빠집니다. 환자가 더 살고 싶었던 것 아닐까? 그런 생각은 의사와 가족에게 고문과 다름없습니다.

― 그렇군요. 환자가 안락사를 취소하면 기뻐해야 한다는 생각은 안락사의 현실을 모르기 때문에 생기는 것이군요. 머지않아 일본에서도 안락사법이 제정될 전망입니다만, 먼저 실시한 국가로서 조언을 부탁드립니다.

― 안락사법이 제정된다는 건 좋은 소식입니다만, 네덜란드에서 원활하게 전개되고 있다고 해서 반드시 일본도 그럴 거라고는 확신할 수 없습니다. 오스트레일리아 북부의 어떤 주에서는 일단 제정된 안락사법이 연방 정부에 의해 무효화되었습니다. 법률이 제정되어도 효과적으로 운용되지 못하면 다시 부결될 가능성도 있습니다. 그러므로 의료인은 바람직한 안락사가 이루어지도록 만반의 준비를 해야 합니다.

― 감사합니다. 일본이 안락사를 인정하는 국가로서 첫걸음을 떼려는 지금, 충분한 계몽과 의료인의 철저한 준비가 필요합니다.

햇빛이 찬란한 쾨켄호프의 튤립 밭이 펼쳐지면서 VTR가 끝났다.

시바키는 참가자들의 반응을 확인하면서 다시 마이크 앞

에 섰다.

"법률 제정이 코앞으로 다가왔지만 실제 안락사 경험이 있는 의사는 거의 없습니다. 우리는 내일 시라카와 다이세이 선생님을 모시고 귀중한 경험담을 들을 예정입니다. 물론 시라카와 선생님도 경험이 풍부하지는 않습니다. 우리에게 안락사는 미지의 영역입니다. VTR에서 보았듯이 안락사는 죽어가는 본인뿐 아니라 의사에게도 강한 정신력이 요구됩니다. 이번에 저희 JAMA는 본 오쿠히에이 세미나를 통해 참가자 여러분이 안락사에 정통하고 흔들림 없는 신념을 가질 수 있도록 돕고자 합니다. 다가오는 안락사법 제정에 대비해 바람직한 안락사의 실행자로서 일본 의료를 이끌어가지 않겠습니까?"

시바키가 목청을 높여 선언하자 회의장에서는 박수가 터져나왔다. 시바키는 니미에게 날카로운 시선을 던지고 연단을 내려왔다.

다음 프로그램이 시작되기 전까지 15분간 쉬는 시간이었다. 참가자들은 회의장을 떠나 담화실로 자리를 옮겼다. 그동안 JAMA 직원들은 서둘러 회의장을 다시 꾸몄다. 연단 옆에 공간을 만들고 그것을 둘러싸듯 의자가 반원형으로 놓였다. 그 앞에 파란 비닐 시트가 깔리고 중앙에는 수술용 방수 멸균 천을 씌운 탁자가 준비되었다. 무라오가 와이셔츠 소매를 걷어붙이고 수술 도구와 고무장갑, 물통과 청소 용구 등을 가지고 왔다. 상황을 살피러 온 야마나가 반쯤 빈정거리는 투로 물었다.

"무라오 군, 얼굴색이 안 좋은데 괜찮은가?"

"휴, 괜찮습니다."

"시바키 선생의 시범이지? 상당히 강렬할 것 같은데 수고하게."

"물론입니다, 야마나 선생님. 저는 이 세미나에 모든 것을 걸었으니까요."

"하하하, 각오가 비장하군."

야마나는 웃었지만 무라오는 파리한 안색으로 준비를 진행했다.

휴식이 끝나고 참가자들이 회의장으로 돌아오자 파란색 수술복으로 갈아입은 시바키가 유유히 등장했다. 수술용 마스크를 목에 걸고 수술용 종이 모자까지 쓰고 있었다. 시바키는 핀 마이크를 귀에 걸고 회의장에 모인 참가자들에게 날카로운 질문을 던졌다.

"여러분, 생명이란 무엇일까요?"

갑작스러운 질문에 참가자들은 당황하며 수군거렸다. 시바키는 당당한 어조로 말을 이어갔다.

"사람들은 일반적으로 생명이란 그 무엇보다 존엄한 것이라고 생각합니다. 그러한 생각 때문에 죽음에 경외심을 느낍니다. 하지만 여러분, 안락사란 명백히 '죽이는' 행위입니다."

시바키는 회의장의 반응을 억누르듯이 강하게 말했다.

"우리 의사들은 안락사의 의미를 정확히 파악하고 있어야 합니다. 조금이라도 흔들림이 있다면 안락사를 올바르게 실행할 수 없기 때문입니다. 자신의 나약함 때문에 '죽인다'는 행위에 겁을 먹는다면 전문가로서 용서받지 못할 것입니다."

시바키는 일단 말을 끊고 옆에 대기하고 있던 무라오에게 눈짓을 했다. 무라오가 고개를 끄덕이고 대기실로 물러가자, 시바키는 약간 부드러워진 말투로 참가자들에게 말했다.

"그렇지만 역시 '죽이는' 행위에 대한 심리적인 저항감은 쉽게 사라지지 않겠지요. 의사로서 생명을 존중해야 한다는 의식이 몸에 배어 있으니까요. 그런 의식은 치료의 여지가 있는 경우에는 중요하지만 안락사를 실행하는 단계에서는 약점으로밖에 작용하지 않습니다. 그것을 극복하려면 '면역'이 필요합니다. 이 세미나에서 저는 여러분에게 실제 죽음을 보여드리려고 합니다. 의사인 여러분은 실험용 쥐의 죽음에는 익숙해져 있을 겁니다. 하지만 평소 실험에 사용하지 않는 동물의 죽음은 어떻습니까?"

마침내 본론으로 들어가려는 것이었다. 야마나는 이맛살을 찌푸렸다. 그때 무라오가 반투명 상자가 실린 대차를 끌고 나왔다. 상자 안에서는 닭 여러 마리가 움직이고 있었다. 무라오가 대차를 탁자 옆에 놓자 시바키는 마스크의 끈을 뒤로 묶었다. 무라오도 묘한 표정으로 어색하게 수술복을 입었다.

"여기에 준비한 닭들은 진무리전드 제약의 무라오 씨가 근처 양계장에 부탁해서 가져온 것입니다. 그러면 여러분, 제가 처음에 했던 질문을 다시 한 번 떠올려주십시오. 생명이란 무엇입니까? 양계장의 닭은 태어나서 죽을 때까지 얼마 동안 사육될까요?"

시바키의 질문에 참가자들 사이에서 "1년?", "2년 정도일까?", "아니, 더 오래 살겠지"라는 의견이 나왔다. 시바키는 희미하게 미소 지으며 확신에 차서 고개를 흔들었다.

"47일입니다. 이 닭들은 생후 47일 만에 죽음을 당합니다. 양계장에서는 매일 병아리가 40마리씩 부화하고 같은 수의 닭이 처리된다고 합니다. 식용으로 쓰이기 위해 겨우 47일 동안만 생존합니다. 마치 이 세상에 존재하지 않았던 듯이 사라지는 생명입니다. 하지만 이 닭 한 마리 한 마리에게는 틀림없이 생명이 있습니다."

시바키가 상자를 응시하자 닭들은 머리를 흔들고 날갯짓을 하며 희미한 울음소리를 냈다.

"삶의 형태가 다양하듯이 죽음에도 여러 형태가 있습니다. 빠른 죽음, 늦은 죽음, 편안한 죽음, 고통스러운 죽음, 아름다운 죽음, 참혹한 죽음······. 지금부터 그 일부를 보여드리겠습니다."

시바키는 아크릴 고글을 쓰고 고무장갑을 꼈다. 그리고 무라오에게 닭을 한 마리 꺼내라고 지시했다. 수술대처럼 탁자에 조명이 모였다.

"먼저 서서히 진행되는 방치된 죽음입니다. 모두 잘 보시기 바랍니다."

무라오가 닭 한 마리를 안고 작은 볏이 달린 머리를 탁자에 가져다 댔다. 시바키는 준비된 메스를 오른손에 쥐고 왼손으로 닭의 목을 더듬었다. 그러고는 두 손가락으로 경부를 누르면서 메스로 단번에 경동맥을 절단했다. 빛 속에서 선혈이 튀고 닭은 힘껏 버둥거리기 시작했다. 무라오는 얼굴을 돌리면서도 필사적으로 닭을 잡고 있었다. 시바키는 동요하지 않고 한 걸음 물러나 닭을 바라보았다. 닭의 목에서 뿜어져 나온 피는 여러 번 세차게 튀어 오르다 차츰 기세가 꺾이면서 탁자 위에 진한 피 웅덩이를 만들기 시작했다.

"눈을 피하지 말아주십시오!"

시바키가 참가자들을 향해 외치자 의사들은 움찔했다. 회의장 안에는 긴장이 고조되고 마른침을 삼키는 소리만이 들렸다.

야마나는 시바키의 뒷모습을 바라보면서 언젠가 그녀가 시로가네 메디컬 응급외과에서 토하는 환자에게 기관 내 삽입을 하던 솜씨를 떠올렸다. 재빨리 삽입해야 하는 상황이었지만 조금이라도 환자의 고통을 동정했다면 머뭇거렸을 것이다. 하지만 한 치의 망설임도 없이 단번에 실행하던 얼음 같은 시바키의 냉정함은 명의임을 보여주는 증거인 동시에 두려울 정도의 비정함을 드러내는 면이기도 했다.

마취과 의사가 된 이유를 묻자 마취약으로 환자를 지배하는 매력, 환자의 의식은 물론 혈압, 맥박, 체온, 호흡, 배뇨량에 이르기까지 모든 것을 제어하는 마취과 의사의 일에서 전지전능함을 느낀다고 말하던 시바키의 가학적인 표정을 야마나는 잊을 수 없었다.

중앙 탁자에서는 무라오가 얼굴을 돌린 채 닭을 누르고 있었다. 닭은 작고 검은 눈으로 자신의 피가 흐르는 것을 보고 있는 것 같았다. 그 깜박임이 야마나의 자리에서도 확연히 보였다. 이윽고 날갯짓이 잠잠해지면서 닭의 움직임이 약해졌다. 닭은 포기한 듯 눈을 감았다. 부리가 공허하게 열려 있었다. 시바키가 다가가 출혈 정도를 살폈다. 피 웅덩이가 빠르게 굳으면서 목덜미의 깃털을 암적색으로 물들였다.

"출혈량은 대략 150그램, 전체 혈액의 3분의 2 정도 됩니다."

시바키의 설명에 의사들의 몸이 굳어졌다. 비릿한 피 냄새가 퍼졌다. 닭은 버둥거리기를 포기하고 축 늘어졌다. 무라오가 머뭇거리며 손의 힘을 풀자 순간 닭은 눈을 번쩍 뜨고 온 힘을 다해 그 자리에서 도망치려고 했다.

"악!"

무라오가 놀라서 비명을 지르자 시바키가 재빨리 닭의 목을 눌렀다. 아크릴 고글에 피가 튀었지만 시바키는 눈썹 하나 움직이지 않았다.

"방심하면 안 돼요. 꽉 붙드세요."

무라오가 금방이라도 울 것 같은 표정으로 시바키와 교대했다. 닭은 마지막 기회를 잡은 듯 힘껏 버둥거리며 피로 물든 날개를 열심히 퍼덕였다. 무라오의 이마에서는 땀이 폭포수처럼 떨어졌다. 비닐 시트를 긁어대는 닭의 다리가 오그라들면서 마침내 힘을 다한 듯 멈췄다. 시바키가 손목시계를 보며 시간을 측정했다. 1분, 2분……. 비늘 같은 피부로 덮인 노란색 다리가 서서히 회색으로 바뀌었다. 부리도 변색되고 닭 볏의 붉은 기도 사라졌다.

"이제 됐습니다."

시바키의 말에 무라오는 닭에서 손을 떼고 비틀거리며 뒤로 물러섰다. 시바키는 가장 위에 덮인 방수 멸균 천의 끄트머리를 잡고 죽은 닭과 피 웅덩이를 재빨리 그대로 둔 채 접어 무라오에게 던지듯 건넸다. 그리고 마스크를 쓴 채 청중에게 말했다.

"경동맥을 절단하고 죽음에 이르기까지 약 10분. 인간이라면 시간이 더 걸리겠지요. 여러분 지금과 같은 죽음이 안락사에 어울릴까요? 물론 어울리지 않습니다. 방치된 상태에서 생명이 끊어지기까지 시간이 걸리는 죽음은 당사자에게도 고통스러울 뿐 아니라 그것을 지켜보는 가족과 의사에게도 커다란 심리적 부담을 줍니다. 그러면 죽음에 이르는 시간이 짧은 경우는 어떨까요?"

시바키는 안색이 창백한 무라오에게 다음 닭을 꺼내도록 지시했다. 새 방수 멸균 천 위에 놓인 닭은 머리를 좌우로 빠르게 움직였다.

"다음에 보여드릴 것은 순간적인 죽음입니다."

시바키가 무라오와 자리를 바꿔 닭을 받았다. 왼손으로 두 다리를 꽉 쥐고 탁자에서 한 걸음 물러나 닭을 거꾸로 들었다. 시바키는 팔을 쭉 펴서 손에 쥔 닭을 크게 휘두르듯이 한 바퀴 돌렸다. 하얀 날개가 파닥거리는 소리를 내며 체구가 작은 시바키 주변에 원을 그렸다. 계속해서 한 번 더 돌리고 속도를 높여 세 번째 돌릴 때 시바키는 닭의 머리를 탁자 모서리에 내리쳤다.

퍽.

신음이나 비명을 지를 틈도 없이 닭의 두개골이 깨지는 소리가 들렸다. 순간적인 죽음이란 이런 건가? 닭은 나무토막처럼 몸이 경직되더니 가늘게 경련을 일으켰다. 제뇌 경직이라고 야마나는 생각했다. 동물은 순식간에 숨골이 파괴되면 등골이 활처럼 뒤로 휘면서 사지를 편다. 생리학 교과서에서 본 적은 있지만 실제로 보는 것은 처음이었다.

시바키는 경직된 닭을 탁자 위에 놓고 참가자들의 주목을 모으듯 양손을 펼쳤다. 머리가 깨진 닭은 흰자위를 드러내고 부리를 벌린 채 혓바닥을 내밀었다. 보기에도 끔찍한 형상이었다. 날개는 감전된 것처럼 가늘게 떨고 발톱도 경련을 일으켰다. 분명 죽었는데도 움직임이 멈추지 않고 목을 쭉 뻗은 채 머리가 쳐들려 있었다. 죽어서도 움직이는 닭의 모습은 처참했지만 죽은 것을 또다시 죽일 수도 없었다. 경련은 서서히 잦아들었고 몸이 시소처럼 흔들리더니 탁자 위에서 춤추듯 회전하며 겨우 움직임을 멈췄다. 완전히 멈추기까지 걸린 시간은 약 2분. 가만히 지켜보기에는 도저히 참기 어려운 시간이었다.

"어떻습니까? 생명이 끊어지는 건 순식간이지만 몸은 그리 쉽게 움직임을 멈추지 않습니다. 신경과 근육의 생리 기능이 남아 있기 때문입니다. 그것을 멈추려면 거대한 압축기 같은 것으로 몸 전체를 내리누르는 방법밖에 없습니다."

시바키는 피와 배설물이 흐르는 죽은 닭을 방수 멸균 천으로 둘둘 말아서 다시 탁자 아래로 던졌다.

무라오가 그것을 들고 급히 뒤쪽으로 나갔다.

"지금 보신 것은 모두 폭력에 의한 죽음입니다. 그래서 안락사에는 적합하지 않습니다. 그렇다면 인간에게는 어떤 방식이 바람직할까요? 가장 먼저 떠오르는 것은 약물을 사용한 죽음입니다. 심장 정지를 일으키는 염화칼륨, 질식을 초래하는 근이완제, 저혈당 발작으로 죽음에 이르게 하는 인슐린, 혹은 직접적인 죽음을 부르는 청산가리 등, 모두 죽음의 고통을 제거하기 위해 마취약과 병용하도록 권장되고 있습니다. 잠들게 한 뒤 죽도록 한다면 바람직한 죽음이 실현되는 걸까요? 다음은 약제를 사용한 죽음을 보겠습니다."

시바키의 지시에 따라 무라오가 닭 한 마리를 또 꺼냈다. 시바키는 준비된 흡입 마취약 병에 든 휘발성 약을 거즈에 묻혀 닭의 얼굴에 대었다. 닭은 격하게 저항했지만 시바키는 힘을 늦추지 않았다. 이윽고 저항이 약해지더니 닭이 힘없이 늘어졌다.

"닭에게 마취를 했습니다. 이 상태에서 심강心腔 내에 염화칼륨을 주사하겠습니다."

시바키는 닭을 탁자 위에 올려놓고 노란 염화칼륨을 주사기에 넣었다. 닭은 조용히 호흡하고 있었다. 아래위로 움직이는 닭의 가슴에 시바키는 길이 10센티미터 정도의 주삿바늘을 수직으로 꽂았다. 피스톤이 가볍게 눌리면서 주사기 안으로 혈액이 역류하는 것을 확인한 뒤 약을 주입했다.

닭은 움찔 몸을 떨더니 목을 뒤로 젖혔다. 완만하고 큰 숨이 점차 거칠어지고 닭은 진공 상태에서 부족한 공기를 들이마시려는 듯 괴로워했다. 눈은 감고 있지만 무엇인가에 붙잡힌 것처럼 날개를 펼쳤다. 큭, 큭 하고 목 깊숙이에서 쥐어짜는 듯한 소리가 나고 약으로 죽을 때 나타나는 특유의 떨림이 시작되었다.

이윽고 호흡이 절박해지더니 닭은 부리를 벌린 채 목을 쭉 뻗었다.

끼익.

녹슨 쇠에 부딪히는 듯 슬픈 단말마가 새어나왔다. 염화칼륨으로 심장 박동은 정지했을 텐데 호흡은 곧바로 멈추지 않고 마지막 공기가 성대를 울리고 있었다. 새어나오는 소리는 죽음의 불길함을 상징하기라도 하듯 조용한 회의장 끝까지 울려 퍼졌다. 여의사 몇 명이 귀를 막았다. 야마나는 자기도 모르게 얼굴을 돌렸다. 출혈과 경련은 심하지 않지만 약을 이용한 죽음은 의료 행위의 이면에 숨겨진 무서움을 보여주는 것 같아서 도저히 직시하기 어려웠다.

부리의 헐떡임이 잦아들면서 닭은 마침내 움직임을 멈췄다. 시바키는 닭의 죽음을 확인하고서 천천히 고글을 벗었다.

"어떻습니까? 죽음을 맞는 상황을 사람으로 바꿔서 상상해 보십시오. 이것이 만약 사형 집행이라면 문제 되지 않을 겁니다. 하지만 안락사에는 결코 적합하지 않습니다. 본인은 마취로 의식이 없겠지만 지켜보는 가족이나 의사에게는 도저히 편안한 죽음이라고 할 수 없으니까요."

야마나는 회의장에 고조되는 이상한 긴장을 느꼈다. 참가자들은 눈앞에서 닭 세 마리가 차례로 죽음을 당하자 일종의 부조리한 공간에 내던져진 느낌을 받는 것 같았다. 하지만 시바키는 그 불온한 기운을 무시하고 계속하려 했다.

"그러면 다음은 근이완제를 사용한 죽음을 볼까요?"

무라오가 다음 닭을 준비하려는데 무대 한쪽에 서 있던 시라카와가 일어섰다.

"실례합니다만……."

시바키가 의아한 표정으로 그를 돌아보았다. 시라카와는 새파래진 얼굴로 무언가 말하려고 했지만 공허하게 입만 몇 번 움직였을 뿐 아무 말도 하지 못했다. 그러더니 갑자기 뒤쪽으로 쓰러지듯 졸도했다. 회의장은 소란스러워지고 야마나는 놀라 급히 달려갔다.

"이봐, 정신 차려."

뺨을 두드리자 시라카와는 의식을 회복하고 갈라진 목소리로 말했다.

"아……, 아마나로군. 미안하네."

들것이 준비되고 JAMA 직원이 시라카와를 그 위에 눕혔다. 혈압과 맥박, 산소포화도 등을 측정했지만 아무런 이상이 없었다. 일시적인 실신 발작이었다.

"괜찮아. 잠깐 기분이 안 좋아져서."

시라카와가 들것에서 몸을 일으키자 아마나가 어깨를 잡았다.

"무리하지 말게. 너무 지쳐서 그럴 걸세. 잠깐 방에서 쉬게."

아마나는 니미에게 눈으로 허락을 구한 뒤 시라카와를 방으로 데려가도록 지시했다.

회의장의 소란스러움이 가라앉기를 기다려 시바키는 심호흡을 한 번 하더니 다시 이야기를 시작했다.

"안락사를 실행한 경험이 있는 시라카와 선생이 쓰러지는 것도 무리가 아닙니다. 앞서 말했듯이 안락사를 실시하는 의사가 받는 심리적 중압감이 엄청납니다. 의사가 동요하면 환자나 가족은 더욱 강한 불안을 느끼겠지요. 그들이 안심할 수 있도록 우리 의사는 죽음에 결연한 자세를 보여야 합니다."

시바키는 다시 열의를 담아 실내를 둘러보았지만 참가자들의 반응은 미약했다. 아마나는 시바키와 참가자들 사이에 미묘한 괴리가 생기고 있음을 눈치챘다. 청중의 반응이 약했기 때문에 시바키는 근이완제를 사용하는 시범을 보일지 말지 망설였다. 곤혹스러워진 시바키는 단상 위에 있던 니미를 돌아보았다. 니미는 고개를 한 번 끄덕이더니 천천히 일어섰다. 그리고 연단 앞의 공간으로 나와 무라오에게서 마이크를 받아 들었다.

"여러분, 지금 시바키 선생의 시범은 안락사가 '죽이는' 행위 그 이상도 그 이하도 아니라는 가혹한 현실을 우리에게 다소 과장된 형식으로 소개하고 있습니다."

니미는 청중의 반응을 살피면서 조용히 말했다.

"의사는 안락사를 정당한 치료로 인식하는 동시에 가혹한 심리적 저항을 극복해야만 합니다. 안락사는 그것이 정말 필요한 환자에게는 커다란 구원입니다. 그러므로 안락사를 행하는 의사는 그 엄숙한 행위에 가능한 한 겸손하고 성실하게 임해야 합니다."

니미의 말에 술렁거리던 회의장이 진정되었다. 니미는 시바키를 돌아보며 말했다.

"시바키 선생, 지금까지 보여준 죽음에 대한 세 가지 방법으로 선생이 전달하고자 한 의도는 거의 이해되지 않았을까요? 이제 시범을 계속할 필요는 없다고 생각합니다."

시바키가 공손히 머리를 숙이자 다들 안도하는 분위기였다. 상자에 남아 있던 닭 두 마리는 사형 집행 직전에 석방된 것이었다. 회의장 분위기가 안정을 되찾자 니미는 서서히 강한 어조로 말했다.

"안락사를 행하는 자는 강한 스트레스를 받습니다. 하지만 의사는 기죽지 말고 그것을 극복해야 합니다. 일본의 의사는 지금까지 환자의 고통에서 눈을 피하며 공허한 희망만 되풀이해 왔습니다. 의사라는 신성한 직무에 종사하는 자에게 이러한 태도는 용서할 수 없는 자기기만입니다. 애당초 환자는 고통을 싫어하는 동시에 죽는 것도 싫어하는 존재입니다. 이 이율배반을 방치하면 환자는 결국 참기 어려운 고통이란 고통은 다 겪은 뒤 죽는 최악의 사태에 이르게 됩니다. 그 어리석음에서 환자를 구하는 일이 우리 의사에게 주어진 숭고한 사명입니다."

어느새 니미에게 조명이 집중되었다. 그 모습은 빛 속에서 늘 그렇듯 최대의 카리스마를 발휘하고 있었다. 참가자들의 의식이 다시 하나로 모이면서 매혹된 듯 모두 니미의 말에 집중했다. 니미는 자신의 말에 도취되어 오른손을 들고 목청을 높였다.

"사람의 목숨을 빼앗는 안락사는 성스러운 신의 영역에 속합니다. 즉, 안락사를 행하는 의사는 '신의 손'을 위임받게 되는 것입니다!"

시바키가 고개를 크게 끄덕이고 감탄한 듯 박수를 쳤다. 회의장에서도 일제히 박수가 터져 나왔다. 야마나도 두 손이 아플 정도로 박수를 쳤다.

박수를 치면서 야마나는 한편으로 시라카와가 마음에 걸렸다. 니미는 시라카와의 졸도를 어떻게 생각할까?

26. 탄핵

둘째 날 오후에 예정되어 있던 심포지엄에서는 먼저 의사회 측의 참가자를 대표해서 반도 교이치가 기조연설을 했다. 시라카와는 점심시간에 푹 쉰 덕분인지 기분이 좀 나아졌지만 니미의 지시도 있고 해서 계속 쉬었다.

반도의 연설은 '일본 의료의 이상향을 구축하기 위해서'라는 주제였다.

'의료의 이상향'이라는 말은 지금까지 반도가 텔레비전이나 주간지 인터뷰에서 여러 번 언급한 적 있는 용어였다. 하얀 캐시미어 상의에 감청색 넥타이를 맨 화려한 차림새로 연단에 오른 반도는 자신만만한 표정으로 회의장을 둘러보았다.

"여러분, 지금 일본의 의료는 사상 초유의 위기에 처해 있습니다. 여기 계신 여러분은 의료의 최전선에서 사생활도 무시한 채 밤낮으로 진료에 임해왔습니다. 그 헌신적인 봉사는 실로 칭찬받을 만합니다."

반도의 말투에서 허세를 부리는 정치가가 떠올랐다. 그렇지만 야마나는 열심히 귀를 기울였다. 어젯밤 가네코에게서 들은 니미에 대한 기습 공격의 복선이 어디에 깔려 있을지 몰랐기 때문이다.

니미는 어젯밤 야마나가 반도의 계획을 보고했을 때도 별반 놀라지 않고 눈썹만 살짝 찡그렸다. 처음부터 예측하고 있었던 걸까? 아니면 이미 대책을 세워두기라도 했나?

반도의 강연은 공허한 미사여구와 자화자찬으로 넘쳤지만 의사회 측 참가자들은 진지하게 고개를 끄덕였고 때로는 산발적인 박수까지 보냈다. 야마나는 구 의사회의 제 식구 감싸기 습성에 새삼 기가 막혔다.

"지금까지 제가 지적한 대로 후생노동성이 얼마나 한심한 의료 행정을 펼쳐왔는지 분명해졌습니다. 무능한 관료가 의료에 참견하는 것 자체가 잘못된 일입니다. 앞으로는 우리 손으로 의사에게 어울리는 우아한 생활을 쟁취하지 않겠습니까?"

이 말로 반도는 기조연설을 마무리했다. 회의장에서는 커다란 박수가 터져 나왔지만 어딘지 모르게 연출된 느낌이었다.

10분간의 휴식 후에 심포지엄 자리가 마련되었다. 단상을 사이에 두고 오른쪽에는 사회를 맡은 니미, 왼쪽에는 패널인 시바키, 야마나, 반도, 가네코와 구 의사회 인사가 한 명 더 비스듬하게 탁자 앞에 앉았다. 중앙에 놓인 화이트보드에는 토론 주제인 '의료 신질서의 확립과 전개'라는 글씨가 크게 쓰여 있었다.

"그러면 후반 프로그램을 시작하겠습니다."

니미가 심포지엄의 시작을 알리자 반도가 토론에 들어가기 전에 한 가지 제안할 것이 있다며 발언권을 요구했다.

"토론의 주제인 '의료 신질서'라는 말은 조금 난해합니다. 그보다는 제가 늘 주장해온 '의료 이상향'이라는 말로 바꾸면 어떨까요?"

의사회 측 의사들에게 사전에 이야기를 끝내놓은 듯 회의장 곳곳에서 반도의 의견을 지지하는 함성이 터졌다.

'의료 신질서'는 니미가 항상 입버릇처럼 말하던 JAMA의 캐치프레이즈였다. 이것을 바꾸자는 말은 곧 니미에 대한 명백한 도전이라고밖에 할 수 없었다. 이것이 반도의 기습 공격인가? 야마나가 싸울 자세를 취하는데 시바키가 회의장의 소란을 찍어 누르듯 날카롭게 말했다.

"'의료 신질서'의 어디가 난해하다는 겁니까? 구 의사회가 해체되고 의료청이 발족해 일본 의료계에 새로운 질서가 세워진다는 뜻입니다. 이보다 더 명명백백한 의미가 어디 있습니까?"

반도는 희미한 미소를 띠며 반론했다.

"아니, '신질서'라는 말에는 억압적인 이미지가 있어요. 그래서 일반인들은 받아들이기 어려울 겁니다. 비교해보면 알 수 있습니다. 가네코 선생, 그것을 가지고 와주십시오."

가네코는 탁자 아래에서 접힌 종이를 꺼냈다. 펼치니 화이트보드에 붙어 있는 주제와 같은 크기로 '의료 이상향의 확립과 전개'라고 쓰여 있었다. 어젯밤에는 반도의 지시에 따를 생각이 없다고 말해놓고 저런 것을 준비했단 말인가? 야마나는 가네코를 의심스러운 눈초리로 바라보았지만 가네코는 무표정하게 자리로 돌아갔다.

반도가 자신만만한 목소리로 참가자들을 향해 질문을 던졌다.

"어떻습니까? 여러분, '신질서'라는 말에는 어딘지 군국주의적인 강압이 느껴지지 않습니까? 실제로 니미 선생이 말씀하시는 '신질서'에서는 의사의 과목 선택이나 근무지 선택, 의료 시설 개설 등 자유가 제한되는 부분이 많습니다. 의사에게는 재량권이 있고 지금까지 자기 결정권을 존중받아왔습니다. 우리 의사에게 더 많은 자유가 허용되어야 하지 않겠습니까?"

참가자들 사이에서 박수가 터져 나왔다. 반도는 승리를 쟁취한 것처럼 의기양양하게 니미를 바라보았다. 니미는 당황하는 기색 없이 담담하게 대답했다.

"아닌 게 아니라 우리가 이야기하는 '의료 신질서'에 대해 의사회 측 선생들은 아직 충분히 이해하기 어려울지도 모릅니다. 반대로 저 역시 반도 선생이 말씀하시는 '의료 이상향'에 의문이 생기는군요."

니미는 반도의 도전을 정면으로 받아들일 생각인 듯했다.

"반도 선생은 '신질서'라는 말에 억압적인 이미지가 있다고 말씀하시는데 '질서'라는 말에서는 보통 조화와 안심을 연상하지 않습니까? 억압보다는 오히려 이쪽이 자연스럽지요. 억압을 느끼는 이유는 질서에 따르려 하지 않거나 파괴하는 쪽에 있기 때문 아닐까요?"

니미의 응수에 JAMA계 의사들이 고개를 끄덕였다. 니미는 계속해서 '의료의 이상향'에 대한 설명을 요구했다. 반도는 짐짓 거드름을 피우며 설명하기 시작했다.

"'의료의 이상향'이란 문자 그대로 이상적인 의료를 실현하자는 뜻입니다. 모든 환자의 이익을 우선하고 그와 동시에 모든 의사의 요망을 만족시키는 것이기도 합니다. 본래 의료란……."

반도의 설명은 간단명료하지 못하고 거의 기조연설의 되풀이나 다름없었다. 니미는 참을성 있게 들었지만 반도가 진료 보수 재검토를 언급하자 갑자기 끼어들었다.

"지금 반도 선생은 한 가지를 크게 간과하고 있습니다."

반도는 베테랑 의사와 초보 의사가 같은 보수를 받는 것은 불합리하며 베테랑 의사에게 더 많은 보수를 주어야 한다고 주장했다. 니미는 이 부분을 문제 삼았다.

"무엇을 간과하고 있다는 말입니까?"

반도가 불끈 성을 내며 되묻자 니미는 명쾌한 설명의 정석을 보여주듯 지적했다.

"반도 선생이 말씀하시는 것처럼 단순히 베테랑과 초보가 같은 보수를 받는다면 불합리하겠지요. 그런데 예를 들어 위내시

경의 보험 점수는 본래 초심자용 점수일까요?"

니미는 당황한 반도를 곁눈질하며 천천히 시선을 청중석으로 향했다.

"그렇지 않습니다. 위내시경 점수는 제 몫을 하는 한 사람의 의사가 행하는 기술에 지불하는 금액으로 산정되어 있습니다. 즉, 미숙한 의사가 서툴게 위내시경을 해도 한 사람분의 점수가 부여됩니다. 그런 사실을 잊고 자신이 베테랑이 되었다고 해서 초보와 차이를 두자는 사고방식은 너무 염치없는 짓 아닙니까?"

맞는 말이다. 니미가 제대로 지적한 것이었다. 보험 점수가 제 몫을 하는 한 사람의 의사를 기준으로 설정되어 있다면 모든 베테랑 의사는 제 몫을 하지 못했던 초보 시절에 오히려 더 받았다는 말이 된다.

항변하려는 반도를 제지하며 니미가 계속했다.

"그렇다면 초보 의사와 제 몫을 하는 의사, 베테랑 의사 이렇게 세 등급으로 나누어 보험 점수를 세분화하자는 의견이 있을지도 모릅니다. 하지만 의사의 기량은 반드시 경력에 비례한다고 할 수 없습니다. 게다가 현재 이미 5500개가 넘는 보험 점수 항목을 더욱 세분화하면 사무량이 증가해 결국 업무 파탄에 이를 수도 있습니다. 따라서 긴 안목으로 보면 베테랑 의사와 초보 의사의 보수가 차이 나지 않는 현행 시스템이 간편하고 합리적이라고 할 수 있습니다."

"하지만 초보 의사와 베테랑 의사 사이에 보수의 차이를 두는 편이…….."

"당치도 않습니다. 의사회에 계셨던 반도 선생이 그런 말씀을 하시다니."

니미는 과장되게 실망감을 표현했다.

"그렇게 하면 의료의 평등성이 무너집니다. 부자들은 베테랑 의사의 치료를 받고 소득이 낮은 환자는 미숙한 의사의 연습 대상이 되어버릴 수도 있습니다. 이 아이디어가 사람들에게 받아들여질 거라는 말씀입니까?"

"하지만 아무리 실력을 쌓아도 초보자와 같은 보험 점수를 받는다면 노력할 기분이 나지 않겠지요. 점수의 세분화는 의사에게 동기를 부여하기 위해서도 필요하지 않을까요?"

의사회 측 의사들 사이에서 반도의 말에 수긍하는 분위기가 번져갔다. 니미는 그런 분위기를 확인하자 갑자기 양손으로 탁자를 치더니 벌떡 일어섰다.

"전혀 그렇지 않습니다!"

니미가 격렬한 분노를 드러내자 반도의 표정이 굳어지고 회의장의 의사들도 아연해졌다.

"대체 어제 내 이야기를 어떻게 들은 겁니까? 분명 의사가 충분한 대우와 세상의 경의를 획득하려면 노블레스화가 필요하다고 말하지 않았습니까? 의사가 수련하는 것은 보험 점수를 높이기 위해서가 아닙니다. 돈을 위해 실력을 쌓는 의사 따위는 결코 노블레스라고 할 수 없습니다!"

니미는 반도의 의견에 동의한 의사들을 적발하기라도 할 것처럼 강렬한 시선으로 참가자들을 둘러보았다. 그리고 청중의 마음에 호소하듯 한 마디 한 마디 힘주어 말했다.

"우리 JAMA는 진정으로 환자의 신뢰를 받는 기능과 지식, 정신을 겸비한 의사를 지향해왔습니다. 의사가 대가 없는 노력을 지속하면 치료의 차원이 높아지고 환자와 가족에게 만족과 감사를 받게 될 것입니다. 그 결과 의사의 존엄과 대우를 보증받는 것입니다. 만약 의사가 자신에게 동기를 부여하기 위해 보수를 요구한다면 그 시점에서 의료의 정신성은 사라지고 욕망과 타산에 지배되는 타락한 의사가 될 것이 뻔합니다!"

니미는 분노가 담긴 시선으로 반도를 돌아보았다.

"지금까지 구 의사회는 늘 입으로는 '이상'을 이야기하고 환자를 포기하지 말라고 하면서 실상은 환자를 늘리는 데 치중해 돈벌이가 되는 일만 주장해왔습니다. 이러한 '이상향'에는 쉽게 거짓과 허상이 뒤섞입니다. 이상만큼 비현실적인 것도 없고 기만에 빠지기 쉬운 것도 없습니다! 우리는 결코 그런 말을 받아들일 수 없습니다!"

"이상을 추구하자는 말이 뭐가 잘못이라는 겁니까?"

반도가 지지 않겠다는 듯 일어서며 말하자 니미가 즉시 반박했다.

"이상을 말하기 전에 먼저 해야 할 일이 있습니다. 타락한 정신으로는 아무리 이상을 추구해도 수준 이하에 머물 뿐입니다."

"타락한 정신? 무슨 근거로 그렇게 단정하는 겁니까?"

"예를 들면, 브랜디 문제요."

"뭐라고?"

의표를 찔린 반도는 멍하니 서 있었다. 니미의 목소리에는 노기가 서려 있었다.

"우리는 세미나를 열면서 참가자 여러분을 대접하기 위해 많은 것을 준비했습니다. 그런데 어제 바 코너에 준비되어 있지 않은 고급 브랜디를 주문한 사람이 있었습니다. 이것은 전혀 노블레스에 어울리지 않는 행위입니다."

회의장 안에 있던 의사 몇몇이 민망한 듯 고개를 숙였다. 니미는 계속했다.

"노블레스는 스스로 아무것도 요구해서는 안 됩니다. 부족함을 말하는 건 세속적인 태도입니다."

"브랜디 좀 주문했다고 타락이라는 말을 들을 줄이야. 흥, 어처구니가 없군."

반도가 기가 막히다는 듯 헛웃음을 흘렸다. 니미는 반도를 노려보며 호통을 쳤다.

"사람이 진지하게 이야기하고 있는데 웃다니, 이 무슨 작태입니까!"

반도는 니미의 강한 어조에 기가 죽은 목소리로 반론했다.

"하도 우스꽝스러워서 쓴웃음을 지은 것뿐입니다."

"받아들이기 어려운 부분이 있다면 질문을 할 것이지, 상대

방을 업신여기듯 쓴웃음을 짓는 건 옳지 않습니다. 그런 태도가 진료 현장에서 환자들에게 상처를 주고 의사에 대한 경의를 의심하게 만드는 겁니다."

"지금은 환자가 앞에 있는 것도 아니고······."

"그런 변명은 허용할 수 없습니다!"

니미는 반도의 말을 강하게 막았다.

"노블레스화를 위해서는 환자가 앞에 있건 없건 부단한 노력과 정진이 필요합니다. 즉, 고결한 인격이 요구되는 겁니다. 반도 선생은 즉시 자신의 잘못을 인정해주십시오."

"조금 웃었다고 그런 말까지 들어야 합니까?"

"상대를 업신여기고 비웃는 행동은 용서할 수 없습니다! 그것은 정신 전체로 이어지는 기본적이고 중대한 문제입니다. 자신의 형편에 맞게 멋대로 해석해서 얼버무리는 태도야말로 의사회의 구태의연한 습성입니다. 그러니까 지금 바로 자신의 잘못을 인정해주십시오!"

"의사회의 습성과는 상관없는 일 아닙니까?"

"당치도 않습니다. 크게 상관있어요. 스스로 잘못을 인정하지 않는 의사회의 습성은 노블레스와 거리가 멉니다. 반성하지 않는 태도와 탐욕, 이것이야말로 반드시 버려야 할 의사회의 잘못된 습성입니다! 어젯밤 열린 파티에서는 술에 취해 비틀거리고 부적절한 처신을 한 자도 있다고 들었습니다. 이것은 세속적인 욕망에 휘둘린 용서할 수 없는 행동입니다. 의사의 노블레스화에 치명적인 위협이 될 수 있습니다."

"의사도 인간입니다. 한숨 돌리고 즐길 필요도 있죠."

"아니요! 그런 편의주의적인 변명은 통하지 않습니다."

니미는 다시 언성을 높이며 격렬하게 반론했다.

"질 높은 의료를 행하려면 의사 자신이 뛰어난 인품을 갖추어야 합니다. 지식과 기능, 그리고 정신을 충분히 단련한 의사가 행하는 진료야말로 환자의 존경과 신뢰를 받을 수 있습니다."

"니미 선생의 말이야말로 이상론 아닙니까?"

반도가 격하게 반박하자 니미는 더욱 고압적으로 받아쳤다.

"그것이 이상이라는 생각이야말로 타락한 의사회의 본질입니다. 높은 정신성을 부정하는 것은 욕망을 우선하고 엄격한 자기 관리에서 도망치려는 것밖에 되지 않습니다. 우리 JAMA는 늘 스스로 노블레스라고 인식하며 엄격한 자기 관리를 해왔습니다. 그런데 의사회 측 의사들이 욕망에 휩쓸려 그 정신을 타락시킨다면 JAMA 전체의 신용을 떨어뜨릴 수 있습니다. 이것은 '의료 신질서'의 실현에 커다란 장애가 아닐 수 없습니다!"

"그런 정신주의에 의사들이 찬성할 리 없습니다!"

니미와 반도는 둘 다 팽팽하게 맞서며 격렬한 토론을 펼쳤다. 참가자들은 곤혹스럽게 토론의 향방을 지켜볼 뿐이었다.

그때 로비 옆에서 무라오가 나타나 심각한 얼굴로 니미에게 다가갔다. 무라오는 니미의 귓가에 무어라 속삭이더니 휴대전화를 내밀었다. 니미가 미간을 찌푸리며 전화기를 받아 들고 불쾌한 듯 입술을 일그러뜨렸다.

"여러분, 지금 이대로는 끝이 없습니다. 일단 여기서 잠깐 쉬는 시간을 갖도록 하겠습니다."

그렇게 말하고 나서 니미는 시바키와 야마나에게 눈짓을 하더니 빠른 걸음으로 회의장을 빠져나갔다. 반도는 니미의 갑작스러운 퇴장을 멍하니 지켜볼 뿐이었다. 야마나도 무슨 일인지 알지 못한 채 서둘러 시바키를 뒤따랐다. 그 뒤를 무라오가 풀죽은 모습으로 따라왔다.

"대체 무슨 일입니까?"

야마나가 묻자 무라오는 손으로 입가를 가리며 빠르게 말했다.

"어제 파티에 접대를 위해 도우미 파견을 의뢰한 오사카의 회사로부터 불만이 제기되었습니다."

"불만이라니요?"

"어젯밤 접대하던 여성 몇 명이 강간을 당했답니다."

"뭐라고요?"

야마나는 믿을 수 없다는 듯 회의장을 돌아보았다.

20분 후 심포지엄이 재개되었을 때 반도의 얼굴은 비참하게 일그러져 있었다.

참가자들이 자리에 앉자 니미가 격노한 표정으로 모두에게 보고했다.

"여러분, 어젯밤 파티 접대를 위해 파견을 의뢰한 JP 엔터프라이즈로부터 조금 전에 전화를 받았습니다. 파티 접대 중에 여성 몇 명이 심한 성희롱과 성적인 서비스를 강요받았다고 합니다. 그중 다섯 명은 강간 피해를 호소하고 있습니다."

회의장은 순간 경악하는 분위기였다. 니미는 격노한 표정을 풀지 않고 더욱 언성을 높였다.

"JP 엔터프라이즈는 도쿄에 본사를 둔 대형 이벤트 회사입니다. 이쪽에서 적절하게 대응하지 않으면 이 사실을 공표하고 고소도 불사하겠다고 합니다. 우리 JAMA에게는 중대한 사태가 아닐 수 없습니다."

니미는 반도를 흘깃 보더니 다시 회의장으로 날카로운 시선을 향했다.

"JP 엔터프라이즈에서 이 부끄러운 행위에 관련된 열세 명의 이름을 제시했습니다. 모두 구 의사회에 소속되어 있던 의사들입니다. 조금 전 쉬는 시간에 우리는 구 의사회의 대표인 반도 선생을 통해 사정을 파악했습니다. 반도 선생은 상호 간에 합의된 서비스였다고 해명했습니다만, 그렇다면 불만이 제기될 리가 없지요. JP 엔터프라이즈 측은 각 여성으로부터 상세한 상황 설명을 듣고 구체적인 언행과 행위까지 거론하고 있습니다. 싫다는데 억지로 했다거나 강제로 취하게 했다는 등 입에 담기 어려울 정도의 증언을 들었습니다. 그런 수치스러운 행위를 고발당하고 어떻게 합의라는 말을 할 수 있습니까?"

야마나는 니미의 격렬한 어조에 긴장하면서도 이 모든 것이 니미가 꾸민 일임을 직감했다. 어젯밤 파티는 시작부터 퇴폐적인 분위기였고 파견된 여성들도 선정적인 서비스를 하고 있었다. JAMA 측 의사들은 사전에 노블레스에 합당한 행동을 잊지 말라는 주의를 전달받았지만 의사회 측 의사들은 그런 사실을 몰랐다. 향락에 익숙한 의사를 함정에 빠뜨리기는 쉬웠을 것이다. 반도도 걸려든 것이 분명했다. 이제 와서 '합의된 서비스'였다고 발뺌해봤자 통할 리 만무했다.

니미는 공기를 가르듯 오른손을 들어 검지로 반도를 가리켰다.

"저는 JAMA의 대표로서 반도 선생에게 강력하게 항의합니다! 이번 문제는 일부 의사회 쪽 불량 의사들의 문제에 국한되지 않습니다. 우리 JAMA 전체의 존엄을 더럽히고 얕보는 행동이라고 하지 않을 수 없습니다. 만약 JP 엔터프라이즈가 이번 사건을 JAMA의 불상사로 공표한다면 JAMA에 대한 세간의 신뢰는 실추되고 언론은 벌떼같이 달려들어 비판해대겠지요. 그 책임을 어떻게 질 겁니까?"

니미의 추궁에 반도는 몹시 곤혹스러워하며 대답했다.

"JP 엔터프라이즈에 대한 배상은 제가 책임을 지고 교섭하겠습니다. 배상금은 거론된 인물들이 전액 부담하겠습니다."

"아니요! 당신은 돈만 쥐여주면 상대를 납득시킬 수 있다고 생각하나 본데, 그것이 의사로서 성의 있는 대응이라고 생각합니까?"

"아니, 그런 뜻은······."

"뭐든 돈으로 해결하려는 그런 자세가 바로 의사회의 그릇된 습성입니다. 당신은 의사로서 정신의 노블레스화가 무엇인지 전혀 이해하지 못하고 있습니다."

니미와 반도의 역학 관계는 JP 엔터프라이즈가 제기한 항의로 분명해졌다. 반도는 니미의 날카로운 추궁에 완전히 전의를 상실한 것 같았다.

니미는 격노한 목소리로 반도를 집요하게 몰아붙였다.

"우리 JAMA는 뛰어난 의사가 그에 상응하는 대우를 받을 수 있도록 하겠다고 약속했습니다. 하지만 그 전에 먼저 의사의 확고한 노블레스화가 필요합니다. 타락한 의사는 철저하게 도태시켜야 합니다. 앞으로 설립될 의료청에는 의사통괄국이 설치됩니다. 이곳에서는 무능하고, 태만하고, 타락한 의사를 적발하고 배제해 정말로 우수한 의사만이 살아남아 환자와 의사의 굳건한 신뢰가 형성되도록 할 것입니다. 이것이야말로 우리가 지향하는 '의료 신질서'라 할 수 있습니다."

만약 의료청이 정말로 의사의 지식이나 기능을 확인하기 시작하면 실격당할 의사는 결코 적지 않을 것이다. 특히 세속적인 쾌락에 매달려 진료비 허위 청구나 과잉 진료를 하는 구 의사회 측 의사들은 심각한 사태를 맞이할 것이 틀림없었다.

"스스로를 엄격히 관리한다면 의사통괄국의 적발 따위는 두렵지 않겠지요. 하지만 자신의 무능, 타락을 자각하는 자는 두려워해야 할 것입니다. 그러한 의사를 배제하는 '의료 정화'는 환자의 이익에 직결됩니다. 구 의사회는 타락한 의사를 옹호한 탓에 전체가 타락하고 돈벌이와 권위주의에 물들어버렸습니다. 나아가서는 환자를 위해서라는 명목 아래 의사의 수입 늘리기에만 급급한 위선적인 습성이 고착되었습니다. 우리는 그러한 기만을 철저히 무너뜨려 청결하고 수준 높은 의료를 성취해야 합니다!"

니미의 연설은 더욱 열기를 띠며 정점을 향해 치달았다. 야마나를 비롯한 JAMA의 의사들은 익숙한 니미의 화술에 일종의 집단 마취 상태에 빠졌지만 의사회 측 의사들은 상당한 인내심이 필요한 것 같았다.

심포지엄은 끝날 시간을 한참 지나 이제는 저녁 식사 시간이 다가오고 있었다. 식사를 담당한 무라오가 시바키에게 살그머니 다가가 어떻게 해야 좋을지 물었다. 시바키는 연설 중인 니미에게서 눈을 떼지 않은 채 무라오에게 기다리라는 몸짓을 했다. 그리고 한 시간 뒤 무라오가 다시 다가가자 시바키는 잠깐 생각하고 나서 작은 목소리로 새로운 지시를 내렸다. 아무래도 저녁 식사 시간을 바꾼 모양이었다.

의사회 측 의사들은 수면 부족으로 상당히 피곤해 보였다. 시계를 보거나 의자 위에서 몸을 비비 트는 사람들이 많았다. 반도도 피곤했는지 어느새 팔짱을 낀 채 졸기 시작했다. 그 외에도 앉은 채로 잠들어 몸이 이리저리 휘청거리는 이들이 몇 명

눈에 띄었다.

"여러분은 솔선해서 '의료 정화'에 협력하고 후배 의사의 모범이 되어야 합니다. 무능한 의사를 배제하여 높은 수준과 합리성을 실현하면 일본의 의료는 이윽고 세계가 주목하는 새로운 모델로 칭찬받을 것입니다."

여기까지 이야기를 마쳤을 때 니미는 졸고 있던 반도가 어느새 푹 잠든 것을 눈치챘다. 니미는 연설을 중단하고 말없이 반도를 응시했다. 반도는 여전히 눈을 감고 있었다. 니미는 천천히 반도에게 다가갔다. 회의장에 묘한 긴장감이 흘렀다. 조용해진 공간에 잠든 반도의 숨소리가 들렸다.

니미는 조용히 양손을 들어 갑자기 탁자를 내리쳤다.

"당신은 수준 높은 의사가 될 생각이 있기나 합니까?"

반도가 놀라서 펄쩍 뛰듯 몸을 일으켰다.

"뭐, 뭐야, 갑자기."

"갑자기라니요! 나는 이야기하면서 졸고 있는 당신이 언제 눈을 뜨고 우리가 지향하는 '의료 신질서'에 공감해줄지 지켜보았습니다. 그런데 당신은 눈을 뜨기는커녕 더 깊은 잠에 빠져들더니 내가 이야기를 멈춘 것조차 알아채지 못했습니다."

"하지만 그건 선생의 이야기가 너무 길어서……."

반도는 니미에게서 도망치려는 듯이 얼굴을 돌렸다. 니미는 탁자에 양손을 짚은 채 상체를 앞으로 쑥 내밀었다.

"의사의 노블레스화에는 무엇보다 인내심이 필요합니다. 이 정도 시간도 견디지 못하면서 어떻게 환자의 이야기에 친절하게 귀 기울일 수 있겠습니까? 환자의 증상이 악화되었을 때 어떻게 최선을 다해 치료할 수 있겠습니까? 당신은 반성도, 자각도 턱없이 부족합니다. 결정적으로 정신 수준을 향상시키려는 의지가 부족하다고밖에 할 말이 없습니다!"

니미는 계속해서 속사포처럼 반도를 공격했다. 반도는 반론의 여지를 완전히 잃은 채 그저 니미에게 당할 뿐이었다. 어젯밤 현관홀에서 의사회 측 참가자를 당당하게 맞이할 때의 위엄은 조금도 찾아볼 수 없었다.

밤 9시를 지나고 있었다. 니미의 말이 중단되자, 그때까지 무표정하게 이야기를 듣고 있던 가네코가 일어섰다.

"반도에 대한 니미 선생의 비판은 모두 옳으신 말씀입니다. 우리 의사회 전원은 선생의 비판을 겸허히 받아들여 JAMA가 지향하는 '의료 신질서'를 함께 이끌어갈 멤버로서 처음부터 다시 출발해야 한다고 생각합니다. 그러기 위해 지금 이 자리의 '의료 정화'로서 반도와 저를 비롯한 구 의사회 의사는 모두 JAMA의 특별 대우를 일제히 반납하고 일개 졸병에서부터 다시 시작하고자 합니다."

예기치 않은 가네코의 말에 반도는 경악했다. 그는 이제야 비로소 가네코의 배신을 눈치챈 듯했다. 한편 니미는 진의를 탐색하듯 가네코를 바라보았다. 아무래도 가네코는 반도에서 니미쪽으로 완전히 갈아탄 것 같았다.

니미가 가네코에게 다가가 말했다.

"제 진심을 알아주셔서 정말 기쁘군요. 가네코 선생 같은 분이 계시면 의사회 측 선생들도 새롭게 한 걸음 내딛을 수 있을 겁니다. 앞으로 일본 의료의 발전을 위해 함께 노력합시다."

니미가 오른손을 내밀자 가네코가 양손으로 맞잡았다. 그러자 니미도 왼손으로 가네코의 손을 덮었다. 지체 없이 시바키가 박수를 쳤고, 곧이어 회의장 전체가 박수 소리로 가득 찼다. 야마나도 함께 박수를 쳤다. 반도만이 초췌한 모습으로 망연자실한 채 서 있을 뿐이었다.

시바키가 니미의 허가를 얻어 둘째 날 프로그램이 끝났음을 알렸다. 시간이 너무 늦어졌기 때문에 저녁 식사는 도시락으로 바뀌어 각자의 방으로 배달되었다. 당연히 이날 밤 접대 여성이 동반된 파티는 없었다.

회의장 한구석에서 무라오가 두 손을 비비며 대기하고 있었다. 빈틈없이 세미나 뒷일을 준비한 것이 스스로도 만족스러운 모양이었다. 니미가 한쪽 손을 들어 무라오를 불렀다. 무라오는 칭찬을 기대하며 급하게 달려왔다. 하지만 니미의 목소리는 곁에 있던 야마나도 돌아볼 정도로 차가웠다.

"무라오 씨, 어젯밤 의사회 측 의사들의 광란은 그런 상황을 연출한 당신에게도 책임이 있습니다."

달콤한 기대를 배신당한 무라오는 새하얗게 질린 얼굴로 꼼짝 못하고 그 자리에 서 있었다.

27. 안락사 '실연'

 다음 날인 4월 11일 일요일은 세미나 마지막 날이었다.
 프로그램은 이날 오전 중으로 끝날 예정이었다. 먼저 시라카와의 안락사 체험 강연부터 시작되었다.
 어젯밤 야마나는 저녁 식사를 하기 전에 시라카와를 보러 갔었다. 시라카와는 침대에 걸터앉아 있었다. 기분은 나아 보였지만 표정은 여전히 어두웠다.
 "내일 강연할 수 있겠나?"
 "아아."
 "기분은 정리되었는가?"
 야마나의 질문은 '저지련'의 오쓰카가 말한 '안락사를 시행하는 의사에게는 까다로운 치료를 빨리 끝내고 싶다는 잠재의식이 있다'는 지적에 관한 것이었다. 그 말은 오쓰카가 죽은 뒤에도 여전히 망령처럼 시라카와에게 달라붙어 있었다.

대답이 없는 시라카와를 보며 야마나는 깊은 한숨을 쉬었다.

"이봐, 시라카와. 그 쇼타로라는 환자는 자네 덕분에 피할 수 없는 고통에서 해방된 거야. 가족도 그러기를 바랐고."

"간병하던 이모는 그랬지만, 친어머니는······."

"자네는 일본 안락사의 개척자로 평가받고 있어. 그런 자네가 흔들리면 애써 긍정적으로 움직이기 시작한 안락사 허용 여론이 다시 후퇴할 거야. 안락사가 허용되지 않은 탓에 얼마나 많은 환자가 고통받고 있는지 잘 알고 있지 않은가. 그런 환자들을 포기할 셈인가? 안락사를 선택할 수 없어서 끝없는 고통에 시달리게 할 셈인가?"

"그건 아니지만······."

"자네의 경험은 앞으로 안락사를 행해야 할지도 모르는 의사들에게 귀중한 정보가 될 걸세. 자네가 시바키 선생의 시범을 보고 쓰러진 것도 어떤 의미에서는 잘된 일인지 몰라. 안락사를 실행하는 의사의 심리적인 부담이 얼마나 큰지 세미나에 참석한 의사들도 실감했을 테니까. 가벼운 마음으로 안락사를 행해서 나중에 문제를 일으키기보다 충분한 마음의 준비가 필요하다는 것을 깨닫는다면 얼마나 의미 있는 일인가."

그렇게 설득하자 시라카와는 겨우 강연에 긍정적인 자세를 보였다.

사회를 맡은 시바키가 시라카와를 소개하자 참가자들의 시선이 집중되었다. 의사인 참가자들은 세간과는 다른 흥미를 담아 시라카와를 보는 것 같았다.

시라카와는 약간 굳은 표정이었지만 당당한 태도로 이야기를 시작했다. 간단한 자기소개를 마치고 조명을 어둡게 하고 파워포인트로 후루바야시 쇼타로의 병력을 소개했다. 학회 발표 경험이 풍부한 시라카와의 말은 냉정하면서도 막힘이 없었다. 처음 쇼타로의 안락사를 고려했을 때의 상황, 이모인 아키코의 요청, 쇼타로 본인의 의사 확인 등을 담담하게 설명했다. 안락사 당일의 경과는 사실을 나열한 것일 뿐인데도 의사인 청중에게는 생생한 인상을 준 듯했다.

"실제로 안락사를 행할 때는 다음과 같은 문제점이 발생합니다."

야마나는 오쓰카가 말한 안락사를 시행하는 의사의 잠재의식에 대해 이야기하지 않을까 긴장했지만, 다행히 기우에 그쳤다. 시라카와가 열거한 문제점은 본인의 의사 확인이 어렵다는 점, 사후 가족의 심리적인 불안정 및 경찰 조사에 대한 자세 등이었다. 하지만 강연 전반의 유창한 어조와 달리 안락사의 문제점을 설명할 때는 어딘가 모르게 이를 악물고 이야기하는 듯한 느낌이었다.

시라카와의 강연이 끝나자 야마나가 연단에 섰다.

"조금 전 우리는 시라카와 선생에게서 귀중한 체험에 대한 보고를 들었습니다만, 어제 시바키 선생의 강연에서도 알 수 있듯이 실제 안락사에는 다양한 난관이 예측됩니다. 저는 시라카와 선생과 같은 소화기외과의로서 안락사법의 제정을 여러 해 전부터 기다려왔습니다."

야마나는 니미를 의식하면서 가능한 한 자기를 더욱 내세우려는 듯 마이크를 잡은 손에 힘을 주었다.

"여러분, 제가 말씀드리고 싶은 것은 '안락사의 질'입니다. 안락사는 그저 편안히 죽으면 끝나는 일이 아닙니다. 환자를 고통으로부터 해방시켜야 함은 물론 유족도 만족시켜야 합니다. 진심으로 자신들의 선택이 옳았다고 생각할 수 있는 안락사여야 한다는 말입니다. 만족감을 주는 안락사, 그것이야말로 니미 선생이 제창하는 '수준 높은 의료' 아니겠습니까? 논픽션 작가인 다치하라 나오키 씨가 방송에서 이런 말을 했습니다. '더욱 수준 높은 안락사를 실현해 일본을 세계의 안락사 선진국으로 만들자'고요. 그렇게 되었을 때 비로소 우리가 지향하는 '의료 신질서'는 세계에 명성을 떨칠 수 있을 것입니다!"

야마나의 어조는 서서히 격렬해지고 몸짓도 니미와 닮아갔다. 야마나는 자신의 연설에 도취되었다.

"안락사법이 제정되면 실행하기 위한 약제도 필요합니다. 다행히 이번 세미나에 협력해준 진무리전드 제약은 법률이 제정되기에 앞서 신약 개발을 추진해왔습니다. 자세한 설명은 진무리전드 제약의 무라오 씨에게 부탁해두었습니다. 제 이야기가 끝나면 듣게 될 겁니다. 정말 대단한 약입니다."

야마나는 그렇게 치켜세우며 한쪽 구석에 있는 무라오를 바라보았다. 그러나 무라오는 파랗게 질린 얼굴로 서 있을 뿐이었다. 무리도 아니었다. 야마나는 후반 프로그램을 떠올리며 무라오에 대한 동정과 희미한 불안을 느꼈다.

"JAMA 대표인 니미 선생, 사회를 맡은 시바키 선생과 참가자 여러분, 오늘 진무리전드 제약 개발의 제약 설명에 귀중한 시간을 내주셔서 진심으로 감사드립니다."

15분간 휴식을 한 뒤 연단에 오른 무라오는 안색이 창백하고 말도 더듬거렸다. 긴장한 탓이 아니었다. 끝 모를 불안과 공포를 억지로 참고 있기 때문이었다.

"일본에 안락사 전용 약제는 아직 없습니다…… 지금까지 안락사에 사용된 약물은 염화칼륨이나 근이완제의 부작용을 유용한 것이라고 할 수 있습니다. 따라서 반드시 죽게 된다는 보장이 없고 환자가 정말 편안한 죽음을 맞았는지도 확실하지 않았습니다. 당사에서는 환자가 안전하게 죽음을 맞고 만에 하나라도 살아날 위험이 없는 약제 개발에 노력해왔습니다."

회의장에서는 실소가 터져 나왔다. 다시 살아날 위험 없이 확실히 환자를 죽일 수 있는 약을 개발했다는 무라오의 설명이 너무나 황당했기 때문이다. 하지만 정작 당사자인 무라오는 얼이 빠진 듯한 모습으로 무대 옆에 준비한 기재 수레에서 10밀리리터의 갈색 병을 꺼냈다.

"이것이 오늘 설명드릴 안락사 전용 약 '케루빔'입니다. 이 이름은 기독교의 지천사 케루빔에서 따온 것입니다. 케루빔은 지혜를 관장하는 천사인데, 그 날개 아래 '신의 손'을 갖고 있다고 합니다. 그래서 안락사 전용 약의 이름으로 아주 잘 어울린다고 생각합니다. 단순히 생명을 끝내는 것이 아니라 환자에게 지금까지 경험해보지 못한 쾌적함을 맛볼 수 있도록 하고 가족과 의료인 여러분께도 환자의 행복한 죽음을 실감할 수 있도록 하는 것이 본 약품을 개발한 목적입니다."

무라오는 눈앞에 있는 컴퓨터를 조작해 스크린에 만화 슬라이드를 비췄다. 그리스 신전을 연상시키는 엄숙한 분위기의 건물을 배경으로 진무리전드 제약의 로고가 나타났다. 화면이 바뀌어 '편안하고 쾌적한 삶의 피날레 — 더욱 발전된 안락사'라는 글자가 스크린을 가득 채웠다.

무라오의 더듬거리는 설명과 대비되는 유창한 해설이 흘러나왔다.

— 안락사 전용 약 케루빔은 안전하고 쾌적하며 확실한 안락사를 보증하는 획기적인 약제입니다. 주성분은 당사가 개발한 오피오이드계 신형 합성 마약, T4A1입니다. 모르핀의 20배에 해당하는 진통 효과가 있으며, MDMA 등과 마찬가지로 DA 작동 뉴런의 탈억제를 통해 대뇌변연계의 측좌핵 뉴런을 흥분시켜 행복감을 느끼게 합니다.

스크린에 T4A1의 화학식, 분자 구조, 작용 메커니즘 등이 표시되었다. 이어서 눈이 번쩍 뜨일 정도로 시원스러워 보이는 남태평양 바다가 비쳤다.

―T4A1의 행복감에는 강한 반응이 동반됩니다만, 안락사는 겉보기에 편안해 보일 필요가 있습니다. 그래서 케루빔에는 세로토닌에 의한 중추 신경의 흥분을 억제할 목적으로 양고나라는 후추과 식물의 뿌리에서 추출한 카바락톤이 배합되어 있습니다. 양고나는 피지 등 남태평양 지역에서 의식에 사용되는데, 강한 진정 작용, 수치심 억제 작용, 진경鎭痙 작용을 합니다. 그래서 케루빔은 충분한 행복감, 도취 반응을 나타내어 더욱 발전된 안락사를 실현합니다.

양고나에 대한 설명을 마친 뒤 내레이션은 케루빔의 치사 작용에 대해 설명했다.

―케루빔의 분자 구조를 보면 탄소와 질소가 삼중 결합된 부분이 있습니다. 이것이 물과 반응해 시안화수소를 발생시킵니다. 다만 반응이 일어나려면 이산화탄소가 필요하기 때문에 혈액에 투여되는 경우 20분에서 30분 정도 시간이 걸립니다. 이 때문에 케루빔으로 안락사를 유도할 때는 편안하고도 장엄해 보입니다. 환자에게는 천천히 행복감을 맛보게 하고 가족에게는 마음의 준비를 할 충분한 시간을 보증하는 것이지요. 치사량은 성인의 경우 체중 10킬로그램당 1밀리리터, 즉 체중 60킬로그램인 사람이라면 6밀리리터의 케루빔으로 편안히 삶을 마감할 수 있습니다.

시안화수소가 청산가리에서 발생하는 치명적인 독성 물질이라는 사실은 의사라면 누구나 알고 있었다. 해설에서는 그런 사실을 굳이 밝히지 않았다. 아마도 케루빔의 부정적인 이미지를 조금이라도 누그러뜨리려는 목적일 것이었다.

이어서 슬라이드는 동물 실험 데이터로 넘어갔다. 실험용 쥐, 개, 원숭이에게 각각 소정의 케루빔을 투여한 후 나타난 뇌파, 혈압, 심박 수, 체온, 외견에 대한 소견이 그래프와 표로 제시되었다. 특히 원숭이는 죽음에 이르기까지의 표정이 순서대로 사진에 담겨 있었다.

— 보신 바와 같이 뇌파는 정신 활동을 나타내는 β파에서 쾌감을 나타내는 θ파로 이행했다가 마침내는 편안한 α파로 변해 평탄해집니다. 케루빔을 투여하기 전, 원숭이는 공포와 분노를 나타냈는데 투여한 뒤에는 크게 변해 편안히 받아들이는 모습이었습니다. 죽음 직전에는 만족스러운 표정에 희미한 미소까지 띠어 지켜보는 이의 마음을 편하게 해주었습니다. 이처럼 당사가 개발한 케루빔은 환자와 의사, 가족에게 매우 이상적인 죽음을 약속하는 획기적인 안락사 전용 약품입니다. 안락사법이 시행되었을 때 부디 진무리전드 제약의 케루빔을 이용해주시기를 부탁드립니다.

어색하리만치 밝은 내레이션이 끝나자 무라오가 다시 마이크를 잡았다.

"끝까지 들어주셔서 대단히 감사합니다. 케루빔은 본래 새로운 진통제를 개발하기 위해 연구하던 약제입니다. 효과는 뛰어나지만 시안화수소가 발생한다는 부작용이 있었지요. 이런 문제로 개발을 단념하려던 차에 안락사 전용 약품으로 개발 방향을 바꾸면서 빠르게 제품화가 진행되었습니다. 하지만 안락사가 인정되지 않은 상황에서는 세상의 빛을 보기 어려웠습니다. 그러다가 이번에 니미 선생을 비롯한 여러 선생님 덕분에 안락사법 제정이 확실시되면서 환자에게 큰 도움이 될 수 있는 길이 열리고 있습니다. 저희 진무리전드 제약은 이 점을 매우 기쁘게 생각합니다."

무라오는 거의 울음 섞인 목소리로 설명을 마쳤다.

사회를 맡은 시바키가 회의장에서 질문을 받겠다고 하자 구의사회 측 의사가 손을 들었다.

"후생노동성의 승인 수속은 진행 중입니까?"

무라오가 마음을 추스른 듯 차분하게 대답했다.

"이미 약사·식품위생심의회의 심사 결과를 기다리는 단계입니다. 통상 단계 1에서 3까지의 시험이 요구됩니다만, 케루빔의 경우 안전성 확인이 안전하게 죽을 수 있는가라는 문제가 되기 때문에 후생노동성 심사 센터의 지도에 따라 시험은 생략하게 되었습니다."

"심의회가 승인해줄 것 같습니까?"

"그 문제는 이미 니미 선생께서 추천해주셔서……."

무라오가 아부하는 시선을 보내자 니미가 천천히 마이크를 잡고 무라오의 설명을 정리했다.

"케루빔에 대한 발표는 매우 흥미로웠습니다. 행복감을 보증하면서 죽음에 이르게 하는 케루빔은 방금 보신 영상 제목처럼 실로 더욱 진보한 안락사 전용 약제라고 할 수 있습니다. 다만 한 가지 신경 쓰이는 것은 바로 케루빔을 투여한 뒤 느끼는 행복감이 동물 실험에서만 확인되었다는 점입니다."

니미의 발언에 야마나는 놀라서 숨을 크게 들이마셨다. 마침내 시작될 참인가? 야마나의 머리에는 어젯밤 늦게 니미의 방에서 비밀리에 열린 간부 회의가 떠올랐다.

어젯밤 시라카와를 설득한 뒤 야마나는 밤 11시가 넘어서 니미의 방으로 갔다. 간부 소집 연락을 받았기 때문이다. 방에는 무라오도 와 있었다. 모두 모이자 니미는 의사회 측 의사들의 '부적절한 행동'에 대해 '선생'에게 보고했다고 밝혔다. 이번 세미나가 본래 '선생'이 니미에게 지시해 열린 것이라는 사실은 야마나도 어렴풋이 짐작하고 있었다.

"구 의사회 측 의사들의 행동은 '선생'도 크게 문제 삼으셨습니다. 하지만 처분에 대해서는 대표인 반도 씨의 철저한 탄핵과 가네코 선생의 요청에 따라 구 의사회 이사 모두 강등이라는 형태로 일단락하기로 했습니다. 나머지 문제는 무라오 씨, 당신의 지나친 접대라며 '선생'도 불쾌해하셨습니다."

무라오는 프로그램이 끝난 뒤 니미로부터 예기치 못한 질책을 듣고 완전히 의기소침해 있었다.

"우리는 의사의 노블레스화를 표방하고 신뢰 회복에 노력해 왔습니다. 어젯밤과 같은 퇴폐적인 파티를 열어 의사를 타락시킨 책임이 무겁습니다. 무라오 씨, 당신에게도 어느 정도 책임을 묻지 않을 수 없습니다."

니미의 엄한 추궁에 무라오는 힘없이 고개를 숙였다. 니미가 기분을 전환하듯 목소리 톤을 바꿔서 말했다.

"다행히 내일 당신은 케루빔의 약제 설명회를 할 예정입니다. 그때 무언가 할 일이 없겠습니까?"

"……."

"신약인 케루빔에는 '선생'도 크게 기대하고 있습니다. 하지만 전혀 의문이 없는 것도 아닙니다. 케루빔이 어느 정도 행복감을 가져다줄까요?"

"……무슨 말씀이신지?"

니미의 의중을 이해하지 못한 무라오의 표정이 굳어졌다.

"쾌감은 동물 실험을 통해서만 증명되었지요. 인간 실험 데이터는 없습니까?"

야마나는 니미의 진의를 파악하기 어려웠다. 인간을 대상으로 실험할 수 있는 약이 아니었다. 그런데 인간의 데이터라니. 니미는 무라오를 쏘아보면서 냉엄하게 말했다.

"케루빔에 의한 쾌감은 이론상 실증할 수 있습니다. 쾌감은 심장 정지 전에 오는 것이니까요."

"휴우……."

무라오가 이마의 땀을 닦자 시바키가 말했다.

"그럼, 그 실험을 무라오 씨가 하면 되겠군요."

니미는 긍정도 부정도 하지 않았다.

무라오는 떨리는 목소리로 말했다.

"케루빔의 반응을 도중에 중화시킬 수는 있습니다. 아황산나트륨을 추가하면 시안화물을 환원하는 메트헤모글로빈이 생성되어 시토크롬 사이클이 부활하니까요."

니미가 말없이 고개를 끄덕였다.

"하지만 반응이 불확실해서 꼭 시안화물의 독성이 중화된다고 보장할 수는 없습니다."

무라오가 매달리듯 말하자 시바키가 차가운 웃음을 띠었다.

"괜찮아요, 무라오 씨. 하세요, 몸을 던져 실험하면 실수도 만회될 겁니다."

"시바키 선생, 억지로 강요하지 마세요. 이것은 어디까지나 무라오 씨의 자발적인 행동이 아니면 의미가 없습니다."

니미가 시바키를 말리자 긴장감이 더욱 고조되었다.

"어떻게 할 겁니까, 무라오 씨?"

"다른 방법이 없잖아요?"

니미와 시바키의 압박에 무라오는 거칠게 숨을 내쉬면서 도움을 찾아 헤매듯 좌우로 시선을 돌렸다. 그것을 차단이라도 하듯 시바키가 날카롭게 말했다.

"당신, 어떤 짓을 했는지 알아요? 그런 퇴폐적인 파티를 열어서 안 그래도 품격이 떨어지는 구 의사회 의사들을 타락시켰단 말입니다. '의료 신질서'에 참여할 생각이라면 철저한 자기 반성이 필요합니다."

시바키의 추궁에 무라오는 몸을 가늘게 떨면서 스스로 실험 대상이 되는 안락사 '실연'을 승낙했다.

창백한 얼굴로 연단에 선 무라오는 스스로를 설득하듯 몇 번이나 고개를 끄덕이고 떨리는 빰을 억제하려 애쓰며 쥐어짜듯 말을 이었다.

"물론 케루빔을 사용했을 때의 행복감이 인간에게서는 어떻게 나타날지 실증되지 않았습니다. 그러니 환자에게 곧바로 사용하는 것도 무리가 있습니다. 그래서 저는 이 자리를 빌려 개발 책임자로서 스스로 실험 대상이 되어 여러분에게 케루빔의 효과를 확실히 보여드리려고 합니다."

회의장이 놀라움으로 술렁였다. 청중을 진정시키려는 듯 무라오가 덧붙였다.

"걱정 마십시오. 케루빔을 투여한 뒤 아황산나트륨을 추가하면 메트헤모글로빈이 형성되어 시안화수소의 독성이 중화됩니다."

무라오의 설명은 간결했다. 하지만 그가 하는 말은 자신의 의사와 상관없는 것 같았다. 회의장 안은 수긍하는 분위기였지만 야마나는 뭔가 찜찜했다. 무라오는 어째서 아황산나트륨을 미리 준비해두었을까? 아황산나트륨은 의약품으로 발매되지 않기 때문에 일부러 만들어야 한다. 무라오는 만일에 대비한 것이라고 설명했지만, 그런 경우까지 대비할 필요가 있었을까?

무대 한쪽에 앉아 있던 시라카와가 갑자기 말했다.

"잠깐만 기다려주십시오. 물론 시안화합물의 중독에는 아황산나트륨을 사용하지만 100퍼센트 효과가 있다고는 볼 수 없습니다."

"괜찮습니다. 시기와 양만 잘 맞추면 됩니다."

반론한 사람은 놀랍게도 무라오였다.

"왜 그런 위험한 일을 하는 겁니까? 동물 실험만으로도 충분하지 않습니까?"

어젯밤 간부 회의에 출석하지 않은 시라카와는 이것이 니미의 의도라는 사실을 몰랐다. 야마나는 필사적으로 시라카와에게 눈짓을 보냈지만 전달되지 않았다. 대신 시바키가 입을 열었다.

"무라오 씨는 케루빔의 개발자로서 스스로 효과를 실증하려는 겁니다. 이런 자세는 연구자로서 존경받을 만합니다."

"어째서 그렇습니까? 믿을 수 없군요. 목숨이 위험할 수도 있습니다."

"개발자인 본인이 괜찮다고 하지 않습니까?"

시바키의 목소리에 짜증이 묻어났다. 야마나가 끼어들려는 것을 막으며 시라카와가 자리에서 일어섰다.

"저는 이런 프로그램에는 참가할 수 없습니다. 실례지만 퇴장하겠습니다."

"시라카와, 잠깐."

야마나의 만류에도 아랑곳하지 않고 시라카와는 단상에서 내려와 로비를 향해 걸어갔다. 회의장에 불안한 웅성거림이 퍼졌다. 그러자 니미가 재빨리 일어나 낭랑한 목소리로 말했다.

"시라카와 선생 외에도 퇴장하고 싶은 분이 계시면 나가셔도 됩니다."

그렇게 말하며 니미는 날카로운 시선으로 회의장을 둘러보았다. 그 눈빛에는 분명히 시라카와를 따르지 못하도록 하는 압력이 담겨 있었다.

장내가 진정되자 니미는 무라오를 재촉했다. 들것이 들어오고 뇌파와 심전도 등 생명 감시 장치가 준비되었다. 무라오는 선반에서 케루빔 병을 꺼내 눈높이로 들어 올리더니 양을 엄격하게 재서 주사기에 넣었다. 나중에 추가로 투여할 아황산나트륨도 준비되었다.

준비가 끝나자 무라오는 와이셔츠 소매를 걷으면서 들것에 앉았다. 시바키의 지시로 JAMA 회원인 젊은 의사가 무라오의 팔에 링거 주사를 놓았다. 생명 감시 장치가 켜지고 시바키 앞에 놓인 컴퓨터를 경유해 혈압과 심전도 등의 데이터가 스크린에 표시되었다.

무라오가 전투약前投藥이 든 주사기를 받아 들고 젊은 의사가 내민 마이크를 향해 떨리는 목소리로 말했다.

"케루빔에는 보통 전투약이 필요 없습니다만, 이번에는 항불안 작용이 있는 디아제팜을 사용하겠습니다."

무라오는 링거 관에 주사기를 꽂고 크게 숨을 들이마셨다. 주사기의 피스톤을 쥔 손이 떨렸다. 무라오는 얼굴을 옆으로 돌려 당장이라도 뛰쳐나갈 듯한 눈으로 니미를 바라보았다. 마지막 은혜를 기대하는 것일까. 아니면 결행 신호를 구하는 것일까. 니미는 차가운 표정으로 작게 고개를 끄덕였다. 무라오는 절망한 듯 고개를 끄덕이더니 젊은 의사가 내민 마이크에 대고 외쳤다.

"여러분! 당사가 개발한 케루빔의 우수한 효과를 부디 직접 확인해주시기 바랍니다."

무라오는 천장을 향해 얼굴을 들더니 눈을 질끈 감고 떨리는 손으로 피스톤을 눌렀다. 전투약인 디아제팜이 혈관으로 흘러들어갔다. 주사기를 완전히 누르기 직전에 무라오가 신음하듯 말했다.

"니미 선생, 뒷일을 잘⋯⋯ 부탁⋯⋯합니⋯⋯."

말이 끊기고 무라오는 의식을 잃었다.

니미가 들것 옆으로 다가갔다. 그는 선반에서 케루빔이 든 주사기를 들더니 청중에게 과시하듯 내밀었다.

"그러면 진무리전드 제약 무라오 씨의 용기 있는 요청에 따라 지금부터 안락사를 '실연'하겠습니다. 이것은 케루빔 시험으로서는 최초의 인체 투여입니다. 주사할 수 있는 영광을 어느 분께 맡길까요?"

니미의 물음에 회의장의 공기가 얼어붙었다. 케루빔의 효과를 멀리서 구경만 하면 된다고 생각하던 의사들은 갑작스레 직접 손을 대야 할지도 모를 상황이 되자 도망치고 싶어 하는 분위기가 역력했다.

"이 '실연'은 분명 위험합니다. 하지만 우리는 일본의 안락사 역사에 새로운 한 걸음을 내딛으려 하고 있습니다. 위험을 두려워한다면 앞으로 나아가지 못합니다. 이 주사약은 노블레스화한 의사의 강력한 정신성을 실증하는 기회이기도 합니다. 지원할 선생님 안 계십니까? 가능하면 구 의사회 측 선생 중에서 희망자가 있었으면 합니다. 어젯밤의 오명을 불식하기 위해서라도 말입니다."

모두 얼어붙기라도 한 듯 꼼짝하지 않았다. 니미는 주사기를 든 채 천천히 청중석으로 다가가 오늘 아침부터 단상에서 청중석으로 자리를 옮긴 반도 앞에 섰다.

"반도 선생."

반도는 어깨를 떨며 고개를 숙였다. 니미가 조용히 말했다.

"구 의사회 대표로서 케루빔의 투여는 선생에게 부탁하는 것이 좋을 듯합니다."

모든 사람의 시선이 반도에게 쏠렸다. 반도는 표정이 굳은 채 시선조차 들지 못했다. 말없이 꼼짝도 하지 않는 반도에게 니미가 차갑게 말했다.

"무라오 씨는 스스로 실험 대상을 자처함으로써 '의료 신질서'의 한 부분을 담당하겠다는 각오를 우리에게 보여주었습니다. 반도 선생, 케루빔을 투약해 어제 실추된 명예를 만회하시는 것이 어떻습니까?"

반도는 머리를 숙인 채 떨리는 목소리로 말했다.

"하지만…… 이 실험은 너무 위험합니다. 아무리 아황산나트륨이 시안화합물을 중화시킨다고 해도 만약 효과가 충분하지 않으면……."

"괜찮습니다. 케루빔 개발에 직접 참가한 무라오 씨가 보장하고 있으니까요. 게다가 노블레스화에는 위험이 따릅니다. 그 위험을 극복했을 때 비로소 진정으로 높은 수준의 의료를 달성할 수 있는 겁니다."

반도는 입가를 일그러뜨린 채 미동도 하지 않았다. 니미는 가만히 반도의 대답을 기다렸다. 혹시 니미는 반도에게 억지로 케루빔을 주사하도록 해서 사고를 가장해 무라오를 죽게 할 작정 아닐까? 그렇게 되면 반도는 JAMA에서의 지위는커녕 의사 면허까지 박탈당할 수 있었다.

"어서요, 반도 선생. 결단을 내리십시오."

니미는 주사기를 쥔 채 반도를 내려다보았다. 반도는 고개를 숙인 채 꿈쩍도 하지 않았다. 그는 회의장에 모인 모든 의사가 보는 가운데 니미 앞에서 패배의 치욕을 당하고 있었다. 사람들의 눈에는 그저 몸을 사리는 연약한 한 인간으로밖에 비치지 않았다.

니미는 그런 반도를 응시하다가 마침내 어깨를 슬쩍 추켜올렸다.

"여러분, 반도 선생은 아무래도 결단을 내리지 못하시겠나 봅니다."

회의장에 다시 긴장감이 고조되었다. 다음은 누구를 지명할 것인가. 모두 마른침을 삼키며 바라보고 있는데 니미가 의외의 말을 했다.

"반도 씨가 결단을 내릴 수 없다면 어쩔 수 없지요. 부족하지만 제가 케루빔을 투여하겠습니다."

야마나는 눈을 치켜떴다. 위험하지 않을까? 그런 생각을 할 겨를도 없이 니미는 들것 옆으로 다가가 무라오에게 연결된 링거 관에 주사기를 꽂았다.

"여러분, 저는 세미나 둘째 날에 안락사를 시행하는 의사는 '신의 손'을 위임받은 존재라고 말했습니다. 하지만 말처럼 쉬운 일이 아닙니다. 그렇다고 두려워하기만 하면 새로운 길로 나아갈 수 없습니다. 제가 모범이 되겠습니다."

엄숙하게 선언한 뒤 니미는 천천히 주사기의 피스톤을 눌렀다. 케루빔이 무라오의 혈관으로 흘러들어갔다. 아황산나트륨은 언제 투여할 것인가? 니미는 말없이 무라오를 응시했다.

이윽고 무라오의 몸에 변화가 나타났다. 온몸이 긴장되는가

싶더니 몸이 희미하게 활처럼 휘었다가 완전히 이완되었다. 뇌파에 θ파가 나타나고 무라오의 표정이 편안하게 풀어졌다. 분명 행복감에 젖어 있다는 느낌이 들었다.

"무라오 씨는 지금 T4A1에 의한 쾌감과 카바락톤의 진정 작용으로 지극히 쾌적한 상태에 있는 것으로 보입니다."

니미가 흥분한 목소리로 설명했다. 아황산나트륨은 아직인가. 야마나는 불안해서 머리가 돌 지경이었다. 회의장에 모인 참가자들도 마찬가지였다. 니미의 시선은 여전히 무라오를 향한 채 관찰을 멈추려 하지 않았다. 시바키는 탁자 위의 컴퓨터로 1분마다 자동 혈압계를 조작해 혈압을 측정했다.

무라오는 뺨을 실룩거리고 신음하듯 공기를 빨아들였다. 괜찮을까? 야마나는 불안감에 목을 길게 빼고 지켜보았다. 무라오의 뺨이 부드럽게 풀어지며 기뻐하는 표정이 떠오르더니 끊어질 듯한 숨이 새어나왔다. 분명 무라오는 미소 짓고 있었다.

"훌륭해. 이런 모습이라면 옆에서 지켜보는 가족에게도 충분히 위로가 되겠어."

니미가 고개를 크게 끄덕이며 드디어 아황산나트륨이 든 주사기를 링거 관에 꽂고 주입했다. 야마나는 참고 있던 숨을 크게 토해냈다.

뇌파는 이윽고 α파에 이르러 편안한 휴식 상태에 들어서려는 참이었다. 무라오는 편안해 보이는 모습이었다.

야마나가 그렇게 생각하고 안심하려는데 갑자기 심전도가

불규칙하게 흔들렸다.

"뭡니까?"

니미가 뒤돌아 스크린을 쳐다보았다. 심전도에 가는 물결이 이어지고 있었다. 심실세동. 심장 근육이 작게 떨리는 위험한 부정맥이었다.

산소 포화도가 급격히 떨어지기 시작했다. 시바키 앞에 놓인 컴퓨터가 날카로운 경고음을 울렸고 맥박을 나타내는 심전도 소리가 거칠고 불규칙해졌다.

회의장이 소란스러워지며 몇 사람이 일어섰다.

"카운터 쇼크입니다. 빨리 AED(자동 체외식 제세동기)를!"

"기관 튜브를 준비하고 응급 소생 세트도 가져오세요!"

"아니, 그럴 시간이 없어요. 심장 마사지를."

JAMA의 젊은 의사가 기재실로 달려갔다. 시바키는 자동 혈압계를 연속 측정했지만 스크린에는 값이 나타나지 않았다.

"니미 선생님, 혈압을 잴 수 없습니다. 맥박이 148, 179……, 아니 200을 넘었습니다."

시바키가 신경질적으로 소리쳤다. 맥박이 비정상적으로 빨라진다는 것은 심장 정지 직전 단계임을 의미했다. 이대로라면 무라오가 위험했다. 만약 무라오가 죽으면 어떻게 될까? 아마나는 초조했지만 다른 의사들과 마찬가지로 응급 소생 기구가 없으면 어쩔 도리가 없었다.

니미는 창백한 얼굴로 스크린과 무라오를 번갈아 보다가 황

급히 무라오의 셔츠를 풀어 헤쳤다. 회의장에 모인 모든 의사들이 지켜보는 가운데 니미는 무라오의 가슴에 귀를 갖다 대고 자리를 찾은 뒤 오른손 주먹을 높이 들어 단숨에 무라오의 가슴을 내리쳤다. 심전도의 물결 모양이 희미하게 변했다. 니미는 그것을 보고 다시 한 번 같은 곳을 주먹으로 내리쳤다.

다음 순간 심전도의 선이 평탄해지면서 잠시 침묵이 흐른 뒤 날카로운 QRS파가 솟아올랐다. 정상적인 박동으로 돌아온 것이었다. 이어서 T파와 새롭게 P파가 나타났다. 심장에 강한 자극을 줘서 심실세동이 해소된 것이었다.

회의장이 술렁거리며 환성이 터져 나왔다. 니미의 방법은 원시적이었지만 잘만 하면 효과를 발휘하는 흉부 강타법이었다. 심장외과의인 니미는 귀로 가장 효과적인 자리를 찾아냈던 것이다.

무라오는 의사들의 혼란도 알지 못한 채 조용히 누워 있었다. 호흡 상태로 보아 시안화수소가 무사히 중화되었음을 알 수 있었다. 혈압, 맥박, 산소 포화도 등 바이탈 사인도 정상으로 돌아왔다. 이제 무라오의 의식이 돌아오기만 기다리면 되었다.

회의장의 의사들이 모두 일어서 니미에게 박수를 보냈다. 야마나도 양손을 들어 박수를 쳤지만 희미한 위화감을 떨쳐버릴 수 없었다.

야마나는 다른 의사보다 가까운 곳에서 니미와 무라오를 보았기 때문에 알 수 있었다. 니미가 무라오의 가슴을 내리치는 순간 마지막에 슬쩍 힘을 뺐다는 사실을. 흉부 강타법은 가능한 한 강한 충격을 주는 편이 효과적일 텐데 말이다.

그날 오후에 세미나의 마지막 순서인 간담회가 열렸다. 장소는 데이케어센터인 '나고미'의 거실이었다. 니미는 만족스러운 표정으로 인사말을 했다.

"여러분, 우리는 이번 세미나에서 의사의 노블레스화를 전제로 한층 단결되었음을 확인했습니다. 앞으로 저는 다가올 '의료 신질서' 확립을 위해 여러분이 지도적인 역할을 담당해주시리라 굳게 믿습니다."

참가자들은 흥분된 표정으로 박수를 보냈다.

간담회가 시작되자 많은 의사들이 니미 주위로 몰려들었다. 구 의사회 측 참가자들은 앞다투어 니미를 둘러싸고 칭찬하느라 열을 올렸다. 반도의 견제가 사라졌으니 이제 니미가 '의료인권리원'의 의장으로 선출될 것이라는 전망은 공공연한 비밀이 되었다. 그러면 니미의 지위는 더욱 굳건해지고 앞으로 오랫동안 일본 의료를 지배할 것이었다.

반도는 무리와 떨어져 초라한 몰골로 혼자 구석에 서 있었다. 그는 분하다는 눈빛으로 가네코를 바라보았다. 하지만 가네코는 반도를 거들떠보지도 않고 일찍부터 새로운 실력자로서 주위의 추종자를 모으고 있었다.

야마나는 시라카와를 찾았지만 보이지 않았다. 간담회에도 참석하지 않고 먼저 돌아간 모양이었다. 니미는 시라카와의 퇴장을 어떻게 생각하고 있을까? 몹시 불안했지만 함부로 나섰다가는 오히려 자신까지 피해를 입을 수도 있었다.

"참 훌륭한 세미나였습니다."

갑작스러운 말에 야마나가 놀라서 뒤돌아보니 의사들의 무리에서 떨어져나온 가네코가 한 손에 잔을 들고 있었다.

"니미 선생은 한 폭의 그림 같은 카리스마를 보여주시는군요."

어딘가 모르게 비꼬는 말투였다.

"니미 선생도 이번 세미나의 성과에는 만족하고 계신 모양입니다."

야마나가 대답하자 가네코는 의미심장하게 중얼거렸다.

"어쨌거나 조금 전 모의 안락사는 박력이 넘쳤습니다."

"모의라니요?"

"아닙니까? 야마나 선생도 보셨으니까 알아채셨겠지요?"

"뭐를 말입니까?"

"니미 선생의 흉부 강타, 온 힘을 다하지 않았잖습니까?"

가네코도 보았던 것이다. 야마나는 순간 동요했지만 가네코가 눈치채지 못하도록 가만히 호흡을 가다듬었다.

"마음에 걸리는군요. 시바키 선생의 움직임도 이상했고."

"시바키 선생이 어째서요?"

"그냥, 모니터 조작이 좀 이상해서요."

가네코는 희미한 미소를 띠며 천천히 회의장을 둘러보았다.

그는 무슨 말을 하고 싶은 걸까?

"어렴풋이 상황이 파악되기 시작했습니다. 아무튼 서둘지 말고 가봅시다. 갈 길이 머니까요."

가네코는 의미심장한 시선을 남긴 채 멀어져갔다. 가네코가 니미의 약점이라도 잡은 걸까?

"야마나 선생, 수고했어요."

이번에는 시바키가 소리 없이 다가와 초밥이 담긴 접시를 내밀었다. 도미와 전복, 성게 초밥이 가지런히 놓여 있었다.

"별말씀을요."

야마나는 가까운 탁자에 잔을 내려놓고 접시와 젓가락을 받아 들었다.

"가네코 선생은 어떤 분입니까? 구 의사회에서는 반도 선생 다음으로 실력자라고 들었습니다만."

느닷없는 질문에 야마나는 초밥을 들다 말았다.

"글쎄요, 꽤 능력 있는 사람 같습니다. 어제 간부 사퇴 발언도 뭔가 속셈이 있는 것 같고요."

"사실은 니미 선생도 가네코 선생을 요주의 인물이라고 말씀하셨어요."

겨우 어제 악수를 주고받은 사이인데 니미가 벌써부터 그런 눈으로 가네코를 보고 있을 줄이야. 야마나는 자기도 모르게 시바키의 비위를 맞추듯 말했다.

"가네코 선생은 조금 전의 안락사 실연을 '모의'라고 하면서 뭔가 의문을 품고 있는 것 같았습니다."

"뭐라고요?"

시바키의 눈이 가늘어지며 경계와 분노로 일그러졌다.

"야마나 선생은 세미나 첫날 저녁에도 가네코 선생과 뭔가 이야기를 나눈 모양이더군요. 나중에 가네코 선생에 대한 이야기를 들려주세요."

"물론입니다."

야마나는 반사적으로 자세를 가다듬고 몸집이 작은 시바키에게 머리를 숙였다.

어느새 간담회는 후반으로 들어섰다. 회의장에 모인 사람들이 하나둘 줄어들 무렵, 니미가 야마나에게 다가왔다.

"야마나 선생, 수고 많았어요. 여러 가지로 많이 애써주셔서 감사합니다."

"당치 않은 말씀이십니다."

야마나는 정중하게 머리를 숙였다.

"그런데 시라카와 선생 때문에 좀 난처하군요."

야마나의 등줄기로 식은땀이 흘렀다. 일단 죄송하다며 머리를 조아렸다.

"선생이 사과할 필요는 없습니다. 다만 앞으로도 계속 이런 일이 생기면……."

"어떤 처분이라도……."

"지금 당장은 아닙니다. 하지만 우리 운동은 의료에 대한 혁명입니다. 경우에 따라서는 피할 수 없는 희생도 감수할 수밖에 없어요."

무슨 뜻일까? 야마나는 긴장해서 몸이 경직되었다. 그러자 니미가 낮은 목소리로 말했다.

"야마나 선생, 사실은 조금 전 자공당의 이무라 선생에게서 전화가 왔었습니다. 고다 선생의 정치 자금 문제를 캐고 다니는 신문기자가 있다고 합니다. 그런데 그게 JAMA와도 얽혀 있는 돈이라서 방심할 수 없습니다. 어쩌면 곤란한 정보가 유출되었을 수도 있어요."

"어느 신문사의 기자입니까?"

"히라마사 신문의 히가시라는 기자입니다."

야마나도 들어본 적 있는 이름이었다. 니미는 계속해서 말했다.

"그렇습니다. 작년 창립 기념 총회 때 야마나 선생에게 취재를 요청했던 바로 그 기자입니다. 본래 '저지련'에 가까운 사람인 것 같습니다만, 그가 어느 정도 정보를 갖고 있는지 야마나 선생이 확인해주셨으면 합니다."

28. 내부 정보

 4월 19일 월요일 오후 2시 20분경, 히라마사 신문 사회부 기자인 히가시 고로는 취재를 마치고 신바시 역으로 돌아가던 중 건물 1층에 있는 장어 요릿집으로 들어갔다. 그는 한산한 가게 안에 자리를 잡고 앉아 메뉴판을 집어 들었다. 점심으로 먹기에는 조금 비싼 가격이었지만, 히가시는 독신의 여유를 즐기며 3150엔짜리 장어 도시락을 주문했다.

 히가시는 종업원이 내온 차로 목을 축이고 가방 안에서 조금 전에 받아온 안내 책자를 꺼내 들었다. 고급스러운 겉모양새가 언뜻 보기에도 돈이 많은 회사임을 느끼게 했지만 어딘지 모르게 의심스러웠다. 회사의 이름은 'JM3'. 실질적으로는 JAMA의 계열사였다. 의료 경영 지원, 각종 세미나, 전자 진료 기록 등에 대한 정보 서비스를 하는 회사였다. 표면상으로는 의료 컨설팅 회사처럼 보였지만 히가시가 취재한 바로는 수상한 뒷일도 처리하는 듯했다.

의료 벤처 기업 특집이라는 명목으로 JM3를 취재했지만 사실은 자공당 전 간사장 고다 요시마사의 주식 거래 문제를 캐기 위한 것이었다. 고다는 자신이 가지고 있던 주식을 장외 거래에서 JM3에 대량 매각해 거액의 이익을 취했을 가능성이 있었다.

처음 정보를 제공한 사람은 작년 말 해체된 전일본의사회 전 이사였다. JAMA 관련 뉴스를 좇던 히가시에게 제3자를 통해 정보를 제공하고 싶다는 연락을 받은 것이 3월 8일. '저지련'의 대표인 오쓰카 아키히코 의사가 안락사법 임시조사회의 최종 의견이 발표되는 날 새벽에 자살한 지 한 달이 되는 날이었다.

전 이사와는 야에스의 한 음식점에서 만났다. 그는 풍채 좋은 60대 의사로, 꽤 열렬한 의사회 신봉자였다. 그 남자는 기름기 흐르는 두툼한 입술로 의사회를 배신한 고다 전 간사장에 대해 욕설을 퍼부었다.

"그놈은 정치가로서는 아주 저질이에요. 돈을 위해서라면 다른 사람의 발뒤꿈치라도 핥을 놈입니다. 그 통통한 얼굴만 봐도 뻔하죠. 산해진미를 배 터지게 먹고 방탕하게 살고 있으니, 심근경색이나 뇌출혈로 오래 살지 못할 겁니다."

히가시는 의사가 할 만한 욕은 아니라는 생각에 쓴웃음을 지었다.

남자는 고다가 의사회 후원 덕분에 간사장 자리까지 꿰찰 수 있는데도 니미 데이이치라는 어디서 굴러왔는지도 모르는 놈 따위에게 꼬리를 흔들고 JAMA에 붙었다며 도저히 용서할 수 없는 일이라고 분개했다. 게다가 고다는 모든 정치 자금을 법의 테두리 안에서 운용했다고 주장하지만 불투명한 부분도 분명 있다고 했다. 특히 JAMA로 돌아설 즈음에 고다가 의사회와 JAMA 양쪽에서 후원금을 받아 챙긴 일은 도저히 용서할 수 없다며 남자는 분통을 터뜨렸다.

"고다는 여름부터 JAMA의 뒷돈을 받았어요. 주식 거래를 조작했다는 소문이 돌았지요. 훨씬 오래전에 의사회를 배신할 작정이었으면서 그런 내색은 조금도 하지 않고 의사회에서 계속 후원을 받은 겁니다. 그런 철면피가 또 어디 있습니까?"

"증거라도 있습니까?"

히가시가 묻자 남자는 눈을 부릅뜨더니 누구나 다 아는 사실이라며 얼굴을 피했다. 아무래도 구체적인 증거는 없는 모양이었다. 남자는 어쨌거나 고다에게 한 방 먹이고 싶은 일념인 듯했지만 이야기를 들어보니 그저 헛소문만은 아닌 것 같아서 히가시는 조사해보겠다는 약속을 하고 헤어졌다.

우선 히가시는 고다와 관련 있는 정치 단체부터 조사했다. 자금 관리 단체인 '미래의료연구회', 후원회인 '고다스코야카넷', 정치 단체인 '신세기건강동우회' 세 곳이었다. 이 가운데 '고다스코야카넷'은 의사회가 예전에 후원하던 '건정회'가 작년 12월 해산한 뒤 설립된 단체였다. 아마도 JAMA가 뒤를 봐주는 것 같앉는데 자금 출납에 관한 공개 자료는 아직 없었다. '건정회'에 낸 회비는 전 이사의 말대로 의사회가 해산하기 전달인 11월까지 납부되어 있었다.

총무성 홈페이지에 공개된 정치 자금 수지 보고서를 보면 '미래의료연구회'에 입금한 단체는 '건정회' 외에 눈에 띄지 않았다. 하지만 작년 4월 설립된 '신세기건강동우회'의 현금 출납이 아무래도 미심쩍었다.

정치부 기자에 따르면 고다는 작년 여름 이후 갑자기 돈 씀씀이가 커져 다양한 회합을 주최하거나 연구회를 열어 젊은 의원들을 모으기도 하고, 다른 정치 단체에 기부하거나 당 본부와 관련된 활동이 활발해졌다고 한다.

그런 움직임을 좇던 중 히가시는 고다가 작년 5월에 의료기기 회사인 선미쓰 전공의 주식을 대량 취득하고 그것을 7월부터 10월에 걸쳐 장외 거래에서 매각했다는 정보를 입수했다. 주식을 매입한 것은 JM3였는데 거래 총액은 85만 주였다. 게다가 시장가의 두 배 가까운 가격에 거래되었다. 만약 이것이 사실이라면 고다는 이 거래에서 약 1억 2천만 엔의 이익을 취한 셈이었다.

이 정보를 준 사람은 상하이에서 일본 주식 매매를 중개하는 외자계 증권 회사의 분석가로, 히가시와 오래전부터 알던 사이였다. 예전에 주식 거래에 대한 규제가 완화되어 도쿄 증권거래소에 외자계가 진출하면서 취재한 적이 있는데, 그때 축구 이야기가 화제에 올라 의기투합하게 되어 서로 소장하던 DVD

를 빌려주는 사이로 발전했다. 그는 거래를 중개한 증권 회사의 파견 사원에게 들은 정보인데 선미쓰 전공 주변에서 나온 소문이라며 거의 기정사실인 것처럼 말했다. 이 정도 규모의 매매라면 고다는 먼저 주식을 취득한 시점에서 재무국에 대량 보유 보고서를 제출해야 하지만 그렇게 하지 않았다. 그 이유는 가능한 한 비밀스럽게 처리하고 싶었기 때문 아니겠냐는 분석이었다. 즉, 거래를 밝히지 않고 얻은 거액의 이익을 뒷돈으로 이용했다는 뜻이었다.

이 같은 자금의 흐름이 밝혀진다면 커다란 스캔들로 발전할 것이 틀림없었다. 장외 거래는 합법이지만 고다도 JM3도 재무국에 보고서를 제출해야 하는 의무를 위반했기 때문에 불법 정치 자금 사건으로 취급될 것이 분명했다. JM3 측에 선미쓰 전공의 주식을 그렇게 비싼 가격에 매입할 합리적인 이유가 없다면 JM3의 간부는 배임죄에 걸린다. 니미의 지시가 있었다면 그도 형사 책임을 면할 수 없다. 하지만 아직 이렇다 할 증거가 없는 위험한 사건이어서 히가시는 신중하게 조사를 진행했다.

꽤 늦은 시간에 장어 요릿집에 들어갔기 때문에 점심을 먹는 손님은 자신이 마지막이겠거니 하고 있는데, 자동문이 열리면서 한 남자가 들어왔다. 그는 가게 안을 둘러보다가 히가시와 눈이 마주치자 재빨리 시선을 피했다. 묘한 느낌이었지만 남자는 히가시와 멀리 떨어진 자리에 앉더니 곧바로 손에 든 스포츠 신문을 읽기 시작했다.

이윽고 주문한 음식이 나오자 히가시는 그 남자는 잊고 음식을 먹기 시작했다. 먹음직스럽게 구워진 장어에서 맛있는 냄새가 풍겼다. 점심이 늦은 히가시는 서둘러 젓가락을 들었다.

그때 조금 떨어진 자리에서 조용히 식사를 하던 노부부의 대화가 들려왔다.

"……스위스까지 갔다니. 생각도 못 했어요……."

"괜찮아. 조금만 있으면 일본에서도 할 수 있게 될 거야……, 안락사."

히가시는 마른 등을 구부리며 고개를 끄덕이는 노부부를 흘깃 쳐다보았다. '스위스까지 갔다'는 말로 보아 얼마 전 취리히에서 발생한 일본인 안락사 사건을 이야기하는 것이 분명했다. 어제 이 일로 언론이 한바탕 떠들썩했었다.

열흘 정도 전, 국제적으로도 저명한 지휘자 아사쿠라 쇼시로 씨가 아내인 클라리넷 연주자 시오리 씨와 함께 스위스에서 안락사했다. 아사쿠라 씨는 여든두 살, 시오리 씨는 예순여덟 살이었다. 시오리 씨는 췌장암으로 입원해 있었는데 6개월밖에 살지 못한다는 선고를 받고 2월부터 자택에서 요양하고 있었다. 하지만 암의 통증을 약으로도 억제할 수 없자 부부가 안락사를 결정했다고 한다.

친족에게 전달된 유서에 따르면, 아사쿠라 부부는 일본에서도 머지않아 안락사법이 제정된다는 사실을 알고 있었다. 하지만 처음에는 여러 가지 조건이 까다로워 아마도 두 사람 모두에게 안락사가 허용되지는 않을 것이라고 생각해, 아직 움직일 수 있을 때 스위스에서 죽음을 맞이하기로 결정했다고 쓰여 있었다. 아사쿠라 씨는 건강에 전혀 문제가 없었고 혼자서도 충분히 생활할 수 있었지만 아내를 먼저 떠나보내고 슬퍼하며 살기보다는 함께 떠나는 길을 선택했던 것이다.

두 사람의 안락사는 취리히에 본부를 둔 민간단체 '디그니타스'가 담당했다. 이 조직은 스위스에 있는 안락사 지원 단체 두 곳 중 하나로, 1998년에 설립되었는데 주로 자국에서 안락사가 허용되지 않는 외국인에게 편안한 죽음을 맞이하도록 돕고 있었다. 1942년 이후 스위스 헌법에서는 이기적인 동기가 아닌 이상, 안락사를 돕더라도 처벌받지 않았다. 따라서 디그니타스도 2006년에 스위스 연방 법원으로부터 인가를 받았다. 그 뒤로 독일, 영국, 프랑스 등지에서 연간 약 200명이 '안락사 투어'로 취리히를 방문하고 있었다.

아사쿠라 부부의 안락사는 세간에 커다란 반향을 불러일으켰다. 저명한 예술가 부부의 결단은 언론에서 미화되었고 많은 고령자들의 공감을 얻었다. 안락사 반대파는 쉽게 죽음을 선택하는 사람들이 늘어나는 세태에 경종을 울렸지만 거의 주의를 끌지 못했다.

나아가 지난 주말에는 난치병을 앓고 있던 마흔두 살의 여성이 고베 지방법원에 소송을 제기했다는 뉴스가 보도되었다. 오랫동안 다발성 경화증으로 고생해오던 이 여성은 스위스에서 안락사하기를 희망했는데, 자신이 죽은 후 남편이 형사 처분을 받지 않도록 하려고 소송을 냈다고 했다. 그녀는 남편이 지켜보는 가운데 마지막을 맞고 싶어 했는데, 스위스에 동행한 남편이 일본에 귀국한 뒤 자살 방조죄로 처벌받을까 걱정한 것이었다. 이 내용을 다룬 언론은 하나같이 그 여성에게 호의적이었고, 여론조사에서도 여성의 소송을 인정해야 한다는 의견이 대다수였다.

이러한 일련의 보도에 힘입어 안락사법의 조기 성립을 원하는 의견들이 점차 거세졌다. 히가시도 이렇게 되면 더 이상 안락사법 제정을 막기 어렵겠다고 생각하지 않을 수 없었다. 실제로 법안 제정을 향한 정치 일정이 착착 진행되고 있었다.

올해 2월 안락사법 임시조사회가 안락사를 정당한 의료 행위로 인정한다는 의견을 제출한 뒤 자공당과 민화당의 국회 대책위원장이 저마다 심의 촉진을 요구하는 발언을 했다. 그리고 이어서 중의원의 후생노동위원회에 안락사법 심사소위원회가 설치되었다. 오는 6월에 논점을 정리한 중간 보고서를 제출하고 7월 임시 국회에 법안을 제출할 예정이었다. 빠르면 7월 말까지 법안이 중의원을 통과하고 참의원에 상정되어 8월 중에 안락사법이 확립될 것으로 예상되었다. 그렇게 되면 연내에 안락사법이 시행될 가능성이 높아져 마침내 일본도 안락사 허용 국가에 들어서게 될 것이다.

새롭게 발족하는 의료청도 안락사법 제정과 함께 일본 의료계에 커다란 변화를 몰고 올 것으로 예상됐다. 3월 말 제172회 통상 국회에서 의료청 설치법, 의료 안전법 및 관련 법률을 일괄하여 의료청으로 이관하는 정비법, 이른바 3법안이 중의원과 참의원을 통과하여 마침내 10월 1일 의료청이 발족한다고 발표했다.

의료청 조직은 애초 예정보다 복잡해져서 총무국, 의료정책국, 의료정보국으로 이루어진 핵심 3개 부서와 집행 부서로서 의사통괄국, 병원감독국, 의료안전국을 두어 총 6개의 부서 체제가 성립되었다. 아울러 내각부 본부에 제3자 기관으로 '의료인권리원' 설치가 결정되었다. 이 기관은 내각부 총리대신이 임명하는 의장과 고문 9명으로 구성되는데, 의료청의 부족한 점과 불균형을 지적하는 역할을 담당하는 조직이었다. 이른바 의료 행정을 감시하는 역할로서 권리원의 의장은 의료청 장관을 웃도는 권한을 갖게 될 것이라는 소문이었다.

히가시는 JM3를 취재하기 일주일 전, 오랜만에 후루바야시 야스요로부터 연락을 받았다. 안락사법 반대 세력인 '저지련'에서 활약하던 야스요와 히가시는 오쓰카가 자살하고 '저지련'이 사실상 활동을 중단한 뒤 한동안 연락을 하지 않았었다.

두 달 만에 듣는 야스요의 전화 목소리는 새삼 안락사법 저지에 불타고 있었다.

"본격적인 승부는 지금부터라고요. 아직 포기하기는 일러요."

"무슨 일이 있었습니까?"

"그건 만나서 얘기하죠, 후후."

늘 그렇듯 야스요는 운만 떼고 중요한 말은 하지 않았다. 안락사법 제정이 더 이상 거스를 수 없는 흐름이 되어버렸는데 이제 와서 무슨 수로 막겠다는 걸까.

"다음 주 수요일에 시간 있어요? 오리고기라도 먹지 않을래요? 신주쿠에 오리고기 잘하는 집이 있어요."

꽤 비싼 음식점인가 본데 일부러 그런 곳에서 만나자는 걸 보니 그럴 만한 가치가 있는 이야기라는 뜻인가? 히가시는 약간 불안해하면서도 야스요가 가르쳐준 음식점을 예약해두었다.

4월 21일 오후 7시 20분, 기타신주쿠에 있는 레스토랑 '루도와 이야'에 자리를 잡은 히가시는 호화로운 식기를 바라보면서 벌써 몇 번째 한숨을 쉬었다. 7시 약속인데 야스요는 아직 모습을 보이지 않았다. 약속 시간에 제때 나타나는 법이 없는 야스요에게 익숙하긴 했지만, 히가시는 그래도 15분 이상은 기다리지 않게 되기를 바랐다. 설마하니 이대로 나타나지 않는 건 아니겠지. 휴대전화를 꺼내려는데 마치 뛰어들듯이 야스요가 들어왔다.

"아, 히가시 군. 많이 기다렸죠? 택시를 탔더니 오쿠보 근처에서 많이 밀리더라고요. 여기까지 얼마 되지도 않는 거리를 차가 꼼짝 안 하는 통에 짜증 나서 혼났네."

야스요는 천연덕스럽게 변명을 늘어놓으며 당연하다는 듯 상석에 앉았다. 변함없이 시원스러운 짧은 머리에 눈은 예전보다 더욱 반짝였다.

"일단 와인은 샤블리가 좋아."

야스요는 히가시에게 묻지도 않고 와인을 주문하더니 메뉴판을 펼쳐 음식을 고르느라 여념이 없었다. 야스요는 평소에도 제멋대로지만 오늘처럼 노골적으로 그런 태도를 보일 때는 대개 꽤 중요한 정보를 가지고 있다는 뜻이었다. 히가시는 불쾌함을 억누르며 야스요에게 주문을 맡겼다.

"이곳 주방장은 파리의 '투르 다르장'에서 배우고 왔대요. 오리 요리로 유명한 그 레스토랑 알죠?"

"들어본 것 같기도 하군요."

"흥, 잘 모르는군요. 파리 센 강가에 있는 레스토랑인데, 오리 한 마리 한 마리에 번호가 매겨져 있어서……."

야스요는 빠른 말투로 이야기하다 주문한 와인이 나오자 적당하게 시음을 하고 건배했다.

"히가시 군, 지난번에 조사해줬던 아사이 에이시로에 관한 소문 말이에요, 사실은 그보다 훨씬 뿌리 깊은 배후 관계가 있어요, 아주 놀라운 흑막이요."

오쓰카 의사에게 공개 연명 치료를 하게 부추긴 뒤 〈24시간

온 에어!〉에서 실패를 폭로한 아사이 의원은 아닌 게 아니라 교묘한 거짓말로 '저지련'에 접근했었다. 그런데 그 배후에 흑막이 있다는 건 또 무슨 말일까?

"흑막이라니, 누구랑 관련된 겁니까?"

"사도하라 잇쇼."

"자공당의 그 거물 정치인 말입니까?"

"그래요. 게다가 사도하라는 JAMA의 니미와 연결되어 있어요."

짚이는 바가 있었다. JAMA 창립 기념 총회 안내 책자에 실렸던 사도하라의 축사. JAMA와 사도하라가 연결되어 있다면 안락사법의 여론 조작에 공헌한 아사이가 그 대가로 전국구에서 앞 번호를 약속받은 것도 이상한 일이 아니었다.

"아사이가 거짓말을 했다는 사실만으로는 그리 큰 사건이 안 되겠지만 배후에서 사도하라와 니미가 그를 조종했다면 언론도 가만있지 않을걸요."

"그걸로 안락사법 제정을 막겠다는 말입니까?"

"아니요, 그것만으로는 부족하지요. 여론을 움직이려면 더욱 강렬한 연쇄 반응이 필요해요."

야스요는 전채 요리로 나온 새우와 토마토 냉채를 입에 넣으면서 아사이에 관한 이야기도 전채 요리에 불과하다는 듯한 태도로 이야기를 계속했다.

"또 한 가지 생각하고 있는 건 쇼타로를 안락사시킨 시라카와 다이세이……."

"시라카와 선생이 어쨌는데요?"

"그를 탈환해서 다시 한 번 협력을 부탁하려고요."

"탈환?"

"그래요. 시라카와는 지금 교라쿠 병원을 그만두고 JAMA가 직영하는 병원에 있나 봐요. 시로가네 메디컬이라는 곳이더군요. 시라카와가 JAMA에 들어간 데는 아무래도 뭔가 사정이 있는 것 같아요. 그 부분을 파고들어서 우리 쪽으로 끌어들이는 거지요. 그래서 쇼타로의 안락사 사건 조사에 외압이 있었다는 사실을 공표하도록 하려고요."

"외압이 있었다는 증거가 없지 않습니까?"

"증거를 찾게 될 것 같아요. 지금 조사하고 있어요."

"조사요?"

종업원이 빈 잔에 와인을 따르자 야스요는 와인을 천천히 음미하면서 히가시를 애태우듯 말했다.

"실은 JAMA 내부에 정보원을 확보했어요. 이름을 밝히지는 않았지만 중심부에 있는 의사예요. 그냥 X라고 해두죠."

"X요?"

히가시는 연기라도 하는 듯한 야스요의 말투에 머쓱했지만 일단 장단을 맞추기로 했다.

"X는 지금 니미와 사도하라의 관계를 캐고 있어요. 시라카와에 대한 조사에는 그와 같은 의국에 속했던 야마나 게이스케가 관여한 모양이에요. 그 뒤에 있었던 일본판 포스트마 사건 보도도 사도하라의 지시에 따른 것이래요. 야마나를 흔들어봤더니 동요하더라고 X가 말했어요. 꼼짝 못할 증거가 나오면 일대 스캔들이 될걸요."

물론 그렇기는 했다. 그렇게 주목받던 일본판 포스트마 사건이 사도하라와 니미에 의한 조작이었다는 사실이 드러나면 세상의 반발은 엄청날 것이다.

히가시는 식사 중이었지만 메모장을 꺼내 들었다.

"시라카와 의사의 조사에 대한 외압, 아사이 의원의 암약, 그것을 뒤에서 조종한 사도하라와 니미. 그들의 자의적인 여론 조작이 모두 세상에 드러나면 흐름이 바뀔 수도 있어요."

"그렇죠. 하지만 그게 다가 아니에요. X의 정보는 니미와 JAMA를 완전히 매장시킬 가능성도 있으니까요."

야스요의 눈은 증오와 만족감으로 번득였다. 히가시는 자기도 모르게 숨을 죽였다.

"2주 전에 JAMA가 오쿠히에이에서 세미나를 열었어요. 그런데 세미나 내용이 아주 괴이했다고 하더군요. JAMA의 광기가 극명하게 드러난 세미나였대요. 그 세미나에서 일종의 권력 투쟁이 벌어졌는데 구 의사회에서 JAMA에 합류한 일파가 숙청당한 모양이에요. 반도 교이치라고 알죠? 작년 말 전일본의사회가 해체되었을 때 텔레비전에 자주 얼굴을 드러내면서 잘난 척하던 사람."

"물론 알고 있지요. JAMA에서 반도를 간부로 맞이하지 않았습니까?"

"그렇지 않아요. 반도가 JAMA를 장악하려고 기회를 엿보고 있었나 본데 니미가 가만둘 리 없지요. 반도는 오히려 철저하게 비판당했고 측근도 모두 떠났다고 해요."

"그렇다면 결국 반도는 의사회가 해체되는 도구로 이용만 당했다는 말입니까?"

"뭐, 그런 셈이죠."

야스요의 눈이 매서우면서도 초조하게 번쩍였다. 그녀는 X로부터 들은 정보를 계속 쏟아냈다.

"세미나는 폐쇄된 정신병원에서 열렸는데 외부와 완전히 차단된 장소였던 모양이에요. 그곳에서 니미는 안락사를 시행하는 의사는 '신의 손'을 가진 자라고 말했다더군요. 어처구니없지 않아요? '신의 손'이라면 천재적인 실력을 지닌 외과의를 지칭하는 말이잖아요. 안락사를 행하는 의사가 '신의 손'을 가졌다면 그건 같은 신이라도 '사신의 손'이라고요."

히가시는 텔레비전 드라마가 만들어낸 '신의 손'이라는 유행어를 진지하게 받아들이는 야스요의 말에 기가 막혔지만, 야스요는 아랑곳하지 않고 말을 이었다.

"히가시 군, 진무리전드 제약이라고 알아요? 신흥 제약 회사인데, 세미나를 그 회사가 전면적으로 후원했다고 해요. 그런데 이 회사도 수상해요. 그 회사에서는 안락사법이 제정된 후를 대비해서 비밀리에 안락사 전용 약을 개발한 모양이에요. 케루빔이라는 약인데, 세미나 마지막 날에 니미가 그 약으로 안락사 인체 실험을 했다더군요."

그때까지 반신반의하며 야스요의 이야기를 듣던 히가시가 자기도 모르게 눈을 치켜떴다.

"실제로 안락사시켰단 말입니까?"

"심장이 거의 멈출 뻔했는데 죽지는 않았나 봐요. 운 좋게 목숨은 구했지만 정말 죽을 뻔했다고 X가 말했어요."

"누가 실험대에 올랐답니까?"

"무라오인가 뭔가 하는 진무리전드 제약의 직원이랍니다. 약 개발에도 참여한 사람이라고 하더군요."

"어째서 그런 짓을 했답니까? 제약 회사 직원이라면 얼마나 위험한 약인지 알고 있었을 텐데요."

"X의 말에 따르면 여러 가지 이권이 얽혀 있다더군요. 약의 인가나 가격 때문에 후생노동성에 연줄이 있는 니미에게 잘 보이려는 거지요."

물론 신흥 제약 회사라면 실적을 쌓기 위해 다소 무리한 일을 벌일 수도 있었다. 아무리 그렇다지만 목숨까지 걸다니, 히가시는 경악했다.

"X는 확실히 단정하지는 않았지만 니미는 그 약으로 장애가 되는 인간을 없앨 생각인지도 모른다고 했어요."

"설마."

"정말이에요. 어쩌면 안락사 인체 실험도 살인 리허설일 수 있다는 것이 X의 의견이에요."

"무엇을 위해서요?"

"조직의 목표를 달성하기 위해서죠."

"목표?"

"일본의 의료를 지배하려는 거예요."

야스요는 흥분해서 소리쳤다.

"하지만 살인 리허설이라니, 그런 얼토당토않은 일을 하겠습니까?"

"니미라면 그러고도 남을걸요. JAMA는 미치광이 집단이니까요."

단정 짓는 야스요에게 히가시는 동조하기 어려웠다. 아무리 JAMA가 의심스러운 단체라고 해도 그렇게까지 무모한 일을 벌일까?

"인적이 드문 곳에서 세미나를 개최한 데에는 다 그럴 만한 이유가 있는 거라고요."

"병원 이름은요?"

"마코토 요양원."

야스요가 낮은 목소리로 속삭이는데 마침 주문한 오리 가슴살 구이가 나왔다. 오렌지 소스에 검은 송로버섯이 뿌려지고 크레송(물냉이)이 장식되어 있었다. 야스요는 적포도주를 한 잔 주문하고 빠른 손놀림으로 오리 구이를 자르기 시작했다.

"그래서 지금 여러 가지 정보를 모으고 있어요. 니미는 적이 많으니까요. 아사이 건이나 일본판 포스트마 사건의 배후를 한꺼번에 터뜨려서 세상을 다시 한 번 흔들어놓을 생각이에요. 그러니까 히가시 군이 영향력 있는 잡지나 주간지에 시리즈로 폭로 기사를 써줘요. 히가시 군도 이대로 안락사법이 제정되기를 바라지는 않죠?"

물론 작년부터 갑자기 거세진 안락사 허용 기운은 성급하다는 인상을 감출 수 없었다. 자연스러운 흐름이라면 상관없지만 뒤에서 누군가 조종했다면 분명 큰 문제였다. 하지만 왜?

"야스요 씨, 조금 전 니미 씨와 사도하라 잇쇼가 연결되어 있다고 말했는데, 그들은 어째서 그렇게 안락사법 제정에 열심일까요?"

야스요는 허를 찔린 듯 바쁘게 움직이던 손을 멈췄다. 그녀에게도 명확한 답은 없는 모양이었다. 하지만 니미와 사도하라가 왜 그렇게 안락사법 제정에 혈안이 되어 있는지 그 답을 찾지 못한다면 문제의 핵심에 다가가지 못할 것이다. 히가시의 생각은 그랬지만, 야스요는 신경질적으로 말을 돌렸다.

"어쨌든 지금은 심의가 충분하지 않은 상태에서 안락사가 법제화되려고 한다는 점이 문제예요. 법안에서는 본인의 의사 확인도 대충 넘어가고 질병도 제한하지 않고 있어요. 그렇게 어떤 경우에나 안락사를 허용하는 식의 법률이 통과되면 큰일이에요. 너도나도 쉽게 안락사를 하게 돼서 진무리전드 제약만 기뻐하겠죠. 지금이라면 막을 수 있어요. 법제화 이전에 해결해야 될 항목들을 잔뜩 내밀어서 실질적으로 법률을 무효화시켜야 해요."

"그렇지요."

일단 야스요의 말에 동의는 했지만 히가시의 머릿속은 다른 생각으로 가득했다. 만약 그렇게 되면 안락사법이 제정되기만을 기다리는 사람들은 어떻게 될까? 스위스에서 안락사를 선택한 아사쿠라 부부처럼 이 법을 기다리는 사람도 적지 않았다. 안락사 문제를 옳고 그름으로 풀려는 히가시로서는 답을 찾기가 쉽지 않았다.

야스요는 히가시가 딴생각에 빠진 것도 알아채지 못한 채 말을 이었다.

"JAMA가 세미나에서 무서운 인체 실험을 자행했다고 폭로하면 니미도 크게 타격을 입겠죠. 이대로 두면 니미는 의료청을 장악해서 일본의 의료를 엉망진창으로 만들어버릴 거예요. 그렇게 놔둘 수는 없지요. 반드시 후회하게 해주겠어요."

지나치게 감정적인 야스요의 태도에 히가시는 오히려 기분이 가라앉고 말았다. 대체 니미가 잘못해서 공격하는 건지, 니미를 공격하고 싶어서 그가 잘못했다고 하는 건지 알 수가 없었다.

히가시는 자신이 좇고 있는 고다 요시마사의 불법 정치 자금 문제를 야스요에게 말해야 할지 망설였다. 말하면 JAMA와 관련된 사건이니 만큼 야스요는 좋다고 달려들 것이 틀림없었다. 하지만 그렇게 되면 취재 방향이 흐트러져 정보가 새어나가고 모처럼의 특종을 놓칠 수도 있었다. 야스요에게는 마지막까지 말하지 않는 편이 좋겠다고 히가시는 신중하게 판단했다.

"그러니까 히가시 군도 협력해줘요."

"알았습니다. 그럼 저는 정보가 모이기를 기다리면 되는 거죠? 증거가 갖춰지면 우리 신문에서 대서특필하겠습니다."

"잘 부탁해요. 니미와 사도하라의 악행이 드러나면 분명 안락사 반대 운동도 다시 힘을 얻을 거예요. 그렇게 되면 법안이 중의원을 통과하지 못하도록 막을 수 있을지도 몰라요."

야스요는 고개를 끄덕이더니 오리고기가 담긴 접시를 깨끗이 비웠다.

디저트로는 서양 배와 라즈베리 아이스크림이 나왔다. 오후 9시 40분, 슬슬 빈 테이블이 늘어나면서 음식점도 문 닫을 준비를 했다. 와인 탓에 뺨이 붉어진 야스요는 만족스러운 식사였는지 술기운에 몸을 맡기고 있었다.

"JAMA도 겉은 튼튼해 보이지만 속은 그렇지 않은 모양이에요. 불만을 품은 자도 있는 것 같고. 당연한 일이지. 니미가 하는 일은 다 그렇게 엉망이니까."

야스요는 아직도 할 말이 더 남았는지 혀 꼬인 발음으로 중얼거렸다. 본래부터 야스요는 술이 센 편이 아니었다. 종업원이 커피를 가져오자 야스요는 비스듬히 고개를 들어 졸린 눈으로 미소를 지었다. 종업원이 돌아간 뒤 야스요는 히가시에게 얼굴을 바짝 들이댔다.

"하지만 니미도 별 볼일 없어요. 독재자처럼…… 보이지만 꼼짝 못하는 사람이…… 있는 모양이에요."

"사도하라 말이군요."

"아니에요. 그보다 더 정체불명의 존재가 있어요. 니미가 절대로 복종하는 사람……. X한테 들었는데 JAMA의 간부 중 아무도 만나본 사람이 없다더군요. 어디에 있는지도 모른대요."

"그게 누굽니까?"

히가시가 묻자 야스요는 갑자기 불안한 표정을 지으며 목소리를 낮췄다.

"'선생'이라고 했어요. X는 지금…… 그 정체를 캐고 있어요. 하지만 좀처럼 다가갈 수 없다더군요. 안락사 인체 실험도 JAMA의 음모도 모두 그 사람이 뒤에서 조종하고 있는 거라고……."

29. 취재

후루바야시 야스요와 만난 다음 날, 히가시는 신문사 정보망을 통해 진무리전드 제약에 관한 정보를 조사했다.

홈페이지에 실린 회사 개요를 보니 주식회사 진무리전드 제약은 자본금 20억 7천만 엔, 사원 수 35명, 사업 내용은 의료 및 의약품 연구 개발, 생명 공학에 관한 정보 처리, 터미널 케어 관련 의료 개발 등이었다. 본사는 오사카 부 다카쓰키 시 니시마카미초였다.

'환자를 모든 신체적·정신적 고통에서 해방시키고 쾌적한 심신을 유지하도록 보증한다'는 사업 콘셉트를 내세우고 있었다. 특히 특수 주문 의약품을 개발해 종말기 의료의 고통과 불안을 해소하는 것이 목적이라고 되어 있었다. 안락사 전용 약제 개발에 걸맞은 설명이었다.

임원 소개 페이지를 보니 대표이사 겸 사장에서 감사까지 총 8명이 소개되어 있었다. 야스요가 말한 안락사 실험 대상을 자처했다던 무라오 시로는 전무이사와 연구개발본부장을 겸하고 있었다. 진무리전드 제약은 이른바 제약 벤처 기업으로서 새로운 발상과 기술로 신약을 개발하는 회사인 듯했다. 홈페이지에는 개발 상품이 몇 가지 소개되어 있었는데, 야스요가 말한 케루빔이라는 안락사 전용 약은 아직 실려 있지 않았다.

그 밖에 검색 항목을 보니 간사이 경제신문의 '향후 전망을 이야기하다' 코너에 실린 사장의 인터뷰, 자사에서 개발한 항불안제가 미국에서 특허를 따냈다는 뉴스, 도쿄 증권 소식지 '시장의 소문'란에 실린 '종말기 의료에서 인기 상승 예감, 상장 임박'이라는 기사 등이 있었다. 그중에서 특히 히가시의 시선을 끈 것은 5년 전 무라오가 도라노몬 종합 대학의 이노베이션 연구센터에서 실시한 강연 내용이었다.

강연에서 무라오는 일본의 의약품 업계가 발전하려면 반드시 신약 개발 벤처 사업을 강화해야 한다고 호소했다. 진무리전드 제약은 이를 위해 대학 연구 기관이나 후생노동성 계통의 연구 그룹 등과 연계해 신규 연구를 지원하고, 빛을 발하지 못한 채 묻혀버린 데이터를 발굴하며, 외국 시장 조사를 실시해 유력 의료 단체 및 행정 기관과 강력한 관계를 구축하고 있다는 것이었다. 신약 개발에는 임상 시험, 약사법의 엄격한 준수, 신약 승인 신청과 절차 등 막대한 시간과 자금이 필요한데, 무라오는 이러한 과정을 얼마나 효율적으로 실시하는가에 따라 신약의 성공 여부가 좌우되며 수없이 많은 신약이 개발되고 또 사라지는 현실에서 살아남으려면 유망한 종자 기술의 착안만이 필수 조건이라고 주장했다. 나아가 무라오는 일본과 미국의 기업 수, 매출액, 투자액 등을 비교하며 양국의 격차를 극명하게 드러내는 동시에 세계 전략의 터닝 포인트, M&A, 제휴처 확보와 라이선스 특허의 중요성, 약품 가격과 치료 비용의 관계 등 약품 연구자가 간과하기 쉬운 전략가적인 면모를 발휘했다.

히가시는 무라오를 다시 보고 '무라오 시로 경력'을 키워드로 검색해보았다. 그러자 진무리전드 제약의 '임원 인사에 관한 소식'을 비롯해 모두 3건이 검색되었다. 언론에는 많이 노출되지 않았는지 가장 자세한 자료는 마찬가지로 5년 전에 도쿄 증권분석가협회에서 강연했을 때의 강사 약력이었다. 약력에 따르면 무라오는 한토 대학 약학부를 졸업한 뒤 다케노우치 약품 공업회사에 입사, 영업부를 거쳐 뮌헨에 있는 파머 오이로파사에 파견되었다. 그 뒤 다케노우치 약품연구소의 개발추진부 주임 연구원이 되었고 진무리전드 제약이 설립되면서 자리를 옮겨 작년부터 전무이사로 근무하고 있었다. 이렇게 화려한 경력을 소유한 무라오가 왜 직접 나서서 JAMA의 세미나를 지원하고 안락사 실험 대상을 자처해야만 했을까?

인터넷에는 강연 중인 무라오의 사진도 게재되어 있었다. 나이보다 젊어 보이는 얼굴로 옛 풍속화에 나올 법한 익살스러운 생김새였지만 하나하나 뜯어보면 눈과 코의 윤곽이 또렷했다. 어디선가 본 것 같으면서도 어디서 봤는지 생각나지 않는 그런 인상이었다.

이어서 히가시는 JAMA의 세미나를 검색해보았다. 그러나 비공개 세미나여서인지 아무것도 검색되지 않았다.

회의장으로 이용되었다던 마코토 요양원을 조사해보니 600건이나 검색되었는데, 2년 전에 일어난 환자 학대 사건과 원장의 성희롱 의혹에 관한 내용이 가장 많았다. 전자는 링거를 스스로 처리하는 환자와 요실금이 있는 환자가 기저귀를 벗자 그 환자를 남자 간호사가 구속 끈으로 제어하는 모습을 신문기자가 발견해 알려지게 되었다. 다른 환자를 면회하러 왔다가 때마침 이 모습을 목격한 기자가 원장에게 설명을 요구했지만 원장은 '당연한 처치'라고 뻔뻔스럽게 대답했다. 후자는 마코토 요양원의 원장이 송년회나 환송회 등에서 여성 직원을 자주 성희롱한 사건인데, 여성 환자까지 피해를 당했을 가능성이 내부에서 제기되어 문제가 커졌다.

이 두 건이 보도되자 마코토 요양원은 환자가 급감하면서 작년 말 문을 닫았다. 그 밖에 진료비 허위 청구 문제도 의문시된다는 내용 등이 실렸고, 병원 측에 유리한 기사는 찾아볼 수 없었다.

홈페이지는 아직 폐쇄되지 않은 상태였다. 메인 화면에는 푸른 숲을 배경으로 세련된 건물 사진이 올라와 있었다. 병동은 연한 베이지색과 푸른색으로 칠해져 있었고 각 층마다 아치형 창문이 나 있어 언뜻 보기에 고원의 리조트 호텔을 연상시켰다. 화면에는 다음과 같은 글이 쓰여 있었다.

'마코토 요양원은 히에이 산의 싱그러운 자연 속에서 세심한 진료와 간호를 제공하는 신경정신과 전문 병원입니다. 고령자를 위한 요양 병동, 개호 시설도 충실히 갖추고 있습니다.'

히가시는 병동 배치도와 연락처 등을 인쇄한 뒤 혹시나 하는 마음에 대표번호로 전화를 걸어보았지만 연결되지 않았다.

그다음 주 월요일, 히가시는 오전 7시 10분에 출발하는 신칸센을 타고 교토로 향했다. 인터넷으로 조사한 진무리전드 제약의 무라오에게 연락해 월요일 오후 2시에 약속을 잡았기 때문이다. 히가시는 무라오를 만나기 전에 마코토 요양원을 둘러볼 생각으로 아침 일찍 도쿄를 떠났다.

교토에 도착한 히가시는 일단 역 앞 렌터카 회사에서 흰색 도요타 자동차를 빌렸다. 교토는 도쿄보다 소형차가 많았다. 히가시는 택시와 통근 차량에 섞여 아침 햇살이 눈부신 교토 시내를 북쪽으로 달렸다. 차창을 열자 희미한 먼지가 뒤섞인 4월 하순의 바람이 차 안으로 불었다. 도리마루 북로를 우회전해 367번 국도를 야세히에이 방면으로 달렸다. 렌터카 회사에서 받은 지도에 의하면 이 길은 예전에 와카사에서 교토까지 해산물을 운

반하던 '사바카이도'라 불리던 유서 깊은 길이었다.

히에이잔 케이블 역을 지나자 오르막길에 접어들면서 주변 경치가 온통 산으로 바뀌었다. 창밖에서 불어 들어오는 바람도 상쾌해졌다. 야세 터널을 빠져나와 한참을 달려 오쿠히에이로 향하는 산길에 들어서자 양옆의 풍경이 울창한 삼림으로 바뀌었다. 지도에서 확인하니 이렇게 깊은 산인데도 주소는 교토 시 사쿄 구였다. 굽이굽이 산길을 돌아 막 내리막길에 들어서는 곳에 마코토 요양원으로 통하는 진입로가 있었다.

삼나무 숲 저편으로 인터넷에서 본 베이지색과 파란색 건물이 보였다. 철조망 울타리가 높이 설치되어 있어서 인터넷에서 봤을 때보다 위압적으로 느껴졌다. 히가시는 요양원 앞에 잠시 멈춰 시설 전경을 카메라에 담았다.

정문까지 차를 몰고 가자 커다란 철 격자문이 쇠사슬로 칭칭 감겨 있고 자물통까지 채워져 있었다. 히가시는 정문 옆 공터에 차를 세운 다음 카메라와 병동 배치도를 들고 내렸다. 땅이 질척거렸다. 정문 옆에 작은 출입구가 있었지만 안으로 잠겨 있었다.

히가시는 철 격자 사이로 안쪽을 살펴보았다. 앞쪽에 넓은 잔디밭이 펼쳐져 있고 정문에서부터 이어진 통로는 건물 앞에서 십자 모양으로 갈라져 있었다. 스테인리스 차양이 달린 타원형 부분이 입구, 그 안쪽은 천장이 뚫린 메인 로비, 오른쪽은 외래와 입원 진료동이고 왼쪽은 데이 서비스나 단기 입원 시설인 것 같았다. 병동 배치도에 따르면 홀 안쪽으로 관리동과 조리실, 세탁실 등이 있을 것이다.

히가시는 철 격자 사이로 카메라를 들이밀어 사진을 몇 장 찍었다. 검은색 유리가 끼워진 현관문은 굳게 닫혀 있어 인기척을 전혀 느낄 수 없었다. 오른쪽에 직원용으로 보이는 주차장이 있었는데 함석지붕이 설치된 이곳에 대형 오토바이가 한 대 세워져 있었다. 오토바이가 세워져 있다는 것은 안에 누군가 있다는 뜻일까? 양손으로 문을 흔들어보았지만 쇠사슬만 덜커덕거릴 뿐 철문은 꿈쩍도 하지 않았다.

히가시는 문에서 떨어져 울타리 주변을 돌아보기로 했다. 울타리 높이는 약 2미터. 둥글게 말린 철조망에는 날카로운 가시가 붙어 있었다. 철 격자에 철조망 울타리라니, 형무소와 다를 바 없다고 생각하며 히가시는 눈살을 찌푸렸다. 병원 부지를 오른쪽으로 돌자 비포장이지만 차가 다닐 수 있는 도로가 나왔다. 200미터 정도 걸어 울타리가 끊기는 곳에 이르자 페인트가 칠해진 튼튼한 철문이 나타났다. 정문으로 나갈 수 없는 것, 즉 오물이나 시체 등을 내보내기 위한 문일까?

부지 뒤로 돌아가자 나무와 잡초가 무성한 언덕이 시작되었다. 히가시는 뻗어나온 가지를 피해 썩은 낙엽을 밟으며 앞으로 나아갔다. 오후 약속을 위해 양복을 차려입은 히가시는 30미터 정도 걷다가 멈춰 섰다. 더 이상 가봤자 아무것도 나올 것 같지 않았다. 히가시가 희미하게 땀이 번진 이마에 손수건을 대며 원망스러운 눈초리로 울타리를 올려다보자 철조망 너머로 희미한 연기가 보였다.

히가시는 비탈길 오른쪽에서 두 갈래로 갈라진 벚나무를 발견하고는 가지에 발을 딛고 올라갔다. 울타리 안쪽을 살펴보자 기와를 얹은 구식 소각로 굴뚝에서 연기가 피어오르고 있었다. 대체 누가, 무엇을 태우고 있는 것일까?

주변을 돌아봐도 병원 부지 내에 사람의 자취라고는 전혀 눈에 띄지 않았다. 하지만 소각로로 이어지는 진흙길에는 큰 차가 여러 번 지나간 흔적이 남아 있었다. 역시 누군가 있는 건가?

히가시는 벚나무에 올라선 채 울타리 안쪽을 향해 소리쳤다.

"실례합니다. 아무도 안 계십니까?"

한참 기다렸지만 아무런 대답도 들려오지 않았다. 히가시는 어쩐지 으스스한 느낌이 들어서 소각로를 포함한 뒷마당 사진을 몇 장 찍고 벚나무에서 내려왔다.

시계를 보니 오전 11시 5분이었다. 슬슬 돌아가야 할 시간이었다. 언덕을 내려와 양복에 묻은 먼지를 턴 다음 디지털카메라의 영상을 확인하고 차를 세워둔 정문 앞 공터로 돌아왔다.

막 차 문을 열려는데 보닛에 진흙이 묻어 있었다. 기분 나쁜 예감이 들어서 차 앞으로 가본 히가시는 경악했다.

'돌아가라歸れ!'

누군가 진흙으로 보닛 가득 이렇게 써놓았던 것이다. 손가락 세 개의 자국도 남아 있었다. 히가시는 당황해 얼른 차에 타고 급히 핸들을 꺾었다. 그리고 눈앞의 진흙 글씨는 무시하며 액셀러레이터를 힘껏 밟았다. 터무니없는 불길한 위협을 당한 것처럼 떨리는 가슴이 진정되지 않았다.

국도로 나온 뒤에도 히가시는 여전히 동요하고 있었다. 맞은편에서 차가 지나칠 때마다 보닛에 쓰인 글씨가 보일까 봐 몸이 움츠러들었다.

시내로 들어서기 직전에 셀프 주유소가 있었다. 이곳이라면 종업원에게 들킬 걱정도 없었다. 반대 차선이었지만 히가시는 상관하지 않고 핸들을 꺾었다. 자동 세차기 코스에 들어가 기계의 굼뜬 지시에 따라 백미러를 접었다. 기계가 움직이기 시작하고 세찬 물줄기가 쏟아졌다. 이러면 진흙 글씨도 지워지겠지. 그렇게 생각한 순간 둔탁한 기계음을 내며 다가오는 세차기가 마치 자신을 찍어 누를 것만 같아서 히가시는 자기도 모르게 핸들에 머리를 파묻었다. 휘몰아치는 폭풍과도 같은 세차기 속에서 히가시는 눈을 꼭 감고 빨리 끝나기만을 기다렸다.

세차기가 지나가고 차를 말리기 위해 강한 바람이 불어오자 히가시는 마음이 조금 진정되었다. 앞 유리에 맺혀 있던 물방울이 사라지고 투명한 유리가 눈앞에 펼쳐졌다. 세차가 끝났음을 알리는 녹색등이 켜지자 히가시는 '감사합니다'라는 기계음도 기다리지 않고 다시 반대 차선으로 차를 몰았다.

돌아올 때는 북로를 거치지 않고 그대로 가모가 강가를 따라 고조도오리로 향했다. 역 앞에서 차를 반납할 때도 히가시는 불쾌한 기분이 가라앉지 않았다.

오후 12시 20분, 히가시는 교토 역사 2층으로 올라가 광장이 내려다보이는 카페로 들어갔다. 점심시간이었지만 식욕을 잃어 아이스커피를 주문했다. 평소에는 블랙을 마시지만 지금은 시럽과 우유를 넣지 않고서는 도저히 마시지 못할 것 같았다.

조금 전 진흙 글씨는 대체 누가 쓴 것일까? 그 속에 담긴 폭력성은 도저히 정상이라고는 생각할 수 없었다. 혹시 입원 환자라도 남아 있었던 걸까? 아니, 그런 낌새는 없었다. 굳게 잠긴 문을 봐도 그 병원에 환자가 있다고는 생각하기 어려웠다.

달콤한 커피가 위로 흘러들자 히가시의 기분도 조금 나아졌다. 유리벽 너머, 무방비한 상태로 지나다니는 사람들의 모습이 보였다. 평온한 일상이었다. 진흙 글씨를 발견했을 때는 너무 놀라 평정을 잃고 말았지만 냉정히 생각하면 그리 무서워할 일이 아닐지도 모른다는 생각이 들었다. 난폭해 보이기는 하지만 적어도 상대는 '歸'라는 한자를 알고 있을뿐더러 감탄 부호까지 사용하고 있었다.

히가시는 40분 정도 지나 카페를 나와서 도카이도 본선을 타고 다카쓰키 역으로 향했다. 진무리전드 제약에 가기 위해서였다.

오후 1시 30분에 도착해 아직 30분 정도 여유가 있었지만 만약을 위해 히가시는 택시를 타기로 했다. 편의점과 주유소가 늘어선 시내를 지나 강변도로로 들어섰다. 지도에서 본 아쿠타가

와일 것이다. 강 위에는 엄청나게 많은 고이노보리(종이나 천 등으로 잉어 모양을 만들어 단오 때 깃발처럼 장대에 높이 다는 것 - 옮긴이)가 펄럭이고 있었다.

"오늘부터 고이노보리 축제랍니다. 손님, 운이 좋으시네요."

운전사가 곁눈질하며 놀리듯이 말했다.

진무리전드 제약 본사는 길을 사이에 두고 강가에 자리 잡고 있었다. 4층 건물로, 정면에는 거대한 스테인리스 문이 버티고 있었다. 3층부터 연구동이었는데 작은 사각형 창만 몇 개 달려 있을 뿐 나머지는 온통 하얀 벽이었다. 대체 안에서 무엇을 하고 있는지 짐작조차 어려웠다.

히가시는 강가를 거닐며 시간을 보낸 뒤 약속 시간 5분 전에 현관으로 향했다. 안내 데스크에서 용건을 말하자 곧바로 무라오가 나타났다.

"먼 길 오시느라 고생하셨습니다."

"아닙니다. 갑작스러운 요청에 응해주셔서 저야말로 감사합니다."

히가시는 무라오의 붙임성 있는 태도에 당황했다. 취재 요청 당시에는 분명 협조적인 분위기가 아니었기 때문이다. 무라오는 히가시가 JAMA 세미나에 관해 묻고 싶은 것이 있다고 하자 비공개 세미나였기 때문에 언급할 수 없으며 안락사 전용 약에 대해서도 아직 공표 단계가 아니라고 대답했다. 하지만 단호하게 취재를 거절하는 태도는 아니었다. 히가시가 무엇을 알고 있는지 궁금한 듯 이야기를 질질 끌었다. 결국 히가시가 케루빔이라는 이름까지 알고 있다고 밝히자 무라오는 그제야 취재를 허락했다.

무라오는 차를 내오라고 지시한 뒤 히가시를 응접실로 안내했다. 전무이사라는 직위치고는 저자세였는데, 젊은 시절 대기업 제약 회사의 영업 사원으로 일하면서 의사들을 접대하던 습관이 몸에 배었는지도 모른다.

히가시는 곧바로 공책을 꺼내 취재를 시작했다. 우선은 무난한 화제로 이야기를 풀어갔다.

"귀사 홈페이지를 보았습니다. 상당히 내실 있는 내용이더군요. 진무리전드 제약은 신약 개발 벤처 기업으로서 머지않아 급성장할 거라는 소문도 들었습니다."

"당치도 않습니다. 아직 먼 이야기입니다. 이제야 겨우 적자를 보지 않고 돌아가게 되었는걸요."

무라오는 과장되게 겸손을 떨었지만 눈에는 경계심이 서려 있었다. 하지만 그것을 감추고 그는 자조적으로 말을 이었다.

"언론에서는 어떻게 생각하고 있는지 모르겠습니다만, 신약 개발에는 막대한 시간과 경비가 듭니다. 결코 쉬운 일이 아니에요."

"하지만 하나만 제대로 개발하면 큰 성공을 거둘 수 있지 않습니까? 일단 특허를 취득하면 제네릭(특허가 만료됐거나 특허 보호를 받지 않는 의약품 – 옮긴이)이 나올 때까지 거의 독점 상태라고 들었습니다."

"물론 그렇습니다만, 그 '제대로 개발한다'는 것이 보통 어려운 일이 아닙니다. 대기업이라면 100개 중 하나만 건져도 살아남겠지만 우리 같은 벤처 회사는 그런 힘이 없으니까요."

"그래서 다양한 전략을 구사한다는 말씀이시군요."

의미심장하게 말하자 무라오는 못 들은 척 애매하게 웃었다.

"무라오 씨가 전에 도라노몬 종합 대학에서 강연하신 내용을 읽어보았습니다. 약학뿐 아니라 경제면에도 상당히 폭넓은 식견이 있으시더군요."

"이런, 그렇게 말씀하시니 부끄럽습니다. 꽤 오래전 이야기지요. 그때는 그저 부탁받은 대로 저 스스로도 무슨 말이지 모르면서 한 강연입니다, 하하하."

무라오가 쑥스러운 듯 웃자 그것을 계기로 히가시는 본론으로 들어갔다.

"얼마 전 오쿠히에이에서 열린 JAMA의 세미나를 귀사가 전면적으로 협력했다고 들었습니다. 그 배경을 말씀해주시겠습니까?"

"그건 당사의 경영 방침이라고 할까요, 저희 사장님의 생각입니다. 저희 사장님은 창립 당시부터 JAMA의 활동에 주목하셨습니다."

"이번 세미나에 귀사에서 참가한 분은 무라오 씨 혼자라고 들었습니다."

"그렇습니다만, 그게 뭐 문제라도?"

"전무이사 자리에 계시는 분이 어째서 부하 직원도 없이 혼자서 가셨습니까?"

"JAMA의 대표를 맡고 계신 니미 선생이 저와 같은 대학 출신입니다. 아니, 의학부와 약학부는 하늘과 땅 차이입니다만, 니미 선생께서 여러모로 잘 봐주셔서요. 저희로서도 최선을 다할 뿐입니다."

"귀사 외에도 JAMA에 협력하고 있는 회사가 있습니까?"

"물론입니다. 대형 제약 회사 여러 곳이 JAMA와 협력하고자 노력하고 있습니다. 어쨌거나 의료청이 발족하면 JAMA는 이전 전일본의사회에 필적할 만한 영향력을 갖게 될 테니까요."

"그런데 귀사에서만 이번 세미나에 협찬한 이유는 무엇입니까?"

"아마도 당사가 비교적 일찍부터 JAMA와 친밀한 관계를 맺어왔기 때문일 겁니다."

그때 히가시에게 문득 떠오르는 일이 있었다.

"무라오 씨는 JAMA의 창립 기념 총회에서도 실무를 담당하지 않으셨습니까? 총회가 끝난 뒤 제가 야마나 게이스케 선생을 취재할 때 대기실까지 안내해주셨지요?"

"아, 그때 그 기자분이십니까? 몰라봬서 죄송합니다."

무라오는 지금 막 생각났다는 듯이 상냥하게 응대했지만 눈은 웃지 않았다. 히가시는 무라오가 처음부터 알고 있었던 것 아닌지 의심스러웠다.

JAMA의 창립 기념 총회 이야기를 잠깐 언급한 뒤 히가시는 다시 화제를 본론으로 돌렸다.

"이번 세미나에서는 무라오 씨가 안락사 전용 약에 대해 설명하셨다고요. 전화상으로는 아직 공표 단계가 아니라고 말씀하셨습니다만, 어떻게 그런 약을 개발하셨습니까?"

"결국 일본에서도 머지않아 안락사법이 제정될 전망이니까요. 그에 대비해서 개발한 것입니다."

"하지만 네덜란드나 벨기에처럼 근이완제나 염화칼륨을 주사하면 되지 않습니까? 특별한 약을 만들 필요까지는 없지 않나요?"

"공표하지 않겠다고 약속해주신다면 말씀드리지요."

역시 기업 비밀인 모양이었다. 히가시가 "약속하겠습니다"라고 말하며 눈을 마주 보고 고개를 끄덕였다.

"저희는 안락사를 그저 단순히 고통을 없애는 것이 아니라 조금이라도 편안한 상태에서 죽음을 맞이하도록 돕는 것으로 생각하고 있습니다."

"편안한 상태라면?"

"쾌적하고 만족스러운 상태입니다. 고통을 마이너스, 쾌감을 플러스로 본다면 지금까지의 안락사는 마이너스를 제로로 만들어줄 뿐입니다. 그것을 플러스까지 끌어올리는 것이 신약의 콘셉트입니다."

"즉, 기분 좋게 죽는다는 말입니까? 그런 죽음이 가능할까요?"

"당사가 개발한 신형 합성 마약에는 본래 행복감을 느끼게 하는 성분이 들어 있습니다. 거기에 유도체를 이용하면 작용 발현 시기를 제어할 수 있습니다."

무라오는 우수한 약제사의 표정으로 설명했다. 그 표정 뒤에는 장래 이 신약을 많이 팔고 싶다는 상업 전략이 엿보였다.

"신약은 케루빔이라는 이름이었지요?"

히가시가 확인하자 무라오는 또다시 표정을 바꾸고 이번에는 비위를 맞추듯 물었다.

"히가시 씨는 그런 정보를 어디에서 들었습니까? 신약의 이름은 아직 발표된 바가 전혀 없는데요."

"그것은 말씀드리기 좀 곤란합니다. 정보원 보호 차원이라고 이해해주십시오."

히가시가 미안하다는 듯 몸을 빼자 무라오의 입가가 불만스럽게 일그러졌다. 히가시는 어색함을 모면하려고 질문을 계속했다.

"후생노동성에는 이미 승인 신청을 하셨습니까?"

"네."

"조금 불편한 질문을 드리겠습니다. JAMA와의 협력 관계가 후생노동성의 승인 절차에 도움이 될 걸로 생각하십니까?"

"아니요, 그렇지 않습니다."

"하지만 니미 씨라면 후생노동성에도 영향력을 발휘할 테고, 안락사법 제정에 대비해서 귀사의 약이 꼭 필요하다고 니미 씨가 한마디 하면 정치가도 움직이지 않을까요?"

"만약 그렇다 하더라도 저희 쪽에서 니미 선생에게 승인에 힘써달라는 부탁을 할 수는 없습니다. 선생에게 폐가 될 수는 없으니까요."

히가시가 정보원을 말하지 않은 탓인지 무라오의 대답도 형식적이었다. 히가시는 분위기를 바꾸기 위해 식은 녹차를 천천히 들이켰다.

"조금 전의 이야기입니다만, 귀사의 신약이 죽음에 쾌감을 느끼게 한다는 평판이 일면 안락사를 쉽게 선택하는 사람들이 늘어나지 않겠습니까?"

"당사로서도 부적절하게 사용하는 일이 없도록 의료 관계자뿐 아니라 환자에게도 성심성의를 다해 설명할 생각입니다."

"부작용은 없습니까?"

"현재로서는 보고된 바 없습니다."

"안락사법에는 아직 반대하는 사람들도 결코 적지 않습니다. 이 점에 대해서는 어떻게 생각하십니까?"

"뇌사에 대한 논의와 마찬가지로 생명에 관한 문제이니 만큼 다양한 의견이 있는 것이 당연하다고 생각합니다."

"만약 안락사법이 제정되지 않으면 신약도 쓸모없게 되겠군요. 개발의 전제가 무너질 테니까요."

"그건 어쩔 수 없는 일입니다. 법률이 제정된 후에 개발을 시작하면 이미 늦으니까요. 저희의 사명은 환자에게 필요한 약제를 필요한 때 제공하는 것이라고 생각합니다. 완성된 약이 필요 없어지면 파기하는 수밖에요."

"하지만 개발에 막대한 시간과 경비가 소요되지 않았습니까?"

무라오는 시종일관 무난하게 대답했지만 그의 말속에는 약제 개발에 종사한 자의 고집과 자부심이 섞여 있었다.

"JAMA와의 관계에 대해 다시 한 번 여쭙겠습니다. 특별 공익 법인인 JAMA에의 기부, 협찬 등에 대한 회계 처리는 적절하게 이루어지고 있습니까?"

"물론입니다."

"기부금의 일부가 정치가에게 흘러들어가는 일은 없나요?"

"그럴 수도 있습니까?"

반문하는 무라오의 표정이 묘하게 일그러졌다.

"JAMA는 정치적인 활동도 많이 하는 것 같아서요."

히가시는 짧게 대답하고 녹차를 한 모금 마셨다. 무라오의 시선이 집요하게 히가시의 손놀림을 좇았다.

"조금 전 부작용."

"정치적인 활동이라면?"

두 사람이 동시에 입을 열자 무라오가 히가시에게 먼저 이야기하라며 양보했다. 히가시도 무라오에게 먼저 말하라고 했지만 무라오는 받아들이지 않았다. 히가시는 할 수 없이 짧게 기침을 하고 나서 먼저 질문을 했다.

"조금 전 부작용에 대한 보고는 없었다고 말씀하셨는데, 이미 실험을 시작하셨습니까?"

"아니요, 동물 실험 결과입니다."

"그렇군요. 안락사용 약의 실험이니까요."

"네, 그래서 승인에 관해서는 약제의 특성을 감안해 후생노동성에 예외적인 취급을 부탁하고 있습니다."

바로 그 부분에 니미나 정치가의 입김이 작용할 것이라고 생각했지만 히가시는 거기에 대한 질문은 하지 않고 마지막 본론으로 들어갔다.

"그렇다면 케루빔이라는 약은 현장에서 바로 환자에게 시도된다는 말씀이군요."

"저희는 제품에 자신 있습니다."

"그래서 본인이 직접 실험 대상이 되었다는 말씀이신가요?"

"뭐라고요?"

무라오의 눈에 분노와 동요가 동시에 떠올랐다. 히가시가 무엇을, 어디까지 알고 있는지 필사적으로 캐내려는 것 같았다. 히가시는 줄다리기는 그만두고 솔직하게 질문했다.

"이것도 정보원은 밝힐 수 없습니다만, 지난번 JAMA의 세미나에서 무라오 씨가 직접 케루빔을 사용하셨다는 말을 들었습니다."

여기까지 말한 이상 무라오도 세미나 참가자가 정보를 흘렸다는 사실을 알아챘을 것이다. 그럴 가능성이 있는 사람, 누설한 내용을 무라오는 열심히 추측하고 있을 게 틀림없었다. 흔들리는 무라오의 검은 눈동자가 궁지에 몰린 그의 마음을 대변해주었다.

1초가 10초처럼 느껴지는 침묵이 흐른 뒤 무라오는 허탈하게 웃었다.

"히가시 씨, 어디서 그런 이야기를 들었는지 모르지만 그것은 사실이 아닙니다. 아니, 사실과 다른 이야기가 전해졌다고 해야겠지요."

"무슨 말씀입니까?"

"분명 그 세미나에서 저는 케루빔의 약효를 설명했습니다. 그리고 행복감을 일으키는 성분만 추출해서 효과를 실증해 보였습니다. 그러니까 케루빔을 사용한 것이 아니라 그 일부를 실험했다는 말입니다."

명백한 거짓말이었다. 야스요의 정보에 따르면 실험 대상이 된 무라오는 심장이 멈췄었다고 했다. 하지만 더 이상 추궁해봤자 무라오는 입을 열지 않을 것이 뻔했다. 히가시는 굳은 표정으로 알겠다고 대답했지만 믿을 수 없다는 뜻을 은연중에 드러냈다.

"그럼 무라오 씨가 조금 전 하려던 질문을 하시지요."

무라오는 약간 망설이며 어떻게 말을 꺼낼지 고민하는 눈치였다. 그러더니 이윽고 기억을 되돌리듯 질문했다.

"조금 전 히가시 씨가 말씀하신 JAMA의 정치적인 활동이란 구체적으로 어떤 것인지 궁금해서요."

"예를 들면, 의료청과 관계된 일이나 아까 무라오 씨도 말씀하셨던 것처럼 전일본의사회를 대신하는 활동 등을 말합니다."

여전히 이해가 가지 않는 듯 무라오의 시선이 허공을 맴돌았다.

"뭔가 신경 쓰이는 점이라도?"

히가시가 주의를 돌리자 무라오는 입을 굳게 다물고 결심한 듯 말했다.

"지금부터 하는 말은 부디 이 자리에서 새어나가는 일이 없도록 해주셨으면 합니다. 만약 히가시 씨 쪽에 니미 선생이나 JAMA에 관한 위험한 정보나 좋지 않은 소문 같은 것이 있다면 가르쳐주십시오."

"구체적으로 어떤 걸 말씀하시는지요?"

"그러니까 정치적 활동이나 금전적인 문제와 관련된 루머 말입니다."

이번에는 히가시가 무라오의 속내를 탐색할 차례였다. 어쩌면 무라오도 JAMA로부터 고다 요시마사에게 불법 정치 자금이 흘러들어간 사실을 알고 있을지도 모른다. 확실한 증거는 없지만 그래서 위기감을 느끼고 있는 것일까?

히가시가 생각에 잠겨 있자 무라오는 기왕 꺼낸 말이니 끝까지 밀어붙이겠다는 듯 조급하게 이야기를 시작했다.

"당사에서는 미력하나마 저도 책임 있는 위치에 있기 때문에 앞날을 내다볼 줄 알아야 합니다. JAMA와의 관계는 히가시 씨도 생각하시는 것처럼 당사에게는 중요한 선행 투자입니다. 벤처 기업은 대기업과 달리 유력한 지원자를 확보하지 않으면 발전 기회가 없습니다. JAMA에도 그런 목적으로 접근한 겁니다만 사실 불안 요소도 적지 않습니다. 당연한 일이지요. 아무런 실적도 없는데 느닷없이 그런 대담하고도 황당무계한 주장을 하니까요."

아마도 대담하고 황당무계한 주장이란 니미의 '의료 붕괴 저지를 위한 다섯 가지 제안'을 뜻하는 것이리라. 히가시는 신중한 표정으로 고개를 끄덕였다. 무라오는 이야기를 계속했다.

"하지만 니미 선생은 세상의 예상을 훨씬 뛰어넘는 실력자였습니다. 통솔력, 자금력, 정계와의 연줄, 무엇 하나도 일개 의사로 치부할 수 없는 카리스마를 갖추고 있습니다. 이대로만 가면 일본 의료를 이끌 인물이 될 테지만."

무라오의 말끝이 불안하게 가라앉았다. 히가시는 무라오의 말끝에 신경이 쓰였다.

"될 테지만?"

"다른 회사는 아직 모르는 일입니다. 저도 니미 선생 가까이 있어서 겨우 눈치챌 수 있었지요. 그러니까 뭐라고 할까, 최근 니미 선생의 상태가 아무래도 불안정합니다."

"세미나에서 불안정했다는 말씀이십니까?"

"그게 아니라······."

"무라오 씨에게 케루빔의 효과를 실증하라고 강요했을 때도 불안정해 보였나요?"

"그러니까 그건······."

히가시가 추궁했지만 무라오는 인체 실험에 대해서는 절대로 고백하지 않을 생각인 듯했다. 너무 강하게 밀어붙이면 오히려 역효과가 난다는 생각에 히가시는 자중했다. 그러자 무라오가 매달리듯 히가시에게 말했다.

"저는 걱정입니다. 이대로 니미 선생을 따라가도 과연 괜찮을지 어떨지. JAMA와의 관계도 이대로 좋을지. 히가시 씨는 신문기자니까 여러 가지 정보를 접하시겠지요? 니미 선생이나 JAMA에 대해 이상한 평판은 없습니까?"

"무라오 씨도 뭔가 정보를 가지고 계시는군요."

히가시는 냉정하게 말하며 상대를 응시했다. 자기도 모르게 눈을 내리뜬 무라오의 표정에 더 이상은 말할 수 없다고 쓰여 있었다.

무라오는 회사의 전무이사로서 니미에게 절대복종하는 모습을 보이면서도 사실은 거리를 두고 있었을 것이다. 특별히 니미에게 신세를 진 것도 아니고 회사에 이익이 되어야만 충성을 다하는 것이 당연하다. 무라오가 가장 크게 걱정하는 부분은 니미가 부적절한 스캔들로 실각하고 JAMA가 세상의 비판을 받는 일이 생겼을 때 진무리전드 제약이 거기에 휘말리지 않을까 하는 것이었다. JAMA와 고다 요시마사의 불법 정치 자금 의혹을 무라오에게 가르쳐줘야 할까? 히가시는 무라오의 비굴하기까지 한 애사 정신에 순간 마음이 흔들렸다.

"무라오 씨, 당신 입장은 충분히 이해합니다. 사실은……."

그렇게 말을 꺼내던 히가시는 무라오의 눈동자 깊숙한 곳에서 먹이를 향해 달려드는 사자의 서늘한 눈빛을 발견하고 자기도 모르게 말을 멈췄다.

"어떤 일입니까?"

"아니, 그러니까 제가 말씀드릴 수 있는 건 만일에 대비해둘 필요가 있을지도 모른다는 겁니다."

"역시 뭔가 있군요. 정치가와 관련된 일입니까?"

"아니요, 아직 뭐라 드릴 말씀이."

"말을 꺼내놓고 도중에 그만두다니 너무하시는군요. 저희 회사의 운명이 걸려 있는 일입니다. 부디 말씀해주십시오."

"그러니까 만일에 대비해서……."

"그런 일반론으로는 회사를 설득할 수 없습니다. 부디 구체적으로 말씀해주십시오."

무라오는 무릎을 꿇고 빌기라도 할 태세로 머리를 숙였다. 히가시는 오히려 그 필사적인 태도에 압도당해 혼란스러웠다. 무라오는 왜 이렇게까지 자신이 가진 정보를 알고 싶어 하는 것일까? 그 사정을 모르는 이상 무라오에게 JAMA와 고다의 의혹을 말해줄 수는 없었다.

"무라오 씨, 부디 걱정 마십시오. 귀사에 영향을 미칠 만한 정보가 들어오면 반드시 알려드리겠습니다. 그때까지는 부디 기다려주십시오."

히가시의 결연한 말투에 무라오도 포기할 수밖에 없는 듯 보였다.

"알겠습니다. 하지만 저희는 히가시 씨 같은 분의 정보밖에 의지할 데가 없습니다. 부디 잘 부탁드립니다."

그렇게 말하는 무라오의 눈에는 한층 짙어진 냉혹함이 서려 있었다.

30. 너무 많이 아는 남자

무라오를 취재하고 이틀이 지난 4월 28일 오후 8시 5분, 히가시는 니시신주쿠의 펄스테이트 빌딩 19층에 있는 JAMA 본부 회의실에 있었다.

8시부터 JAMA의 긴급 기자회견이 열릴 예정이었는데, 탁자가 놓인 앞쪽 회견석에는 아직 JAMA의 간부가 한 명도 보이지 않았다.

그날 오후 3시 20분, 펄스테이트 빌딩 현관 바로 앞에서 JAMA 간부인 가네코 리쓰가 괴한에게 복부를 찔리는 사건이 일어났다. 곧장 JR도쿄종합병원으로 옮겼으나 오후 5시 32분에 결국 사망하고 말았다. 사인은 간 손상에 의한 출혈성 쇼크였다.

범인은 일단 도주했지만 범행을 저지른 지 약 두 시간 반 뒤 시부야 경찰서에 자진 출두해 긴급 체포되었다. 체포된 사람은 광역폭력단 세이와회 사토리 그룹의 전 구성원인 서른 살 고스게 노리오였다.

사건 발생 뒤 주변 목격자 증언 등에 따르면, 고스게는 사건 당일 오후 1시경부터 현장 부근을 배회했고, 기둥 뒤에 숨어 있다가 JAMA 본부에서 회의를 마치고 나오는 가네코에게 갑자기 달려들었다고 한다. 현장에 남겨진 흉기는 날 길이가 15센티미터인 단검이었다. 가네코는 오른쪽 복부를 세 곳이나 찔렸는데 문맥과 간동맥이 절단되었다. 병원에 도착했을 때 가네코는 이미 심폐 기능이 정지된 상태였다. 곧바로 소생 처치를 했지만 끝내 살아나지 못했다.

히가시는 경찰청 기자단의 첫 전송 기사를 보고 곧장 신주쿠로 달려가 주변을 취재했다. 전일본의사회 상임 이사였던 가네코는 JAMA로 옮긴 뒤 임원직을 사퇴했지만, 사건이 발생한 바로 그날 회의에서 반도와 함께 집행 이사로 승격되었다고 한다. 히가시는 오후 7시경 신문사로 돌아왔으나 JAMA가 각 언론사에 팩스를 보내와 즉시 긴급 기자회견장으로 달려왔다.

"히가시 씨, 그 팩스 어떻게 생각해요?"

히가시가 의자에 앉아 JAMA에서 보낸 팩스를 다시 훑어보고 있는데 뒷자리에서 도와 신문의 기자가 말을 걸어왔다. 그는 비아냥거리는 말투로 팩스를 읽어 내려갔다.

"기자회견의 목적은 다음과 같다. 첫째, 당 집행 이사 가네코 리쓰 테러에 대한 철저한 항의. 둘째, 당 조직에 대한 여러 부정적인 선동 활동에 대한 반론. 첫 번째는 알겠는데 두 번째는 뭡니까?"

상대는 태평하게 중얼거렸지만 히가시는 불안을 느끼지 않을 수 없었다. 고다 요시마사에 대한 불법 정치 자금 문제를 캐기 시작한 뒤로 몇 번인가 주변에서 이상한 느낌을 받았던 것이다. 게다가 후루바야시 야스요로부터 들은 충격적인 소식이 불안을 가중시켰다.

"왜 그러십니까?"

도와 신문 기자의 질문에 히가시는 당황해 맞장구를 쳤다.

"부정적인 선동이란, 예를 들면 지난달 『FRONT』에 실린 오타 긴이치 씨의 평론을 말하는 걸까?"

오타 긴이치는 후쿠시마 출신의 전일본의사회 전 이사로 종합 잡지 『FRONT』에 'JAMA의 위험한 사상을 반격한다'라는 제목의 비평문을 게재했다. 오타는 니미의 의료 붕괴 저지를 위한 다섯 가지 제안을 '오히려 의료 붕괴를 가속화할 뿐'이라고 비판하며 의사의 자유를 제한하는 것은 헌법을 위반하는 용서할 수 없는 폭거라고 단정했다.

히가시의 대답에 도와 신문의 기자는 콧방귀를 뀌었다.

"그 정도 비평문에 신경 쓸 필요가 있을까요? 그저 구태의연한 의사회의 습성을 그대로 드러낸 패배자의 힘없는 비난일 뿐인데. 오타를 중심으로 모인 '자유의사연합'에 사람이 조금 모인 듯합니다만, 아직 아무런 힘도 없을 겁니다."

자유의사연합은 오타가 결성한 의사 노조 같은 조직이었다. 처음부터 JAMA에 대한 대결을 공공연히 드러내고 있었는데 아직 정식 회원 수도 공표되지 않아서 부정적인 선동이라고 부를 만한 것도 못 되었다.

"그렇죠. 아직 신경 쓸 정도의 규모는 아니지요."

"다른 건 JAMA를 둘러싼 몇 가지 소송 건일까요? 하지만 이 정도 조직에 재판 몇 건은 당연하지 않습니까? 일일이 신경을 곤두세운다면 한도 끝도 없을 텐데요."

"맞습니다."

"작년 말 전일본의사회가 해체된 뒤로 JAMA도 언론에 자주 등장해 적이 많아지긴 했지만 좀 과민 반응 같습니다. 게다가 이 신경질적인 문장 좀 보십시오. '우리는 이런 비열한 행위를 절대로 용서할 수 없다. 우리를 적대시하는 모든 세력을 결단코 섬멸한다'라니, 어떻게 생각합니까?"

"아주 히스테릭하군요."

"이런 문장을 보내다니 니미도 한물갔나 봅니다."

그렇게 말하며 도와 신문 기자는 자리로 돌아갔다.

팩스를 받아 들었을 때 히가시도 확실히 과잉 반응이라는 느낌을 받았다. 하지만 그 인상은 JAMA 본부에 도착하기 직전 야스요에게서 걸려온 전화로 날아가버리고 말았다. 흐트러진 목소리로 야스요는 이렇게 말했다.

"지금 막 텔레비전에서 봤는데 JAMA의 가네코가 살해당했다는 것이 사실이에요? 세상에, 어떻게 이런 일이."

"왜 그러십니까?"

"살해당한 가네코가 바로 지난번에 이야기한 정보 제공자 X란 말이에요."

히가시는 할 말을 잃고 야스요의 목소리를 감추듯 휴대전화를 손으로 덮었다. 가네코가 야스요의 정보원이었다니. 히가시는 아무도 없는 가로수 그늘에 몸을 기대고 속삭였다.

"야스요 씨, 누가 들을지도 모르니까 목소리를 낮추세요."

"알고 있어요. 지금은 제 사무실에 있으니까 괜찮아요. 가네코는 정체가 탄로 나서 살해당한 거예요. 틀림없어요. 분명히 중대한 정보를 알아냈을 거예요. 그래서 살해당한 거라고요. 너무해요. 절대로 용서할 수 없어요."

중대한 정보, 그것은 시라카와의 조사에 외압이 있었다는 증거일까? 아니면 니미도 고개를 숙인다던 '선생'의 정체일까? 어쨌거나 가네코의 정체가 탄로 나서 처형당한 것이라면 정보를 제공받은 야스요도 위험하다는 사실을 그녀는 이해하고 있을까?

히가시가 생각에 잠겨 있는 동안에도 휴대전화에서는 야스요의 흥분한 목소리가 계속 흘러나왔다.

"니미가 마침내 저지르고 만 거예요. 그놈은 살인이건 테러건 태연하게 해치우는 비열한 놈이에요. 전에 내가 말한 대로라고요."

하지만 야스요는 무슨 근거로 니미가 꾸민 일이라고 단정 짓는 걸까? 지난번에는 니미의 계획이 안락사 전용 약제를 사용한 살해라고 하지 않았던가? 가네코도 정체가 탄로 날 낌새가 보였다면 더욱 조심했을 것이다. JAMA가 가네코를 집행 이사로 승격시킨 날 일부러 처형했다는 것도 납득하기 어려웠다.

"야스요 씨, 지금부터 JAMA의 기자회견에 참석할 예정입니다. 뭔가 알게 되면 곧바로 연락하겠습니다. 그러니까 침착하게 있어 주세요. 신변에 특히 조심하고요."

야스요에게 충고하면서 히가시는 문득 자신도 위험하다는 생각이 들어 소름이 돋았다. 그는 깊게 심호흡을 하고 주변을 살피면서 회견장으로 향했다.

시계가 오후 8시 20분을 가리켰을 때 마침내 JAMA 간부 세 사람이 나타났다. JAMA의 부대표인 시바키 가오리를 가운데 두고 오른쪽에는 히가시가 인터뷰한 적 있는 야마나 게이스케, 왼쪽에는 야스요에 따르면 니미에게 실각당했다던 반도 교이치였다. 시바키는 검은색 바지 정장, 야마나와 반도는 양복 차림에 팔에 검은 리본을 두르고 있었다.

사회를 맡은 젊은 의사가 마이크를 잡았다.

"여러분, 오래 기다리셨습니다. 지금부터 긴급 기자회견을 시작하겠습니다. 저희 JAMA의 대표 니미 데이이치는 현재 신주쿠 경찰서에서 사건 경위에 대한 조사를 받고 있어서 한동안 시간이 걸릴 것으로 보입니다. 따라서 니미를 대신해 부대표인 시바키 가오리를 비롯해 세 명이 여러분의 질문에 답해드리겠습니다."

질문은 먼저 가네코 살해 사건에 관한 사실 확인부터 시작되었다. 시바키의 설명에 따르면 가네코는 칼에 찔린 직후 스스로 펄스테이트 빌딩 안으로 들어왔지만 구급차를 기다리는 동안 의식을 잃고 쓰러져 출혈성 쇼크에 의한 순환 기능 상실로 사망했다고 한다.

범인인 고스게 노리오는 범행 뒤 후레아이도리 도청 방면으로 도주해 도청 대로를 남쪽으로 돌아 요요기 공원에 이르렀고, 오후 5시 55분 시부야 경찰서에 자진 출두해 긴급 체포되었다.

도쿄 캐피털은 저녁 뉴스에서 특종 영상으로 펄스테이트 빌딩 보안 카메라에 찍힌 고스게의 모습을 방영했다. 영상에서 고스게는 현관홀을 배회하면서 누군가의 신호를 기다리고 있는 듯한 모습을 보였다. 또한 고스게가 오후 2시 50분쯤 보도 옆의 공중전화 부스 안에 있었다는 사실도 드러났다.

시바키가 마이크를 놓자 기자들은 더욱 자세한 설명을 요구하며 질문을 시작했다.

"도와 신문의 야기 기자입니다. 범인인 고스게는 폭력단 멤버라고 들었습니다만, 가네코 의사에게 무슨 문제라도 있었습니까?"

"아니요, 그런 이야기는 들은 적이 없습니다."

"지금까지 가네코 의사가 협박을 당했다거나 하는 일은 없었습니까?"

"없었습니다."

"도쿠니치 신문의 다무라입니다. 가네코 선생은 오늘 JAMA 집행부의 이사로 임명되었다고 들었습니다만, 사건과 어떤 관련이 있습니까?"

"우연입니다. 가네코의 인사는 이전부터 정해져 있던 일로, 때마침 오늘 회의에서 절차를 거쳐 승인된 것뿐입니다."

"주간 『파이스』의 요코자와 기자라고 합니다. 보안 카메라의 영상에 따르면 고스게는 가네코 의사를 살해하기 직전 누군가의 신호를 기다리는 듯한 모습이었습니다. 짐작 가는 것이 없습니까?"

"없습니다."

"고스게가 가네코 의사에게 원한이 있는 전 환자의 부탁을 받고 범행을 저질렀다는 정보도 있습니다만, 이것이 사실입니까?"

"그런 이야기는 전혀 들은 바 없습니다. 가네코가 환자들과 문제 있었다는 말도 처음 듣는 이야기입니다. 늘 친절하고 성의 있게 최선을 다하는 가네코가 환자의 원한을 샀다고는 도저히 생각할 수 없습니다."

"반도 선생과 가네코 선생의 관계가 별로 좋지 않았다는 소문도 있습니다만, 이에 대해서는 어떻게 생각하십니까?"

시바키가 반도에게 대답을 미루었다. 반도는 생각이 딴 데 가 있는 표정으로 대답했다.

"제게는 특별히 짚이는 것이 없습니다."

"전일본의사회에서는 반도 선생의 직위가 위였지만 이번에는 가네코 선생의 직위가 더 높아졌다고 들었습니다. 이에 대해 하실 말씀 없으십니까?"

"그건…… JAMA 집행부가 결정한 일이라서 저는 특별히 할 말이 없습니다."

반도는 마음에도 없는 말을 억지로 강요당하고 있다는 인상이 강했다.

"다시 한 번 시바키 선생에게 질문드리겠습니다. 범행 동기는 뭐라고 생각하십니까?"

"우리 JAMA에 대한 원한이나 뒤틀린 분노가 폭발한 거겠지요."

주간지 기자의 집요한 질문을 들으며 히가시는 옆자리에 앉은 기자에게 작은 목소리로 속삭였다.

"JAMA 내부의 제제나 입막음도 생각할 수 있지 않을까요?"

그 기자가 대신 질문해주기를 기대했지만 상대는 역시 작은 목소리로 설마 그러겠냐고 대꾸할 뿐이었다. 어쩔 수 없이 히가시는 직접 질문하려고 손을 들었다.

"히라마사 신문의 히가시입니다. 펄스테이트 빌딩 앞은 시야가 훤히 뚫린 곳이라 숨어서 기다리기에는 적당치 않은 장소입니다. 고스게는 범행 직전에 현관 기둥 뒤로 이동한 것 같습니다만, 어떻게 가네코 의사가 나오는 걸 알았을까요? 역시 지시를 기다린 것 아닐까요?"

순간 시바키의 표정이 굳어지면서 날카로운 시선을 히가시에게 향했다.

"아까 우리로서도 전혀 짐작되는 바가 없다고 말씀드리지 않았습니까?"

그때 오른쪽에 앉아 있던 야마나가 의미심장한 미소를 지으며 히가시에게 작게 고개를 끄덕였다.

가네코 살해에 관한 질문은 계속되었지만 가네코의 스파이 활동을 의심하는 이는 없었다. 지금까지의 정보에 의하면 고스게는 가네코에게 원한이 있는 환자의 부탁으로 범행을 저질렀다는 설이 가장 유력했다. 시바키가 그런 설을 부정한 것은 표면상 당연한 일이었다. 가네코가 니미 일파에게 살해당했다는 건 역시 야스요의 억측일까? 가네코가 야스요에게 정보를 흘렸다는 사실이 JAMA에 알려지지 않았다면 다행이라고 생각하며 히가시는 가슴을 쓸어내렸다.

사회자는 가네코 살해에 대한 질문을 끝내고 JAMA에 대한 부정적인 선동에 대한 질문을 받기 시작했다.

질문은 팩스에 있었던 '여러 부정적인 선동 활동'이란 무엇을 말하는 것인가부터 시작되었다. 이에 대해서는 히가시의 예상대로 시바키가 오타 긴이치의 평론을 예로 들었다.

"지난달 『FRONT』에 게재된 오타 긴이치의 글이 있습니다.

오타 씨는 우리 JAMA가 창립 이후 열심히 추진해온 의료 붕괴 저지를 위한 활동을 근거도 없는 억측으로 비난하며 일방적인 폭론으로 비방했습니다. 니미의 이른바 '다섯 가지 제안'에 대해서도 공평한 해석과는 거리가 먼 뒤틀린 이해로 자유의 제한만 강조하며 헌법 위배 운운하는 것은 실로 펜을 이용한 폭력이라 하지 않을 수 없습니다."

시바키는 그 뒤로도 10분 정도를 오타에 대한 비판에 할애했지만 요점이 분명치 않아 묘하게 부자연스러운 인상밖에 주지 못했다. 이어서 시바키는 파일에서 메모를 꺼내 보면서 빠르게 말을 이었다.

"그 밖에도 최근 주간지 등에는 JAMA 및 니미에 대한 근거 없는 중상 기사가 급속도로 퍼지고 있습니다. 예를 들면 『여성 에이스』 4월 3일 호에 게재된 니미의 초등학교 시절 왕따 사건, 『주간 예능』 3월 12일 호에 실린 JAMA 소속 여성 의사와의 결혼 생활에 관한 스캔들이 대표적입니다. 또한 『대중 SUN』 3월 5일자 특대호는 니미가 의학부 재학 시절 인격 장애가 있었다고 보도했습니다. 이뿐만이 아닙니다. 2월 20일 자 『히노데 스포츠』의 'JAMA 꽃미남 의사 집합!', 케이블 일본에서 3월 15일 방영된 〈아침까지 파론파론〉에서 불거진 'JAMA는 돌팔이 의사 집단' 발언, 이 밖에도 전부 열거할 수 없을 정도입니다만, 이들 기사와 방송은 모두 JAMA의 이미지를 실추시킬 목적으로 자행된 부정적인 선동 활동입니다. 니미나 저에 대한 집요하고 비겁한 인터넷 공격, 개인 블로그의 모독, JAMA 의사를 가장한 연애 사이트의 댓글, 스팸 메일 등 우리로서는 결코 방치할 수 없는 위험한 활동들이 만연하고 있습니다!"

시바키는 분연히 말을 마쳤지만 기자들은 어이없어하며 웅성거렸다. 질문한 기자가 다시 한 번 확인하듯 말했다.

"하지만 지금 말씀하신 내용 중에서 『FRONT』 외에는 이른바 황색 저널리즘이라 할 수 있는데, 정면으로 대응할 필요가 있을까요?"

"그건 견해 차이일 따름입니다."

시바키는 허공을 노려보며 결연히 대답했지만 누가 보기에도 허세에 지나지 않았다. 이어서 다른 기자가 질문했다.

"이런 기사들을 니미 선생도 문제시하고 계십니까?"

"물론입니다."

"니미 선생 개인에 대한 비방에는 어떻게 대처하실 생각이십니까?"

"법적 대응도 고려하고 있습니다."

회의장에서 실소가 터져 나왔다. 이런 시시한 사건에 명예 훼손이 성립될 리 없었다.

히가시는 시바키의 안색을 살피면서 서서히 긴장감을 풀었다. 이상하게 방어적이고 신경질적인 시바키의 태도는 어딘가 모르게 불안했다. 야마나도 곤혹스러운 듯 심각한 표정이었다. 하지만 반도는 사람들 앞에 나서기 좋아하던 예전 모습과 달리 처음부터 시종일관 의기소침한 표정이었다.

더욱 놀라운 것은 시바키가 여러 번 야마나에게 도움을 청하는 시선을 보냈다는 점이었다. 시바키는 니미에 이어 JAMA의 두 번째 실력자가 아닌가. 두 사람의 서열 관계가 바뀐 것일까? 야마나는 시바키의 구조 요청에 응해 헛기침을 한 번 하더니 침착한 목소리로 말했다.

"방금 전 시바키가 열거한 사례들 말고도 우리 JAMA는 여러 가지 시비와 재판에 휘말려 있습니다. 예를 들면, JAMA가 직접 운영하는 고베 시 기타노자카 메디컬에서는 지난 2월 환자에게 충분한 설명을 했음에도 불가항력의 마취 사고에 대한 의료 소송이 제기되었습니다. 또한 니미가 개업의는 곧 돈벌이에만 혈안이 된 의사라고 단정했다고 해서 오사카 구 의사회 의사들로부터 명예 훼손으로 고소를 당한 상태입니다. 이 또한 생트집이라고밖에는 할 말이 없습니다. 그 밖에도 나고야에서는 JAMA가 환자를 독점하고 있다며 JAMA에 가입하지 않은 개업의로부터 손해 배상 청구를 당했습니다. 이 또한 환자들이 자유의사로 JAMA 병원을 찾은 것뿐인데, 자신들의 태만한 진료는 뒷전인 채 우리에게만 책임을 전가하는 행위입니다. 이러한 일련의 움직임으로 미루어 보아 배후에 JAMA를 적대시하는 세력이 있다고 생각하지 않을 수 없습니다."

야마나의 마지막 말에 회의장 분위기가 갑자기 변했다. 회견 초반에 질문했던 기자들이 번갈아가며 야마나와 질의응답을 반복했다.

"JAMA를 적대시하는 세력이란 구체적으로 어떤 세력을 말하는 겁니까?"

"그것은 아직 말씀드릴 단계가 아닙니다."

"오타 씨가 결성한 자유의사연합입니까?"

"그들의 활동에도 주목하고 있습니다만, 지금으로서는 아직 경계할 만한 단계가 아니라고 생각합니다."

"자유의사연합에는 구 의사회 중진들을 비롯해 JAMA에 부정적인 의사들이 결집되어 있다는 소문입니다. 이들이 일대 세력을 이루면 JAMA에 도전할 수도 있지 않습니까?"

"그렇지는 않을 겁니다. 우리는 의료청과도 협조해 일본의 의료 붕괴 저지에 실적을 올리고 있으니까요."

회견의 주인공이 완전히 야마나로 바뀌어 시바키는 거의 아무 말도 하지 않았다. 야마나는 발언의 주도권을 쥐자 시바키에게 신경 쓰지 않고 자신이 생각한 대로 답하는 것 같았다. 그러면서 이따금 히가시에게 묘하게 친밀한 시선을 보냈다. 전에 한 번 취재했으니 아는 사이라는 뜻인가?

회견은 한 시간 정도 지나서 끝났다. JAMA 간부 세 명은 서로 아무 말 없이 서둘러 자리에서 일어섰다. 지금까지 JAMA가 보여주었던 일사불란한 결집력은 전혀 느껴지지 않았다. 그런 생각을 하던 히가시는 문득 진무리전드 제약의 무라오가 했던 말이 생각났다.

'최근 니미 선생의 모습이 아무래도 불안정합니다.'

역시 JAMA 내부에 변화가 있는 것일까?

앞을 보니 일단 자리에서 일어난 야마나가 탁자 옆에서 히가시에게 시선을 보내고 있었다. 히가시는 인사를 겸해서 상황을 살피러 야마나에게 다가갔다.

"오랜만입니다. 히라마사 신문의 히가시입니다."

"네, 기억하고 있습니다."

야마나는 친밀한 미소를 지으며 대답했다.

"오늘은 수고가 많으셨습니다. 가네코 선생이 그런 일을 당하다니, 여러분 모두 힘든 하루였겠습니다."

"히가시 씨는 가네코 선생과 면식이 있었습니까?"

"아니요."

"이름도 들어본 적이 없어요?"

"이번 사건으로 처음 들었습니다."

아무렇지 않게 주고받는 말속에 묘한 긴장감이 흘렀다. 야마나는 가네코의 스파이 활동을 의심하고 있는 걸까?

히가시는 마음속의 동요를 억누르며 야마나에게 물었다.

"오늘 밤 열렸던 기자회견의 의도는 무엇입니까? 회견의 목적을 잘 이해하기 어려웠습니다."

"그렇겠지요. 우리도 잘 모르니까요."

의외의 대답에 신문기자로서의 촉각이 빠르게 반응했다.

"모르다니, 대체 이 기자회견은 누구의 생각입니까?"

"니미 선생입니다."

"부정적인 선동 활동에 관한 화제를 꺼낸 것도요?"

"그렇습니다. 니미 선생이 시바키 선생에게 지시한 겁니다. 하지만 얘기를 들어서 알겠지만 대수롭지 않은 일이지요. 시바키 선생도 난처해했습니다. 하지만 대표의 뜻을 거스를 수는 없으니까요."

니미는 무슨 생각으로 이런 의미가 분명치 않은 기자회견을 연 것일까? 히가시의 의문이 더욱 커지고 있는데, 야마나가 갑자기 떠올랐다는 듯이 얼굴을 가까이 하며 말했다.

"참, 히가시 씨에게 물어보고 싶은 것이 있어요."

"뭔데요?"

"아니, 지금은 좀 그렇고, 가까운 시일 내에 연락드리지요."

야마나는 그렇게 말하며 가볍게 눈짓을 한 뒤 히가시를 입구로 안내했다.

야마나로부터 연락이 온 것은 기자회견 다음 날인 목요일이었다.

"갑작스럽지만, 다음 주 목요일 저녁쯤 시간 나십니까?"

일주일 뒤라면 마침 골든 위크(4월 29일부터 5월 5일까지 이어지는 일본의 연휴 – 옮긴이)가 끝나는 5월 6일이었다. 히가시는 일정표를 확인한 뒤 좋다고 대답했다.

야마나와 만나기로 한 곳은 니혼바시에 있는 요릿집 '도미타'였다. 약속 시간인 오후 7시 정각에 입구로 들어서자 여주인이 맞이하며 2층에 마련된 별실로 안내했다.

"히가시 씨, 어서 오세요. 지난번에는 수고가 많았습니다."

야마나는 폴로셔츠에 마 재킷을 걸친 가벼운 차림으로 히가시를 맞이했다. 자리는 테이블 아래가 파인 좌식이어서 바닥에 앉는 걸 불편해하는 히가시는 일단 마음이 편했다.

"그럼, 건배."

살짝 부딪치기만 해도 깨져버릴 듯 얇은 잔에 담긴 생맥주로 건배를 하고 난 뒤 야마나는 피곤했는지 손바닥으로 뺨을 문질렀다.

"바쁘신 모양이군요."

"그러게요. 가네코 선생 사건 뒤로 계속 도쿄에 붙들려 있어서요. 오사카에 돌아가면 제 방이 사라져버렸을지도 모릅니다."

"야마나 선생은 라이토소화기의료센터에 계시지요? 여러 가지 힘든 일이 많으시겠습니다."

"병원 운영에는 진료 외에도 해야 할 일들이 많으니까요. JAMA 관련 업무도 그중 하나지만 이건 좀 그 이상이네요."

야마나는 시선을 피하며 불만의 한숨을 쉬었다.

요리를 미리 주문해두었는지 누에콩과 고사리, 메기 조림 등이 고풍스러운 접시에 담겨서 나왔다. 야마나가 곧바로 젓가락을 들며 이야기를 이어갔다.

"저도 벌써 쉰하나에 들어서 노안이 되었답니다. 수술을 할 수 있는 시간도 얼마 안 남았습니다."

"별말씀을 다 하시는군요."

"아니, 그렇지 않아요. 하지만 어렵게 갈고 닦은 기량이니 사용할 수 있는 동안은 환자를 위해 써야겠다는 생각을 합니다."

진심일까? 야마나는 의료보다는 JAMA 활동에 열심인 것처럼 보였다. 약속 장소에 오기 전 홈페이지에서 확인해보니 야마나는 라이토 소화기의료센터 부센터장에서 고문으로 물러났는데, 그것도 JAMA 활동에 주력하기 위해서인 듯했다. 히가시는 그것에 대해 물어보고 싶었지만 일단 가슴에 담아두기로 했다.

잘게 다진 새우 요리와 회가 나오자 야마나는 술을 맥주에서 정종으로 바꿨다. 히가시에게 물어보고 싶은 것이 있다고 했으면서 야마나는 그에 대한 이야기는 전혀 내비치지 않았다. 요리를 칭찬하고 그릇을 칭찬하더니 시시한 농담에 크게 웃었다. 히가시는 자신이 먼저 말을 꺼내기로 했다.

"야마나 선생의 동급생이었던 시라카와 선생은 지금 JAMA 병원에 계시다고요."

"역시 정보가 빠르군요."

"잘 계십니까?"

"그게……, 시라카와는 도쿄 물이 안 맞는지 울적해할 때가 많아요."

야마나가 약간 난처하다는 얼굴로 잔에 입을 댔다.

"그런데 어째서 시라카와에 대한 질문을?"

"도쿄에 계시다면 인사라도 드릴까 해서요."

히가시가 별 뜻 없다는 듯이 대답하자 야마나도 더 이상 묻지 않았다. 대신 정종을 입으로 가져가면서 중얼거리듯 말했다.

"그러나저러나 가네코 선생이 안됐습니다."

드디어 본론인가? 히가시는 긴장했다. 그러나 야마나는 무심하게 말을 이었다.

"가네코도 의사였으니까 출혈 과다로 죽는 것에 대한 공포가 컸을 겁니다. 그대로 두면 죽는다는 걸 알면서도 흐르는 피를 멈출 방도가 없었을 테니. 얼마나 허망했을지."

"의사라면 스스로 지혈할 수 있었다는 말입니까? 가네코 선생은 소화기외과 의사였지요?"

"그렇게 단순하지는 않아요. 아무 데나 누른다고 피가 멈추는 것도 아니고. 출혈하는 혈관 끝을 꼭 눌러야 합니다. 가네코의 경우에는 문맥과 간정맥 양쪽이었으니까 개복 수술을 해도 어려웠을 겁니다."

지난 일주일 동안 보도된 바에 따르면 범인인 고스게는 가네코에게 원한이 있는 환자로부터 사주를 받았다는 진술을 뒤집지 않았다. 하지만 의뢰인이 누구인지에 대해서는 완고하게 입을 다물었다. 자신은 직접 부탁을 받은 것이 아니라 사토리 그룹의 중간 두목에게 지시를 받았다고 했다. 지금은 그 중간 두목이 조사를 받고 있었다.

"가네코 선생에게 원한이 있다는 환자가 누구인지는 밝혀졌습니까?"

"아니요, 그런 얘기는 아직 못 들었습니다. 하지만 가네코 선생은 모사꾼이었으니까요."

"네?"

히가시는 자기도 모르게 목소리를 높였다. 야마나는 모른 척 말을 계속했다.

"원래 전일본의사회에서도 젊은 나이에 상임 이사가 된 인물 아닙니까? 선배격인 반도 선생과의 관계도 단순하지는 않았던 것 같고요."

"그렇습니까?"

"언론에서 연일 시끄럽게 떠드는데 모르십니까?"

사건이 일어난 뒤에 나온 보도에서는 당연히 가네코의 사람 됨됨이, 평판, 경력에 대한 기사도 많았다. 특히 그에게 진료받은 환자의 증언이 많이 보도되었는데, 살해를 의뢰한 환자로 연결되는 정보는 얻지 못했다.

'모사꾼'이라는 말에 자기도 모르게 반응한 것을 야마나는 어떻게 받아들였을까? 만약 야마나가 가네코의 스파이 행위를 의심하고 있다면 자신에게 정보가 흘러들어갔을 것으로 생각하지는 않을까? 히가시는 긴장감을 늦추지 않은 채 신중하게 야마나의 기색을 살폈다.

하지만 야마나는 더 이상 가네코 이야기를 하지 않고 생각지도 못한 말을 꺼냈다.

"실은 구 의사회 의사들이 가입한 뒤로 JAMA는 여러모로 삐걱거리고 있어요. 그래서 나도 조금 거리를 두고 있는 중입니다. 게다가 지난번 기자회견에서 알 수 있었듯이 니미 선생이 묘하게 신경질적이에요. 일부에서는 JAMA에 뭔가 나쁜 일이라도 일어날까 봐 걱정하고 있습니다."

야마나가 진무리전드 제약의 무라오와 똑같은 말을 하는 바람에 히가시는 마른침을 삼켰다. 무라오의 걱정은 회사의 이해와 직결되는 만큼 이해할 수 있었지만, 야마나가 이러는 이유는 도대체 뭘까?

"나쁜 일이라고 하시면?"

"그걸 모르니까 걱정하는 거지요."

야마나는 오른손 중지로 미간을 누르며 머리를 흔들었다.

"히가시 씨는 뭐 아는 것 없습니까?"

"글쎄요, 특별히 아는 건 없습니다."

"만약 JAMA에 문제가 있다면 나도 조금 거리를 둬야 할 것 같습니다. 병원에 폐가 될 수는 없으니까요."

야마나는 JAMA보다 라이토 소화기의료센터를 중시하는 걸까? 히가시는 경계심을 늦추지 않고 관찰했지만 야마나의 진의를 알 수 없었다.

말없이 잠자코 있자 야마나가 가까이 다가와 낮게 속삭였다.

"여기서만 하는 말인데 JAMA와 인연이 깊은 고다 요시마사

의원 주변에 안 좋은 소문이 돌고 있어요. 어쩌면 도쿄 지검 특별수사부가 움직일지도 모릅니다."

"특별수사부가요?"

"그래요, 아직은 소문입니다만."

역시 고다의 불법 정치 자금 건은 커다란 사건이었다. 히가시는 도쿄 지검 특별수사부가 움직인다는 정보까지는 몰랐지만 JAMA 내부에 있는 야마나의 귀에는 들어간 모양이었다. 히가시는 일단 아무것도 모르는 척 야마나에게 물었다.

"어떤 사건입니까?"

"나도 전부 들은 건 아닙니다. 돈의 흐름은 모두 니미 선생이 결정하니까요. 다만 만약 고다 의원이 검거되면 니미 선생도 위험해지겠지요. 그렇게 된 뒤에는 이미 늦어요. 그래서 히가시 씨에게 묻는 겁니다."

야마나의 말투에는 위기감이 담겨 있었다. 야마나는 정말 JAMA를 떠날 생각인가?

"그러잖아도 최근 JAMA는 위험한 방향으로 흘러가고 있습니다."

야마나는 고개를 숙이고 괴로운 듯이 말했다. 야스요가 말하던 오쿠히에이 세미나에 관한 일일까? 만약 야마나가 정말 JAMA에 불만을 품고 있다면 이런 이야기까지 듣고도 계속 모른 척하기는 미안한 일이었다.

"야마나 선생, 저도 들은 소문입니다만, 고다 의원이 주식을 조작해서 JAMA로부터 불법 정치 자금을 받았다는 말도 있습니다."

"정말입니까? 그건 어디서 들은 이야기입니까?"

"아니, 소문입니다. 하지만 소문만으로도 위험하지 않습니까? 게다가 특별수사부가 개입하면 고다 의원이나 JAMA도 버티기 힘들 겁니다. 야마나 선생이 갖고 있는 정보는 어떤 내용입니까?"

"주고받자는 말이군요. 알겠습니다. 하지만 조금만 기다려 주세요. 특별수사부가 움직이기 전에는 반드시 알려드리겠습니다."

히가시의 기대는 빗나갔지만 그렇다고 야마나에게 정보를 밝히라고 강요할 수도 없었다.

"알겠습니다. 그런데 조금 전 야마나 선생이 말씀하신 JAMA가 위험한 방향으로 흘러가고 있다는 건 무슨 뜻입니까?"

"그건 여러 가지가……."

"안락사에 관련된 것입니까?"

야마나는 의외라는 듯이 히가시를 마주 보며 눈으로 물었다. 야마나가 JAMA에서 멀어지고 있다면 야스요의 정보를 확인할 기회였다.

"진무리전드 제약이 안락사 약을 개발했다고 들었습니다. 그것을 사용해서 니미 선생이 안락사 인체 실험을 했다고 하더군요."

"어떻게 그 사실을?"

"역시 그렇습니까?"

야마나는 갑자기 침착함을 잃더니 생각에 잠긴 얼굴로 술잔을 기울였다.

"히가시 씨가 거기까지 알고 있으리라고는 생각지도 못했습니다. JAMA도 이제 끝이군요. 앞으로 일본 의료는 어떻게 될지."

"JAMA가 무너져도 어떻게든 될 겁니다."

"아니, 의료에는 강력한 제어가 필요합니다. 자유롭게 맡겨두면 의료는 황폐해져요. 의사도 한낱 약한 인간에 지나지 않으니까."

그 뒤로 야마나는 말이 없어지더니 후식으로 나온 감 셔벗에는 손도 대지 않았다.

마지막에 차가 나오자 야마나가 갑자기 벌떡 일어섰다.

"잠깐 실례합니다, 전화가 와서."

그러고는 그대로 방을 나갔다. 히가시는 의심스러운 눈초리로 야마나를 바라보았다. 정말로 전화가 온 것일까? 전화가 왔다면 진동음이라도 들렸을 텐데.

이윽고 야마나가 비틀거리는 걸음으로 돌아왔다. 안색이 창백했다.

"무슨 일 있으십니까?"

"아니, 아닙니다. 이제 그만 일어설까요?"

30. 너무 많이 아는 남자 247

계산을 이미 끝냈는지 카운터를 말없이 지나쳤다. 여주인이 문밖까지 나와 인사를 했다.

"히가시 씨는 어느 쪽입니까?"

"가나메초입니다."

"이케부쿠로보다 더 가는군요. 그럼 택시를 잡죠."

말이 끝나자마자 야마나는 보도에서 손을 들었다. 때마침 오덴마초도리 쪽에서 나온 택시가 멈춰 섰다.

"아니, 괜찮습니다. 아직 이른 시간인데."

야마나는 운전사에게 다가가 "가나메초까지"라고 말하더니 택시 요금을 건넸다. 거절할 타이밍을 놓친 히가시는 미안해하며 택시에 올랐다. 여주인과 나란히 서서 자신을 배웅하는 야마나에게 차 안에서 인사를 한 후 히가시는 좌석 등받이에 몸을 기댔다.

택시는 주오도리를 지나 에도바시 입구에서 도심순환고속도로를 타고 이케부쿠로 방면으로 향했다. 히가시는 택시 안에서 야스요에게 문자 메시지를 보냈다.

'오늘 JAMA의 야마나 씨와 만났습니다. JAMA 내부에 여러 가지 문제가 있는 듯합니다. 그래서 야마나는 JAMA를 떠나고 싶어 합니다. 잘만 되면 협조를 받을 수 있을지도.'

히가시가 문자 메시지 보내는 걸 알아챘는지 운전사가 갑자기 도로 한편에 있는 주차장으로 들어갔다. 히가시는 송신 버튼을 누르고 운전사에게 물었다.

"무슨 일입니까?"

운전사는 아무 말 없이 대시 보드를 열어 가스 마스크와 스프레이를 꺼냈다. 그러더니 마스크를 자신의 입에 대고 히가시에게 스프레이를 뿌렸다. 히가시는 잽싸게 입가를 손으로 가렸지만 그와 동시에 강렬한 에어로졸이 분사되었다. 문을 열려고 손잡이를 찾았지만 눈앞이 캄캄해졌다.

얼마나 오랫동안 의식을 잃었던 걸까?

의식이 돌아왔을 때 히가시는 뒤로 손이 묶인 채 눈은 가려지고 입에는 재갈이 물려 있었다. 무릎과 발목에는 천 테이프가 칭칭 감겨 있고 택시가 아니라 승합차에 타고 있는 것 같았다. 양옆에는 남자 둘이 앉아 있었다. 히가시는 의식이 돌아왔다는 사실을 그들이 눈치채지 못하도록 머리를 떨어뜨린 채 그대로 있었다.

납치되고 한참 지났는지 이미 날이 밝아 눈을 가린 천 사이로 아침 햇살이 비쳐 들었다. 차는 고속도로가 아닌 일반 도로를 달리는 듯했다. 산길인지 엔진 소리의 반향이 가깝게 들렸다. 히가시는 흔들리는 차에 맞춰 조금씩 머리를 들었다. 차가 터널을 지나 옆길로 들어섰다는 느낌이 들었다.

이윽고 차는 구불거리는 언덕길을 올라가 더욱 좁은 길로 들어섰다. 진흙길에 차가 심하게 흔들렸다.

"이 정도면 되겠지."

조수석에서 말소리가 들리더니 옆에 앉아 있던 남자가 히가시의 눈가리개를 걷었다. 눈이 부셔서 찌푸린 시야에 베이지와 파란색 건물이 보였다. 마코토 요양원이었다. 히가시는 양옆에 있는 남자들도 잊은 채 몸을 내밀었다.

쇠사슬은 어디론가 사라지고 문은 좌우로 활짝 열려 있었다. 차는 부지 내로 들어가 네 갈래로 갈라진 길을 지나 검은 유리문 앞에 멈췄다.

정면 현관에 한 남자가 서 있었다. 니미 데이이치였다. 니미가 지저분한 오른손을 들어 올렸다. 그리고 히가시가 보고 있는 것을 의식하면서 손을 흔들었다. 그의 손에서 검은 진흙이 뚝뚝 떨어졌다.

설마…….

히가시의 등줄기에서는 식은땀이 흘러내렸다.

31. 재회 – 남자

시라카와 다이세이는 오쿠히에이 세미나가 끝난 뒤에도 평소대로 시로가네 메디컬에서 근무를 계속했다. 세미나 마지막 날 니미가 강행한 '안락사 실연'에 반발해 퇴장한 일에 대해 겉으로 드러나는 처분은 없었다.

시라카와는 시로가네 메디컬에서 촉탁 고문이라는 대우를 받았는데, 이는 이혼 소송 중인 아내 마사미에게 위자료를 적게 주려는 시라카와의 편의를 봐준 것이었다. 하지만 근무를 시작한 지 한 달이 넘도록 시라카와는 아직 한 번도 제대로 된 수술을 집도한 적이 없었다. 원내에서는 원장에 버금가는 대우를 받고 있었지만 이래서는 헛되이 놀고먹으며 능력만 썩히는 꼴이었다.

시로가네 메디컬의 원장은 도테이 대학을 졸업한 내과의로 시라카와보다 2기 아래였는데, 시라카와가 수술에 복귀하고 싶다고 부탁해도 "제 맘대로 결정할 수 없는 일입니다. JAMA 본부에서는 시라카와 선생이 좀 더 푹 쉬시기를 바라고 있습니다"라는 반응만 보일 뿐이었다.

아닌 게 아니라 시라카와의 정신 상태는 아직 온전하지 않았다. 2월이 정신없이 흐르고 3월도 이사와 이혼 협의로 바빴다. 9년이나 근무한 교라쿠 병원을 도망치듯 떠날 수밖에 없었던 시라카와는 그때의 상황을 생각하면 지금도 고통스러웠다. 세미나에서 시바키가 죽음 시범을 보일 때 흐트러진 모습을 보인 것도 신경이 과민해진 탓이었는지 모른다.

하지만 모처럼 새로운 병원에서 새롭게 시작했는데 이렇게 보낼 수는 없었다. 외과의인 시라카와로서는 수술로 바쁘게 보내면 오히려 마음이 안정될 것 같았다. 그래서 그런 자신의 뜻을 JAMA 본부에 전해달라고 원장에게 몇 번이나 부탁했지만 그때마다 좀 더 쉬라는 대답뿐이었다.

한가해지면 쓸데없는 생각만 많아지게 마련이었다. 유키에는 어떻게 지내고 있을까? 작년 말에 청혼을 거절당한 뒤 유키에를 한 번도 만나지 못했다. 청혼을 거절한 이유도 애매한 데다 불륜 사진 건으로 유키에를 화나게 한 시라카와로서는 먼저 연락하기가 편치 않았다. 오쿠히에이 세미나에 참가할 때 마침 유키에와 가까운 곳이어서 돌아오는 길에 유키에의 집을 방문할까 생각했지만 그 이상한 세미나 탓에 그런 마음도 사라지고 말았다. JAMA라는 조직의 목적이 대체 무엇일까?

소문에는 안락사 법안이 7월 임시 국회에 제출되고 8월 중에는 중의원과 참의원을 통과할 전망이라고 했다. 정말 그래도 괜찮을까? 안락사법이 제정된 뒤 안락사 반대파가 우려하는 사태가 일어나지는 않을까? 시라카와는 일본판 포스트마 사건의 당사자로서 지금과 같은 흐름에 커다란 역할을 담당하게 된 것에 수치심을 느끼고 있었다.

역시 자신은 안락사 허용 여론을 조장하기 위한 도구로 이용된 것이 아닐까? 3월 말 니시신주쿠 펄스테이트 빌딩의 JAMA 본부에서 니미를 처음 만났을 때 분명하게 그런 느낌을 받았다. 이사회가 끝난 뒤 열린 간담회에서 야마나가 시라카와를 소개했다.

"이쪽은 4월부터 시로가네 메디컬에 부임하게 될 시라카와 선생입니다. 시라카와는 저와 대학 동기로, 같은 소화기외과 전문입니다. 아시는 바와 같이 작년에 언론에서 이름이 많이 언급되었고 앞으로도 더욱 큰 활약이 기대되는 선생입니다."

모두 박수로 맞아주었지만 시라카와는 겸연쩍다 못해 위화감마저 들었다.

그때 니미가 다가와 살갑게 말했다.

"JAMA에 잘 오셨습니다. 시라카와 선생은 일본 안락사의 선구자입니다. 선생의 용기 있는 행동 덕분에 이 나라에도 마침내 안락사법 제정을 향한 기운이 높아졌습니다. JAMA를 대표해서 경의를 표합니다."

니미가 말을 마치자마자 시바키가 요란하게 박수를 쳤고 다른 사람들도 모두 열렬히 반응했다.

시라카와는 자신이 후루바야시 야스요로부터 니미의 악평을 많이 들은 탓에 선입견이 있었는지도 모른다고 생각했다. 하지만 어쨌든 니미의 태도에서 부자연스러운 느낌을 받았다. 시라카와는 안락사법 제정을 위해 후루바야시 쇼타로를 안락사시킨 것이 아니었다. 어디까지나 환자에게 최선의 치료라고 생각했기 때문에 안락사를 선택했던 것이다. 그것을 자신들 마음대로 평가하는 건 역시 정치적인 이용 아닐까?

시라카와는 한마디 하라는 야마나의 독촉에 못 이겨 이렇게 말했다.

"저는 일개 외과의로서 앞으로도 미력하나마 환자를 위해 최선을 다하고자 합니다."

그때 들리던 JAMA 간부들의 무성의한 박수 소리, 순간적이긴 했지만 시바키를 비롯한 몇몇 간부들의 표정에 드러난 혐오감. 시라카와는 직감적으로 그들과의 괴리를 느꼈다. JAMA 간부들은 눈앞의 환자를 위해 최선을 다하겠다는 의사의 본분이라고 해야 할 사명에는 흥미도 열의도 가지고 있지 않았다. 그들은 일본의 의료 체제나 안락사 문제처럼 거창한 일들에만 열심이었다. 항상 환자를 가장 우선하려고 노력해온 시라카와에게는 그것이 한눈에 보였다.

긴 연휴가 끝난 5월 초 금요일, 시라카와는 자신의 상황을 직접 바꿔볼 생각으로 JAMA 본부에 있는 야마나의 집무실을 찾았다.

야마나는 몹시 바빠 보였지만 싫은 내색도 없이 시라카와를 맞이해주었다. 야마나는 비서에게 커피를 내오도록 지시하고 자신도 조금 쉴 생각인지 집무 책상에서 소파로 옮겨 앉았다.

"바쁠 텐데, 미안하네."

시라카와가 머리를 숙이자 야마나는 피곤에 찌든 얼굴로 한숨을 쉬며 고개를 흔들었다.

"아니, 나야말로 미안하게 생각하네. 모처럼 도쿄에 와주었는데 허송세월만 하게 해서 말일세."

"나야말로 걱정을 끼쳐 미안하군. 하지만 가만히 있는 것보다는 수술이라도 해야 마음이 더 안정될 것 같아. 자네도 외과의니까 이해하겠지."

말을 마치자마자 시라카와는 흠칫 입을 다물고 말았다. 야마나도 지금은 거의 수술을 하지 않을 거라는 사실에 생각이 미쳤기 때문이다. 야마나는 세미나를 준비할 때부터 계속 도쿄에 머물면서 병원에는 거의 돌아가지 않고 있었다.

야마나는 쓴웃음을 지으며 말했다.

"그럼, 알지."

시라카와가 다음 말을 어떻게 꺼낼지 고민하자 야마나가 기분을 추스르듯 말했다.

"시라카와, 미안하지만 조금만 더 기다려주지 않겠나? 자네도 알겠지만 지금은 JAMA도 가네코 선생 일로 혼란스러워서 말이야."

"그거야 이해하지만 내 일과는 상관없지 않은가? 병원에서는 모두 바쁘게 일하는데 나만 한가하게 지내는 것도 괴롭다네. 하루라도 빨리 수술을 할 수 있게 해주게."

"자네는 부장 대우의 고문이기 때문에 환자를 받게 할 수 없어."

"그렇다면 지위를 낮춰도 좋네. 게다가 내가 진찰하는 편이 나은 환자도 있지 않겠는가?"

시라카와는 지금까지의 경력을 넌지시 비치며 중환자를 담당하고 싶다는 의중을 드러냈다. 야마나는 지친 듯 한숨을 내쉬며 의자에 등을 기대고 고개를 흔들었다.

"시라카와, 조직 안에 몸담다 보면 좀처럼 자기 뜻대로 안 되는 일도 있네. 자네 생각만으로 현장을 움직일 수는 없어."

"니미 선생도 그런가?"

시라카와가 비판적인 인상을 풍기며 말하자 야마나는 2초 정도 시라카와를 응시하더니 그만 하라는 듯이 손을 흔들었다.

"자네가 니미 선생의 주장에 절대적으로 찬성하고 있지 않다는 건 알고 있어. 하지만 신중히 행동해주기 바라네. 니미 선생은 자네를 안락사의 선구자로 높이 평가하고 있어. 그래서 반대로 자네가 안락사 반대파에 휩쓸리지 않을까 경계하고 있지. 만약 그렇게 되면 어떻게 될지 나로서도 알 수 없어."

야마나의 말은 무슨 뜻일까? 문득 가네코 사건이 시라카와의 머리를 스쳐 지나갔다.

"아무튼 진료에 복귀하고 싶다면 니미 선생을 거역하지 말게."

"역시 내가 병원 일에 복귀하지 못하는 건 오쿠히에이 세미나에서 중간에 퇴장했기 때문이군."

"그건 알 수 없네. 어쨌거나 겉으로라도 순종하는 모습을 보여주게. 자네를 위해 하는 말이야."

생색을 내는 야마나의 말투에서 시라카와는 지금까지와 다른 거리감을 느꼈다.

"야마나, 왜 그렇게 니미 선생을 의식하는가? JAMA는 니미 선생을 너무 떠받들고 있어. 아무리 니미 선생이라도 잘못된 판단을 내릴 수 있지 않은가? 자네는 눈치채지 못했나? 세미나에서 니미 선생의 눈은 조금 이상했어."

"그런 말도 안 되는……"

야마나는 동요했는지 몸을 뒤로 뺐다. 그와 반대로 시라카와는 몸을 앞으로 내밀었다.

"JAMA가 이상적인 의료를 추구하고 있다는 건 알아. 하지만 이상적인 의료가 뭔가? 한마디로 정의할 수 없지 않을까? 대체 누가 이상적인 의료를 판단할 수 있겠는가? 만약 니미 선생 혼자만의 판단에 따라야 한다면 그건 독재 아닌가? 그건 의료의 공포 정치가 아니냔 말일세."

야마나는 얼굴을 돌린 채 시라카와를 제지하듯 왼손을 들었다. 그리고 신음하듯 말했다.

"더 이상 말하지 말게. 자네는 아무것도 몰라. 지금 한 이야기는 잊어주게. 나도 안 들은 걸로 할 테니."

그다음 주 월요일 오후, 시라카와가 시로가네 메디컬 집무실에 있는데 휴대전화가 울렸다. 전화 화면을 보고 의외의 이름에 시라카와는 미간을 찌푸렸다. 히라노 히데오. 쇼타로의 안락사를 조사하던 히라노 수사관이었다. 그가 이제 와서 무슨 일로 전화를 했을까?

시끄럽게 울리는 벨 소리에 통화 버튼을 누르자 조급한 목소리가 귀를 파고들었다.

"오랜만입니다, 시라카와 선생. 기억하고 계십니까? 후루바야시 쇼타로 씨 사건으로 조사를 진행했던 교토 부경의 히라노입니다. 지난번에는 여러모로 실례가 많았습니다."

"네에……."

억지로 대답하자 히라노는 의심스러워하는 시라카와의 태도는 안중에도 없다는 듯 말을 이었다.

"벌써 1년 반이 지났군요. 시간이 어찌나 빨리 흘러가는지."

"무슨 용건이십니까?"

"제게도 그 뒤로 여러 일이 있었습니다. 실은 이번 주말에 개인적인 용무로 도쿄에 갑니다. 그래서 괜찮으시다면 잠깐 만나 뵐까 하고요."

"쇼타로 군의 일로 뭔가 하실 말씀이 남아 있습니까?"

"아니요, 그건 이미 끝난 일 아닙니까? 어디까지나 개인적인 일입니다. 오랜만에 시라카와 선생을 뵙고 싶어서요."

시라카와가 그럴 리 없다고 생각하며 대답을 하지 않자, 히라노는 약간 격식을 차려서 말했다.

"예전 일은 죄송하게 생각하고 있습니다. 저도 직무상이기는 하지만 시라카와 선생을 꽤 불쾌하게 해드렸지요. 조사는 끝났지만 그 뒤로 새로 알게 된 사실도 있고 그간의 경과도 말씀드리는 편이 좋을 것 같아 연락드렸습니다."

새로 알게 된 사실이라니, 검찰 외압에 관한 것인가? 시라카와가 생각에 잠겨 있는데 히라노가 기다리지 못하고 계속해서 말했다.

"그리고 시라카와 선생은 지금 니미 데이이치 씨가 대표를 맡고 있는 JAMA 계열 병원에 계시다고요? 거기에 대해서도 드릴 말씀이 있습니다."

"니미 선생에 대해 경찰에서 뭔가 조사라도 하고 있는 겁니까?"

"아니요, 아직 조사가 결정된 건 아닙니다."

시라카와는 히라노의 빈틈없었던 취조를 떠올리며 망설였지만 전화로는 더 이상 말하지 않을 거라 판단해 만나기로 결정했다.

5월 15일 토요일, 히라노와 만나기로 한 장소는 유라쿠초 마리온에 위치한 보도기념회관 내에 있는 찻집이었다. 일반인의 이용이 적어서 비밀스러운 이야기를 하기에 적합했다. 시라카와가 약속 시간인 오전 10시 30분에 찻집을 들어서자 히라노는 공항 퍼스트클래스 라운지를 연상케 하는 넓은 홀 안쪽에서 신문을 읽고 있었다.

"기다리게 해서 미안합니다."

시라카와가 맞은편 자리에 앉자 히라노는 재빨리 신문을 접고 이전과 마찬가지로 친밀한 표정으로 인사했다.

"오랜만에 뵙습니다."

그리고 안주머니에서 명함을 꺼냈다. 명함에는 '형사부 형사기획과 과장 보좌'라고 쓰여 있었다.

"작년 6월부터 이곳으로 옮겼습니다."

"이전에는 조사 1과였지요. 형사기획과라면……."

"한동안 현장을 떠나 있으라는 말이지요. 제게 어울리는 자리라고 하는 사람도 있습니다만, 저 자신은 현장 체질이라고 생각하고 있습니다. 어쨌거나 지난번에는 실례가 많았습니다. 선생을 마지막으로 뵀을 때 그런 식으로 헤어져서 계속 마음에 걸렸습니다. 그때는 강제로 조사 중지를 당해서 저도 화가 났으니까요. 아, 음료는 뭐로 하시겠습니까?"

주문을 받으러 온 종업원에게 상냥하게 웃으며 시라카와가 커피를 주문하자 히라노는 다시 빠르게 말하기 시작했다.

"지금은 저도 시라카와 선생의 치료가 잘못되었다고는 생각하지 않습니다. 그 환자를 안락사시킨 일은 의사로서 올바른 판단이었겠지요. 하지만 어쩌겠습니까? 경찰에 몸담고 있는 저로서는 위법성이 있다면 그것을 찾아 입증해야 합니다. 이 점을 이해해주셨으면 합니다."

"히라노 씨의 입장은 그렇겠지요."

"그렇습니다."

히라노는 오해가 풀렸다는 듯이 목소리를 높여 빠르게 말했다.

"그 조사는 알고 계신 바와 같이 사망한 쇼타로의 어머니, 후루바야시 야스요 씨의 고소로 시작된 것입니다. 고소장이 접수된 이상 경찰에서는 조사를 하지 않을 수 없지요. 지금에야 드리는 말씀이지만, 솔직히 저도 후루바야시 야스요 씨한테 휘둘린 셈입니다. 시라카와 선생은 당시 선생에게 결정적으로 불리한 증언을 한 니시다라는 간호사를 기억하고 계십니까?"

물론 기억하고 있었다. 니시다 세쓰코는 쇼타로가 안락사했을 때 당직 간호사로 시신의 사후 처치를 담당했었다. 니시다가 케타민의 잔량은 0이었다고 증언해서 시라카와가 단시간에 케타민을 대량으로 투여한 사실이 입증되었다.

시라카와가 고개를 끄덕이자 히라노가 다시 물었다.

"니시다 씨는 원내 조사위원회에서는 선생에게 불리한 증언을 하지 않았는데 경찰에서는 다른 증언을 했습니다. 왜 그런지 아십니까?"

"글쎄요."

"후루바야시 야스요 씨가 니시다 씨의 정보를 조작한 겁니다. 원내에서 문제 삼기보다 경찰에서 증언하는 편이 더 사태가 심각해질 것으로 판단한 거지요."

야스요는 역시 영악한 여자였다. 시라카와는 야스요의 비겁한 행동에 새삼 분노가 끓어올랐다. 하지만 니시다는 왜 야스요에게 협력했을까? 히라노는 시라카와의 기분을 읽었는지 자세히 설명해주었다.

"그때 니시다 씨의 증언이 원내 조사와 달랐기 때문에 저희도 그 이유를 물었습니다. 선생은 깨닫지 못하셨는지 모릅니다만, 니시다 씨는 근무와 관련해 선생에게 상당한 불만을 품고 있었나 봅니다. 조합 활동에 열심이었으니까요. 하지만 그보다 더 사소한 계기가 있었더군요."

"뭡니까?"

"니시다 씨는 교라쿠 병원에서 근무를 시작한 지 얼마 안 되었을 때 선생의 환자를 담당하게 되어 복잡한 수술을 공들여 준비했는데 선생이 수술 직전에 베테랑 간호사로 바꿨다고 합니다. 그래서 니시다 씨는 충격을 받고 선생에게 부정적인 감정을 품게 되었던 겁니다."

그런 일이 있었던가? 시라카와는 전혀 기억이 나지 않았다.

"후루바야시 야스요 씨는 아들이 사망했을 당시의 담당 간호사라고 해서 니시다 씨를 만난 모양입니다. 이야기를 하던 중에 니시다 씨가 선생을 싫어한다는 사실을 알았겠지요. 그래서 협력을 부탁하고 원내 조사위원회와 경찰에서 각기 다른 증언을 하도록 한 겁니다."

야스요는 니시다에게서 얻은 정보로 위법성을 입증할 수 있다는 생각에 고소를 한 것인가? 시라카와는 야스요의 비겁한 행태에 이를 갈았다.

"시라카와 선생의 마음은 이해합니다. 하지만 제가 이 이야기를 한 것은 선생을 화나게 하기 위해서가 아닙니다. 야스요 씨가 선생과의 화해를 바라기 때문입니다."

"화해?"

시라카와는 앵무새처럼 반복했다. 히라노는 계속해서 빠르게 말했다.

"옛날에는 야스요 씨도 선생에게 강한 적의를 품고 있었습니다. 그래서 방금 말씀드린 것처럼 비겁한 수단으로 선생을 함정에 빠뜨리려고 했지요. 하지만 지금은 아들의 죽음을 받아들이고 있습니다. 야스요 씨는 더욱 거대한 상대와 싸우고 있는데, 선생의 도움이 필요합니다."

"잠깐만요. 야스요 씨가 누구와 싸우는지는 모르지만 왜 히라노 씨가 일부러 그런 사실을 제게 전하러 온 겁니까? 당신은 야스요 씨와 무슨 관계입니까?"

히라노는 당연한 질문이라는 듯 고개를 끄덕이고 양손을 마주 잡았다.

"실은 야스요 씨가 제게 연락을 해왔습니다. JAMA와 니미 씨에 관한 정보가 있다면서요. 처음에는 저도 단순한 중상모략이 아닐까 생각했습니다. 하지만 그냥 듣고 넘기기 어려운 이야기도 있었습니다. 시라카와 선생은 히라마사 신문 사회부 기자 히가시 고로를 알고 계십니까? 선생을 취재한 적도 있을 겁니다."

"히라마사 신문의 히가시? 그러고 보니 교라쿠 병원에서 한 번 만난 적 있는 것 같습니다. 아, 그렇지. 안락사 조사 건으로 검찰에 외압이 있었다고 말했던 기자입니다."

"그렇습니다. 그 히가시 기자가 지난주부터 행방불명이랍니다."

그래서 어쨌단 말인가? 시라카와는 아직 상황을 판단하기 어려웠다. 히라노는 계속 말을 이었다.

"야스요 씨에 따르면, 히가시 기자의 실종에는 JAMA가 관련되어 있다고 합니다. 그래서 빨리 조사해달라는 거지요. 물론 저희도 야스요 씨의 말만 듣고 곧바로 움직일 수는 없습니다. JAMA에 대해서는 그 밖에도 여러 가지 정보가 있습니다. 지난달 처음으로 개최된 세미나나 정치인과의 불투명한 관계, 지난달 말에 발생한 가네코 의사의 살해 등. 세미나가 열린 마코토 요양원이라는 곳은 저희 관할이니까요. 상세한 말씀은 드릴 수 없지만 세미나가 끝난 뒤에도 수상한 차량이 드나들고 있다는 정보가 있습니다. 그런데 야스요 씨 말로는 시라카와 선생이라면 뭔가 알고 계실지도 모른다는 겁니다. 저도 전에 취조한 경험이 있어서 선생이 신뢰할 수 있는 분이라는 건 충분히 알고 있습니다. 만약 뭔가 알고 계시다면 말씀해주셨으면 합니다."

그러니까 야스요는 시라카와에게서 뭔가 정보를 얻을 수도 있다며 히라노에게 관계 회복을 위한 중개 역할을 부탁했단 말인가? 시라카와는 아직 석연치 않지만 일단 히라노에게 궁금한 점을 물어보았다.

"히가시 기자는 검찰에 외압이 있었다고 했는데 그 문제는 어떻게 파악되었습니까?"

"아직 알아내지 못했습니다. 다만 그때도 말씀드렸지만 외압의 근원은 상당히 고위급이라고 생각됩니다. 어쩌면 총리 주변이나 총리 재직 경력이 있는 자일 수도 있습니다."

"하지만 검찰청이 그런 외압에 굴복할까요?"

"유감스럽게도 그렇습니다. 국책 조사라는 말을 들어보셨지요? 이는 정치인을 옭아매기 위한 표적 수사입니다만, 반대로 표적을 지키기 위해 일부러 조사를 하지 않는 경우도 있습니다. 오히려 그쪽이 더 많은 편이지요. 경찰청도 관청의 하나니까요. 그 시대의 권력자를 거스를 수는 없습니다. 젊은 검찰 중에는 정의감에 불타는 사람도 있습니다만 출세하기 시작하면 변하기 마련입니다. 말단이야 아무리 떠들어봤자 어차피 묵살될 뿐이고요."

히라노는 동정과 자조가 뒤섞인 말투로 차갑게 말했다. 그리고 시라카와 쪽으로 몸을 내밀었다.

"선생 사건은 저도 곤혹스러운 경우입니다. 선생 자신이 어디에서 시작된 외압인지 모르니까요. 선생이 누군가에게 울며 매달렸다면 상황을 쉽게 파악할 수 있겠지요. 그런데 선생이 알지 못하는 곳에서 누군가 움직였다면 대체 어찌 된 영문인지 알아낼 방도가 없습니다."

"저 역시 당혹스럽기는 마찬가지입니다."

"그래서 저는 그 뒤로 선생의 움직임에 주목했습니다. 선생이 일본판 포스트마 사건의 주인공으로 보도되고 언론의 총아가 되었을 때 희미하게나마 전모가 보이기 시작했습니다. 즉, 안락사법 추진파가 관여한 겁니다. 그 뒤로 '안락사법을 생각하는 간담회'에 모인 사람들을 살펴보았지만 그들 중에는 유력한 인물이 없었습니다. 자공당의 이무라나 민화당의 미카사 의원 등에게는 검찰을 움직일 만한 힘이 없습니다. 그때 나타난 것이 JAMA라는 단체입니다. 대표인 니미 데이이치 씨는 의료청 설치에 깊이 관여하고 있습니다만, 이전부터 사도하라 잇쇼가 그 뒤를 봐주고 있다는 소문입니다. 의사회에서 JAMA로 갈아탄 고다 요시마사도 사도하라파이고, 〈24시간 온 에어!〉 방송 때 안락사 반대파에서 추진파로 돌아선 아사이도 지금은 사도하라파에 가세했습니다. 만약 사도하라의 의도가 안락사법 제정이라면 그가 시라카와 선생의 조사에 개입했을 가능성이 있습니다."

"다시 말해 제가 안락사법 제정을 위해 사도하라 잇쇼나 니미 선생에게 이용당했다는 말입니까?"

이전부터 그런 생각이 들기는 했지만 새삼 경찰의 입을 통해 들으니 10년 묵은 체증이 확 뚫리는 기분이었다. 그 앞잡이는 야마나였다. 우정이라는 가면을 쓰고 때로는 부드럽게, 때로는 위압적으로 이것저것 부추긴 동기.

시라카와가 입술을 깨물자 히라노는 혼잣말처럼 중얼거렸다.

"다만 한 가지 마음에 걸리는 건 사도하라 잇쇼가 왜 그렇게까지 안락사법 제정에 적극적인가 하는 점입니다."

"그건 니미 선생이 원하고 있기 때문 아닙니까?"

"아니요, 니미 씨는 사도하라를 움직일 힘이 없을 겁니다. 오히려 그 반대가 아닐까요? 어쩌면 우연히 두 사람의 생각이 맞아떨어졌는지도 모르죠."

히라노는 더욱 깊이 파고들며 말했다.

"야스요 씨의 말에 따르면, 니미 씨는 일본의 의료를 지배하겠다는 야심을 품고 있다고 합니다. 하지만 안락사법 제정이 그의 야심과 어떤 관계가 있는지는 아무리 생각해도 알 수가 없습니다. 니미 씨는 이상하게 안락사법에 집착하고 있는 것처럼 보입니다."

오쿠히에이 세미나에서도 니미는 안락사법 추진에 열심이었다. 나중에 들으니 안락사를 행하는 의사는 '신의 손'을 위임받은 존재라고까지 미화했다고 한다. 진료 현장에서 안락사의 필요성을 느꼈다고 보기에는 좀 지나친 면이 있었다.

시라카와가 이런저런 생각에 잠겨 있는데 히라노가 갑자기 물었다.

"전에도 여쭤보았습니다만 시라카와 선생은 안락사에 찬성입니까, 반댑니까?"

시라카와는 냉정하게 자신의 의견을 말했다.

"저는 굳이 말하자면 치료의 하나로 안락사를 선택하는 데 찬성입니다. JAMA 간부가 자주 언급하는 것처럼 안락사법이 없는 상태는 안락사 금지법이 있는 상태와 마찬가지니까요. 안락사법은 많은 위험과 문제를 안고 있습니다만 안락사를 필요로 하는 환자가 있는 현실 또한 사실입니다. 필요로 하는 사람이 있는 한 금지하는 건 옳지 않다고 생각합니다."

"그렇군요. 선생의 의견은 말하자면 괴로움 속에서 선택한 긍정이군요. 현장에서 안락사가 필요한 상황을 보아온 선생에게조차 어려운 선택이겠지요. 그런데 니미 씨에게는 그런 고민이 보이지 않습니다. 환자를 위해 필요하다는 주장만 강경하게 되풀이할 뿐입니다. 하지만 정말 환자를 위한다면 안락사법으로 인해 야기되는 위험도 당연히 조심해야 하지 않습니까? 위험에 대해서는 함구한 채 안락사가 필요하다는 주장만 단호하게 되풀이하는 데에는 좀 더 뿌리 깊은 다른 이유가 있지 않을까요?"

"예를 들면 어떤 이유 말입니까?"

"이해관계나 아니면 본인도 깨닫지 못하고 있는 정신적인 장애 같은 것 말입니다."

히라노는 팔짱을 끼고 자신의 생각에 빠져 있었다. 시라카와는 니미의 언동을 떠올렸다. 세미나에서 했던 발언, 때로는 신들린 듯한 흥분 상태, 집요하기까지 한 안락사의 미화. 어쩌면 니미에게 뭔가 심각한 변화가 시작되었는지도 모를 일이었다.

아니, 그럴 리 없다며 시라카와는 생각을 고쳐먹었다.

"니미 선생은 본래 의료 붕괴를 저지하고 일본에 이상적인 의료를 실현하기 위해 JAMA를 설립한 겁니다."

시라카와가 변명하듯 말하자 히라노는 시선을 들었다. 그리고 슬픔마저 느껴지는 한숨을 쉬며 말했다.

"처음에는 그랬겠지요. 하지만 이상을 추구하는 자는 때때로 공상에 빠지기 쉽습니다. 이상이 높으면 높을수록 그 공상은 망상에 가까워지고 이윽고 폭주해서 파멸로 치닫게 됩니다. 과거의 역사에서 수없이 반복된 일입니다. JAMA에도 그런 징후가 이미 나타나고 있지 않습니까?"

히라노는 폭풍이 다가올 전조를 예감하는 어부처럼 냉랭한 어조로 말했다.

32. 재회 — 여자

 시로가네 메디컬 외과의 수술일은 화요일과 목요일 오전과 오후, 그리고 금요일 오후다.
 시라카와가 히라노와 만난 그다음 주 초인 5월 17일, 시로가네 메디컬의 원장이 시라카와의 방으로 찾아왔다.
 "선생을 오랫동안 기다리게 해서 죄송합니다. 이번 주부터 병원의 젊은 의사에게 수술 지도를 부탁드리고 싶습니다."
 "집도가 아니라 지도입니까?"
 시라카와가 확인하자 원장은 얼버무리듯 고개를 숙였다.
 "고문이시니까 환자를 직접 보실 수는 없습니다. 시범을 보이시는 형태라면 집도도 괜찮습니다."
 "그것도 니미 선생의 지시입니까?"
 "아니요, 야마나 선생에게서 연락을 받았습니다."

얼마 전에 야마나에게 했던 부탁을 들어준 것일까? 하지만 그 정도로 아직 신뢰를 회복할 수는 없었다.

다음 날인 화요일부터 시라카와는 자신 있는 식도암과 위암 수술에 입회해 제1조수를 하면서 수술도 일부 집도했다. 그런데 반년 정도 현장을 떠나 있어서인지 좀처럼 감각을 회복하기 힘들었다. 쓸데없이 출혈을 일으키거나 의도한 대로 봉합이 되지 않았다. 그런데도 젊은 의사들은 시라카와의 손놀림을 열심히 지켜보았다.

"과연 수술 부위를 전개하시는 솜씨가 능란하십니다."

"박리 겸자 사용법이 예술적이십니다."

그런 칭찬이라고도 추종이라고도 할 수 없는 말에 시라카와는 노인으로서 위로받는다는 느낌이 들었다. 40대 중반의 외과 부장은 경의를 담아 말했다.

"유착이 강한 경우는 역시 개복할 수밖에 없군요."

그것은 최근 유행하는 복강경 수술을 의식한 말이었지만 다르게 해석하면 개복 수술밖에 하지 못하는 시라카와는 그런 병례에서만 활약할 수 있다는 뜻으로 들리기도 했다. 찬사를 솔직히 받아들이지 못하는 건 노인의 비뚤어진 마음일까? 시라카와는 머릿속이 복잡했지만 수술을 하는 동안만은 눈앞의 수술에 집중했다.

그런데 네 번째 수술에서 시라카와는 위암의 림프샘을 제거하다가 실수로 췌장에 상처를 내고 말았다. 작년이었다면 있을 수 없는 일이었다. 얼마나 당황했는지 지혈을 하면서도 시라카와의 목에 흐르는 땀을 간호사가 세 번이나 닦아낼 정도였다.

시라카와는 지쳐서 방으로 돌아가다가 편평한 카펫에 발이 걸려 넘어질 뻔했다. 마침내 자신도 늙은 건가?

시라카와는 의자에 등을 기대고 앉아 미간을 문질렀다. 그러고 보니 눈도 예전보다 나빠진 느낌이었다. 겸자로 출혈 부위를 잡을 때는 거의 감에 의존해야 할 정도였다. 아직 충분히 할 수 있다고 생각했지만 반년의 공백이 외과의로서의 수명을 단축시켰는지도 모른다.

시라카와는 자신의 손을 멍하니 응시했다. 손가락은 예전과 달라진 것이 없었다. 하지만 손바닥을 뒤집자 관절에 깊은 주름이 새겨져 있었다. 손등에 희미한 검버섯도 보였다. 어느새 이렇게 되었을까?

외과의는 언젠가 수술 메스를 놓아야 한다. 언제까지 수술에 매달려서는 안 된다. 그것이 환자를 위한 일이고 마땅히 의사가 나아가야 할 길이다.

낙담해 천장을 바라보는데 문을 두드리는 소리가 들렸다.

"시라카와 선생님, 손님 오셨습니다."

지금은 도저히 누구를 만날 기분이 아니었다. 하지만 거절할 기력도 없어 비서에게 고개를 끄덕였다. 비서가 물러가고 나타난 사람은 전혀 생각지도 못한 인물이었다.

"선생님, 오래간만입니다. 갑자기 찾아와서 죄송합니다."

"……아, 모토무라 씨."

문밖에 비서가 없었다면 이름을 외쳤을 것이다. 다섯 달 만에 만난 유키에는 변함없이 조신하고 아름다웠다. 금방이라도 눈물이 쏟아질 듯 눈동자가 흔들리고 있었다. 앉기를 권하자 유키에는 얼굴을 숙인 채 살며시 앉았다.

"잘 왔어. 보고 싶었어."

시라카와는 온 마음을 담아 열정적인 시선으로 유키에를 바라보았다. 뺨 아래가 그늘져 보였다. 말랐다기보다는 여위었다는 느낌이랄까.

"유키에, 오랫동안 연락하지 못해서 미안해. 그 뒤로 많은 일이 있었어."

시라카와가 사과하자 유키에는 얼굴을 숙인 채 고개를 흔들었다. 검은색 오팔 귀고리가 흔들렸다. 처음 사귀기 시작했을 때 시라카와가 선물한 귀고리였다. 갑자기 가슴이 뜨거워졌다. 그러다 시라카와는 문득 궁금해졌다.

"그런데 내가 여기 있는 걸 어떻게 알았어?"

"우연히 친구가 이 병원 간호사를 알고 있어서요."

시로가네 메디컬에 와서 아직 일다운 일을 해보지 못해 아는 간호사가 많지 않았다. 수술부의 간호사일까? 시라카와가 묻자 유키에는 아마 잘 모를 거라며 말끝을 흐렸다.

"어쨌거나 다시 만나서 기뻐. 유키에는 잘 지냈어?"

"네······."

계속 머리를 숙이고 있던 유키에가 어렵게 대답했다.

"시라카와 선생님, 지난번에는 죄송했습니다. 선생님의 마음을 그런 식으로 저버리다니."

유키에는 입가를 누르며 깊이 머리를 숙였다. 작년 말 시라카와의 청혼을 거절한 유키에의 음성이 되살아났다. 게다가 그날 돌아오는 길에 억지로 시라카와를 자신의 집으로 데리고 들어간 유키에의 이해하기 어려웠던 행동. 그러나 이렇게 만나고 나니 새삼 사랑스러운 마음밖에 들지 않았다. 그런데도 그렇게 오랫동안 연락을 하지 않은 건 또다시 괴로움에 빠질까 두려웠기 때문이다.

"나야말로 유키에의 기분도 생각하지 않고 제멋대로 굴어서 미안해."

"아니요, 그때 저는 너무 놀라서 어떻게 해야 할지 몰랐어요. 정말로 죄송합니다."

"사과해야 할 사람은 나야. 이상한 말을 해서."

"이상한 말이라니요?"

"그 사진 얘기 말이야."

유키에는 시선을 들었다가 다시 피했다.

"저는 그때 너무 무서웠어요. 그런 사진을 보내는 사람이 있다니 믿을 수가 없었어요. 제 주변에서도 뭔가 이상한 느낌이 계속 들었어요."

"역시 협박을 당한 거야?"

"직접적이지는 않지만……. 괜히 선생님께 상처만 드리고, 그 일로 화나셔서 연락을 안 하시는 거라고 생각했어요. 저 자신이 너무 혐오스러워서 더 기다리려고 했는데, 너무 괴로워서 참을 수가……."

유키에는 손수건으로 입가를 눌렀다. 시라카와는 다시 가슴속이 뜨거워졌지만 그와 동시에 정체를 알 수 없는 경계심도 느꼈다.

시라카와가 다시 물었다.

"그런데 어째서 오늘 갑자기 찾아온 건가?"

"죄송합니다. 미리 전화라도 드려야 했는데……. 만약 전화 드렸다가 거절당하면 더 이상 연락할 방법이 없을 거라는 생각이 들었습니다. 어떻게 해서든지 선생님을 다시 한 번 꼭 만나고 싶었어요. 얼굴만이라도 뵙고 싶었습니다."

"오늘은 병원을 쉬고 온 건가?"

"유급 휴가가 많이 남아 있으니까요."

유키에는 자신의 손가락 끝으로 시선을 떨어뜨렸다. 손톱이 길게 정돈되어 있었다. 수술부 간호사의 손톱은 그렇게 길 수가 없었다.

"자네 혹시 병원을?"

"네, 다음 달 15일 자로 병원을 그만두기로 했어요."

시라카와는 몸이 굳어졌다. 유키에의 사직에 자신이 크게 관련되어 있다는 걸 직감적으로 깨달았기 때문이다.

"무슨 일 있었나?"

유키에는 대답하기 어려운 듯 고개를 떨어뜨리더니 난처함과 괴로움이 뒤섞인 표정을 지었다.

"지난달 초에 사모님께서 제가 일하는 병원으로 찾아오셨어요. 저를 불러내시더니 다른 사람들이 있는 앞에서 선생님과 결혼할 생각이 있는지 확실히 이야기하라고 하시더군요."

"그런 일이……."

마사미의 행패에 시라카와는 얼굴을 찌푸렸다. 유키에는 울음 섞인 목소리로 말했다.

"저는 너무 놀라서 아무 말도 못하고 그저 모른다고만 말씀드렸더니, 사모님께서 흥분하셔서 도둑고양이라는 둥 남의 가정을 깨뜨렸으니 책임지라는 둥 소란을 피우셨어요. 선생님이 빼돌린 돈을 내놓으라느니 무릎을 꿇고 빌라느니 병원에 큰 소동이 일어났지요. 선생님에게도 너무 심한 욕을 하셔서 제가 제발 그만하시라고 부탁드렸더니 너 따위는 병원에 있지 못하도록 하는 것은 물론 제 인생을 엉망으로 만들어버리겠다고……."

"그런 일이 있었군. 미안해. 정말 어쩔 수가 없는 여자군."

시라카와가 내뱉듯이 말하자 유키에는 고개를 흔들었다.

"아니에요, 제 잘못이 커요. 선생님께 가정이 있다는 걸 알면서도 계속 사귀었으니까요."

"사귀자고 한 건 나야. 유키에한테는 아무런 책임도 없어. 하지만 마사미 탓에 유키에가 병원을 그만두게 되었다니 그 보상을 어떻게 해야 할지 모르겠군."

"아니에요, 사모님 때문에 병원을 그만둔 건 아니에요. 선생님을 한동안 뵐 수 없자 저 역시 선생님이 안 계시면 살 수 없다는 걸 깨달았어요. 하지만 선생님이 어디에 계신지 몰라서 어찌해야 할지 모르고 있는데 우연히 지인에게서 선생님이 이곳에 계시다는 말을 들었어요. 그래서 선생님이 도쿄에 계시다면 저도 도쿄로 가자고 결심했지요. 만약 용서해주신다면 선생님 옆에서 일하고 싶어요."

유키에는 눈물을 흘리며 말했다. 그렇게까지 생각해준 유키에에게 시라카와는 감동해서 경계심이 눈 녹듯 사라졌다. 그리고 유키에도 시로가네 메디컬에서 일하면 어떻겠냐고 하던 야마나의 말이 떠올랐다. 그 제안이 아직 유효할까?

그런 생각을 하는데 불현듯 유키에의 귀고리가 이상하게 흔들렸다. 검은색 오팔이 하늘색과 오렌지색 빛을 발했다. 시라카와는 불길한 예감이 들어 물어보았다.

"그런데 일자리는 정해졌나?"

"아니요, 하지만 금방 구할 수 있을 거예요. 요즘은 간호사가 부족해서 구하는 병원이 많으니까요."

유키에의 말에서는 무언가 숨기거나 하는 기색을 조금도 찾아볼 수 없었다. 이곳 시로가네 메디컬에 일할 자리가 있을지 모른다고 하면 유키에는 어떤 반응을 보일까? 만약 금방 반색하며 반긴다면 의심하지 않을 수 없었다. 일이 너무 잘 풀리는 것도 이상하니까. 하지만 시라카와는 확인할 용기가 없었다.

잠시 침묵이 흐른 뒤 이번에는 유키에가 시라카와에게 물었다.

"이 병원은 새 건물인 데다 크고 훌륭하군요. 이곳 일은 어떠세요?"

"아, 그럭저럭 하고 있어. 하지만 아직 익숙지가 않아."

시라카와는 수술실에서 했던 실수가 떠올라 표정이 흐려졌다. 그리고 유키에에게 그런 자신을 들키지 않으려고 일부러 자조적으로 말했다.

"이 병원은 JAMA라는 의료 단체가 직영하는 곳이야. 우수한 외과의가 많아서 나 같은 사람이 나설 일이 별로 없어."

"그런 말씀 마세요. 선생님의 뛰어난 수술 실력은 모두 인정할 거예요."

"아니야, 나도 이제 젊은 나이도 아니고."

그렇게 말하며 시라카와의 얼굴이 일그러졌다. 자조도 사실을 말하면 자학이 된다. 유키에가 농담을 받아주듯 순진하게 웃어주어 그나마 다행이었다.

그날 밤 시라카와는 유키에와 함께 쓰키지에 있는 초밥집에

갔다. 교토와 달리 다른 사람의 시선을 걱정할 필요가 없었다. 유키에는 둘이 처음으로 식사를 한 가쓰라의 초밥집이 생각난다고 말했다. 그때 돌아오는 길에 가쓰라리 궁 옆을 거닐며 유키에는 불륜 상대를 이혼하게 하고 결혼까지 한 정열적인 엄마 이야기를 했었다.

"기노사키였나? 거기 계신 어머님은 안녕하신가?"

"선생님, 기억력이 좋으시군요. 덕분에 지금도 두 분은 사이좋게 잘 지내고 계세요."

겨우 예전의 명랑함을 되찾은 유키에가 조심스럽게 초밥을 집어 들었다. 그러고는 눈을 가늘게 뜨고 신선한 회를 바라보면서 말했다.

"아무튼 다행이에요. 선생님이 생각보다 잘 지내셔서."

"고마워."

그렇게 대답하면서 시라카와는 또다시 기묘한 위화감을 느꼈다. '생각보다'라니 무슨 뜻일까?

"선생님, 저 삶은 붕장어 주문해도 될까요? 간사이에서 붕장어 하면 아카시가 유명하지만 붕장어는 역시 도쿄라는 말을 들은 적이 있어요."

"그래, 얼마든지 주문해."

시라카와가 고개를 끄덕이자 유키에는 카운터 쪽으로 몸을 내밀어 붕장어 초밥을 주문했다. 종업원이 기세 좋게 대답하며 붕장어를 조리실로 넘겼다.

"붕장어에 관한 웃지 못할 추억이 있답니다. 아카시 시에 사시는 숙모님이 대나무 꼬치에 꽂힌 붕장어를 주셨는데 어찌나 맛있던지, 대나무 꼬치에 붙은 살을 핥아먹다가 입술에 커다란 가시가 박혀서 굉장히 고생했어요. 피가 얼마나 많이 났던지."

명랑하게 말하며 웃는 유키에의 뺨에 생기가 돌아왔다.

"네, 여기 있습니다. 도쿄가 아니면 맛볼 수 없는 삶은 붕장어 초밥입니다."

"어머나, 맛있겠다. 선생님도 하나 드셔보세요."

삶은 붕장어에 환성을 지르며 접시를 두 사람 사이에 놓는 유키에를 보고 시라카와는 조금 전의 위화감을 잊었다.

두 사람은 오후 8시 30분이 조금 안 되어 초밥집을 나섰다. 마지막 신칸센을 탈 시각까지는 아직 여유가 있었다.

"오늘은 어떻게 할 거야? 교토로 돌아가나?"

"아니요, 오늘 밤은 도쿄에서 머물려고요. 시나가와에 호텔을 잡았어요. 싼 비즈니스호텔이지만요."

"그렇군."

오늘 밤은 도쿄에서 머문다는 말에 시라카와의 가슴이 고동쳤지만 호텔을 잡았다고 하자 기대는 금방 사그라졌다. 하지만 당연한 일이었다. 오랜만에 찾아와서 곧장 시라카와의 집으로 갈 정도로 유키에는 대담하지 않았다.

"그럼, 전철을 타야겠군. 신바시까지 걸을까?"

중앙시장 앞의 신호등을 건너 암센터 앞에 도착하자 지하철

오에도 선 쓰키지이치바 역이 눈에 들어왔다. 오에도 선은 시라카와의 맨션이 있는 아자부주방 역을 지나치는 노선이었다. 시라카와는 멈춰 서서 역 표지판을 보며 말했다.

"잠깐 내가 사는 곳에 들렀다 가지 않겠어? 야경이 아주 멋있거든."

"……그래도 괜찮을까요?"

망설이는 말 뒤에 기쁨과 부끄러움이 숨어 있었다. 시라카와는 유키에의 옛 모습을 떠올리며 가슴이 뜨거워졌다.

시라카와는 미나미아자부에 있는 호화로운 오피스텔에 살고 있었다. 시로가네 메디컬까지는 걸어서 10분 거리였다. 본격적으로 전근에 관한 이야기가 진행되면서 JAMA와의 협의 때문에 상경할 일이 많아진 시라카와를 위해 야마나가 JAMA의 경비로 빌린 곳이었다. 방 두 개에 거실과 부엌이 딸려 있고 22층이라 동쪽 창문으로 오다이바가 한눈에 들어왔다.

현관에서 구두를 가지런히 벗고 실내로 들어선 유키에가 천진난만하게 말했다.

"아, 도쿄의 냄새가 나요."

"쓰키지니까."

"어쩐지 공기가 다른 것 같아요. 잘 표현하진 못하겠지만."

시라카와는 재빨리 거실을 둘러보며 흐트러져 있는 곳은 없는지 확인했다. 짐도 얼마 없고 옷들은 침실에 있어서 교토의 집만큼 지저분하지는 않았다. 유키에는 정면 창으로 보이는 야경에 빠져들듯 다가갔다.

"창문을 좀 열게. 홀아비 냄새 나지?"

농담 섞인 시라카와의 말을 무시하고 유키에는 두 손을 가슴 앞에 모아 쥐고 있었다.

"멋져요. 역시 도쿄는 아름다워요."

매혹된 듯 야경에 빠져 있는 유키에의 옆얼굴은 순수하고 맑았다. 야경에만 집중하고 다른 일들은 의식적으로 생각하지 않으려는 것 같았다. 시라카와는 그때를 놓치지 않았다.

"이렇게 하면 훨씬 멋질 거야."

벽의 스위치를 꺼서 방 안을 어둡게 했다. 서늘한 초여름의 밤공기가 흘러들어왔다. 옆에 나란히 서자 하이힐을 벗은 탓인지 유키에가 아이처럼 작게 느껴졌다. 시라카와가 살며시 유키에의 어깨에 팔을 둘렀다. 안심한 고양이처럼 유키에가 몸을 기대왔다.

"선생님……."

푸른 야경의 빛이 두 사람을 감쌌다. 유키에의 하얀 얼굴은 이전의 활력을 되찾아 생기 있게 빛났다. 시라카와는 양손으로 유키에의 얼굴을 감싸고 조용히 입을 맞췄다. 웃옷의 앞섶이 넓게 벌어졌다. 시라카와는 그 안으로 손을 집어넣어 그리웠던 보드라운 탄력을 확인했다. 다소곳하고 건강한 가슴이 부드럽게 움직였다. 시라카와는 사랑스럽다는 듯이 양쪽 가슴을 손가락으로 더듬었다. 맞닿은 피부 아래에서 민감해진 신경이 서로를 인식하고 세포가 재회를 기뻐하듯 가늘게 떨렸다.

창밖에서 비치는 야경의 불빛을 받으며 두 사람은 소파에 쓰러졌다. 차가운 인조 가죽에 닿은 유키에의 피부에 소름이 돋았다. 역시 유키에는 야위었다. 가는 허리가 마치 하늘거리는 연약한 촛불 같았다. 손바닥에 골반을 느끼며 시라카와는 열정적으로 유키에를 안았다.

지금 유키에는 자신의 손 안에 있었다. 시라카와는 떨어져 있던 시간을 되돌리듯 격렬하게 몸을 부딪쳤다. 입술과 혀로는 부족했다. 뺨을 맞대고 머리카락이 뒤섞였다.

'만나서 너무 기뻐요.'
'이렇게 함께하다니 행복해요.'
'기뻐요……. 행복해요. 행복해요.'

새어나오는 신음 소리가 말로 다 못하는 마음을 대변했다. 오로라처럼 어둠이 드리웠다.

깊은 몸속까지 그 어둠이 퍼져 나갔다. 시간이 멈춘 것인지, 빛의 속도로 빠르게 질주하는 것인지 알 수 없었다. 무엇이 어디로 향하고 있는지도 알 수 없었다. 감정과 이성의 오랜 아픔. 자신 안의 한 사람은 혐오하고 또 다른 한 사람은 축복했다.

샤워를 한 뒤 유키에는 물 한 잔을 마시고 멍한 표정으로 창가에 서 있었다. 옆에 선 시라카와에게 유키에가 중얼거리듯 말했다.

"선생님, JAMA라는 곳은 앞으로 무엇을 하려는 건가요?"

시라카와는 놀라서 유키에를 바라보았다. 유키에는 여전히 멍한 표정이었다. 마치 최면술에라도 걸린 사람처럼.

"JAMA를 알고 있나?"

오늘 유키에를 만난 뒤 몇 번이나 느낀 경계심과 위화감은 이 때문이었을까? 시라카와는 그 기묘한 감각이 어느새 공포로 바뀌는 것을 느꼈다.

다음 날 아침, 시라카와는 유키에가 머문 호텔 근처에 있는 셰러턴 호텔의 카페에서 유키에와 함께 아침을 먹었다. 유키에는 전날 밤 병원을 찾아왔을 때와 달리 몰라보게 생기 있는 모습이었다.

전날 밤 유키에에게 JAMA에 관한 질문을 받자 시라카와는 반사적으로 얼버무리고 말았다. 그 뒤 시라카와는 아무래도 유키에와 JAMA의 관계가 궁금해서 시나가와의 호텔까지 바래다주는 택시 안에서 물어보았다.

"유키에는 어째서 JAMA를 신경 쓰지?"

"특별히 신경 쓰는 건 아니에요. 선생님이 근무하시는 병원의 모체니까, 어떤 일을 하는지 궁금해서요."

유키에가 JAMA를 알게 된 것은 시라카와가 시로가네 메디컬에서 근무한다는 소식을 들은 뒤부터인 듯했다. 인터넷으로 시라카와가 있는 병원을 조사하다가 링크되어 있던 JAMA 홈페이지를 열어보았다고 한다.

시라카와는 '앞으로 무엇을'이라고 묻는 유키에의 말에서 불안해하는 느낌을 받았지만 어쩌면 자신이 너무 예민한지도 모른다고 생각하며 넘겨버렸다.

"오늘은 뭐 할 거지? 교토로 돌아갈 건가?"

"오전 중에는 직업 안내소에서 일자리를 찾아보려고 해요."

"그런 곳에서 일자리를 찾을 수 있겠어?"

"간호사 구인 공고가 생각보다 꽤 많아요."

"그럼 나도 같이 갈까?"

시라카와가 남은 커피를 한꺼번에 다 마시자 유키에가 놀란 표정으로 시라카와를 바라봤다.

"병원 일은 어쩌시고요?"

오전 9시 30분을 지나고 있었다. 유키에는 아까부터 시라카와의 근무 시간을 신경 썼다. 하지만 오늘은 예정된 수술도 없고 병원에 출근해도 특별히 할 일이 없었다. 무단으로 지각하는 건 마음에 좀 걸렸지만 지금까지 허송세월하게 한 것에 대해 분풀이하는 기분도 없지 않았다.

"괜찮아, 가지."

자리에서 일어선 시라카와는 유키에가 미리 알아둔 시나가와의 직업 안내소까지 함께 걸었다. 시라카와는 유키에가 사가 기념병원에서처럼 수술부 일을 찾는 줄 알았는데, 의외로 시간제로 외래 근무를 희망한다고 했다. 그 편이 시간을 자유롭게 사용할 수 있다는 이유였다. 혹시 자신과 편히 만나기 위해서일까? 시라카와는 자기 멋대로 해석하면서 그런 유키에가 더욱 사랑스럽게 느껴졌다.

구직란을 검색해서 병원과 클리닉 몇 군데의 정보를 인쇄했다. 오늘은 이 정도만 알아보기로 하고 두 사람은 직업 안내소를 나섰다.

점심을 먹기는 아직 이르고 달리 갈 곳도 없었다. 시라카와는 다시 한 번 유키에를 안고 싶었지만 아침부터 호텔에 가자고 말할 수는 없었다. 어딘가 카페에서 시간을 때우려 해도 호텔에서 먹은 아침 식사가 아직 위를 채우고 있었다.

넓은 시나가와 역 광장에 도착하자 유키에가 멈춰 서더니 양손을 맞잡고 고개를 숙였다.

"선생님, 고맙습니다. 어젯밤은 정말 기뻤어요. 역시 도쿄에 오기를 잘했어요."

"응, 나도 기뻤어."

"그럼, 저는 이만 돌아가겠습니다. 선생님, 잘 지내세요."

가슴 앞에서 살짝 손을 흔드는 유키에에게 시라카와는 미련이 남은 듯 물었다.

"언제 다시 만날 수 있을까?"

"그건 잘 모르겠어요. 하지만 다음에는 꼭 연락드리고 올게요. 갑자기 찾아오거나 하지 않을게요."

유키에는 밝게 웃으며 개찰구로 향했다. 시라카와가 그 뒷모습을 눈으로 좇자 에스컬레이터에 타기 직전 유키에가 몸을 돌려 손을 크게 흔들었다.

시라카와는 마음이 너무 허탈해서 그대로 병원으로 돌아가고 싶지 않았다. 프린스 호텔의 영화관에서 영화 두 편을 본 뒤 태어나서 처음으로 사창가에 갔다. 시라카와는 몸에 남아 있는 해소되지 못한 열기를 주체할 수 없어 몽유병자처럼 사창가를 한 시간 이상 배회했지만 결국 어느 곳에도 들어가지 못한 채 '사쿠라니쿠나베'라는 고색창연한 간판이 걸린 음식점으로 들어갔다. 최고급 말고기 회와 찌개에 정종을 잔뜩 마셔 토할 것 같았지만 후식으로 아이스크림까지 다 먹고 나서야 시라카와는 겨우 몸 안을 떠돌던 정욕을 잠재울 수 있었다.

시라카와는 술에 취해 택시를 타고 오피스텔로 돌아갔다. 소파에 쓰러져 시계를 보니 아직 오후 7시 20분이었다. 스스로에게 질려 시라카와는 공허하게 웃었다.

시라카와는 한밤중에 구토를 하다가 하마터면 질식할 뻔한 위를 비워내려고 물 넉 잔을 연거푸 마셨다. 그러고는 화장실로 들어가 목에 손가락을 집어넣어 남은 것을 억지로 게워냈다. 먹은 것을 다 토해내니 나중에는 담즙까지 나왔다. 시라카와는 위액, 침, 콧물, 눈물이 뒤섞여 쓰러져 있는 자신이 한심스럽다 못해 우스꽝스럽게 여겨졌다.

다음 날은 숙취로 괴로웠지만 억지로 정시에 출근해서 도망치듯 사무실에 틀어박혔다. 차를 가져온 의국의 비서는 전날 시라카와의 무단결근이 없었던 일인 양 행동했다. 원장이나 외과부장도 아무 말이 없었다. 시라카와는 역시 자신은 부스럼처럼 거슬리는 존재라고 생각하며 자조했다.

사무실에 틀어박혀 망연히 앉아 있자니 눈앞에 유키에의 모습이 어른거렸다. 아름다운 얼굴, 부드러운 목소리, 피부의 감촉. 유키에와의 재회는 시라카와에게 새로운 활력을 가져다주었다. 유키에는 병원을 그만두고 자신을 위해 도쿄에 온 것이다. 그 이상 기쁜 일이 또 있을까? 유키에가 도쿄에 오면 언제든지 만날 수 있다. 마사미와의 이혼이 마무리되면 재혼도 할 수 있다.

시라카와는 기력을 되찾아 시로가네 메디컬에서 다시 한 번 외과의로서 일어서야겠다고 생각했다. 수술을 직접 집도하지 않아도 좋았다. 지도에 전념해서 젊은 외과의들에게 자신의 기술과 경험을 전수하는 것도 충분히 보람 있는 일이었다.

그날은 조용히 있었지만 다음 날부터 시라카와는 수술실을 돌아다니며 젊은 의사들에게 적극적으로 조언했다. 손목의 움직임, 겸자의 각도 등 가르칠 것은 얼마든지 있었다. 외과의들은 당황하면서도 솔직하게 시라카와를 따랐다. 가르치면 그들의 기량도 향상될 것이다. 시라카와는 충만함을 느꼈다. 모두 유키에를 다시 만난 덕분이었다.

그렇게 며칠이 지난 5월 말일, 시라카와는 생각지도 못한 사람에게서 편지를 받았다. 겉봉투에는 '안락사법제화저지연합'이라고 인쇄되어 있었다. 대표 이사인 오쓰카가 자살한 뒤 활동을 중지한 '저지련'에서 대체 무슨 일일까?

수상쩍게 생각하며 뒤집어보니 후루바야시 야스요의 이름이 쓰여 있었다.

33. 너무 몰랐던 여자

'안녕하십니까?

 녹음이 짙어가는 초여름, 하시는 일이 더욱 번창하시기를 기원합니다. 제 아들이 세상을 떠난 지도 벌써 1년 8개월이 되었습니다. 아들을 위해 애써주신 시라카와 선생님께 깊이 감사드리고 있습니다…….'

 공손한 문체로 쓴 야스요의 편지는 대충 이런 내용이었다. 교토 부경의 히라노로부터 당신과 만난 이야기를 들었다. 당신이 취조받을 당시, 니시다 세쓰코의 증언을 조작한 일에 대해 사죄하고 싶다. 작년 12월 〈24시간 온 에어!〉에서는 출연을 의뢰해놓고 자기 쪽의 갑작스러운 사정으로 직전에 취소해서 미안하다. 쇼타로의 안락사에 대해 지금은 시라카와의 판단이 최선이었다고 이해하며 감사하고 있다. 안락사법 제정이 마침내 현실로 다가오고 있다. 만일 법 제정을 막을 수 없더라도 사후에 문제가 발생하지 않도록 가능한 한 규제를 강화해야 한다. 그러려면 시라카와의 협력이 반드시 필요하다. 가네코 의사로부터 JAMA의 다양한 내부 정보를 입수하고 있었는데, 가네코가 살해되어 진실이 어둠 속에 묻히고 말았다. 자신과 함께 JAMA의 비리를 캐던 히라마사 신문의 히가시 기자가 현재 행방불명 상태다. 이에 관해 시라카와에게 질문과 부탁하고 싶은 일이 있다. 바쁘겠지만 꼭 한 번 만나주었으면 좋겠다.

시라카와는 어떻게 할지 망설였지만 마음에 걸리는 일이 몇 가지 있었다. 히가시의 실종에 대해서는 아무것도 모르지만 가네코의 죽음에 대해서라면 들은 말이 있었다. 가네코 살해 사건 뒤에는 가네코에게 원한이 있는 환자가 아니라 의사회 전 상임이사인 반도 교이치가 있다는 것이었다. 이런 정보를 알려준 사람은 다름 아닌 야마나였다. 오쿠히에이 세미나에서 배신한 가네코를 용서하지 못한 반도는 지인을 통해 폭력 조직의 간부에게 가네코의 살해를 의뢰했다는 것이다.

"반도 선생은 가네코 선생이 살해된 3일 뒤 JAMA를 탈퇴하고 몰래 오스트레일리아로 출국했다네."

야마나는 의미심장하게 말했다. 그러나 그가 왜 자신에게 일부러 그런 이야기를 하는지 시라카와는 알 수 없었다. 물론 그저 단순히 남의 뒷이야기를 늘어놓았는지도 모른다.

한편 교토 부경의 히라노에 따르면, 야스요는 히가시의 실종에 JAMA가 관련되어 있다고 주장하고 있었다. 만약 그렇다면 JAMA 직영인 시로가네 메디컬도 범죄 조직에 관련되어 있다는 뜻이었다. 이 병원에서 외과의로서 다시 일어서려는 시라카와에게는 결코 흘려들을 수 없는 이야기였다.

시라카와는 야스요에게 메일을 보내 만나자는 뜻을 전했다.

서로의 형편을 고려해 6월 6일 일요일에 만나기로 했다. 야스요가 정한 약속 장소는 아자부주방 역 출구 앞에 있는 햄버거 전문점 '웬디스'였다.

약속 시간에 맞춰 도착하니, 야스요가 안쪽 자리에서 기다리고 있었다.

"시라카와 선생님, 오랜만입니다."

야스요는 일어서서 낮은 목소리로 말했다.

"이런 곳에서 뵙자고 해서 죄송합니다. 하지만 시끌벅적한 곳이 오히려 도청당할 위험이 적을 테니까요."

허풍스러운 태도는 여전하다고 생각하면서 시라카와는 말없이 자리에 앉았다. 야스요가 커피 두 잔을 사 가지고 왔다.

"선생님께는 사죄드려야 할 일이 한두 가지가 아닙니다. 정말로 죄송합니다."

머리를 숙이면서도 야스요는 빨리 자신의 이야기가 하고 싶어서 입이 근질거리는 모습이었다.

"편지에 안락사법에 관한 일이 쓰여 있더군요."

시라카와가 먼저 이야기의 물꼬를 트자 야스요는 옳다구나 싶은지 떠들어대기 시작했다.

"그렇습니다. 머지않아 안락사법 심사소위원회가 중간 보고서를 제출합니다. 당연히 안락사법을 추진하는 쪽으로 가겠지요. 이미 예정된 수순이니까요. 법안은 다음 달 임시 국회에서 신속한 심의를 거쳐 빠르면 8월 중에 제정될 전망입니다. 더 이상 법 제정을 저지하기는 힘들겠지요. 하지만 어떻게든 규제를 강화해서 안락사를 섣불리 행할 수 없도록 할 수는 있습니다. 안락사는 민감한 문제니까요. 여론만 움직이면 역전의 기회는 있다고 생각합니다."

"여론을 움직이다니, 어떻게 말입니까?"

"재료는 얼마든지 있습니다. 〈24시간 온 에어!〉의 공개 연명 치료를 기억하시지요? 그곳에 출연한 아사이 에이시로 의원은 안락사법 추진파의 첩자였습니다."

야스요는 아사이의 모략을 숨도 쉬지 않고 지껄였다.

"안락사법을 공작하는 이들은 이렇게 비겁하다는 사실을 세상에 알릴 생각입니다. 하지만 한 번으로는 효과가 별로 없습니다. 그래서 시라카와 선생님이 꼭 협조해주셨으면 합니다."

"협조라니, 어떤 협조 말입니까?"

"선생님은 일본판 포스트마 사건의 당사자로서 지금도 영향력이 아주 강합니다. 선생님이 안락사에 부정적인 발언을 해주신다면 세상은 단숨에 주목할 겁니다."

"쇼타로 군의 안락사를 부정하란 말입니까? 저는 신념을 가지고 치료했고 지금도 후회하지 않습니다. 야스요 씨도 편지에 이해한다고 말하지 않았습니까?"

"쇼타로의 경우는 어쩔 수 없었다고 생각합니다. 하지만 이대로 안락사법이 제정되면 무서운 일이 일어날 겁니다. 선생님께는 말씀드리기 어렵지만 세상에는 양심적인 의사만 있는 게 아닙니다. 개중에는 안락사로 돈벌이를 하려는 의사도 있으니까요."

"돈벌이? 그게 가능하다고 보십니까?"

안락사에 대해 여전히 적대적인 야스요의 말에 시라카와가 어이없어하며 묻자 야스요는 확신에 찬 목소리로 대답했다.

"10월에 발족하는 의료청에서 안락사의 진료 보수를 고액으로 설정하려는 움직임이 있습니다. 그렇게 되면 안락사를 행하려는 의사들이 점점 늘어날 겁니다. 고통받는 환자를 속여서 안락사를 권하는 저승사자 같은 의사들이지요."

"야스요 씨는 어째서 늘 그렇게 안락사가 악용될 거라는 걱정만 합니까? 안락사를 필요로 하는 환자가 있다는 사실은 인정하지요? 참을 수 없는 통증 때문에 괴로워하는 환자는 어째서 돌아보지 않는 겁니까?"

"일단 안락사가 허용되면 안락사를 쉽게 생각할 테니까요. 지금은 안락사가 인정되지 않으니까 새로운 치료법을 연구하고 죽지 않아도 되는 방법을 강구하는 것 아닙니까?"

"이론은 그렇지만, 그것은 고통받는 환자를 겪어보지 못했기 때문에 하는 말입니다."

"아니요, 저도 현장은 보았습니다. 난치병 중의 난치병이라고 하는 루게릭병 환자의 집회에도 여러 번 참가했습니다. 루게릭병 환자들 중에는 안락사를 원하는 사람도 있었습니다. 그들의 고통과 절망은 익히 알고 있습니다. 하지만 저는 그런 사람이야말로 살아야 한다고 생각합니다."

야스요의 목소리에 더욱 힘이 들어갔다. 늘 그렇듯 또 겉보기에만 그럴듯한 선의를 이야기한다고 생각하며 시라카와는 시선을 피했다. 하지만 야스요는 더욱 몸을 앞으로 내밀며 이야기를 계속했다.

"본인의 의사가 중요하다는 건 알고 있습니다. 하지만 그것도 경우에 따라 다르지 않습니까? 본인이 죽고 싶어 한다고 해서 간단히 죽게 해도 된단 말입니까?"

시라카와는 간단히 죽게 하는 게 아니라고 말하려다가 입을 닫았다. 더 이상 이야기해봤자 같은 이야기만 반복될 뿐이었다. 게다가 그보다 다른 할 말이 있었다.

"야스요 씨는 가네코 선생과 아는 사이였습니까?"

시라카와가 갑자기 화제를 돌리자 야스요는 헛물켠 사람처럼 어색한 표정이 되었다.

"아는 사이라고 해야 할까? 가네코 선생이 먼저 접근해왔습니다."

"무슨 이유로요?"

"가네코 선생은 처음부터 JAMA를 불신하고 있었습니다. 전

일본의사회가 붕괴된 뒤 일단 JAMA에 들어갔지만 그는 JAMA를 개혁하고 싶어 했습니다. 그러려면 니미를 견제해야 했지요. 그래서 제게 협조를 청해왔습니다. 저로서도 JAMA가 다시 태어난다면 기쁜 일이니까요."

"그렇게 해서 당신은 가네코 선생으로부터 JAMA에 관한 정보를 얻었군요."

"그렇습니다."

야스요는 고개를 끄덕이고 나서 기묘하게 치켜뜬 눈으로 시라카와를 쳐다보았다.

"시라카와 선생이 어디까지 알고 계신지 모르겠습니다만, 가네코 선생은 니미의 배후에 관한 정보를 입수한 듯했습니다."

"배후?"

"그렇습니다. 그래서 입막음하려고 살해한 겁니다."

"근거 있는 말입니까?"

"지금 조사 중입니다. 하지만 히라마사 신문의 히가시 기자가 실종된 사건에는 분명 JAMA가 관련된 흔적이 있습니다. 게다가 히가시 기자가 행방불명되기 직전에 만난 사람이 야마나 선생이니까요."

시라카와는 놀라서 "네?"라고 소리쳤다. 그리고 주위를 살피면서 되물었다.

"야마나가 히가시 기자를 납치라도 했단 말입니까?"

"꼭 그렇다고는 할 수 없습니다. 어쩌면 야마나 선생을 이용한 것뿐인지도 모릅니다."

"무슨 뜻입니까?"

"히가시 기자는 야마나 선생과 만난 뒤 돌아오는 택시 안에서 제게 문자를 보냈습니다. 야마나 선생이 JAMA를 멀리하고 싶어 한다며 잘하면 협력을 구할 수 있을지도 모르겠다는 내용이었습니다."

"설마."

시라카와가 고개를 흔들자 야스요는 휴대전화를 내밀어 히가시가 보낸 문자를 보여주었다.

"가네코 선생에게도 들은 이야기가 있습니다. 야마나 선생은 우유부단하지만 잘하면 우리 편으로 끌어들일 수 있을 것 같다고 했습니다. 그래서 저는 야마나 선생을 만났습니다."

처음 듣는 이야기였다. 시라카와가 놀란 기색을 숨긴 채 물었다.

"그랬더니 야마나는 뭐랍니까?"

"히가시 기자의 실종에 대해서는 꽤 걱정하더군요. 경찰의 조사도 받았다고 합니다. 있는 그대로 이야기했다고 하더군요."

"야마나와 만난 뒤 히가시 기자가 타고 간 택시는 조사해봤습니까?"

"저도 수상하게 생각해서 두 사람이 만난 요릿집 여주인에게 물어봤더니, 여주인의 말에 따르면 히가시 기자가 돌아갈 때 택시를 잡은 건 야마나 선생이었다고 합니다. 하지만 미리 준비된

33. 너무 몰랐던 여자

택시가 아니라 때마침 지나가던 차였다고 하더군요."

"그렇다면 야마나가 꾸민 일이라고는 볼 수 없겠군요. 그가 JAMA를 멀리하려 한다는 말은 정말입니까? 저는 그렇게 생각하지 않습니다만……."

"야마나 선생의 본심은 저도 잘 모르겠습니다. 게다가 가네코 선생의 사건에 대해서도 묘한 말을 하더군요."

"묘한 말을요?"

"네, 구 전일본의사회의 반도 선생이 수상하다고요. 시라카와 선생, 반도 선생과 가네코 선생은 어떤 관계였습니까?"

야스요에 따르면, 야마나는 절대로 입 밖에 내지 말라며 가네코의 살해에 반도가 관련되어 있을 가능성이 높다는 말을 했다고 한다. 야마나는 어째서 야스요를 상대로 그렇게 부주의하게 입을 놀렸을까?

"4월에 개최된 JAMA의 세미나에서도 많은 일들이 있었던 모양입니다. 반도 선생과 니미 사이에 권력 투쟁 비슷한 것이 있었지 않습니까? 그때 가네코 선생이 니미 쪽으로 돌아서서 반도 선생이 원한을 품게 되었다고 그러던데, 시라카와 선생은 어떻게 생각하십니까?"

"저는 그 자리에 없었지만, 글쎄요, 들은 이야기로는 가네코 선생이 반도 선생을 버렸다는 느낌이 있습니다. 하지만 사실은 어떨지……."

다시 생각하니 뭔가 부자연스러운 면이 있었다. 반도가 오스트레일리아로 출국했다는 말을 들었을 때는 뭔가 수상했지만, 가네코보다는 오히려 자신을 밀어뜨린 니미한테 원한을 품지 않았을까?

"저는 가네코 선생이 니미에게 살해되었다고 생각합니다. 가네코 선생은 니미와 JAMA 간부의 움직임을 비밀리에 조사하고 있었으니까요. 그리고 중요한 정보를 알아낸 거죠. 그것은 시라카와 선생과도 관련 있는 일입니다."

야스요는 주변을 살피더니 시라카와 쪽으로 몸을 내밀었다.

"그 중요한 정보란 바로 쇼타로 사건과 관련해 시라카와 선생이 취조받을 때 검찰에 외압을 행사한 장본인에 관한 겁니다. 그래서 그 사실을 알아낸 가네코 선생이 살해 당했다고 가정하면 모든 것이 자연스럽게 맞아떨어집니다."

"설마요……."

시라카와는 당혹스러워 말이 막혔다.

만약 야마나가 부주의해서가 아니라 의도적으로 반도에 관한 일을 입 밖에 낸 것이라면? 입 밖에 내지 말라고 한 것도 신빙성을 높이려는 연출일 수 있었다. 입 밖에 내지 말라고 해도 언론과 친하고 입이 가벼운 야스요라면 떠벌릴 것이 뻔하기 때문이다. 가네코 사건의 배후 인물이 반도라는 소문이 퍼지면 세상의 이목도 모두 그쪽으로 향할 것이고, 그렇게 되면 가장 득을 보는 건 당연히 진짜 배후 아니겠는가.

"반도 선생은 오스트레일리아로 출국했다고 들었습니다만,

그것도 그가 신변에 위험을 느꼈기 때문 아닐까요?"

야스요의 목소리가 시라카와의 귀를 스치고 지나갔다.

"히라노 씨는 검찰에 외압을 행사한 건 총리로 재직했던 정치 거물이라고 말하더군요."

"그렇습니다. 사도하라 잇쇼입니다."

"하지만 증거가 있습니까?"

"증거는 사라졌습니다. 증거를 찾은 사람과 함께."

"……아무리 그래도 그렇게까지 했을 리가요."

시라카와는 얼버무리듯 웃었다. 모든 것이 야스요의 망상 아닐까 하는 생각도 들었지만, 시라카와의 뺨은 여전히 굳은 채였다.

야스요의 목소리에 다시 힘이 실렸다.

"시라카와 선생, 만약 JAMA가 정말 범죄와 관련되었다면 분명 어딘가에 허점이 있을 겁니다. 그것을 조사해주시지 않겠습니까? 어떤 일이라도 좋습니다."

문득 유키에의 일이 뇌리를 스쳤다. 유키에와의 장래가 시라카와에게는 무엇보다 중요했다. JAMA가 범죄와 관련되었다면 가만히 보고 있을 수만은 없었다.

"내가 시로가네 메디컬에서 알 수 있는 범위라면 조사해보지요."

"그걸로 충분합니다. 하지만 선생님, 부디 몸조심하세요. 신변에 어떤 위험이 닥칠지 모릅니다."

야스요의 눈은 긴장감으로 번득였다.

6월 15일 화요일, 오후 6시.

사생당 본부 회의실에 보도진이 모여 있었다. 그 앞에 여성 당수인 미야기 아즈사와 함께 야스요가 모습을 드러냈다. 사전에 생중계라는 연락을 받은 시라카와는 긴장한 표정으로 텔레비전을 보고 있었다.

― 여러분, 바쁘신 와중에도 이렇게 와주셔서 감사합니다.

분홍색 정장을 입고 몸집이 작은 미야기가 보도진에게 머리를 숙였다. 야스요는 여유 있는 웃음을 띠고 있었다.

― 정확히 일주일 전 스모하라 시의 나이토 기념병원에서 루게릭병 환자였던 이와노 하루오 씨가 안락사했습니다. 그 뒤로 안락사의 자유와 본인의 의사를 우선해야 한다는 보도가 많았습니다만, 오늘 새로운 사실이 밝혀져서 발표하려고 합니다.

이 사건은 예순네 살의 루게릭병 환자인 이와노 하루오가 안락사를 희망해서 지난주 원장이 인공호흡기를 제거하고 진정제를 다량 투여해 사망케 한 사건이었다. 이와노는 8개월 전부터 입원해 있었는데 더 이상 고통받고 싶지 않다며 안락사를 요청했다. 병원 측은 세 번에 걸쳐 윤리위원회를 열고 이 문제를 심의한 결과 이와노의 요청을 받아들여 원장에게 최종 판단을 맡겼다. 원장인 나이토 히로키는 직접 이와노의 주치의가 되어 2주에 걸쳐 진찰 및 본인 의사를 확인하고 안락사를 결행했다.

안락사법이 제정되어 있지 않은 현재, 이를 두고 지나친 행위라고 비판하는 의견도 있었지만 안락사 허용으로 기울어진 여론은 나이토 의사에 대한 비판을 최소한으로 억제했다. 무엇보다 이와노 자신이 강하게 희망했다는 점이 이 안락사 사건에 긍정적인 인상을 주었다.

그런데 이날 시라카와는 야스요로부터 예상치 못했던 사실이 발견되었다는 연락을 받았다. 이와노가 안락사를 원하지 않았다는 문서가 이와노의 컴퓨터에서 발견되었다는 것이다. 문서를 발견한 사람은 예전에 이와노가 간신히 움직이던 엄지손가락으로 쓴 시조를 자비 출판할 때 편집을 맡았던 소네 미노루였다. 소네는 이와노의 유고집을 출간하려고 유족에게서 이와노의 컴퓨터를 빌려 파일을 정리하다가 다음과 같은 문서를 발견했다.

운명, 그것은 바꿀 수 없다.
받아들여라, 허용할 수밖에 없다.
나는 더 이상 가족에게도, 병원에도
폐가 되고 싶지 않다.
그때의 한마디가 내 가슴을 찌른다.
'더 이상 살지 않아도 되는데.'
들리지 않을 거라 생각해서 한 말일까?

나는 대답했다.

그렇다. 더 이상 살지 않아도 된다.

그 말이 맞다.

이 글은 '문서 9'라는 이름으로 저장되어 있었다. 소네는 이 글을 인쇄해 전부터 안락사법에 강하게 반대하던 사생당의 미야기 사무소로 보냈다. 미야기는 곧바로 기자회견을 열고 이 문서를 공표하기로 했다. 카메라 앞에 나서는 것이 익숙지 않은 미야기는 안락사 문제로 교유하던 야스요를 이번 기자회견에 동석시켰다. 평소 텔레비전에 자주 등장한 야스요에게 도움을 받기 위해서였다.

미야기는 당당한 자세를 보이려 애쓰며 이와노의 '문서 9'를 정성껏 읽었다. 그리고 종이를 든 손을 부들부들 떨면서 호소했다.

— 저희는 '더 이상 살지 않아도 되는데'라고 무정한 발언을 한 사람이 누구인지 찾으려는 것이 아닙니다. 이와노 씨가 이 한마디 말에 상처를 입고 죽음을 선택한 사실을 알리려는 겁니다. 이와노 씨는 더 살고 싶어 했습니다. 결코 스스로 안락사를 원한 것이 아닙니다.

성실하지만 어딘지 모르게 더듬거리는 듯한 미야기의 말을 야스요가 빠른 오사카 사투리로 받았다.

— 그렇습니다. 중요한 것은 이와노 씨가 주위의 압력에 굴복

해서 안락사를 선택했다는 사실입니다. 어째서 그런 일이 생겼을까요? 그것은 최근 비정상적으로 퍼지고 있는 안락사를 허용하는 풍조 때문 아닐까요? 얼마 전에 발표된 안락사법 심사소위원회의 보고를 봐도 무서울 정도로 안락사의 위험에 둔감합니다. 여러분, 안락사는 '미끄러지기 쉬운 언덕'입니다. 일단 안락사법이 제정되면 계속 미끄러지게 될 겁니다. 안락사법이 제정된 네덜란드를 보십시오. 네덜란드에서는 전체 사망자의 2.5퍼센트에 이르는 사람이 안락사를 강요당하고 있습니다. 눈에 보이지 않는 사회적인 압력, 정신적인 압박이 얼마나 무서운지 모두 아실 겁니다. 사회가 안락사를 허용하면 장애자나 고령자, 난치병 환자가 얼마나 큰 위협을 느낄지 상상해보셨습니까? 그들의 불안과 공포에 공감하는 사람이 어쩌면 이렇게 적은지 저는 도저히 이해할 수가 없습니다. 그들은 열심히 살려고 합니다. 건강한 사람은 상상도 하지 못하는 노력을 하며 살고 있는 겁니다.

야스요의 외침에 미야기가 크게 고개를 끄덕였다. 야스요는 더욱 목소리를 높여 말했다.

— 인공호흡기를 달면 돈이 듭니다. 그런 경제적인 이유만으로 안락사를 선택하는 경우도 생길 수 있습니다. 본인이 절망하고 있으니 죽게 한다. 그런 세상이 과연 좋은 세상일까요? 루게릭병 환자가 인공호흡기를 떼고 싶다고 말하면 주위에서는 기다렸다는 듯이 찬성합니다. 훌륭한 자기 선택이라고, 본인의 의사라고 무서운 정당화가 시작됩니다. 그런 분위기에서 의

지가 약한 사람은 더욱 살기 어려울 수밖에 없습니다. 가족들이 자신이 죽기를 기다리고 있는 것처럼 느끼겠지요. 살 기력도 희망도 잃을 겁니다. 이와노 씨의 경우도 결국 그 무정한 한마디 말 때문에 안락사를 선택하지 않을 수 없는 상황에 내몰린 것 아닙니까? 하지만 여러분, 살아갈 가치가 없는 생명이란 절대로 없습니다!

야스요는 낭랑한 목소리를 더욱 높이며 회의실에 모인 기자들을 한 명씩 돌아보았다. 물론 반론하는 사람은 한 명도 없었다. 야스요는 자신만만하게 마지막 발언을 시작했다.

— 안락사법에 의거해서 의사가 책임을 면하게 된다면 무슨 일이 생길지 모릅니다. 모든 의사가 훌륭한 사람은 아니니까요. 이 법률은 악용될 가능성이 너무 큽니다. 난치병으로 고생하는 환자들 중에는 안락사를 희망하는 사람도 분명 있습니다. 하지만 그것이 다른 약자, 상황이 좋지 않은 환자에게 얼마나 부담이 될지 생각해보시기 바랍니다. 루게릭병이라도 말기 암이라도 최선을 다해 살면 언젠가 좋은 치료법이 개발되어 안락사 따위는 선택하지 않아도 되는 세상이 올지 누가 알겠습니까? 손쉽게 안락사를 선택하면 의사나 연구자는 새로운 치료법을 적극적으로 개발하지 않을지도 모릅니다. 아무리 괴로워도 참고 격려하며 모두가 가슴을 펴고 살아가는 사회를 만들어가는 편이 훨씬 낫지 않습니까?

미야기가 일어나서 박수를 쳤다. 기자들 사이에서도 박수 소리가 들렸다. 야스요는 스스로 감격에 겨워 눈물까지 글썽이며 자리에서 일어나 깊이 머리를 숙였다.

영상을 보면서 시라카와는 텔레비전의 신기한 힘에 놀랐다. 야스요의 말이 직접 만나서 들었을 때와 달리 설득력이 느껴졌기 때문이다. 시라카와는 야스요가 거듭 주장하는 안락사법의 위험성, 즉 한 사람이 안락사를 선택하면 그런 행위가 다른 환자에게 부담된다는 것을 생각해본 적도 없었다. 지금까지 시라카와는 눈앞에서 형언할 수 없는 고통을 참고 견디는 환자를 구하는 방법 외에는 생각하지 않았다.

하지만……. 시라카와는 고개를 흔들었다. 야스요의 주장에는 역시 현실과 거리가 먼 이상적인 논리가 뒤섞여 있었다. 암이나 루게릭병의 치료법이 쉽게 개발될 리 없었다. '누구나 가슴을 펴고'라고 말하면서 야스요는 반대로 안락사를 희망하는 사람들을 버리고 있다.

하지만 이와노의 '문서 9'는 여론에 커다란 영향을 미쳤다. 야스요는 여러 언론에 등장해서 안락사법 반대를 소리 높이 외쳤다. 사생당의 미야기를 비롯한 정치가들 외에 평론가나 대학 교수 등으로부터도 안락사법을 비판하는 의견이 잇따랐다. 지금까지 안락사법을 허용하던 흐름에 눌려 있던 반대 의견이 한꺼번에 터져 나왔다.

그런 움직임을 보면서 시라카와도 생각이 다시 흔들렸다. 안락사법은 역시 시기상조일까? 더욱 신중한 편이 나을까? 하지만 당장 안락사를 필요로 하는 사람은 어떻게 해야 한단 말인가? 죽을 만큼 괴롭더라도 참아야 한단 말인가? 결국 늘 같은 딜레마에 빠지면서 출구가 없는 미로를 헤맬 수밖에 없었다.

사생당의 미야기는 급기야 국회에 '안락사법 C안'을 제출했다. 지금까지는 정부가 제출한 A안과 그보다 약간 온건한 B안이 심의됐는데, C안은 안락사 자체에 정면으로 도전하는 내용이었다.

각 안의 골자는 다음과 같았다.

본인의 의사 확인

A안 = 구두를 포함한 모든 방법이 가능하다. 각서, 컴퓨터나 메일 등도 가능.

B안 = 본인 또는 대리인을 통한 서면 필요. 단, 서식은 상관없다.

C안 = 소정의 서식에 따라 본인이 자필로 기재. 변호사 또는 공증인의 승인이 필요하다.

의사 표명 뒤의 확인 기간

A안 = 1주일.

B안 = 2주일.

C안 = 1개월.

연령 제한

A안 = 20세 이상.

B안 = 40세 이상.

C안 = 75세 이상.

안락사 요건

A안 = 도카이 대학 안락사 사건에서 1999년 요코하마 지방 법원이 내린 네 가지 요건.

B안 = A안과 동일.

C안 = A, B안의 네 가지 요건에 더하여 가족의 동의 필요. 주위의 정신적 압력이 없다는 증명. 사회적·정신적 빈곤 상태가 아니라는 것을 의무적으로 증명해야 한다.

대상 환자

A안 = 참을 수 없는 고통(육체적·정신적인 것 불문)이 있는 경우.

B안 = 참을 수 없는 육체적인 고통이 있는 경우.

C안 = 참을 수 없는 고통을 동반하는 말기 암에 한정.

의사의 동의

A안 = 의사 두 명의 동의 필요.

B안 = 의사 세 명의 동의 필요.

C안= 전문의 네 명 및 근무처가 다른 의사의 동의 필요.

보고 의무

A안= 24시간 이내에 의무적으로 경찰에 신고.
B안= A안과 동일.
C안= 6시간 이내에 의무적으로 검찰에 신고. 아울러 의사는
  검찰관의 질문에 답하는 형태로 70개 항목에 대한 상
  세한 보고서 제출.

C안은 실질적으로 안락사를 금지하는 법안이라고 해도 과언이 아닐 만큼 엄격했다.

야스요는 더욱 공세를 높여 마침내 높은 시청률을 자랑하는 정치 버라이어티 프로그램 〈TV 트라이〉에서 '저지련'에 대한 아사이 의원의 첩자 의혹을 폭로했다.

― 여러분도 기억하고 계시겠지만, 작년 12월 〈24시간 온 에어!〉에서 방영한 공개 연명 치료는 본래 아사이 의원의 발상입니다. 그때 '저지련'의 오쓰카 선생은 치료를 중지하려고 했지만 아사이 의원이 억지로 연명 치료를 강행하도록 했습니다. 환자의 비참한 상황을 보고 안락사 찬성파로 전향한 척했지만 사실은 처음부터 안락사 찬성파였습니다.

― 증거가 있습니까?

사회자가 묻자 야스요는 크게 고개를 끄덕이며 말했다.

― 네, 아사이 의원은 거짓말을 했습니다. 아사이 의원은 처음에 부친이 연명 치료를 중지당한 것이 분해서 존엄사나 안락사에 반대한다고 말하며 '저지련'에 접근했습니다. 하지만 나중에 조사해보니 새빨간 거짓말이었습니다. 아사이 의원의 아버지는 노인 보건 시설에서 사망했습니다. 병원이 아니기 때문에 연명 치료 운운은 있을 수도 없는 일입니다.

야스요와 함께 출연한 사생당의 미야기가 초등학생처럼 손을 들고 말을 이어갔다.

― 저는 안락사법 임시조사회에서 아사이 선생과 함께했습니다. 처음에는 저도 아사이 의원이 안락사에 반대하는 줄 알았습니다. 하지만 〈24시간 온 에어!〉에서 손바닥을 뒤집듯 안락사법 추진파로 돌변해서 깜짝 놀랐습니다. 그렇게 극단적으로 변할 수 있다니 믿을 수 없었습니다. 그 뒤로 아사이 의원은 임시조사회에서 논의를 이끌더니 결국 안락사를 허용하는 결론을 내렸습니다.

― 그래서 '저지련'의 오쓰카 선생은 책임을 통감하고 스스로 목숨을 끊었던 겁니다.

야스요는 그렇게 말하고 화면 반대편에 아사이가 있기라도 한 듯 카메라를 노려보며 말했다.

― 아사이 의원, 당신의 거짓말은 전부 들통 났어요. 할 말이 있다면 당당히 얼굴을 보이고 말하세요. 당신은 최악의 거짓말쟁이 사기꾼입니다!

거침없는 야스요의 말에 스튜디오도 얼어붙었다.

시라카와는 텔레비전에 나오는 야스요의 모습이 위험해 보였다. 야스요는 지나치게 정의를 내세우고 있었다. 그런 상태에서 과연 얼마나 버틸 수 있을까?

시라카와의 불길한 예감은 적중했다. 6월 29일 발매된 『주간 분초』에 경악스러운 특종 기사가 실렸던 것이다.

'안락사 루게릭병 환자의 문서 9는 가짜로 판명!'

기사 내용은 다음과 같았다.

'이와노의 문서 9는 컴퓨터를 빌린 편집자 S(=소네)가 직접 써서 인쇄한 것이다. 작가가 되고 싶었던 S는 이번 안락사를 소재로 논픽션을 쓰려고 계획하고 있었다. S는 작품의 화제성을 높이기 위해 이와노의 문서를 위조해서 세상의 주목을 끌려고 했다. 그런데 안락사 반대 운동이 생각 이상으로 커지자 S는 두려워져서 주간지에 진실을 밝히기로 결심했다.'

이 특종 기사는 세상을 다시 한 번 충격에 빠뜨렸다. 안락사법 추진파는 기회를 놓치지 않고 반격했고, 거짓 문서로 세상을 속인 야스요와 미야기 의원을 격렬하게 비난했다. 그중에는 소네가 야스요의 꾐에 빠져 그런 문서를 위조한 것 아닌지 의심하는 기사까지 있었다.

시라카와는 야스요에게 전화를 걸어 상황을 물어보았다. 야스요를 걱정해서 한 행동이었는데 혼란해 빠진 야스요는 시라카와에게까지 덤벼들었다.

"'문서 9'는 진짜예요. 이와노 씨가 쓴 것이 틀림없다고요. 지금 기사의 배후 관계를 조사하고 있는데 모든 것이 의심스러워요. 소네가 주간지에 왜 그런 고백을 했겠어요. 아무도 이와노 씨의 문서임을 의심하지 않는데 말이에요."

야스요는 소네를 만나 담판을 짓겠다고 말했다.

며칠 뒤 시라카와는 야스요의 연락을 받았다. 야스요는 흥분한 목소리로 말했다.

"시라카와 선생님, 지금 소네 씨 집으로 찾아가 만나고 왔는데 역시 수상해요. 그가 보관하고 있는 이와노 씨의 컴퓨터를 직접 보고 확신했습니다. '문서 9'는 이와노 씨가 쓴 것이 틀림없어요."

이와노가 쓴 문서는 1부터 8까지 보존되어 있었는데 미야기가 공표한 '문서 9'와 문체가 모두 일치한다고 했다. 하지만 단순히 소네가 이와노의 문체를 흉내 냈을 수도 있었다. 시라카와는 그렇게 생각했지만 말을 해봤자 야스요가 귀를 기울여줄 것 같지 않았다.

"'문서 8'의 보존일은 5월 2일입니다. 그로부터 죽을 때까지 한 달 이상이나 시간이 있는데 그동안 아무것도 쓰지 않았다는 건 말이 안 돼요. 소네가 '문서 9' 이후의 글들을 삭제한 겁니다. 중간에 9만 없으면 이상하니까요."

"그런데 순순히 컴퓨터를 보여주던가요?"

"소네는 부탁하면 거절하지 못하는 성격이더군요. 제가 강하게 요구하니까 보여주었습니다. '문서 9' 건도 누군가 가짜라고 말하라고 시켰든가 아니면 돈을 받고 한 일인지도 모르죠. 아무리 봐도 뭔가 이상해요."

야스요의 말은 모두 정황 증거일 뿐이었지만, 그녀는 '문서 9'가 진짜라고 믿어 의심치 않는 눈치였다.

하지만 돌이켜보면 소네는 적어도 한 번은 거짓말을 했다. '문서 9'가 가짜라면 처음 사생당의 미야기 의원에게 그 문서를 전했을 때이고, 만약 가짜가 아니라면 『주간 분초』에 고백했을 때다. 지금 단계에서는 어느 쪽이라고도 단정할 수 없었다.

"시라카와 선생님, 소네는 어쨌거나 진실을 말했습니다. 누가 가짜 고백을 하도록 지시했는지 분명히 밝혀내겠습니다."

야스요의 확신에 찬 말투에 시라카와는 어떻게 판단해야 좋을지 알 수 없었다.

언론은 더 자세한 정보를 얻기 위해 소네에게 접근했지만 그는 모든 취재를 거절했다. 그것이 오히려 갖은 억측을 불러일으켜 세상은 더욱 소네에게 주목했다. 모자이크된 소네의 사진이 공개되고 텔레비전 카메라가 옥상에서 소네를 쫓아다녔다. 주간지는 그의 일생과 일하는 모습을 흥미 위주로 써내려갔다.

야스요가 시라카와에게 자신도 소네 가까이 접근할 수 없다며 투덜거리던 7월 9일, 생각지도 못했던 소식이 날아들었다. 소네가 자택에서 목을 매 죽은 채 발견되었던 것이다.

야스요는 즉시 여러 신문사에 의견을 발표하고 소네의 자살에는 분명 의심스러운 점이 있으며 가짜 고백의 배후에는 음모가 있다는 말을 상당히 확신에 찬 말투로 주장했다. 기사를 읽은 시라카와는 불안한 마음에 야스요에게 전화를 했다.

"야스요 씨, 그런 말을 해도 괜찮습니까?"

"걱정 마세요. 괜찮고말고요. 그건 시작에 불과합니다."

야스요는 이상할 정도로 흥분해서 대답했다.

"시라카와 선생님, 그 뒤로 믿기 어려운 정보가 들어와서 저도 깜짝 놀라고 있는 중입니다. 그래서 지금 전략을 짜고 있어요. 외국에서 들어온 정보도 있습니다. 머지않아 모든 걸 뒤집어버릴 겁니다. 안락사법도 JAMA도요. 물론 니미도 숨통을 끊어놓을 거예요. 두고 보세요."

"어떤 정본데 그러십니까?"

"그건 말씀드릴 수 없지만 기대하고 계세요."

야스요는 늘 그렇듯 기대감만 부풀려놓은 채 밝은 웃음을 남기고 전화를 끊었다. 그것이 시라카와가 들은 야스요의 마지막 음성이었다.

7월 17일 토요일, 시라카와는 석간 사회면을 보고 자신의 눈을 의심했다.

'수필가 후루바야시 야스요 씨, 자택에서 급사.'

사진과 함께 실린 기사에 따르면, 그날 아침 사무실로 사용하는 자택 거실에 쓰러져 있는 야스요를 지인이 발견해 병원으로 옮겼지만 이미 사망한 뒤였다고 한다. 사인은 구토에 의한 질식. 사망 직전 만취 상태였던 것으로 추정되었다. 방은 잠겨 있었고 누군가 침입한 흔적은 없었지만 경찰은 사고와 사건 양쪽의 가능성을 모두 조사하고 있다고 했다.

시라카와는 며칠 전 야스요가 했던 말이 떠올라 야마나에게 전화를 걸었다.

"오늘 석간 봤나?"

"아아."

야마나의 낮은 목소리에 시라카와는 전율을 느꼈다. 야마나가 야스요의 죽음을 이미 알고 있다고 직감적으로 느꼈기 때문이다.

"자네, 히가시 기자 일로 후루바야시 야스요 씨를 만난 적 있지? 그 야스요 씨가 죽었다네."

"나도 놀랐어."

"그뿐인가? 야스요 씨는 JAMA에 관해 여러 가지 조사를 하고 있었어. 그녀가 너무 많은 비밀을 알게 된 것 아닌가?"

야마나는 아무런 대답도 하지 않았다.

"이봐, 무슨 말 좀 해보게."

시라카와가 재촉하자 야마나는 냉랭한 어조로 마지못해 대답했다.

"후루바야시 야스요 씨는 너무 많이 알게 된 것이 아니야. JAMA를 너무 몰랐던 거지."

34. 안락사법 제정

 전화 너머에서 야마나는 태연한 목소리로 시라카와에게 말했다.

 "나도 후루바야시 야스요 씨의 죽음을 딱하게 생각하고 있어. 하지만 JAMA와는 상관없는 일이네."

 "하지만 자네는 방금 야스요 씨가 JAMA를 너무 몰랐다고 하지 않았나. 그 말은 JAMA가 얼마나 무서운 존재인지 몰랐다는 뜻 아닌가?"

 "야스요 씨는 만취해서 구토로 숨졌다고 들었네."

 "그건 그렇지만."

 허를 찔린 시라카와는 할 말을 잃었다. 신문에는 분명 그렇게 쓰여 있었다.

 "그렇다면 사고가 아닌가? 그러니까 JAMA하고는 상관없다는 말일세. 너무 몰랐다는 말은 그녀가 JAMA를 오해했다는 뜻이야. 왜 그런지는 모르지만, 그 사람은 특히 니미 선생을 적대시해서 색안경을 끼고 봤어. JAMA의 본래 모습을 제대로 알았다면 그렇게 비판적인 언동은 하지 않았을 테지."

그럴까? 하지만 조금 전 야마나의 말투는 분명 야스요의 죽음에 JAMA가 관련되었다는 인상을 풍겼다.

"야마나, 자네는 가네코 선생 사건에 반도 선생이 관련되었다는 말을 야스요 씨에게 했다지. 왜 그런 말을 했는가?"

"특별한 이유는 없네."

"이봐, 야마나, JAMA는 정말 야스요 씨의 죽음과 관련 없는 건가?"

"그 얘기는 나중에 하자고."

"왜지?"

시라카와가 캐물었지만 야마나는 대답하지 않았다. 야마나의 방에 누군가 들어서는 기척이 났다. 여자 목소리가 들렸다. 시바키였다.

"손님이 오셨어. 미안하지만 그만 끊겠네."

말릴 틈도 없이 야마나는 전화를 끊었다. 마치 사원 앞에 사장이 나타나기라도 한 듯한 행동이었다.

시바키 가오리. 시라카와는 JAMA의 2인자이며 니미의 오른팔이라 불리는 여의사의 얼굴을 떠올렸다. 오쿠히에이 세미나에서 눈썹 한 번 꿈쩍이지 않고 '죽음의 시범'을 보인 시바키. 시라카와는 시로가네 메디컬에서 시바키가 최근 들어 야마나와 가깝게 지낸다는 소문을 들었다. 그것은 JAMA 내부에서 야마나의 지위가 올라가고 있다는 뜻일까?

언젠가 교토에서 함께 술을 마시다가 야마나는 JAMA 내부에서 출세하고 싶다는 뜻을 비쳤었다. 그것은 술에 취해 무심코 나온 본심이었을지 모른다. 하지만 JAMA에 수상한 기운이 떠도는 지금 시라카와는 친구로서 야마나를 말려야 하지 않을까 하는 생각이 들었다. 그런 생각과 야마나가 일본판 포스트마 사건과 오쿠히에이 세미나에서 자신을 이용했다는 불쾌감이 시라카와의 마음속에서 교차했다.

며칠 뒤 시라카와는 갑자기 원장실로 호출되었다. 수술 지도를 부탁할 때는 직접 시라카와를 찾아왔었는데 무슨 일일까?

노크를 하고 들어가자 원장은 집무 책상 너머로 종이 한 장을 내밀었다. '전근 명령'이라는 글자가 눈에 들어왔다.

"시라카와 선생은 우리 병원의 촉탁 고문이신 만큼 제가 전달해도 되는지는 잘 모르겠습니다."

원장이 은근한 미소를 지으며 말했다. 전근 명령에는 8월 1일 자로 '야마나시 현 미나미쓰루 군 구메무라의 진료소장에 임명한다'고 쓰여 있었다.

"놀라셨을 겁니다. 저도 사정은 잘 모르지만 본부에서 서두르는 듯합니다."

원장은 동정 어린 표정을 지었지만 귀찮은 물건을 치웠다는 기쁨이 눈에 뻔히 보였다.

"잠깐만요, 이 병원에 부임한 지 아직 3개월밖에 되지 않았는데, 대체 무슨 일입니까?"

"글쎄요, 저로서도 갑작스러운 일이라 뭐가 뭔지 모르겠습니다. 시라카와 선생께도 아무런 설명이 없었습니까?"

"듣지 못했습니다."

자기도 모르게 언성이 높아졌지만 원장은 눈썹 하나 까딱하지 않았다.

"구메무라는 현재 무의촌으로, 옆 마을에 있는 진료소까지 차로 15분이나 걸린다고 합니다. 이 진료소도 우리 병원과 마찬가지로 JAMA가 직영하는 곳이고 수술 설비도 갖추어져 있습니다. 내과만 보기에는 아까웠는데, 모처럼 뛰어난 외과의가 부임하시게 되었네요."

"농담하십니까!"

시라카와는 원장의 천연덕스러운 태도에 자기도 모르게 말투가 거칠어졌다. 차로 15분 거리에 진료소가 있는 무의촌이라고? 사람을 가지고 노는 건가? 하지만 원장의 얼굴에는 무슨 말을 해도 이미 늦었다는 표정이 역력했다.

"야마나는 이 사실을 알고 있습니까?"

"아마 그럴 겁니다."

"내가 시로가네 메디컬에 근무하게 된 것은 애당초 야마나가 권했기 때문입니다. 그런데 이렇게 갑자기 전근이라니, 이상하지 않습니까?"

원장은 여전히 웃음 띤 마네킹 같은 표정으로 꿈쩍도 하지 않았다. 원장을 상대로 계속 이야기해봤자 아무 소용 없을 것이 뻔했다.

"알겠습니다. 본부에 직접 이야기하지요."

시라카와는 명령서를 들고 빠른 걸음으로 원장실을 나왔다.

그런데 복도에 나서자마자 문득 뇌리를 스치는 것이 있었다.

이 명령은 시바키가 꾸민 일 아닐까? 시바키는 펄스테이트 빌딩에서 열린 간담회에서 처음 만났을 때부터 시라카와를 싫어하는 기색이었다. 그 뒤로 시라카와를 안락사의 선구자로 치켜세우면서도 내심 마음이 맞지 않는다는 느낌을 몇 번 받았다. 야마나가 그런 시바키의 뜻을 따른 것 아닐까?

시라카와는 배신당한 기분으로 야마나에게 만나기를 청했다. 야마나는 시라카와가 담판을 하러 찾아올 것이라 예상하고 있었는지 곧바로 시간을 내주었다. 시라카와는 곧장 JAMA 본부로 향했다.

"이게 대체 무슨 일인가?"

야마나는 복잡한 표정으로 팔짱을 끼고 있었다. 시라카와는 계속해서 말했다.

"자네가 시로가네 메디컬로 옮겨준 것에 감사하고 있네. 오피스텔을 준비해주고 이혼 협의가 정리될 때까지 촉탁으로 있게 해준 것도, 여러 가지 무리한 요구를 들어준 것도 잘 알고 있어.

하지만 갑자기 시골 진료소로 가라니 너무하지 않은가?"

"그렇게 흥분하지 말게."

시라카와가 자기도 모르게 책상을 내려치자 야마나는 그 손을 차갑게 응시하더니 시선을 시라카와에게 향했다.

"시라카와, 최근 시로가네 메디컬의 수술부에서 젊은 의사들을 지도하고 있다지. 집도는 더 이상 하지 않을 생각인가?"

무슨 말을 하고 싶은 건가? 시라카와는 야마나에게서 몸을 약간 뒤로 뺐다. 야마나는 치켜뜬 눈으로 무표정하게 말했다.

"위암 수술에서 림프샘을 절제하다가 췌장에 상처를 내어 출혈을 일으키고 당황했다지. 소화기외과의로서는 가장 피해야 할 패턴 아닌가? 그래서 스스로 메스를 잡지 않는 건가? 자신이 없어져서."

"자네…… 무슨 말이 하고 싶은 건가?"

겨드랑이에서 땀이 흘렀다. 시로가네 메디컬에서 한 실수를 야마나도 알게 된 건 어쩔 수 없는 일이었다. 하지만 설마 그 정도로 외과의로서 쓸모없게 되었다고 판단할 생각인가?

"외과의라면 자네 자신도 알겠지? 단 한 번의 실수가 다음 번에는 환자의 목숨과 직결된 실수로 이어질 수도 있다는 사실을 말이야."

그러는 너는 어떠냐며 시라카와는 괴로운 마음에 야마나를 몰아세우고 싶었다. 하지만 표정을 일그러뜨리며 분해하는 시라카와에게 야마나는 조용히 말했다.

34. 안락사법 제정

"시로가네 메디컬의 외과에서 불만이 제기되었네. 자네의 지도 때문에 젊은 의사들이 곤란해한다고."

"뭐라고? 내 지도로 그들의 실력이 더욱 좋아졌는데."

"그렇게 생각하는 건 자네뿐일세."

야마나는 한숨을 쉬며 머리를 흔들더니 당황한 시라카와를 더욱 몰아세웠다.

"게다가 무단결근까지."

"그 점은 미안하게 생각하고 있네. 두 번 다시 그런……."

시라카와의 말을 막으며 야마나가 낮은 목소리로 말했다.

"구메무라의 진료소에는 작은 수술대도 있어. 외상 봉합이나 종양 절제 정도는 할 수 있네."

"자네, 어떻게 그런 말을. 나는 이래봬도 교토에서는 외과 부장으로……."

"잘된 일 아닌가? 모토무라 유키에 씨도 같이 부임해서 함께 지내면. 모토무라 씨도 일을 찾고 있는 걸로 아네."

갑작스럽게 유키에의 이름이 나오자 시라카와는 순간 눈앞이 캄캄해졌다. 야마나는 손가락 끝으로 관자놀이를 문지르며 말했다.

"이곳에는 여러 가지 정보가 들어온다네. 그 여자가 일부러 자네를 만나러 찾아왔다고 들었어."

"병원 비서에게서 들었나 보군. 하지만 모토무라가 일을 찾고 있다는 건 어떻게 알았지?"

"그건 내 정보망이라고 해두지."

"설마 내 뒤를 밟고 다닌 건가?"

야마나는 아무런 대답도 하지 않았다. 그런 비겁한 행동까지 하며 자신을 병원에서 내쫓으려는 건가? 시라카와는 분노로 몸을 떨며 야마나를 노려보았다.

"이 명령은 시바키 선생이 지시한 일인가?"

"왜 그런 말을 하는가?"

"그 여자는 처음부터 나를 쫓아내고 싶어 하지 않았나?"

"그건 지나친 생각일세."

"그렇다면 자네의 결정인가?"

"본부 방침이야."

두 사람은 서로를 노려보았다. '조용히 명령을 받아들여.' '역시 자네가?' 무언의 대화가 오간 뒤 먼저 시선을 피한 쪽은 시라카와였다.

"알겠네. 시로가네 메디컬을 그만두지. 물론 JAMA와도 인연을 끊겠네. 지금까지 자네가 도와준 것에 대해서는 고맙게 생각하지만 앞으로는 절대 내 일에 상관 말게."

그 말을 남기고 등을 돌리는 시라카와에게 야마나가 말했다.

"잘 생각하게. 대답은 나중에 듣지."

시라카와는 미나미아자부에 있는 오피스텔로 돌아가 떠날

준비를 했다.

처음부터 잠시만 살 생각이었기 때문에 교토에서 가져온 짐은 상자째로 놓여 있었다. 옷장을 열고 양복과 재킷, 셔츠 등을 침대 위에 꺼내놓았다. 마루에 쌓인 책을 상자에 넣고 거실에 있던 베네치아 유리 장식품과 CD를 신문지로 쌌다. 냉장고와 전자레인지는 원래부터 있던 거라 옮길 필요도 없었다. 텔레비전과 소파, 침대도 마찬가지였다. 시라카와가 가져온 가구는 책상뿐이었다.

짐을 다 싸는 데 한 시간 정도 걸렸다. 상자는 전부 11개. 그중 6개가 책이었다. 레저 용품 하나 없고 수집품도 없었다. 얼마 안 되는 짐을 보고 있자니 시라카와는 그 짐들이 마치 자신의 인생처럼 느껴져 초라한 기분이 들었다. 자신의 인생 대부분을 차지했던 건 의료다. 의사로서 높이 평가받는 것, 환자를 위해 최선을 다하고 조금이라도 많은 환자를 구하는 일, 그 외에는 생각하지 않았다. 하지만 과연 그걸로 충분했던 걸까?

눈앞의 상자를 바라보면서 시라카와의 표정은 서서히 험악해졌다. 외과의로서 20년 넘게 오직 의료에 전념해온 결과 남은 것은 무엇인가? 수많은 수술을 하고, 수많은 생명을 구했는데다 스쳐 지나간 과거일 뿐이었다. 큰 감사와 기쁨, 웃는 얼굴은 모두 사라지고 없었다. 지금은 모든 것이 꿈만 같았다.

야마나와 헤어지고, JAMA와 인연을 끊고, 앞으로 어떻게 병원을 찾아야 할까? 이제 와서 대학 의국에 부탁하기도 어려웠다.

교라쿠 병원을 그만둘 때도 의국 인사가 아니라 야마나의 개인적인 친분으로 옮겼는데, 그곳이 싫으니 다른 병원을 소개해달라는 건 너무 제멋대로인 행동이었다.

큰소리치고 뛰쳐나오기는 했지만 시라카와는 앞으로 어떻게 해야 할지 막막했다. 닥터 뱅크 같은 곳에 등록해볼까? 아니다, 그런 곳은 무책임하고 중개료만 챙길 뿐 좋은 병원을 소개해주지 않는다고 들었다. 교토 병원에 있을 때는 의사 리쿠르트 잡지가 잔뜩 쌓였었는데 정작 필요한 지금은 한 권도 손에 넣을 수 없었다. 인생이 참 얄궂다며 시라카와는 탄식했다.

다음 날부터 시라카와는 지인과 후배 의사에게 전화를 걸어 취직자리를 부탁했다. 하지만 모두 애매한 대답만 할 뿐이었다. 병원은 의사가 부족한 상황이었지만 거의 젊은 의사만 구하고 있어서 웬만한 병원의 부장급 이상 자리는 어디에도 없었다.

도쿄에 있어봤자 소용없을 것 같아 시라카와는 일단 교토로 돌아가기로 했다. 짐은 오피스텔에 놓고 갈 수밖에 없었다. 자기 쪽에서 먼저 인연을 끊겠다고 말해놓고 JAMA에서 구해준 오피스텔을 계속 이용하는 것이 마음에 걸렸지만 어쩔 수 없었다.

7월 27일, 시라카와는 아침 일찍 신칸센을 타고 교토로 향했다.

시라카와는 교토에 도착하자마자 친한 의사와 사무장에게 전화를 해봤지만 바라던 대답은 듣지 못했다. 생각해보면 자신처럼 경험 많은 의사를 구하는 병원이 그리 쉽게 찾아질 리 없었다. 초조한 마음을 억누르고 전에 이용했던 역 앞의 비즈니스 호텔에 묵었다.

시라카와는 밤에 유키에에게 전화를 걸어 교토에 왔음을 알렸다. 유키에는 기뻐했지만 때마침 친구와 식사 중이어서 다음 날 오후에 만날 약속을 하고 자세한 얘기도 그때 하기로 했다.

다음 날 아침, 시라카와는 호텔 커피숍에서 아침 식사를 하다가 옆자리 손님이 읽고 있던 신문의 표제를 발견했다.

'안락사법 A안, 중의원 통과.'

시라카와는 매점에서 신문사별로 신문을 한 부씩 사가지고 방으로 올라갔다. 기사 내용은 모두 비슷했다. 안락사 법안은 27일 오후 중의원 본회의에서 표결에 부쳐 안락사 장벽이 가장 낮은 A안이 245표를 얻어 가결되었다. 과반수가 넘는 득표였다. 마침내 일본도 안락사 허용에 크게 가까워진 것이었다.

안락사법에 적극적인 도쿠니치 신문의 사설에는 다음과 같은 글이 실려 있었다.

'……A안은 안락사법 급진파, B안은 온건파의 지지를 얻었지만 이번 중의원에서 A안이 채택된 것은 타당하다고 할 수 있다. 안락사의 본인 의사 확인 기간도 A안이 의사를 표명한 뒤 1주일인 데 반해 B안은 2주일이었다. 고통을 참지 못해 안락사를 원하는 상황에서 본인 의사를 확인하고 2주나 기다리는 건 쓸데없는 고통만 늘릴 뿐이다. 본인의 의사 확인도 안락사를 원할 정도로 다급한 환자에게 서면으로 작성하라는 건 현장을 너

무 모르는 관료들의 발상이라고밖에 할 수 없다.'

한편 안락사법에 신중한 신초 신문에는 다음과 같은 글이 실렸다.

'……폐기된 C안에도 버리기 아까운 점이 몇 가지 있었다. 본인뿐 아니라 가족의 동의를 필요로 하는 조문이다. 루게릭병 등 난치병의 경우, 환자가 안락사를 원하더라도 그때까지 필사적으로 버텨온 가족의 기분을 무시하는 건 바람직하지 않다. 또한 증명하기 어렵겠지만 C안에 포함된 사회적·경제적으로 빈곤하지 않다는 것을 확인해야 한다는 점도 중요하다. 주변을 걱정하고 배려하는 마음으로 안락사를 선택하는 사람이 나와서는 안 되기 때문이다.'

시라카와는 야스요의 말을 떠올리며 그녀가 살아 있다면 이 법안 통과에 얼마나 분노했을지 생각해보았다. 하지만 이것으로 죽고 싶어도 죽지 못하는 환자가 구원받을 수 있게 되었다. 그렇게 생각했지만 시라카와의 마음은 편치 않았다. 안락사법은 없으면 필요성이 절실하지만 제정되면 불안을 느끼게 한다. 역시 안락사법은 아직 일본에서는 시기상조가 아닐까? 많은 이들이 안락사를 원하고 있다는 건 알지만 이 불안감은 대체 무엇 때문일까?

오후 1시 반경, 여름답지 않은 흐린 하늘 아래 시라카와는 교토 시립미술관으로 향했다. 유키에가 마침 좋아하는 클림트와 실레 전시회가 열리는데 함께 보고 싶다고 했기 때문이다.

시라카와가 중후한 돌기둥이 솟은 로비 아래에서 기다리고 있는데 파란색 원피스를 입은 유키에가 다가왔다.

"선생님, 일찍 오셨군요."

돌계단을 오르며 온화하게 웃는 유키에의 목소리에 시라카와는 평온함을 느꼈다. 검은 생머리와 흑요석처럼 검은 눈동자가 빛나는 유키에를 보며 시라카와는 모든 고민을 잊고 함께하는 시간을 즐기기로 했다.

"아, 오랜만이군. 별일 없었고?"

"네, 선생님도 잘 지내셨어요?"

시라카와는 낮은 하늘에 흘깃 눈길을 주고 애매하게 대답했다.

"그보다, 도쿄에는 잘 오지 않는군. 사가 병원은 지난달로 그만두었지?"

"네, 하지만 뒷정리도 해야 하고 부탁받은 일도 있어서요. 생각처럼 시간이 나지 않았어요."

"교토를 떠나기 싫었던 건 아니야? 마음이 변했다거나."

"아니에요, 이미 결정한 일인걸요."

"그래."

시라카와는 내심 안도하며 미술관 현관으로 유키에를 이끌었다.

전시회에는 두 화가를 중심으로 빈의 세기말 예술 작품이 전시되어 있었다. 입구에 들어서자 바로 앞에 클림트의 사진이 걸려 있었다. 머리에서부터 뒤집어쓴 듯한 의상을 걸친 클림트는 수염이 나고 동그란 눈매에 머리숱이 적었다. 유키에가 장난스럽게 말했다.

"그림과는 전혀 어울리지 않는 얼굴이네요."

탐미적인 미녀를 그린 화가치고는 확실히 깔끔한 모습이 아니었다. 시라카와는 온화하게 웃으며 유키에에게 물었다.

"클림트의 묘에 관한 이야기 알아?"

"아니요."

"학회 일로 빈을 방문했을 때 쇤브룬 궁전 근처에 있는 그의 묘지를 보게 되었어. 훌륭한 비석이 늘어서 있는데 유독 클림트의 묘에는 'GUSTAV KLIMT'라는 이름만 새겨진 석판이 놓여 있더라고. 살아 있는 동안 최선을 다했다면 묘를 장식할 필요 따위는 없다고 말하는 것 같아서 시원했어."

"그렇군요."

유키에가 감동한 듯 고개를 끄덕이며 살며시 팔짱을 끼었다. 어둠침침한 인파 속에서 유키에의 숨결이 느껴졌다.

전시회장에는 〈키스〉, 〈물뱀〉, 〈다나에〉 등 유명한 작품들이 걸려 있었다. 풍만한 몸매와 농염한 눈동자가 빛났다.

"아름답군."

"황홀할 정도예요."

두 사람은 다른 관람객들은 신경 쓰지 않고 천천히 작품을 감상했다. 실레의 전시장에도 실레의 사진이 걸려 있었다.

"에곤 실레는 미남이네요."

"그렇군. 그는 젊어서 죽었으니까 더 그럴 거야."

마른 몸, 꿈틀거리는 근육과 관절. 〈죽음과 소녀〉, 〈죽은 도시〉, 〈은자들〉. 실레의 작품은 어둡고 불길한 느낌을 주었다. 하지만 매혹적이었다. 클림트의 에로스와 실레의 타나토스. 안락사에는 이 두 가지가 공존하는 게 아닐까?

시라카와의 머릿속에 오늘 아침에 읽은 신문 기사가 떠올랐다. 그 불안감은 아마도 죽음을 지나치게 겉으로 드러냈기 때문일 것이다. 안락사는 법률 등으로 규정해서 당당하게 행하는 것이 아니라 세상에 드러내기를 꺼리면서 은밀하게 행해져야 하지 않을까? 안락사를 행하는 의사는 남몰래 에로스와 타나토스를 느끼니까. 말도 안 되는 생각이 시라카와의 뇌리를 스쳐 지나갔다.

그 외에도 코코슈카나 게레스텔 같은 화가의 인상 깊은 그림들이 전시되어 있었다. 유키에는 계속 시라카와와 팔짱을 낀 채 감상했다.

밖으로 나가자 여전히 검은 구름이 낮게 드리워져 있었다. 찬 기운이 섞인 바람이 불어왔다.

"하늘이 마치 세기말의 빈 같아요. 본 적은 없지만."

유키에는 요염한 미소를 지었다. 미술관 동쪽에 한적한 정원이 있다며 그녀는 시라카와를 이끌었다. 거대한 히말라야 삼나무 아래에 커다란 연못이 있었다. 유키에가 한 걸음 앞으로 걸어가더니 뒤돌아섰다.

"선생님, 오늘은 어쩐 일로 교토에 오신 거예요?"

시라카와는 잊어버리고 싶었지만 대답하지 않을 수 없었다.

"실은 시로가네 메디컬을 그만두기로 했어."

유키에는 놀란 표정으로 시라카와를 쳐다보았다.

"무슨 일 있으셨어요?"

"JAMA 본부로부터 야마나시 현의 진료소로 가라는 명령을 받았어. 본부에 있는 야마나라는 내 동기가 꾸민 일 같아. 시로가네 메디컬로 옮긴 것도 야마나 덕분이었지."

시라카와는 야마나와 자신의 관계를 간단히 설명했다. 그리고 불쾌한 듯 덧붙였다.

"야마나는 유키에가 도쿄에서 일자리를 구하는 것도 알고 있더군. 야마나시 진료소에 함께 가라면서 말이야. 말도 안 되는 얘기지."

"선생님이 왜 그런 시골 진료소로 가야 하는데요?"

"내가 방해되었거나 어쩌면 야마나가 자신의 출세를 위해 상부에 잘 보이려고 나를 내쫓는 건지도 모르지."

"너무하는군요."

"어쨌거나 야마나가 어떻게 유키에가 일자리를 찾고 있다는 사실까지 알고 있는지. 처음엔 미행한 건가 생각했는데, 어쩌면 유키에와 아는 사이라는 간호사에게 들었을지도 모르고."

유키에는 살짝 동요하는 모습을 보였다.

"지난번에 자네가 말했었지. 내가 시로가네 메디컬에 있다는 사실을 자네에게 가르쳐준 간호사가 있다고 말이야."

"글쎄요, 그 사람은 제가 아는 사람의 아는 사람이라 직접적으로는 모르거든요. 게다가 지금은 시로가네 메디컬을 그만두었다고 들었어요."

유키에는 이번에도 그 간호사의 이름은 말하지 않았다.

"그래서 선생님은 앞으로 어떻게 하실 작정이세요?"

"다른 병원을 찾고 있어."

"도쿄에서요?"

"아니, 교토가 될지도 몰라. 몇 군데 부탁해놓았어."

굳이 좋은 자리가 없다는 말은 하지 않아도 알겠지. 시라카와가 말없이 걷기 시작하자 유키에도 조용히 따라왔다.

시라카와의 가슴속에서 문득 야마나에 대한 반감이 끓어올랐다.

"야마나는 옛날부터 출세에 대한 욕망이 강한 녀석이었지. JAMA에서 출세해봤자 뭐가 좋다는 건지. 일본 의료의 개혁이니 뭐니 뜬구름 잡는 이야기에 빠져들기보다 의사라면 눈앞의 환자에게 전념하는 것이 더 중요할 텐데 말이야."

"선생님 말씀이 옳아요."

유키에는 빠른 걸음으로 시라카와를 앞지르더니 그와 마주

섰다.

"시라카와 선생님, 저는 선생님이 어디를 가시든 따라갈 거예요. 선생님은 분명 환자를 위해 최선을 다하실 테니까요."

유키에의 눈에는 강한 결의가 담겨 있었다.

"고마워. 하지만······."

병원이 정해지지 않는 한 환자를 위한 최선이고 뭐고 아무것도 할 수 없었다. 그런 시라카와의 마음을 알아챘는지 유키에가 말했다.

"선생님, 꼭 병원이 아니라도 상관없지 않을까요? 진료소에서도 환자를 위해 의술을 펼칠 수 있잖아요."

"하지만 진료소에서는 수술을 하기 어려워. 유키에는 내게 메스를 버리라고 말하는 건가?"

"아니에요, 그렇지 않아요. 하지만 산속 진료소에서도 훌륭한 의술을 펼칠 수는 있잖아요. 선생님이라면 환자들도 모두 기뻐할 거예요. 선생님처럼 환자를 성심성의껏 보살피는 의사는 없으니까요."

환자를 위해 최선을 다하는 일이 꼭 수술만은 아니다. 유키에의 말은 그렇게 들렸다. 외과의인 자신은 어쩌면 지나치게 수술에 연연하고 있는지도 모른다.

"시라카와 선생님, 야마나시 진료소에 관한 이야기, 다시 한 번 생각해보시면 안 될까요?"

유키에는 왜 이런 말을 하는 걸까? 마치 야마나를 편드는 것 같지 않은가?

유키에는 핸드백을 뒤로 메고 자갈을 걷어차면서 걸었다.

"옛날에 어머니가 이런 말을 한 적 있어요. 꼭 병원에 가야만 진료를 받을 수 있는 건 아니라고요. 어머니는 기노사키로 옮기신 뒤 한동안 마이즈루의 시골 진료소에서 시간제로 간호사 일을 하셨어요. 그때 마을 사람들이 진료소 선생님께 얼마나 고마워하는지 보고 감격했대요. 시라카와 선생님이라면 도시의 병원에서도 뛰어난 수술을 하시지만 산속 진료소에서도 분명 멋진 의술을 펼치시리라 믿어요. 그런 곳이라면 저도 병원에서보다 선생님을 더 도와드릴 수 있을 거예요."

"하지만 벌써 JAMA와 인연을 끊겠다고 말했어."

시라카와가 얼굴을 피하자 유키에는 유감스럽다는 듯이 중얼거렸다.

"그러세요?"

유키에가 특별히 야마나를 편드는 것처럼 보이지는 않았다.

"그렇지만……."

시라카와는 생각을 고쳐먹은 듯 얼굴을 들었다.

"JAMA 쪽에서 아직 나를 해고한 건 아니야. 다시 이야기해볼 여지는 남아 있을지 몰라."

유키에에게서는 시라카와의 뜻대로 하라는 아무런 감정도 실리지 않은 무표정밖에 읽어낼 수 없었다.

시라카와는 교토에서 나흘간 머무는 동안 사흘을 유키에와 함께 보내고 시가와 오사카까지 일할 만한 병원을 찾아봤지만 결국 취직자리를 구하지 못했다.

시라카와는 도쿄에 돌아온 뒤로도 한동안 고민하다가 결국 머리를 숙일 생각으로 야마나에게 전화를 걸었다.

"야마나, 지난번에는 미안했네. 정말 민망하네만 지난번 야마나시의 진료소 건으로 다시 한 번 본부에서 이야기하고 싶네."

"이야기라니?"

"그러니까 그 전근 명령을 받아들이려 하네."

"그래? 잘 생각했네. 잘 결정했어. 나 역시 고맙네."

시라카와는 직접 만나서 제대로 사과하고 싶었지만 야마나는 몹시 바쁜 듯 조금만 더 기다려달라고 했다. 구메무라의 진료소는 9월 1일 개원할 예정이라서 8월 중에 필요한 물품을 갖추고, 사무 수속을 진행하면 된다는 것이었다.

"필요한 것이 있으면 뭐든지 본부에 이야기하게. 나도 시간 나면 한 번 갈 테니."

급하게 전화를 끊으려는 야마나에게 시라카와는 매달리듯 말했다.

"하나만 확인해주게. 진료소의 간호사는 결정되었는가?"

"아니, 아직. 자네가 원하는 대로 결정하게."

"모토무라 씨로 결정해도 괜찮을까?"

"물론이지. 잘 부탁하네, 그럼."

전화는 거의 일방적으로 끊겼다. 시라카와는 석연치 않은 마음으로 휴대전화를 바라보았다. 어쩐지 억지로 끌려가는 듯한 느낌이었다.

진료소 개설 준비를 위해 JAMA 본부에서 가토라는 사무장이 파견되었다. 그 남자는 물품 준비에서 관청 개원 수속에 이르기까지 일사천리로 일을 진행했다.

진료소 옆에는 의사용 숙소가 마련되어서 시라카와는 8월이 되자마자 곧바로 오피스텔을 떠나 구메무라로 이사했다. 구메무라는 중앙자동차도로에서 사가미코 동쪽 출구로 나와 413번 국도를 따라 오쿠사가미코 방면으로 45분 정도 거리에 위치한 곳으로, 생각보다 도쿄와 가까웠다.

야마나와는 그 뒤로도 몇 번 통화를 했지만 여전히 몹시 바쁜 듯 좀처럼 만나기 어려웠다.

"마침내 10월에 의료청이 발족되지 않는가. JAMA는 의료청에서 여러 업무를 위탁받았어. 의료청과 동시에 의료인권리원도 발족하네. 자세한 얘기는 할 수 없지만 나는 지금 잠잘 시간도 없을 정도로 바쁘다네."

야마나는 마치 조증 환자처럼 활기가 넘쳤고, 목소리도 차분하지 못했다. 시라카와는 문득 오쿠히에이 세미나에서 들었던 소문이 떠올랐다. 니미가 의료인권리원의 의장이 될 공산이 크다는 소문이었다. 그렇게 되면 니미는 일본 의료계의 숨은 실력자가 될 것이다. 야마나도 그런 움직임과 관련되어 있는 걸까?

다행히 JAMA에 관한 불온한 소문은 더 이상 들리지 않았다. 야스요의 죽음에 관해서도 특별히 눈에 띄는 풍문은 없었다. 역시 단순한 사고였던 걸까? 그렇게 생각하면서도 시라카와는 야마나의 미래에 알 수 없는 불안을 느꼈다.

8월 15일 일요일, 유키에가 구메무라로 왔다. 처음부터 함께 살 수는 없었기 때문에 한동안 근처 농가를 빌리기로 했다.

그리고 열흘 뒤 다시 한 번 신문의 표제가 시라카와의 눈길을 끌었다.

'안락사법 제정. 참의원도 A안 가결. 일본에도 편안한 죽음의 권리가.'

기사에는 참의원 본회의에서 법안이 가결되어 의장에게 인사하는 아즈마 후생노동성 장관의 사진이 크게 실려 있었다. 다양한 사설과 해설이 쏟아지는 가운데 시라카와의 주의를 끈 것은 자공당의 원로인 사도하라 잇쇼의 인터뷰였다.

'……사람은 누구나 결국 죽게 마련이지요. 노인은 모두 편안한 죽음을 원합니다. 하지만 자연에 맡겨두면 모두가 편안한 죽음을 맞지는 못합니다. 불필요한 연명 치료는 고통을 주기 위한 거나 다름없어요. 현재 일본의 의료 수준은 편안한 마지막을 보증하기에 충분합니다. 이제 일본도 나무랄 데 없는 국가가 되었습니다. 앞으로 일본은 안락사 면에서도 세계를 이끄는 나라가 되어야 합니다.'

아흔 살치고는 지나치게 혈색이 좋아 보이는 사도하라의 웃는 얼굴이 컬러 사진으로 실려 있었다. 시라카와는 사도하라의 젊은 모습과 정정함에 놀라면서도 무언가 석연치 않은 느낌을 받았다. 시라카와는 언젠가 교토 부경의 히라노가 했던 말이 생각났다.

'다만 한 가지 마음에 걸리는 건 사도하라 잇쇼가 왜 그렇게까지 안락사법 제정에 적극적인가 하는 점입니다.'

인터뷰에도 이유를 짐작할 만한 내용은 없었다.

그리고 또 한 가지 눈길을 끈 것은 니미의 움직임이었다. 몇몇 신문은 안락사법이 제정되자 니미가 JAMA 긴급 총회를 개최해 '승리 선언'을 했다고 보도했다. 지금까지 눈에 띄는 움직임은 없었지만 역시 안락사법 제정에 JAMA가 깊이 관련되어 있었던 것인가?

어쨌거나 안락사법은 제정되었고, 내년 1월 1일부터 시행이 결정되었다. 마침내 일본도 안락사를 행할 수 있는 나라가 된 것이다. 이와 관련해 후생노동성이 진무리전드 제약의 신약 케루빔을 연내에 허가할 전망이라는 기사가 보도되었다. 시라카와는 오쿠히에이 세미나에서 케루빔을 설명하던 풍자만화 속 주인공 같던 무라오의 모습이 떠올랐다.

구메무라 진료소의 개원 준비가 거의 끝나가던 8월 마지막 일요일, 의사용 숙소 앞에 검은색 리무진이 멈췄다. 뒷좌석에서 내린 사람은 고급스러운 여름 정장을 입은 야마나였다.

"연락도 없이 갑자기 찾아와서 미안하네. 내일 고후에서 야마나시 현 의료연맹회의가 있어서 그 전에 잠깐 들렀네."

야마나와 달리 시라카와는 먼지투성이의 낡은 셔츠에 면바지 차림으로 벌써부터 시골 의사 냄새를 풍기고 있었다.

"잘 왔어. 보다시피 개원 준비는 순조롭게 진행되고 있네."

전근 명령을 한 번 거절했다는 마음의 빚이 있던 시라카와는 야마나를 친절하게 맞이했다.

"시라카와, 이제 일본의 의료가 바뀔 걸세. 마침내 '의료 신질서'가 도래하는 거지. 자랑스러운 통제 의료가 시작되는 거야."

야마나는 진료소를 둘러보면서도 마음은 딴 곳에 있는 사람처럼 호언장담했다. 그는 선반에서 새 진료 기록표를 집어 들더니 표지만 흘깃 보고 흥미 없다는 듯 탁자에 툭 던져놓았다. 시라카와는 그것을 주워 진료 기록 보관함에 꽂아 넣었다.

"야마나, 일본의 의료 체제도 중요하겠지만 자네의 진료는 어찌 되고 있는가? 자네는 이제 환자를 보지 않는 건가?"

"아, 바빠서 그럴 틈이 없네."

대충 진료소 안을 둘러보는 야마나를 뒤쫓으면서 시라카와가 강하게 말했다.

"하지만 야마나, 의사는 환자를 잊어버리는 순간 끝 아닌가? JAMA의 활동도 중요하겠지만 다시 진료 현장으로 돌아가는 것이 어떤가?"

"현장도 중요하고 넓은 안목을 갖는 것도 중요하네. JAMA는 지금까지의 전일본의사회나 후생노동성과는 달라. 의료청과 협력해서 공정하고 합리적인 의료를 주도해나갈 걸세. 이건 환자 전체를 위한 일이야. 의료는 자연스러운 흐름에 맡겨두면 이상한 방향으로 흘러가고 말 거야. 의사는 사리사욕을 채우고, 관료는 부서의 이익과 체면에만 연연하고, 환자는 조금이라도 나은 의료를 싼값에 받으려 하겠지. 그렇게 되면 의료는 엉망이 되지 않겠는가? 그러니까 JAMA와 같은 조직이 확실히 주도해야 해."

"하지만 JAMA에는 좋지 않은 소문도 있지 않은가?"

시라카와는 진심으로 야마나를 걱정하는 마음으로 말했다. 하지만 야마나는 시라카와를 마주 보며 번쩍거리는 눈빛으로 대답했다.

"개혁에는 저항이 있기 마련이야. 비겁한 방해와 장애물도 있어. 그것을 제거하려면 어쩔 수 없이 손을 더럽혀야 하는 경우도 있지."

표정이 험악해진 야마나는 시라카와의 말에 더 이상 귀를 기울일 것 같지 않았다. 시라카와는 아픈 마음으로 친구를 바라보았다. 그 시선을 느꼈는지 야마나는 표정을 풀었다.

"시라카와, 자네에게는 미안하지만 한동안 이곳에서 애써주게. 그 편이 안전하니."

"뭐라고?"

"아니, 아무것도 아닐세. 벌써 시간이 이렇게 되었군. 그럼 가보겠네."

야마나는 왠지 허둥거리며 시라카와를 떨쳐내듯 진료소를 나섰다. 야마나는 대기 중이던 리무진을 타고 인사말도 없이 떠났다.

35. 신나치주의 의혹

 진료소를 나선 뒤 야마나 게이스케는 시라카와의 말이 뇌리에서 떠나지 않았다.
 '의사는 환자를 잊어버리는 순간 끝 아닌가?'
 여전하군. 야마나는 쓴웃음을 지으면서도 마음속 깊은 곳에서 솟아오르는 초조함을 어쩔 수 없었다.
 시라카와는 학창 시절부터 그랬다. 못 말릴 정도로 성실하고 고지식했던 그는 의학을 배우는 목적은 오직 환자를 구하는 것이라고 순박하게 믿고 있었다. 그에 비하면 자신은…….
 야마나의 생각은 과거를 떠돌았다.
 야마나는 시라카와와 달리 의학을 공부하는 동기가 순수하지 않았다. 힘겹게 공부하는 것도 자신을 위해서였고, 목표는 오직 교수가 되는 것이었다. 시대가 변해 자신의 꿈이 무너져버리자 야마나는 오직 출세를 위해 니미와 뜻을 함께했다. 니미의 카리스마, 시대를 앞선 발상은 대단했다. 새로운 의료 체제를 구축해 일본 의료를 지배하겠다는 야심은 교수라는 자리보다 훨씬 매력적이었다. 그래서 야마나는 니미의 활동에 전력을 다해 협력했다.

차는 사가미코를 우회해 우에노하라 인터체인지에서 중앙자동차도로를 탔다. 야마나는 리무진 가죽 시트 깊숙이 몸을 맡기면서 생각에 잠겼다.

니미의 이상은 자신의 이상이기도 했다. 그것을 실현하는 과정에서 의도하지 않게 시라카와를 이런 시골에 묶어놓게 되었다. 시라카와를 이용했다고 비난받아도 어쩔 수 없었다. 그때 시라카와가 스물한 살의 환자를 안락사시킨 것은 어쩌면 운명이었는지도 모른다.

야마나의 마음속에서는 후회와 변명이 교차했다.

쇼타로의 안락사를 조사하는 과정에서 사도하라 잇쇼의 영향력을 이용해 교토 지검에 압력을 행사한 것은 니미였다. 그 뒤로 니미는 언론을 교묘하게 부추겨 시라카와를 일본판 포스트마 사건의 주인공으로 만들었다. 야마나는 의학부 동기라는 관계를 이용해 시라카와를 설득했다. 안락사법 추진 운동이 궤도에 올랐을 때 니미는 시라카와가 안락사 반대파로 돌아서지 않을까 우려해 시라카와의 주변 단속을 야마나에게 지시했다. JAMA의 조사 그룹을 이용해서 시라카와에게 불륜 상대가 있다는 사실을 알아냈고, 시라카와가 교토를 떠날 수밖에 없도록 불륜의 증거 사진을 그의 아내에게 보냈다. 시라카와의 이혼을 조장한 사람은 다름 아닌 야마나 자신이었다. 하지만 그것은 시라카와에게도 잘된 일 아닌가?

야마나는 억지로 자신을 정당화하려 했다.

시라카와도 아내에게 불만이 많다고 본인 입으로 말했었다. 그러니까 저렇듯 고지식한 시라카와가 다른 여자를 만나지 않겠는가. 이혼이 마무리되고 시라카와가 유키에와 결혼한다면 시라카와에게도 좋은 일이었다.

아무리 궁색한 변명을 늘어놓아도 야마나의 마음속에 깃든 회한은 사라지지 않았다. 시라카와에게 미안한 일은 그뿐만이 아니었다.

"JAMA에는 좋지 않은 소문도 있지 않은가?"

시라카와는 그렇게 말했다. 그는 얼마나 알고 있는 걸까?

야마나조차 JAMA의 전모를 파악하고 있지 못했다. JAMA 내에는 조사 그룹 외에도 몇몇 의심스러운 그룹이 있었다. 그중에는 주저 없이 법을 어기는 이들도 있는 것 같았다. 일본에 '의료 신질서'를 구축하려면 손을 더럽혀야 하는 일도 있었다. 야마나는 시라카와에게 그렇게 말했다. 하지만 그것이 위험한 허세라는 사실을 자신이 가장 잘 알고 있었다.

"우리의 활동은 의료 혁명입니다. 경우에 따라서는 어쩔 수 없는 희생도 감수해야 합니다."

니미는 이렇게 말했었다.

〈24시간 온 에어!〉에서는 공개 연명 치료가 실패하도록 유도했다. 일을 꾸민 아사이 에이시로에게 텔레비전에 출연해 안락사 반대파에서 추진파로 전향하도록 시켰다. 그 결과, '저지런'의 대표인 오쓰카 의사가 자살했다. 이런 일들을 '어쩔 수 없는 희생'이라고 할 수 있을까? 그뿐만이 아니다. 드러내놓고 말할 수 없는 '희생'은 더 있었다.

안락사법이 제정된 뒤 JAMA 직원들은 의료청과 의료인권리원 관련 업무로 쉴 틈 없이 일하고 있다. 의사, 간호사, 약제사, 사무직원 등 총 300여 명이 JAMA 본부에서 바쁘게 뛰어다녔다. 그런 가운에 내부 분위기는 침체되고 말단 직원들 사이에서는 정체불명의 소문이 떠돌았다. 가네코 의사의 살해, 히라마사 신문 히가시 기자의 실종, 수필가 후루바야시 야스요의 변사. 이 사건들이 모두 JAMA와 관련 있다는 유언비어가 나돌았다.

가네코의 죽음은 오스트레일리아로 출국한 반도 교이치의 교사였다는 소문이 도는 한편, 반도를 함정에 빠뜨리려는 니미의 모략이라는 설도 있었다.

한편 가네코가 '선생'을 지나치게 파고들었기 때문에 살해되었다는 풍문도 돌았다. 실제로 JAMA를 움직이는 건 '선생'이고, 니미는 그 꼭두각시에 불과하다는 소문도 암암리에 퍼졌다. 하지만 안락사법이 제정된 이후 '선생'의 그림자는 거의 자취를 감추었다. '선생'은 대체 누구일까? 실제로 존재하는 인물일까? 간부들 중에는 '선생'의 존재를 의문시하는 이들도 있었다.

히라마사 신문 히가시 기자의 실종에 야마나가 관련되어 있다는 수군거림도 있었다. 히가시가 실종되기 직전에 만난 인물이 야마나이고 경찰 조사까지 받았으니 당연한 일이었다. 하지만 야마나가 경찰에 불려간 것은 한 번뿐이었다. 특별히 경찰의 의심을 받는 낌새도 없었다. 그래서 야마나는 이 소문을 대수롭지 않게 여겼다.

한편 히가시의 실종과 관련해 교토 부경의 형사가 조사하고 있다는 극비 정보가 입수되었다. 그리고 그것을 전해 들은 니미가 격노했다는 이야기는 절대로 입 밖에 내서는 안 될 비밀이라는 불길한 소문도 있었다.

히가시가 어디로 사라졌는지는 야마나도 알지 못했다. 야마나가 알고 있는 건 요릿집 '도미타'에서 식사를 한 뒤 야마나가 잡아준 택시가 히가시를 데리고 어디론가 사라졌다는 사실뿐이었다.

아울러 야스요의 죽음에 대해서는 어처구니없는 '천벌설'이 떠돌았다. 니미를 중상하고 근거도 없이 JAMA를 비판하던 야스요에게 하늘이 천벌을 내렸다는 것이다. 의료인 모임인 JAMA에서 그런 말도 안 되는 이야기가 떠돈다는 건 일종의 정신적 황폐, 말기 증상인지도 모른다. 지금 JAMA 내에는 불안과 묘한 흥분이 뒤섞인 가운데 온갖 억측과 풍문이 마치 사실인 양 나돌았다.

야마나는 진상의 일부를 알고 있지만 물론 입 밖에 낼 수는 없었다. 소문을 잠재우려면 사실에서 멀어지도록 그냥 내버려 두는 편이 가장 나았다.

　야마나를 태운 리무진은 석양이 지는 도로를 서쪽으로 달려갔다. 이와도노 산 터널을 빠져나가자 왼쪽에 엷은 오렌지색으로 물든 후지 산이 보였다. 하지만 야마나는 그 웅장한 경치보다 눈앞에 다가온 오쓰키 터널의 어둠이 더 신경 쓰였다.

　안락사법이 제정된 날 니미는 긴급회의를 소집했다. 그때 니미는 분명 이상했다. 비정상적인 흥분, 과대망상. 평소 청중을 사로잡던 화술이 어딘지 모르게 균형을 잃고 있었다. 니미는 초점 없는 눈으로 열변을 토했다.

　"여러분! 일본은 세계에서 네 번째로 안락사법을 제정한 나라입니다. 이는 세상을 향해 크게 한 걸음 내딛는 '의료 신질서'의 쾌거가 아닐 수 없습니다. 우리는 일본에 앞서 안락사법을 제정한 네덜란드, 벨기에, 룩셈부르크를 따라잡아야 합니다. 안락사 선진국으로서 세계를 주도해야 합니다!"

　니미는 이 말을 마치자마자 갑작스럽게 외마디 비명을 질렀다. 당황한 시바키가 급히 단상으로 뛰어올라가 니미를 진정시키고 연설을 마쳤다. 그건 대체 뭐였을까? 그러고 보니 니미는 때때로 격정에 휩싸여 발작을 일으켰다. 하지만 긴급회의 때의 니미는 기묘하게 얼이 빠진 듯한 느낌이었다. 니미의 정신에 어떤 이상이 생긴 것은 아닐까?

　의료청 발족에 앞서 지방 자치 단체는 의사 등록과 보건의 인정, 진료 연계와 의료 기관 배치, 그 밖에 지역 의료의 운영을 관리하는 단체로서 지역의료연맹을 설립했다. 이 단체는 나중에 지역의료운영국의 하부 조직에 통합되는데, 기존에 있었던 지역의사회가 간판을 바꾸는 것에 지나지 않았다.

이전 전일본의사회가 지역의사회에서 거액의 회비를 받으면서도 진료 보수 개정에서 정부의 진료비 삭감 요청을 받아들인 결과 지역의사회 중에는 전일본의사회에 반발하는 곳이 많았다. 전일본의사회가 붕괴된 뒤 의료청이 전일본의사회에 반발하는 지역의사회를 우대한다는 소문이 돌았다. 물론 JAMA가 의도한 것이었다. 전일본의사회에 종속적이었던 지역의사회는 소문을 듣고 상황을 만회하기 위해 JAMA 간부와 연줄을 만들려고 혈안이 되었다. 이번 야마나시 현 의사연맹과의 회합도 그런 종류였다.

접대, 추종, 부탁, 선물, 울며 매달리기. 전일본의사회는 붕괴되었지만 일본 의사의 습성은 무엇 하나 바뀐 것이 없었다. 조금이라도 자신들에게 유리하도록 비굴한 아첨만 늘어놓을 뿐이었다.

야마나는 어둠이 내려앉은 산기슭을 바라보면서 혐오와 권태가 섞인 한숨을 쉬었다.

고후의 회합 후 일주일이 지난 9월 6일 발매된 『주간 분초』

에 놀라운 기사가 실렸다.

'특종! 수필가 후루바야시 야스요 씨 변사의 수수께끼.'

야마나는 신문 광고를 보고 급히 잡지를 샀다. 전문에는 다음과 같은 글이 실려 있었다.

'7월 17일, 자택에서 사체로 발견된 수필가 후루바야시 야스요 씨. 사인은 당초 구토에 의한 질식으로 알려졌다. 하지만 경찰이 사고와 사건 양쪽에서 조사를 진행한 결과 놀라운 사실이 밝혀졌다.'

저자는 스도 소이치로라는 저널리스트였다. 기사의 요점은 대략 이러했다.

후루바야시 야스요 씨의 구토는 당초 음주가 원인인 것으로 알려졌지만, 전날 밤 함께 식사한 신문기자의 말에 따르면 후루바야시 야스요 씨는 술을 많이 마시지 않았다. 기껏해야 맥주 한 잔과 소주 두 잔 정도였다고 한다. 그런데 사법해부 결과, 야스요 씨의 혈액에서 검출된 알코올의 농도는 $340mg/dl$, 이는 위스키 한 병을 거의 다 비운 음주량에 상당한다. 아파트의 방범 카메라에는 오후 10시 27분에 귀가하는 야스요 씨가 찍혀 있었으며 만취한 모습이 아니었다. 야스요 씨의 사무실에는 사다 놓은 맥주와 소주가 있긴 했지만 위스키처럼 강한 술은 없었다.

기사는 야스요가 만취 상태였다고 보기에는 부자연스러운 점이 있다고 지적했다. 아울러 기사에는 아파트 방범 카메라에 수상한 인물이 몇 명 찍혔다고 쓰여 있었다. 한 명은 야스요가 귀가한 직후 아파트로 들어가 약 40분 뒤에 나왔고, 5분 뒤에 남녀 한 쌍이 들어가 약 4시간 뒤인 오전 3시 40분에 나왔다고 한다. 경찰은 아파트 입주자들을 대상으로 이 세 사람에 대한 탐문 조사를 펼쳤는데 아무도 아는 사람이 없었다. 따라서 경찰은 그들이 야스요를 방문했을 가능성이 높고 특히 나중에 들어간 남녀 한 쌍이 장시간 아파트에 머물렀다는 사실을 수상하게 여겨 행방을 쫓고 있었다.

기사에는 야스요와 친했던 저널리스트 아오야기 고스케의 증언도 실려 있었다.

'야스요 씨는 술자리를 즐기는 편이라 여러 번 함께 술을 마셨지만 술이 센 편은 아니었어요. 오히려 술 때문에 실수하는 걸 싫어했지요. 술김에 하는 실수도 인정하지 않았습니다. 그래서 그녀가 만취했다는 말이 도저히 믿기지 않아요.'

그 밖에도 몇몇 증언을 예로 든 뒤 저자인 스도는 다음과 같은 말로 기사를 맺었다.

'당시 나는 야스요 씨와 함께 어떤 특종을 쫓고 있었다. 그 특종이 공표되기 직전 그녀가 죽었다. 실로 의심스러운 타이밍이다. 야스요 씨는 왜 바로 그날 밤 사무실에서 폭음을 했을까? 또 그 술은 어디에서 난 것일까? 경찰의 조사에 따르면 빈 병 등 음주 흔적은 없었다고 한다. 야스요 씨는 정말 자신의 의지로 폭음을 했을까?'

기사를 다 읽은 야마나는 크게 숨을 들이마셨다. 그리고 다시 한 번 기사를 읽으며 JAMA에 대한 의혹을 암시하는 문장은 없는지 확인했다.

방범 카메라는 처음부터 알고 있었다. 야스요가 귀가한 직후 그녀를 방문한 사람은 다름 아닌 야마나 자신이었다. 하지만 얼굴이 드러날 일은 없었다. JAMA의 조사 그룹이 미리 준비한 교묘한 인조 피부 마스크를 쓰고 있었으니까. 해상도가 낮은 방범 카메라로는 사람 얼굴과 구분할 수 없었다. 시바키와 그녀의 부하도 마찬가지였다. 그러므로 걱정할 필요는 없었다.

야마나는 만일을 위해 인터넷으로 기사의 저자를 검색해보았다. 하지만 저널리스트 중에 '스도 소이치로'라는 이름은 검색되지 않았다.

JAMA 본부에 출근하자마자 야마나는 시바키의 방으로 갔다. 책상 위에 같은 주간지가 놓여 있었다.

"벌써 읽어보셨습니까?"

야마나가 묻자 시바키는 치켜올라간 눈을 더욱 치켜뜨며 기계음처럼 끽끽거리는 목소리로 말했다.

"이 기사가 어쨌다고요?"

시바키의 모습은 분명 평소와 달랐다. 얼음장 같은 눈빛에 머릿속에서는 불꽃이 터지는 것처럼 험악한 기운이 온몸을 감쌌다.

"아니요, 조심해서 나쁠 것 없지 않습니까?"

"JAMA와의 관련성을 의심하는 말은 하나도 없습니다. 경찰도 사고사가 아니라고 증명할 수는 없을 겁니다. 프로가 처리했으니까."

시바키의 냉혹해 보이는 얇은 입술이 일그러졌다.

그날 야마나에게는 야스요를 기절시키라는 지시만 내려졌었다. 야마나가 JAMA를 떠나고 싶어 하는 것으로 생각하는 야스요에게 극비 정보가 있다고 말하자 야스요는 한밤중인데도 야마나를 집 안으로 들였다. 야마나는 화장실에 가는 척하며 마취제를 적신 손수건으로 야스요의 얼굴을 눌렀다. 1분도 안 되어 야스요는 의식을 잃었다. 약을 묻힌 손수건을 코에 댔으니 적어도 서너 시간은 졸도한 상태였을 것이다. 야마나는 들어올 때 썼던 인조 피부 마스크를 다시 쓰고 아파트를 나서 근처에 대기하고 있던 시바키에게 준비가 끝났음을 보고했다.

그 뒤의 일은 알지 못했다. 하지만 쉽게 상상할 수 있었다. 일단 의식을 잃은 야스요의 코에 튜브를 삽입해서 위의 내용물을 전부 뽑아냈을 것이다. 이어서 위스키를 주입하고 알코올이 흡수되는 걸 기다렸다 혈중 농도가 높아지면 기관에 마취용 튜브를 삽입해 앞서 뽑아낸 위의 내용물을 일시에 기관 내로 집어넣으면 '폭음에 의한 구토로 구토물이 기관에 막혀 질식사했다'는 상황을 아무런 증거도 남기지 않고 위장할 수 있었다. 다만 한 가지, 시바키는 야스요가 사무실에서 술을 마신 것처럼 보이도록 하는 걸 잊었다. 사람들이 야스요가 바깥에서 이미 취한 상태로 들어왔다고 생각할 줄 알았던 것이다.

야마나가 그 점을 돌려 말하자 시바키는 관자놀이에 핏대를 올리며 말했다.

"이따위 기사는 단발성으로 끝날 겁니다. 걱정하지 마세요."

"이 스도라는 저널리스트는 어떻게 하지요?"

"무시하세요. 지금은 여기에 신경 쓸 경황이 없어요. 안락사법은 제정되었지만 아직 할 일이 많습니다. 내년 1월 법률이 시행되면 가능한 한 빨리 안락사의 첫 번째 예를 만드는 것이 니미 선생의 뜻입니다."

의료는 이미지가 중요하다. 장기 이식법 때처럼 시행 뒤 1년 반이 넘도록 첫 번째 시행 예가 나오지 않으면 안락사의 이미지가 땅에 떨어질 것이다. 그래서 법률이 시행된 뒤 가능한 빨리, 그리고 바람직한 형태로 안락사의 첫 번째 사례를 만들어 내자는 것이 니미의 지상 명령이었다. 그러기 위해 진무리전드 제약의 케루빔이 빨리 인가받도록 JAMA는 후생노동성을 상대로 다양한 활동을 펼치고 있었다.

"지난번 총회에서도 니미 선생이 말씀하셨지요. 일본은 세계적으로 안락사를 주도하는 국가가 되어야 합니다. 케루빔을 사용하면 일본은 세계 최초로 쾌적한 안락사를 실현한 나라가 되는 거예요. 고통에서 도망치는 것이 아니라 쾌감과 평온을 가져다주는 이상적인 안락사 말입니다. 그런 안락사가 가능하다고 입증되면 일본은 단숨에 안락사의 선도국으로 비약할 겁니다."

"그렇지요."

야마나는 시바키의 말에 동의를 표하면서도 한 가지가 마음에 걸렸다. 스도가 기사 마지막에 쓴 말이었다.

'당시 나는 야스요 씨와 함께 어떤 특종을 좇고 있었다.'

특종이란 뭘까? 안락사법이 제정된 지금 야스요는 어떤 특종을 잡았던 것일까?

"그리고 야마나 선생." 시바키가 야마나의 생각을 가로막듯 말했다. "이번에 발족하는 의료인권리원에서 야마나 선생도 중요한 역할을 담당하게 될 것 같아요. 아마도 고문으로 추천되지 않을까요?"

"의료인권리원에서요?"

생각지도 못한 말에 야마나는 온몸에 소름이 돋았다. 의료인권리원의 고문이 되면 의장인 니미 정도는 아니라도 일본 의료계에서 큰 권한을 갖게 되는 것이다. 그렇게 되면 지역의료연맹뿐 아니라 대학교수나 국립 의료센터 원장들도 자신에게 머리를 숙일 수밖에 없다. 마침내 자신도 일본 의료의 지배자 중 한 사람으로 등극하는 것인가? 야마나는 솟아오르는 기쁨을 애써 참으며 말했다.

"그것은 니미 선생의 뜻입니까?"

"물론이에요. 니미 선생은 야마나 선생님의 활약을 높이 평가하고 계십니다."

시바키는 야마나에게 얼굴을 바짝 대더니 낮은 목소리로 말했다.

"야마나 선생은 여러 가지 곤란한 역할을 맡아주었으니까요."

"별말씀을요. 당연한 일을 했을 뿐입니다."

야마나가 과장되게 겸손을 떨자 시바키도 타산적인 미소를 지었다.

"야마나 선생, 우리의 활동은 앞으로가 중요합니다. 열심히 합시다."

야마나는 마치 몽유병자처럼 시바키의 방을 나섰다.

주간지 기사 따위에 동요할 필요는 없었다. 이대로 가면 머지않아 일본의 의료가 자신의 손안에 들어올 것이다.

야마나의 머리에 '의료인권리원 고문'이라고 선명하게 새긴 명함이 떠올랐다.

야마나의 기쁨은 오래가지 못했다.

그다음 주인 9월 12일 저녁 늦게 JAMA 사무국에 분초샤로부터 이례적인 팩스가 도착했기 때문이다. 다음 날인 13일 발매 예정인 『주간 분초』의 교정 원고였다. 기사는 총 4페이지 분량이었다. '경악스러운 특종!'이라는 글씨 아래 이런 제목이 달려 있었다.

'JAMA의 니미 대표는 과거에 신나치주의자였다!'

그리고 연설 중인 니미, JAMA 본부가 있는 펄스테이트 빌딩,

의료청 장관에 내정된 후생노동성의 에비하라 관방장. 다음 페이지에는 독일에서 찍은 것으로 보이는 젊은 시절 니미의 사진과 신나치주의자 집회 사진, 게다가 얼굴이 모자이크 처리된 인터뷰 중인 금발 남성의 사진이 실려 있었다.

기자 이름은 '저널리스트 스도 소이치로'. 고딕체의 기사 소개 글에는 다음과 같이 쓰여 있었다.

"다음 달 1일 발족 예정인 의료인권리원의 의장 자리에 유력한 후보로 거론되는 일본전의료협회JAMA 니미 데이이치 대표가 독일에 머물 때 신나치주의자와 가까운 사이였다는 의혹이 제기되었다. 국수주의, 외국인 배척, 인종차별 등으로 알려진 신나치주의의 위험한 사상이 의료인권리원에 영향을 미친다면 어떻게 될까? 아울러 1995년 독일의 포츠담 시민병원에서 발생한 연쇄 자비 살인(가족이나 제3자가 고통받는 환자를 동정하거나 중증 장애를 지닌 신생아 등에 대한 연민으로 살해하는 것 – 옮긴이) 사건에 니미 씨가 관련됐다는 증언도 있다. 이러한 인물에게 과연 일본의 의료를 맡겨도 될 것인가?"

스도는 먼저 니미의 경력에 대해 언급했다. 니미는 1992년 한토 대학 의학부를 졸업한 뒤 곧바로 독일로 건너가 브란덴부르크 주에 있는 주립 포츠담 병원에서 심장외과 레지던트로 근무했다. 그 후 1996년 네덜란드로 옮겨가 헤이그와 암스테르담의 민간 병원에서 근무한 뒤 2000년 왕립 종합병원 심장센터에 부임해, 현지에서 안락사법의 제정을 목격한 뒤 2003년 귀국했다.

니미는 1994년경부터 신나치주의자와 친교를 맺어왔으며 집회와 간부 회의에 참관인으로 출석했던 것으로 보인다. 게재된 집회 사진에는 신나치주의의 상징인 철십자와 독수리 깃발을 배경으로 삭발한 다섯 명이 서 있었다. 그리고 왼쪽 옆에는 민머리에 선글라스를 낀 동양인이 서 있었다. 기사는 이 동양인이 니미일 가능성이 높다고 말했다.

기사는 나치의 장애자 안락사 정책에 대해서도 언급했다. 이른바 T4 작전으로 불리는 이 정책은 우생학에 의거해 당시 25만 명 이상의 신체장애자와 정신장애자를 안락사시켰다.

나아가 필자인 스도는 당시 포츠담에서 신나치주의자로 활동했으며 현재 베를린에서 약국을 운영하는 K.S라는 인물의 인터뷰를 인용했다.

"다이치(니미의 퍼스트네임 데이이치의 독일식 발음)는 외국인이어서 정식 신나치주의자는 될 수 없었지만 사상적으로는 우리와 같은 입장이었다. 아니, 우리보다 더 과격했을지도 모른다. 다이치는 극단적인 합리주의자로 우생학의 열렬한 지지자이기도 했다. 또 유전 조작으로 우수한 인간을 늘리는 것이 인류 전체의 행복으로 이어진다고 주장했다. 아울러 효율적인 삶에 대해서도 생각했다. '수명을 인위적으로 연장하는 건 주변 사람에게 부담이 되고 본인에게도 막대한 고통을 강요한다. 살아가면서 해야 할 일은 젊고 건강할 때 해야 하며 늙어서 허둥거려봤자 늦다. 종말기의 연명은 어리석은 이기주의이며 용서받을 수 없는 행동이다.' 다이치는 항상 이렇게 주장했고 이는 우리의 사상과도 일치했다."

또한 앞서 기사 소개 글에서도 언급한 '연속 자비 살인 사건'은 1996년 4월 포츠담 시민병원에서 발생했다. 간호사 네 명이 10개월 동안 환자 26명을 안락사시킨 사건이었다. 이 간호사들이 심야 근무를 할 때 다른 날보다 사망자가 많다는 점이 의심을 사면서 범죄가 발각되었다. 간호사들은 고령의 환자나 말기 암 환자의 고통을 보다 못해 자비로운 마음으로 안락사시켰다고 주장했다. 하지만 조사가 진행되면서 그녀들의 '자비'는 고통받는 환자 외에도 행해졌다는 사실이 판명되었다. 다시 말해 요구가 많은 환자, 손이 많이 가는 환자 등 자신들의 마음에 들지 않는 환자가 '자비'의 대상이 되었던 것이다.

그들은 치사량의 인슐린이나 마취약을 투여해서 환자들을 살해했다. 그 약품을 어디에서 입수했는지 추궁하던 중 신나치주의자들과의 관련성이 드러났다. 그런데 이 조사가 시작되기 직전 니미는 네덜란드로 출국했다.

K.S는 이렇게 증언했다.

"처음에 약을 조달한 사람이 다이치였다. 다이치는 처치할 환자를 판정하는 데에도 관여했을 것이다. 하지만 그의 행동은 선의에서 비롯되었다. 나이가 많아 몸도 움직이지 못하고 침대에서 고통의 시간을 보내는 환자는 해방을 원한다. 실제로 환자에게 물어보면 알 것이다. 고통받는 환자는 누구나 안락사를 원한다. 처음에는 순조로웠다. 그런데 간호사들이 마음에 들지 않는 환자까지 죽이기 시작하자 다이치는 화를 내며 네덜란드로 가버렸다. 조사에서 도망치기 위해서였냐고? 글쎄, 그것은 알 수 없다."

스도는 올여름 일본에서 제정된 안락사법에 대해 니미의 의향이 크게 관여되었을 가능성이 높다고 지적했다. 그리고 기사 말미에 이렇게 적었다.

"참기 힘든 고통에서 벗어나기 위해 안락사를 필요로 하는 사람이 있다는 건 부정할 수 없다. 하지만 꼭 그렇지 않은 사람에게까지 안락사가 적용된다면 그보다 무서운 일은 없다. 의료인권리원은 의료청의 방침에도 중대한 영향을 미친다. 그 의장에 과거 신나치주의자였다고 의심되는 인물이 적합할까? 니미 대표는 일본이 안락사 선진국이 되어야 한다고 주장한다. 그 말의 진정한 의미는 무엇일까? 고통받는 환자를 위한 복음인가, 아니면 살 가치가 없는 생명의 선별인가? 후자라면 실로 무서운 일이 아닐 수 없다."

팩스를 받아 보고 야마나는 분초사에 스도와 면회를 하고 싶다고 신청했다. 그런데 스도는 외국에 있기 때문에 지금은 만나기 어렵다는 답변을 받았다.

니미는 긴급 간부 회의를 소집했다.

회의실에 집행 이사가 모두 모이자 사회를 맡은 시바키가 굳은 얼굴로 모인 이들을 둘러보았다.

"이것은 내일 발매 예정인 『주간 분초』의 기사입니다. 이 기사에 어떻게 대응해야 할지 여러분의 의견을 부탁드립니다."

모인 사람들의 표정은 하나같이 심각했다. 가네코가 죽은 뒤 집행부에 들어온 교리쓰 의대 병원의 임상 교수가 먼저 손을 들었다.

"주간지 발매를 막을 수는 없습니까?"

"그건 어렵습니다. 무리라는 걸 알고 저쪽에서도 당당하게 정보를 밝힌 거겠지요."

"그렇다면 즉시 명예훼손으로 고소합시다."

마찬가지로 최근 집행부에 들어온 도라노몬 의료센터의 뇌외과 부장이 강력하게 말했지만 시바키는 입술을 굳게 다문 채였다. 어색한 침묵에 빠지려는데 야마나가 헛기침을 한 번 하고 나서 말했다.

"이 기사를 쓴 스도라는 사람은 지난 호에 후루바야시 야스요 씨의 변사에 대해 쓴 기자입니다. 출판사에 확인해보니 외국에 있다고 합니다. 고소하기 전에 좀 더 조사해볼 필요가 있지 않을까요?"

"아니, 기사를 부정하는 반응을 빨리 내보내야 합니다."

뇌외과 부장이 반론하자 고참 집행 이사인 가와무라라는 네오 의료센터장이 천천히 입을 열었다.

"일단은 고문 변호사와 상담해야 하지 않을까요?"

"어쨌거나 말도 안 되는 중상모략입니다."

"니미 선생이 신나치주의자라니요. 정말 악질적인 모략입니다."

모두 하나같이 입을 모아 기사를 비판했다. 니미는 회의가 시작될 때부터 한마디도 하지 않고 팔짱을 낀 채 무표정하게 앉아 있었다.

기사를 비판하기 전에 먼저 확인할 것이 있지 않은가? 즉, 기사의 사실 여부다. 야마나는 그렇게 생각했지만 아무도 진실을 물어볼 용기가 없는 것 같았다. 그렇다면 자신이 물어볼 수밖에 없었다. 야마나는 마음을 굳게 먹고 발언을 요청했다.

"정말 말씀드리기 어려운 일입니다만, 니미 선생, 이 기사는 어디까지가 사실이고 어디까지가 거짓입니까?"

순간 회의실에 긴장감이 돌았다. 집행 이사들이 마른침을 삼키며 지켜보는 가운데 니미는 팔짱을 풀어 책상 위에서 두 손을 맞잡고 조용히 대답했다.

"기사의 내용은 모두 사실입니다."

회의실에 비밀스럽고도 격렬한 충격이 퍼져 나갔다. 시바키만이 우울한 표정으로 고개를 숙이고 있었다. 아마도 회의가 시작되기 전에 니미에게서 사실 여부를 들은 것 같았다.

충격이 가시지 않은 집행 이사들에게 니미가 말했다.

"독일에 있을 때 신나치주의자들과 친하게 지낸 적이 있습니다. 기사에서 증언한 K.S는 카를 슈트라서라는 인물로 약제사 자격을 지닌 인텔리입니다. 신나치주의자들 중에는 어리석은 폭도도 있지만 지도부에는 세련된 지식인들도 적지 않습니다."

그렇다고 신나치주의자들과의 관계가 정당화될 수는 없었다. 게다가 기사에는 더욱 심각한 내용이 폭로되어 있었다. 야마나는 등에 식은땀이 흐르는 것을 느끼며 다시 질문했다.

"이 포츠담 시민병원의 연속 자비 살인 사건이라는 것도 사실입니까?"

"그렇습니다. 하지만 그 일은 슈트라서도 말했듯이 선의에서 비롯된 행동이었습니다. 지금도 저는 잘못했다고 생각하지 않습니다. 문제는 현장 간호사들의 행동이 걷잡을 수 없게 된 것이지요. 하지만 일본에서는 그런 일이 일어나지 않을 겁니다. 일본의 안락사법에서는 현장을 엄격하게 관리하니까요."

그렇게 말하며 니미는 억양을 약간 바꿨다.

"의료는 한정된 자원입니다. 효율적으로 활용해서 조금이라도 많은 이들을 도와야 합니다. 연민에 빠져 헛된 연명 치료나 생명 유지에 낭비할 수는 없습니다. 실제로 죽음을 원하는 환자와 노인의 말에도 귀를 기울이고 사람들을 무의미한 고통에서 해방시켜야 합니다."

니미의 눈이 이상한 빛을 띠더니 서서히 흥분과 도취가 뒤섞였다. 시바키는 절망한 표정으로 가만히 손끝을 응시할 뿐이었다.

"우리는 용기 있게 현실과 맞서 싸워야 합니다. 재해가 발생했을 때 치료의 우선순위를 정하는 것과 같은 발상입니다. 살 수 있는 생명은 물론 살려야 합니다. 하지만 삶을 연장하기보다 죽음이 바람직한 사람에게는 신속하게 그 바람을 들어주어야 합니다. 의료가 발달할수록 생명의 경계는 더욱 흔들릴 겁니다. 생명의 존엄이라는 허울 좋은 말로 모든 생명을 구한다면 의료는 감당할 수 없는 무거운 짐을 지게 됩니다. 합리적인 선별이 필요합니다. 이는 결코 비정한 처사도 차별도 아닙니다! 우리는 건전한 인생을 보내야 합니다. 억지로 살아야 하는 생명이 얼마나 비참한지는 연명 치료의 희생자, 죽지 못해 사는 노인, 죽으려 해도 죽을 수 없는 말기 암 환자를 보면 잘 알 수 있습니다!"

니미는 이제 회의실이라는 사실을 완전히 잊어버리고 마치 눈앞에 청중이 있는 듯 연설조로 말했다.

야마나는 니미의 이야기를 들으며 불길한 생각이 들었다. 니미의 주장은 분명 나치의 인종차별적인 사상이었다. 신나치주의와의 관계를 인정하고 연속 자비 살인 관련성도 인정한다면 세상 사람들이 이해할 리 없었다. 야마나뿐 아니라 다른 집행 이사들도 그런 걱정을 하기는 마찬가지였다.

"안락사법은 반드시 여론의 지지를 얻습니다. '의료 신질서'는 반드시 성공합니다. 의사의 노블레스화와 의료 정화를 통해 우리의 목표는 틀림없이 달성될……."

갑자기 니미의 상태가 이상해졌다. 말이 끊기고, 눈동자는 죽은 사람처럼 빛을 잃었다. 주먹을 쥔 왼손이 가늘게 떨렸다.

"니미 선생, 정신 차리세요."

시바키가 당황해서 니미의 어깨를 흔들었다. 니미의 몸이 동상처럼 경직되었다.

"니미 선생!"

"응? 아, 아니……."

니미는 자신이 무슨 말을 하고 있었는지조차 의식하지 못하는 것 같았다. 시바키가 슬픈 표정으로 니미를 바라보다가 집행이사들에게 말했다.

"니미 선생의 생각은 지금까지 해왔던 주장과 모순되지 않을 뿐만 아니라 더욱 강하게 추진해서 새로운 단계로 나아가는 것입니다. 하지만 이 폭로 기사에 대해서는 신중히 대응할 필요가 있습니다. 그렇지 않습니까?"

시바키의 시선이 야마나를 향했다. 야마나는 그에 응답하듯 손을 들었다.

"그렇습니다. 사실을 인정하는 건 언제든지 가능합니다만, 일단 인정하면 돌이킬 수 없으니까요."

"게다가 신나치주의와 관계있었다고 해도 참관인으로서 모임에 출석했을 뿐 친했다고는 할 수 없습니다. 기사는 오해를 불러일으키는 악질적인 중상이라고 반론할 수 있습니다. 어떻습니까?"

시바키의 질문에 아직 멍한 상태에서 벗어나지 못한 니미가 공허하게 대답했다.

"그것도 그렇군."

"그러면 일단 내일은 언론의 반응을 지켜보도록 합시다. 경우에 따라서는 기자회견을 여는 것도 좋겠지요. 물론 기사에 철저히 항의하는 형태로요."

그렇게 말하고 시바키는 서둘러 회의를 마쳤다.

36. 시바키 가오리의 유서

 다음 날인 9월 13일 오전 8시 30분, 야마나가 출근하면서 보니 펄스테이트 빌딩 입구에 보도진이 잔뜩 몰려와 있었다. 언론이 『주간 분초』에 실린 기사 냄새를 벌써 맡은 것이었다.

 야마나는 들키지 않도록 그들을 피해 엘리베이터를 타고 JAMA 본부가 있는 19층으로 올라갔다. 로비에 들어서자 그곳에도 벌써 많은 기자와 카메라맨들이 진을 치고 있었다.

 "오늘 『주간 분초』에 실린 신나치주의 의혹이 사실입니까?"

 "니미 대표의 반론은 없습니까?"

 "기자회견을 열 계획은 없으십니까?"

 야마나가 기자들이 들이미는 마이크를 헤치고 본부 안으로 들어서자 시바키가 험악한 표정으로 서 있었다.

 "여기까지 무사히 오셨습니까? 별다른 소동은 없었나요?"

"기자들이 엄청나게 몰려왔군요. 경비원을 시켜 모두 내쫓을까요?"

야마나가 묻자 시바키는 초조한 목소리로 말했다.

"저녁에 기자회견을 열려고 했는데 취소됐어요. '선생'이 니미 선생에게 움직이지 말라고 지시하셨습니다."

"'선생'이요?"

"그래요, 우리 쪽에서는 움직이지 말고 분초샤 쪽에서 『주간 분초』의 기사는 사실이 아니라는 사죄 광고를 내도록 하라는 지시예요."

"그게 가능합니까? 어제 니미 선생 자신이 기사 내용이 사실이라고 말씀하셨지 않습니까?"

"하지만 그렇게 하랍니다!"

시바키가 신경질적으로 외쳤다. 야마나는 입을 굳게 다물고 심호흡을 한 뒤 물었다.

"그래서 니미 선생은 뭐라고 합니까?"

"니미 선생은 안 계십니다. 잠시 몸을 숨기라는 '선생'의 지시가 있었던 모양이에요, 언론에 잡히지 않도록."

오랜만에 내려진 '선생'의 지시에 시바키는 강한 불신을 드러냈다. 그럴 만도 했다. 지금 니미를 은신시키는 건 분명 좋은 해결책이 아니었다.

야마나는 큰마음 먹고 시바키에게 물었다.

"'선생'이 대체 누굽니까?"

"몰라요, 니미 선생이 메일로 지시를 받고 있을 뿐이니까."

"그럼 '선생'의 지시는 니미 선생을 통해서만 알게 되는 겁니까?"

"그런 것보다 앞으로 어떻게 대응할지부터 생각해야 해요. 잠깐 제 방으로 와주세요."

어쩔 수 없이 시바키를 따라갔지만 폭발하기 직전의 시바키를 앞에 두고 좋은 아이디어가 떠오를 리 없었다. 일단 『주간 분초』의 기사는 악질적인 중상모략이고 사실을 크게 왜곡됐다는 항의 성명을 발표하기로 했다. 그런 다음 세간이 납득하건 말건 니미는 건강상의 이유로 요양 중이라는 발표 외에 전혀 할 말이 없는 것으로 하자고 결정했을 뿐이다.

그 후 며칠 동안 JAMA 본부는 이상한 긴장과 혼란에 휩싸인 채 언론에 대응하느라 바빴다. 지역의료연맹의 문의, 일반인들의 불만과 비난이 빗발쳤다. 회의실에 대책 본부가 마련되고 모든 정보가 그곳으로 모였다. 스도는 처음부터 가명일 가능성이 높았다. 정체를 파악할 근거도 없고, 외국에 있다는 진위도 확실치 않을 뿐 아니라 체류 국가도 알 수 없었다.

시바키는 대표를 대행해 각 방면에 연락을 취하거나 JAMA 각 부서에 지시를 내리는 등 상황을 타개할 방법을 필사적으로 모색했다. 집에도 가지 않은 채 연일 본부에서 지내는 시바키의 얼굴에는 피로한 기색이 점점 짙어졌다. 사흘째 되던 날에는 반대로 지속적인 흥분 상태에 빠져 핏발 선 눈으로 돌아다니는 모습이 무서울 정도였다.

"여기에서 질 수는 없어요. 니미 선생이 자리를 비운 동안 JAMA를 위험에 빠뜨릴 수는 없습니다. 분명 방법이 있을 겁니다. 일치단결해서 이 위기를 극복합시다."

"하지만 시바키 선생, 너무 무리하면 쓰러지십니다."

보다 못한 야마나가 걱정스럽게 말하자 작은 체구의 시바키가 문득 멈춰 서더니 야마나를 올려다보며 말했다.

"만약 제게 무슨 일이 생기면 뒷일은 야마나 선생에게 부탁합니다. 아셨지요? 잘 부탁드립니다."

야마나는 절박한 시바키의 속마음을 이때는 알아채지 못했다.

니미에 대한 신나치주의 의혹이 보도되고 나서 그다음 주에 발매된 『주간 분초』에는 예고도 없이 가네코 살해 사건에 관한 의문이 특종 보도되었다. 기사에는 가네코의 스파이 혐의, 오쿠히에이 세미나에서 있었던 니미와 반도의 대립, 가네코 살해범의 배후 관계가 아직 분명치 않다는 점 등이 실렸다. 지금까지 가네코 살해의 진상으로 알려졌던 원한을 품은 환자의 범행이라는 설은 부정되었다. 반도의 복수라는 설도 반도를 모함하기 위해 니미가 꾸민 음모일 가능성이 높다고 쓰여 있었다. 필자는 역시 스도 소이치로였다.

이 특종 기사가 공개되자마자 펄스테이트 빌딩 앞은 또다시 기자들로 장사진을 이루었다. 그리고 JAMA의 대책 본부에는 시바키의 신경질적인 목소리가 울려 퍼졌다.

"대체 이 스도라는 작자가 누굽니까? 이자가 어떻게 이런 일을 알고 있냐고요. 내부에 첩자가 있는 것이 틀림없어요. 그렇지 않고서야 외부 사람이 이렇게까지 자세한 사정을 알 리 없어요!"

하지만 화만 내고 있을 때가 아니었다. 그날 오후 후생노동성으로부터 청천벽력 같은 연락이 왔기 때문이다. 보낸 이는 의료청 장관 내정자인 현 후생노동성 관방장 에비하라 신지였다.

'일본전의료협회 대표 니미 데이이치 님.

이전부터 비공식적으로 이야기가 진행되던 의료인권리원의 의장 인사 건은 여러 사정을 감안하여 백지화하기로 했음을 삼가 알려드립니다. 이에 귀하께서는 양해해주시기 바랍니다.'

관청에서 통용되는 읽기 어려운 문구를 야마나는 몇 번이나 다시 읽어보았다. 물론 몇 번을 읽어도 같은 내용이었다. 니미의 의료인권리원 의장 취임이 취소되었다면 얼마 전 시바키가 말하던 자신의 고문 자리는 어떻게 되는 거지?

시바키는 즉시 에비하라와 약속을 잡고 후생노동성으로 달려갔다. 야마나는 다른 일이 있어 동행할 수 없었지만 두 시간 뒤 기가 죽어 돌아온 시바키를 보면 교섭이 좋지 않게 끝났음을 굳이 물어보지 않아도 알 수 있었다.

사태는 급박하게 돌아갔다. 야마나는 강한 위기감을 느끼며 시바키에게 물었다.

"이제는 '선생'이 무슨 말을 하건 니미 선생이 돌아오셔야 하지 않겠습니까? 의료인권리원의 의장 인사가 백지화된 건 분명 『주간 분초』의 기사가 원인입니다. 직접 해명하면 에비하라 관방장을 설득할 여지가 있지 않습니까?"

"그러네요."

피로와 실망에 휩싸인 시바키는 마치 넋이 나간 사람 같았다. 그러고는 잠시 혼자 생각하고 싶다며 방으로 들어가 문을 걸어 잠갔다.

그 뒤로 네 시간이 지나도록 시바키의 방에서는 아무 소리도 들리지 않았다. 시바키가 대책 본부에 모습을 드러낸 것은 오후 9시가 넘어서였다.

시바키는 긴장과 피로에 지쳐 창백해진 얼굴로 목소리를 쥐어짜듯 말했다.

"여러분, 지금은 절대로 방심할 수 없는 상황입니다. 하지만 우리가 걸어온 길은 결코 틀리지 않습니다. 자신감을 가지고 싸워주십시오. 저는 야마나 선생의 제안에 따라 내일 니미 선생을 모시러 가겠습니다. 니미 선생이 돌아오면 모든 상황이 바뀔 겁니다."

대책 본부에 있던 사람들의 힘찬 박수 소리가 울려 퍼졌다. 니미만 돌아오면 이 상황을 수습할 수 있다. 야마나도 희망이 샘솟는 것을 느꼈다. 의료인권리원 의장 인사가 백지화되었다지만 새로운 후보자가 거론되고 있지는 않았다. 당연하다. 니미를 대신할 적임자가 그렇게 빨리 나타날 리 없었다. 의료인권리원이 본격적으로 출범하기까지 아직 열흘이 남아 있었다. 니미가 기자회견을 열고 스캔들을 해결하면 아직 만회할 기회는 있었다. 야마나는 벌써부터 회견 내용과 언론에 대응할 방법으로 머릿속이 꽉 찼다.

시바키는 그 뒤로 피로를 풀기 위해 오랜만에 집으로 돌아갔다. 니미한테는 자택에서 곧바로 출발한다고 말했다.

다음 날인 21일, 야마나를 포함한 JAMA 직원들은 니미가 돌아오기를 기다리고 있었다. 점심이 지나서 시바키로부터 연락이 왔다. 귀환이 하루 더 늦어질 것 같다는 전갈이었다. 야마나는 초조했지만 시바키와 니미의 의향을 거스를 수 없었다.

오후 4시, 야마나는 다른 일을 구실로 니미의 귀환을 앞당기려고 시바키에게 전화를 했지만 연결되지 않았다. 문자를 보내도 답신이 없었다. 시바키가 어디로 니미를 데리러 갔는지 아무도 알지 못했다. 너무 바빴고 휴대전화만 있으면 언제라도 연락할 수 있다는 생각에 행선지를 확인하지 않았던 것이다.

다음 날인 22일, 시바키와 니미 모두 아침부터 계속 연락이 되지 않았다.

그날 오후 3시 10분, 나가노 현 경찰청으로부터 JAMA 본부에 전화 한 통이 걸려왔다. 전화를 받은 야마나는 순간 상대편이 하는 말을 이해할 수 없었다.

"나가노 경찰청 가루이자와 서의 모리타라고 합니다. 오늘 오후 1시가 조금 지난 시각에 니미 데이이치로 보이는 인물이 가루이자와의 만뵤 호텔에서 사체로 발견되었습니다. 번거로우시겠지만 시신 확인을 위해 방문해주시기 바랍니다. 자살로 보입니다. 야마나 게이스케 씨 앞으로 되어 있는 유서도 함께 발견되었습니다."

이런 말도 안 되는 일이! 야마나는 혼란과 경악 속에서 한순간 제정신이 아니었다. 도저히 믿을 수가 없었다. 야마나는 재촉하는 직원들에 떠밀려 JAMA의 리무진에 몸을 싣고 급히 가루이자와로 향했다.

시신은 가루이자와 경찰서의 안치소에 있었다. 은색 덮개를 벗기자 창백한 안색의 니미가 누워 있었다. 얼굴에는 희미한 미소가 떠오른, 도저히 자살이라고는 생각하기 어려운 평온한 표정이었다.

"자살이 틀림없습니까? 사인은요?"

급하게 질문하자 야마나에게 전화했던 모리타라는 경사가 낮은 목소리로 대답했다.

"약을 이용한 것처럼 보입니다. 스스로 주사한 모양입니다. 유서도 있고. 여기 있습니다."

모리타 경사가 내민 봉투에는 '야마나 게이스케 선생 앞'이라고 인쇄되어 있었다. 내용물은 단 한 장, 다음과 같은 내용이 짤막하게 적혀 있었다.

'야마나 게이스케 선생에게.

이번에 이렇게 큰 폐를 끼치게 된 것을 진심으로 사과드립니다.

우리의 활동은 많은 장애에도 불구하고 더 나은 의료를 지향해왔으며 언젠가는 반드시 역사의 평가를 받게 될 것입니다. 의료 신질서의 완성을 보지 못하고 삶을 끝내는 것이 못내 아쉽지만, 야마나 선생을 비롯해 JAMA의 후계자 여러분이 반드시 성취해주시리라 기대합니다.'

이것이 정말 니미의 유서인가? 야마나는 망연자실해서 모리타에게 물었다.

"사건성은 없습니까? 부검은요?"

"자살일 경우에는 부검을 하지 않습니다. 도난당한 물건도 없고 실내에 몸싸움을 한 흔적도 없었으니까요."

"하지만 니미는 자살할 이유가 없습니다."

그렇게 말하다가 문득 어떤 생각이 야마나의 뇌리를 스치고 지나갔다. 어쩌면 최근 니미의 이상한 행동은 우울증 초기 증상이 아니었을까? 우울증에 의한 자살은 질병 초기와 회복기에 많이 일어났다. 의료인권리원의 의장 인사 취소 보도를 보고 니미가 섣부른 결단을 내렸는지도 모른다. 짧은 유서도 우울증이라면 이해가 되었다. 주사약을 사용했다면 아마도 케루빔일 것이다. 그렇지 않다면 이렇게 평온한 얼굴일 수 없었다. 야마나는 비통한 마음으로 은색 덮개에 싸인 시신을 내려다보았다.

문득 시바키에게 생각이 미쳤다. 대체 시바키는 지금 어디에 있을까?

"어제 저희 부대표가 니미를 찾아왔을 텐데, 혹시 어디에 있는지 아십니까?"

모리타는 무슨 말인지 이해가 안 된다는 얼굴로 부하에게 물었다.

"누군가 다른 사람은 없었지? 시신은 한 명뿐이었지?"

그때 옆 주차장에서 인기척이 나더니 수군거리는 소리가 들려왔다.

"자살이라며?"

"어느 호텔이라던가?"

벌써 언론이 냄새를 맡은 모양이었다. 그렇다면 신문에 기사가 나가는 건 시간문제였다.

야마나는 필요한 절차를 밟은 뒤 뒷문으로 빠져나와 리무진에 몸을 실었다.

니미의 죽음과 시바키의 부재로 JAMA의 대책 본부는 기능이 완전히 마비되었다. 야마나도 다른 간부들도 무엇을 어떻게 해야 할지 판단이 서지 않았다. 언론 매체는 가차 없이 몰려들었고, 각종 문의와 불만, 조문 등으로 JAMA 본부는 수습하기 어려운 상황에 빠졌다.

그런 대혼란 속에서 야마나에게 속달 우편으로 편지 한 통이 배달되었다. 보낸 이는 시바키 가오리였다.

서두에 '유서'라고 쓰인 글은 다음과 같이 이어졌다.

'야마나 선생, 이런 폐를 끼치게 되어 정말 미안합니다.

마지막 편지를 야마나 선생에게 보내는 저의 이기적인 행동을 부디 용서해주십시오. 니미 선생의 일은 저도 도저히 어떻게 할 수 있는 상황이 아니었습니다. 야마나 선생도 아시다시피 니미 선생은 분명 천재셨습니다. 아니, 세상에 보기 드문 능력을 갖춘 분이라 해야겠지요. 그분의 업적은 다 이야기할 수 없을 정도입니다. 니미 선생은 일본의 의료 상황을 깊이 걱정하고 조금이라도 개선하기 위해 한결같이 노력하셨습니다.

그런 니미 선생이 돌아가신 지금, 일본의 의료는 커다란 위기에 직면해 있다고밖에 할 수 없습니다. 니미 선생이 제창한 의료 신질서는 안이한 이상주의를 배제하고 실현 가능한 최선의 의료를 지향하는 현실적이고 합리적인 의료 시스템입니다. 그것은 의료인과 환자, 국가에게 가장 큰 이익을 보증합니다.

그런데 니미 선생은 생각지도 못한 장벽에 부딪히셨습니다. 용서할 수 없는 배신이 선생을 궁지에 몰아넣었습니다. 야마나 선생도 어렴풋이 눈치채고 계셨겠지만 최근 니미 선생의 이상한 행동은 사실 눈에 보이는 것보다 훨씬 심각했습니다.

저는 니미 선생의 유지를 잇기 위해 야마나 선생을 믿고 모든 것을 밝히고자 합니다. 그것은 니미 선생이 마음속에 숨기고 계셨던 괴로운 싸움, 차마 입에 올리기조차 어려웠던 갈등이 니미 선생이 돌아가신 뒤에 흥미 위주로 왜곡되거나 억측이나 오해가 생기는 일을 막기 위해서입니다.

결론부터 말씀드리면, 니미 선생은 뭐라 분류하기 어려운 고기능 장애를 앓고 계셨습니다. 서번트 증후군(자폐증이나 지적 장애를 지닌 이들이 특정 분야에서 천재적 재능을 보이는 현상 – 옮긴이)이나 아스퍼거 증후군(사회적 상호 작용에 어려움을 겪고 관심사와 활동이 한정되어 있으며 같은 양상을 반복하는 증세를 보이는 자폐 스펙트럼 장애 – 옮긴이)과도 비슷합니다만, 여러 면에서 진단 기준에 맞지 않는 새로운 종류의 자폐증입니다.

JAMA의 활동을 시작하기 전, 제가 그를 사랑하기 시작했을 무렵 니미 선생은 제게 그런 사실을 밝혔습니다. 니미 선생은 제 마음을 알고 저를 위로하기 위해 모든 것을 설명해주셨습니다. 그 경위는 나중에 밝히기로 하고, 먼저 니미 선생에 관한 일부터 이야기하지요.

니미 선생은 4대에 걸친 의사 집안에서 태어나셨습니다. 친척 중에도 의사가 많아서 의료 현장을 가장 잘 알 수 있는 환경에서 자랐다고 할 수 있습니다. 그러나 달리 이야기하면 의료에 환상을 품거나 기대감을 가질 수 없는 환경이었다고 할 수도 있지요. 자신의 장애에 대해서도 일찍부터 자각하고 있었다고 합니다. 동시에 완치될 수 없다는 사실 역시 일찍부터 이해했다고 합니다.

니미 선생은 감정 표현이 보통 아이들과 달랐고, 소위 말하는 분위기 파악을 잘 못하는 아이여서 초등학교에 들어가자마자 따돌림을 당했습니다. 하지만 머리가 아주 좋았던 선생은 지적 능력으로 자신의 상황을 극복하려고 했습니다. 그 결과 따돌림에서 벗어나는 가장 확실한 방법은 따돌림을 시키는 편이 되는 것이라고 인식하게 되었답니다. 일부 여성 주간지에 실린 초등학교 시절의 따돌림 의혹은 그것을 과장되게 말한 것뿐입니다.

니미 선생은 아이들 세계에서는 두려움이 사람을 지배하고, 권위가 순종을 초래하고, 우수한 성적이 경의를 불러일으키고, 결국 경의가 그 사람에 대한 특별한 대우를 이끌어낸다는 걸 배웠습니다. 그리고 그런 과정은 어른의 세계에서도 똑같다는 사실을 알게 되었고, 의료 세계에서는 더욱 두드러진다는 결론을 내렸습니다.

니미 선생의 장애는 의학생 시절에 악화되어 아스퍼거 증후군으로 보이는 다양한 증상에 괴로워했습니다. 현실과의 괴리, 감정 표현의 어려움, 극단적으로 엄격한 사고 등입니다. 또한 사람을 움츠러들게 하는 날카로운 시선도 이때부터 시작되었습니다. 니미 선생은 이 모든 걸 지적인 능력으로 극복하려 했기 때문에 선생의 내면은 엄청난 정신적 억압에 시달렸습니다.

의사가 된 뒤로도 장애는 선생을 괴롭혔습니다. 의사 면허를 취득한 뒤 곧바로 독일로 떠난 것도 모든 면에서 애매했던 일본을 견딜 수 없었기 때문입니다.

하지만 독일에서의 의사 생활도 편치만은 않았습니다. 니미 선생은 심장외과를 전공으로 선택했지만, 모든 외과의가 그렇듯 선생의 수술을 받은 환자 몇 명이 사망했습니다. 니미 선생이 미숙해서 환자가 사망했는지 아무리 뛰어난 의사가 수술을 했더라도 사망했을지는 누구도 증명할 수 없습니다. 보통 외과의사라면 그 이상 생각하지 않겠지요. 하지만 니미 선생의 엄격한 사고는 상황을 그대로 방치할 수 없었습니다. 그런 애매함을 선생은 허용할 수 없었던 겁니다.

한편 니미 선생은 심장외과의로서 경력을 쌓아 실력이 향상되면서 다른 고뇌도 깊어졌다고 합니다. 의료의 목적은 환자의 행복이겠지만 수술로 생명을 구한 모든 사람이 행복해하지는 않으니까요. 심근 경색으로 쓰러진 어떤 여성을 수술로 살렸는데, 그 여성이 이런 말을 했다고 합니다.

"그대로 죽게 내버려두었으면 좋았을 텐데."

보통 의사라면 애써 살려놓았더니 그런 말을 하는 환자에게 분노할 것입니다. 하지만 니미 선생은 그러지 않았습니다. 100퍼센트 환자의 마음을 우선한다면 살리지 않는 편이 좋다고 생각한 겁니다. 니미 선생은 생명만 구하면 된다는 건 의사의 오만이고 무신경한 태도라고 생각했습니다.

결국 모든 종류의 치료는 환자의 불행을 초래할 위험성도 포함되어 있다는 뜻이 됩니다. 치료를 해서 환자가 반드시 행복해진다는 보증은 없으니까요. 하지만 그 정도에서 타협할 수 없었던 니미 선생은 마침내 궁극적인 해결책을 찾아냅니다. 절대로 환자를 불행하게 하지 않는 의료, 그 종착지가 안락사였던 겁니다.

의료가 아무리 발달해도 고칠 수 없는 병은 있습니다. 하지만 안락사만은 모든 것을 해결해줍니다. 죽으면 불행도 고통도 느끼지 않게 되니까요. 그 효과는 확실해서 어중간한 것을 싫어하는 니미 선생으로서는 받아들이기 쉬웠을 겁니다.

그 뒤 네덜란드로 옮겨 안락사법의 제정을 목격한 니미 선생은 일본에도 안락사가 가능한 상황을 만들어야겠다고 결심했습니다. 귀국 당시 일본의 의료 상황은 심각하기 이를 데 없었습니다. 여기저기서 의료 붕괴 징조가 나타나고 있었죠. 이런 현상을 저지하기 위해 선생은 JAMA와 의료청 설립을 구상하게 된 것입니다.

저는 그 무렵 니미 선생을 처음 만났습니다. 선생은 한토 대학에서 유명했기 때문에 그전부터 소문은 듣고 있었습니다. 어떤 모임에 참석하신다는 이야기를 듣고 찾아가 선생을 뵙고 인사를 드렸습니다. 니미 선생의 비전, 통찰력, 현실 인식은 순식간에 저를 사로잡았습니다. 당시 저는 대학 병원 마취과에 근무하고 있었는데, 곧바로 병원을 그만두고 니미 선생을 따르기로 결심했습니다.

저의 경의가 애정으로 바뀌는 데는 그리 오랜 시간이 걸리지 않았습니다. 니미 선생도 저와 같은 마음이셨습니다. 하지만 선생에게는 장애가 있었습니다. 그것은 정신적인 부분뿐 아니라 육체적인 면에까지 영향을 미쳤습니다. 선생은 저를 이해시키기 위해 모든 사실을 고백하셨습니다. 그래도 제 마음은 바뀌지 않았죠. 오히려 정신적인 동지로서 더욱 고차원적인 애정을 느끼게 되었습니다.

어제 저는 야마나 선생의 제안에 따르는 척 니미 선생을 불러오겠다며 가루이자와로 왔습니다. 니미 선생에게는 JAMA에 관한 보고와 저의 휴식을 겸해 몰래 찾아뵙겠다고 말씀드렸습니다.

니미 선생은 제 뜻에 응해 만남을 허락하셨습니다. 만나자마자 저는 JAMA의 활동이 모두 순조롭게 진행되고 있다고 말씀드렸습니다. 물론 의료인권리원의 의장 취임도 예정대로 문제없다고 말씀드렸습니다. 이때 이미 제 마음은 정해져 있었습니다. 니미 선생의 명예와 선생이 세운 JAMA를 지키기 위해 제가 손을 써야 했습니다.

니미 선생과 저는 가을 냄새가 물씬 풍기는 가루이자와에서 최고의 하루를 보냈습니다. 지금까지 이룬 성과를 되돌아보고 일본 의료의 장래를 이야기했습니다. 그렇게 두 사람만의 소중한 추억을 만들었습니다.

제가 왔다는 걸 호텔에서 알지 못하도록 세심한 주의를 기울였습니다. 니미 선생도 협조해주셨습니다. 저는 마취과 의사이기 때문에 환자에게 고통을 주지 않습니다. 니미 선생을 잠들게 한 뒤 케루빔을 사용했습니다. 효과는 말이 필요 없을 정도였습니다. 사망한 니미 선생의 표정에서도 알 수 있을 것입니다.

그럼 마지막으로 니미 선생을 궁지에 몰아넣고 저를 이렇게까지 절박하게 한 원흉에 대해 말하지 않을 수 없습니다. 그것은 선생입니다. 지금까지 니미 선생을 도와 음지에서 힘써주셨던 선생이 언젠가부터 지배자가 되고, 비정한 명령자가 되어버렸습니다.

그래서 니미 선생은 꼼짝할 수 없는 상황에 처했습니다. 가네코 선생의 일도, 야마나 선생이 도와주신 후루바야시 야스요와 히가시 고로의 일도 모두 선생이 지시한 것입니다. 우리의 안전을 보장했던 선생은 자신의 목적을 달성하자 손바닥을 뒤집듯 니미 선생을 헌신짝처럼 내버렸습니다. 그 배신은 결코 용서할 수 없습니다.

머지않아 경찰이 움직일 겁니다. JAMA의 조사 그룹에서 확실한 보고가 있었습니다. 정신이 불안정한 지금의 니미 선생은 경찰 취조를 견뎌내지 못할 겁니다. 이대로라면 니미 선생의 명예는 땅에 떨어지고 세상의 손가락질을 받을 것이 분명합니다. 그렇게 되기 전에 니미 선생을 영원히 지켜드리기로 저는 결심했습니다.

그 책임을 다한 지금, 저도 니미 선생의 뒤를 따를 생각입니다. 니미 선생이 계시지 않는 세상은 아무런 의미가 없으니까요.

단지 선생만은 용서할 수 없습니다. 그래서 저는 선생과 함께 죽음으로써 모든 것을 결판낼 생각입니다.

 마취과 의사인 제가 사람을 잠들게 하는 건 손쉬운 일입니다. 아직 확인할 일이 남아서 선생이 누군지 밝힐 수는 없지만, 그 시신은 저와 함께 발견될 겁니다.

 니미 선생과 제가 죽은 뒤에는 야마나 선생에게 조직을 맡길 수밖에 없습니다. 야마나 선생, 니미 선생과 우리가 함께 진행해온 운동을 더욱 전진시켜 앞으로 일본 의료를 크게 발전시켜 주시기를 부탁드립니다.

 그리고 일본에 의료 신질서가 실현되는 날, 니미 데이이치 선생의 이름이 일본 의료의 구세주로서 영원히 칭송될 것이라고 저는 진심으로 믿어 의심치 않습니다.'

37. 문민 통제

 9월 26일 오전 4시 10분, 베개 옆에서 시끄럽게 울리는 휴대 전화 소리에 야마나는 반사적으로 손을 뻗었다. 발신자를 보니 'JAMA 본부'였다. 통화 버튼을 누르자 젊은 사무직원의 목소리가 급박하게 튀어나왔다.

 "야마나 선생님, 이런 시간에 죄송합니다. 지금 나카노 구의 노가타 경찰서에서 연락이 왔습니다. 시바키 선생이 JR 중앙선 철로에 투신해서 자살했다고 합니다."

 "뭐라?"

 야마나는 자기도 모르게 간사이 사투리가 튀어나왔다. 침대에서 벌떡 일어나 애써 침착함을 유지하며 말했다.

 "지금 몇 시야? 이런 시간에 전철이 다닐 리 없지 않은가?"

 "네, 그렇지만 경찰의 말은 그랬습니다."

"정말 자살이라던가? 시바키 선생 혼자뿐이라고 하던가?"

"그것까지는 모르겠습니다."

사무직원은 금방이라도 울음을 터뜨릴 것 같은 목소리로 대답했다.

이틀 전 비밀리에 시바키의 유서를 받은 뒤 일이 돌이킬 수 없는 상황으로 치닫고 있다는 건 야마나도 알고 있었다. 시바키의 자살도 예견했었다. 문제는 누구의 시신과 함께 발견되느냐였다. 시바키는 유서에 '선생'과 함께 죽겠다고 말했다. 하지만 경찰에서 그것까지는 말하지 않은 듯했다.

"경찰에서 그 밖에 다른 말은 없었나?"

"신원 확인을 위해 와달라고만 했습니다."

"알았네, 노가타 경찰서라고? 내가 갈 테니 사실이 확인될 때까지 다른 사람들에게는 연락하지 말게. 나중에 내가 지시하지."

"알겠습니다."

야마나는 사무직원에게 지시를 내리면서 옷을 갈아입었다. 5분 만에 옷을 입고 집을 나와 바로 택시를 탔다. 시모오치아이에 있는 야마나의 집에서 노가타 경찰서까지는 10분 정도 걸렸다. 운전사를 재촉해서 헤드라이트가 유난히 눈부신 새벽 도로를 빠르게 달렸다. 이윽고 정면에 수은등이 밝게 비치는 노가타 경찰서가 보였다.

인기척이 없는 로비에 형사 두 명이 기다리고 있었다. 야마나는 그들에게 달려가 인사를 하자마자 물었다.

"시바키 선생이 자살했다는 것이 사실입니까?"

"아직 정확히 확인되지는 않았습니다. JR 중앙선에 30대에서 40대로 보이는 여성이 뛰어들었고, 소지품에서 시바키 가오리 씨의 명함이 든 지갑이 발견되었습니다. 이겁니다."

눈 밑이 늘어진 나이 든 형사가 비닐 봉투에 든 명함 지갑을 꺼냈다. 검붉은색의 낯익은 가죽 지갑이었다.

"네, 시바키 선생의 지갑이 분명합니다."

야마나가 즉시 대답하자 또 한 사람의 형사가 조심스럽게 물었다.

"시바키 씨의 신체적인 특징을 말씀해주시겠습니까? 사마귀나 반점, 혹은 귀고리라든지요. 시신을 확인할 수 있는 거면 됩니다. 차량에 치인 터라 얼굴을 알아보기 힘들어서요."

"그보다 어떤 상황에서 발견되었는지 자세히 가르쳐주십시오."

야마나가 재촉하자 나이 든 형사가 가볍게 헛기침을 했다.

"알겠습니다. 설명드리지요. 사망한 여성은 육교 위에서 나카노 역을 출발하는 마지막 전철 앞으로 뛰어내린 것으로 추정됩니다. 운전사의 증언에 따르면 뛰어내렸다기보다 떨어져 내렸다고 합니다. 육교에서는 여성의 것으로 보이는 신발이 발견되었지만 유서는 없었습니다. 약물 검사를 한 검시관에 따르면 혈액에서 상당량의 알코올과 수면제가 검출되었다고 합니다. 현재까지 여성이 육교에서 뛰어내리는 순간을 본 목격자는 없습니다."

"죽은 사람은 시바키 혼자입니까?"

"네?"

"아니, 그러니까 누군가 함께였다거나 전철 승객 중에 다친 사람이 있다거나 하지는 않습니까?"

"그런 보고는 받지 못했습니다."

젊은 형사가 대답하자 나이 든 형사가 취조하는 투로 물었다.

"그 밖에 자살할 만한 사람이 있었다는 말입니까?"

"아니요."

"짐작이 가는 사람도 없습니까?"

"모릅니다. 요즘 시바키 선생은 힘든 상황이었습니다. 형사님도 알고 계실 겁니다."

야마나가 거칠게 대답하자 "JAMA를 비난하는 보도들이 많습니다"라고 젊은 형사가 나이 든 형사에게 속삭였다.

"그렇습니다. 저희는 나흘 전에 니미 대표가 자살해서 매우 혼란스러운 상태입니다. 그런데 부대표인 시바키 선생마저 죽다니. 그 여성이 정말 시바키가 맞습니까? 명함 지갑이 있다고 해서 꼭 본인이라고는 볼 수 없지 않습니까? 어떤 모습입니까? 시바키 선생이라면 작은 체구에 짧은 머리입니다. 그리고…… 그렇지, 왼쪽 눈 옆에 작은 사마귀가 있습니다. 시신을 보여주십시오. 전 의사입니다. 훼손된 시신이라도 견딜 수 있습니다."

야마나가 일어서자 두 형사가 만류했다. 젊은 형사가 수첩을 꺼내 메모하면서 말했다.

"시바키 씨는 왼쪽 눈 밑에 사마귀가 있고 짧은 머리라고요. 신장은 어느 정도인지 아십니까?"

"150센티미터 정도였던 것 같습니다. 그건 그렇고, 설마 자살할 정도까지 절박했다고는……."

야마나는 놀란 척하면서도 서서히 냉정을 찾았다. 야마나가 주도면밀하게 연기를 하자 젊은 형사가 걸려들었다.

"절박했다니요?"

"니미 대표의 일입니다. 시바키 선생은 니미 선생을 사랑하고 있었으니까요."

"그래서 그 뒤를 따라 자살했다는 말씀입니까?"

"모르겠습니다. 하지만 JAMA의 대표와 부대표가 자살하다니, 대체 앞으로 이 난국을 어떻게 헤쳐가야 할지……."

야마나는 다시 자리에 주저앉으며 머리를 감싸 안고 괴로운 듯 머리카락을 쥐어뜯었다. 이러면 조금 전의 실언은 잊어버리겠지, 그렇게 생각하는데 나이 든 형사가 젊은 형사에게 고개를 끄덕이는 기색이 느껴졌다.

"알겠습니다. 나머지는 지문 조회로 확인하겠습니다. 이른 새벽부터 오시게 해서 죄송합니다. 가시는 길은 경찰차로 모시겠습니다."

"아니요, 괜찮습니다. 그보다 시바키 선생이 뛰어내렸다는 육교를 가르쳐주십시오. 선생도 괴로웠을 테니 기도라도 해주고 싶습니다."

"가코이모모조노 육교입니다. 차로 안내하지요. 걸어가셔도 금방입니다."

밖은 날이 밝기 시작해서 금빛으로 물든 기묘한 새벽하늘이 눈에 들어왔다. 야마나는 초조한 기분을 억누르며 서둘러 육교로 향했다. 나카노 역 앞길까지 가서 노선을 따라 서쪽으로 향했다. 역에서 300미터 정도 떨어진 곳에 하늘색 페인트칠을 한 육교가 보였다. 이미 경찰의 현장 검증도 끝났는지 주변은 조용했다.

야마나는 콘크리트 계단을 꾹꾹 눌러 밟듯이 올라갔다. 어딘가에 아직 발견되지 않은 '선생'의 시체가 있지 않을까? 생각지도 못한 장소에 끼여 있지는 않을까? 주위를 살펴보면서 계단을 올라갔지만 아무것도 보이지 않았다.

육교 다리 부분은 허리 높이에 난간이 있을 뿐 울타리도 철조망도 없었다. 몽롱한 상태에서 뛰어내리기 쉬운 구조였다. 하지만 시바키는 삶을 마감하는 장소로 왜 이런 곳을 골랐을까? 어째서 술과 수면제의 힘을 빌렸을까? 게다가 왜 전철에 투신하는 비참한 죽음을 선택했을까?

육교 위에서 철로를 내려다보니 나카노 역사를 빠져나온 전철이 서서히 속도를 높이며 다가오고 있었다. 육교 아래를 지나가는 전철의 지붕이 보였다. 그때 야마나의 머리에 문득 시바키의 유서 내용이 떠올랐다.

'선생은 자신의 목적을 달성하자 손바닥을 뒤집듯 니미 선생을 헌신짝처럼 내버렸습니다.'

'선생'의 목적은 무엇일까? 의료청도 의료인권리원도 아직 발족되지 않았는데 대체 어떤 목적을 달성했단 말인가?

그 의문과는 별개로 야마나의 가슴은 새로운 생각으로 벅차오르기 시작했다. 니미도 시바키도 사라진 지금 JAMA의 대표 자리를 맡을 사람은 현실적으로 자신밖에 없었다. 상황이 인간을 만든다. 지금까지 생각지도 못했던 일이지만 운명의 수레바퀴는 이미 비밀스럽게 돌고 있었는지도 모른다.

도금이 벗겨진 듯한 구름 사이에서 핏빛 태양이 모습을 드러냈다. 강렬한 햇빛이 야마나를 비췄다. 새로운 하루를 시작하는 태양을 마주 보며 야마나는 생각했다.

나 외에 의료인권리원 의장에 적합한 인물이 누가 있겠는가?

야마나는 곧바로 JAMA 본부로 출근해 격류에 휩쓸리듯 안건을 처리하기 시작했다. 시바키의 자살 소식이 퍼지면서 본부는 모든 전화, 내선, 휴대전화가 시끄럽게 울리는 공황 상태에 빠졌다. 야마나는 각 부서에 지시해서 사실 관계가 확인될 때까지 취재나 문의에 절대 대응하지 말도록 전 직원에게 명령했다. 면회는 모두 거절하고 불필요하고 급하지 않은 예정도 모두 취소했다. 회의실에 진을 친 야마나는 유사시의 미국 대통령처럼 대책을 강구하는 데 전념했다. 이제는 야마나 외에 지시를 내리는 사람도 없었고, 모든 보고와 결재가 그에게 집중되었다. 야마나는 극도의 긴장과 피로가 뒤섞인 흥분 상태에서 초인적인 집중력을 발휘해 모든 안건을 즉각적으로 처리했다.

오후 4시 15분, 안내에서 노가타 경찰서의 형사가 방문했다는 연락이 왔다. 형사라면 만나지 않을 수 없었다. 응접실로 안내하도록 지시하고 야마나는 크게 숨을 들이마셨다. 혹시라도 오늘 아침과 같은 실언을 되풀이해서는 안 된다. '선생'의 일은 잊어버리자. 야마나는 그렇게 다짐하며 회의실을 나섰다.

응접실 소파에 두 남자가 앉아 있었다. 한 사람은 오늘 아침 노가타 경찰서에서 만난 나이 든 형사이고, 또 한 사람은 본 적이 없는 약간 뚱뚱한 남자였다. 뚱뚱한 남자가 야마나를 보자 소파에서 일어서더니 머리숱이 적은 둥근 얼굴로 붙임성 있게 인사했다.

"갑자기 찾아와서 죄송합니다. 저는 교토 부경의 히라노라고 합니다."

명함에는 경감이라고 쓰여 있었지만, 형사라기보다는 사람 좋은 교수처럼 보였다. 야마나가 교토 부경의 형사가 왜 찾아왔는지 묻자, 히라노는 소파에 고쳐 앉으며 빠른 말투로 말했다.

"야마나 선생도 바쁘실 테니 간단히 말씀드리겠습니다. 저는 2년 전 시라카와 선생의 안락사 사건을 담당했던 형사입니다. 그런 관계로 후루바야시 야스요 씨와도 안면이 있어 JAMA에 관심을 갖고 지켜보던 중이었습니다. 시바키 선생의 자살은 저희로서도 청천벽력 같은 소식이었기 때문에 놀라서 이렇게 달려온 겁니다. 저희 쪽의 잘못을 말씀드리기 민망합니다만, 아무래도 이번만큼은 가만히 있을 수 없다고 생각했습니다. 나흘 전 니미 선생의 자살 때도 그랬습니다. 그때 바로 움직였다면 시바키 선생의 죽음을 막을 수 있었을지 모릅니다. 그래서 이번에는 야마나 선생이 같은 일을 당해서는 안 되겠기에 이렇게 달려왔습니다."

"같은 일을 당하다니요? 저도 자살할 거라는 말입니까? 제가 왜요?"

야마나는 결코 흘려들을 수 없는 이야기여서 몸을 앞으로 내밀었다. 그와 동시에 야마나의 머릿속에서 침착하라는 경고가 울렸다. 야마나는 계속해서 히라노가 무슨 말을 하러 왔는지 탐색했다.

"아니요, 실례했습니다. 쓸데없는 기우였다면 다행입니다. 니미 선생의 자살은 경찰 조사가 시작되기 직전에 일어난 일입니다. 주변 정보를 모으는 데 시간이 걸려서요."

"경찰 조사라니요?"

"히라마사 신문의 히가시 기자 실종 사건에 대해서입니다."

붙임성 있어 보이는 히라노의 눈 깊숙한 곳에서 순간적으로 상대를 꿰뚫어보는 날카로움이 번쩍였다.

"히가시 씨의 실종 사건에 대해서는 저도 조사를 받았습니다. 알고 있는 건 전부 말씀드렸는데요."

"네, 그건 알고 있습니다. 히가시 기자가 실종되기 직전에 만나셨던 분이 야마나 선생이셨지요? 하지만 그것은 우연이었고, 지나가던 택시를 잡아 히가시 기자를 태워 보내셨다고 하셨지요?"

히라노는 무엇을 의심하는 걸까? 야마나는 히라노를 정면으로 응시하며 도발에 응하지 않도록 조심했다. 히라노는 아무렇지 않게 말을 계속했다.

"실은 히가시 기자의 시신이 오쿠히에이에 있는 마코토 요양원에서 발견되었습니다. 뒤편 소각로에서 타고 남은 뼈와 시신 일부가 남아서 DNA 감정을 할 수 있었습니다."

야마나는 자기도 모르게 터져 나오려는 비명을 억지로 참아 눌렀다. 경찰이 거기까지 알고 있을 줄은 몰랐다. 히라노는 일부러 그러는 양 무심하게 말을 이었다.

"마코토 요양원은 올해 4월 JAMA의 세미나가 열렸던 곳이지요? 세미나는 3일 동안 개최되었다고 들었습니다. 그런데 그 뒤로도 마코토 요양원과의 임대 계약은 계속되고 있더군요. 니미 선생을 포함한 JAMA 관계자의 출입도 여러 번 확인되었습니다. 자세한 사항은 말씀드릴 수 없습니다만, 니미 선생에게는 체포 영장도 발부될 예정이었습니다. 그것이 미뤄져서 이런 상황이 되다니 참으로 부끄러울 따름입니다, 하하하."

히라노는 웃으면서 뒷머리를 두드렸다. 히라노가 찾아온 진의가 뭘까? 신경이 날카로워진 야마나에게 히라노는 마치 신난 듯 떠들었다.

"이거, 머리 좋으신 분들이 치밀하고 냉정하게 움직이시니 조사하는 데 이만저만 고생스러운 것이 아닙니다. 지문은 물론 약품 증거도 전혀 남기지 않았더군요. 조사를 혼란에 빠뜨리는 위장까지 하셨고요. 특히나 의사 선생들은 전문 지식이 풍부해서요."

"니미의 체포 영장은 어떻게 되었습니까?"

야마나가 참다못해 묻자 히라노는 멍한 얼굴로 말을 끊고 왼손을 들었다.

"아, 그것은 이제 없습니다. 피의자가 사망한 경우 서류 송치를 하기도 합니다만, 그렇게까지 할 만한 증거도 없으니까요."

"그럼, 대체 무슨 일로 저를 찾아오신 겁니까?"

"아, 그렇죠. 이거, 실례했습니다. 간단히 말씀드린다면서 쓸데없는 이야기로 시간을 빼앗았습니다. 제 나쁜 버릇이지요. 상대의 이야기를 들어야 하는 입장이면서 제 이야기만 떠들다니, 하하하. 얼마 전에도 단순한 살인 사건인데 괜히 가해자의 차입금이 신경 쓰여서……."

계속해서 이야기가 샛길로 빠지는 히라노에게 야마나가 노골적으로 불쾌감을 드러내자, 히라노는 헛기침을 하고 본론으로 들어갔다.

"실례했습니다. 오늘 찾아뵌 이유는 시바키 선생과 니미 선생의 관계에 대해 여쭙기 위해서입니다. 오늘 아침 야마나 선생은 노가타 경찰서에서 두 사람이 연인 관계였다고 말씀하셨다고요."

"그런 말은 하지 않았습니다. 시바키 선생이 니미 선생에게 마음을 두고 있었던 건 사실이지만, 니미 선생의 마음은 모릅니다."

"그렇습니까?"

"경찰이 왜 그런 것까지 조사합니까?"

"그건 그렇습니다."

히라노는 의미심장하게 뜸을 들이더니 말했다.

"다만 수사는 앞으로도 계속될 겁니다. 후루바야시 야스요 씨의 변사 사건에 대해서도 여러 가지 소문이 있고요."

야마나는 증오와 불안으로 일그러지는 표정을 감출 수 없었다. 히라노는 야스요의 죽음에도 JAMA가 관련되어 있다고 의심하는 것이 틀림없었다. 이쪽을 동요시켜 실수를 유발시키려는 작전이었다. 하지만 반대로 생각하면 경찰도 그 외에는 방법이 없다는 뜻이었다.

"다른 용건이 없으시면 이만 실례하겠습니다."

야마나가 일어서자 히라노는 노가타 경찰서의 형사와 얼굴을 마주 보며 천천히 자리에서 일어났다.

시바키의 자살은 그날 석간에 대서특필되었다.

언론은 니미 사건에 이어 JAMA에 대한 세상의 반감을 적나라하게 드러냈다. 야마나는 주요 일간지에 난 기사를 모조리 읽고 신중하게 대책을 강구했다. 위기는 최대의 기회라는 말처럼 니미와 시바키의 잇따른 죽음은 생각하기에 따라 JAMA에 대한 부정적인 이미지를 일거에 불식시킬 수 있는 계기가 될 수도 있었다. 눈앞에 닥친 의료청의 발족과 의료인권리원 인사에 JAMA는 어떤 식으로 새로운 관계를 구축해야 할까? 우회적인 방책을 강구할 여유는 없었다.

다음 날 야마나는 긴급 집행부 회의를 소집해서 니미와 시바키가 죽은 뒤 자신이 새로운 대표가 되어 JAMA를 재정립하겠다는 생각을 표명했다. 부대표에는 고참 집행 이사인 가와무라 네오 의료센터장을 추천했다. 온후한 성품의 가와무라라면 자신에게 이의를 제기하는 일도 없을 것이었다. 반대하는 집행 이사가 없어서 곧바로 임시 총회를 열어 야마나를 새로운 대표로 승인하는 절차에 착수했다.

야마나는 후생노동성의 에비하라 관방장에게 연락해 의료인권리원 의장 인사가 아직 정해지지 않았다는 사실을 확인했다. 그런 다음 인사하러 간다는 명목으로 다음 날 오전 10시에 약속을 잡았다. 그 자리에서 자신을 의료인권리원 의장에 추천할 계획이었다.

나아가 야마나는 새로운 대표로서 언론에 내보낼 메시지를 작성하기 시작했다. 홍보부에 보도 자료를 만들게 하고 총회에서 대표 취임을 승인받은 뒤에는 취재나 텔레비전 출연 등 뭐든지 받아들이도록 지시했다. 언론 전략만 성공하면 JAMA를 향한 비난 여론도 바꿀 수 있었다. JAMA가 새로운 체제로 다시 태어나 과거 불미스러운 사건과는 관련 없다는 점을 강조하면 사람들이 받았던 나쁜 인상도 달라질 것이다.

에비하라에게는 자신이 니미의 심복으로서 의료인권리원을 구상한 초기부터 함께해왔으며 니미가 죽은 지금에는 자신이야말로 의장에 적합하다고 어필할 작정이었다. 인사 결정권은 내각에 있지만 에비하라를 설득하면 의장 취임의 길을 열 수도 있을 것이다. 야마나는 여러 안건을 처리하면서 상황을 역전시킬 작전을 짜는 데 몰두했다.

그런데 다음 날인 9월 28일 조간신문에 예상치 못한 기사가 실렸다.

'후생노동성 스기오 의정국장 의료인권리원 의장에 내정.'

갑작스러운 일이었다. 전날 에비하라에게서 의장 인사는 아직 미정이라는 확인을 받지 않았던가. 게다가 의료인권리원 의장이 의사가 아닌 관료라니, 있을 수 없는 일이었다. 이는 오보임에 틀림없었다. 야마나는 일단 서둘러 후생노동성으로 달려갔다. 야마나가 안내에서 면담을 요청하자 에비하라는 회의 중이라 만날 수 없다고 했다. 할 수 없이 야마나는 속을 부글부글 끓이며 관방장실 1층 로비를 왔다 갔다 했다.

오전 10시, 약속 시간 정각에 야마나는 관방장실이 있는 10층으로 올라오라는 연락을 받았다. 엘리베이터 홀에서 경비원에게 용건을 말하고 관방장실로 들어갔다. 에비하라는 야마나에게 소파에 앉으라고 권하며 집무 책상 맞은편에서 당당하게 걸어 나왔다.

희끗희끗한 머리에 세련된 넥타이, 고급 커프스 버튼이 돋보이는 소매, 에비하라는 점잖은 신사 분위기였다.

"에비하라 관방장님, 오늘 아침 이 신문 기사는 대체……."

야마나가 땀에 얼룩진 신문을 내밀자 에비하라는 입가에 냉랭한 미소를 지었다.

"이래서 신문은 곤란합니다. 이런 기사를 내다니."

"어제 전화로는 아직 의료인권리원 의장이 결정되지 않았다고 말씀하셨잖습니까? 그럼 이것은 오보입니까?"

"오보는 아닙니다. 아직 극비 사항이어서 말할 수 없었던 겁니다."

"그럼……."

야마나는 순간 발밑이 꺼지는 것 같았다. 낭패스러워하는 야마나를 무시하고 에비하라가 말했다.

"야마나 선생, 지금 JAMA는 니미 선생과 시바키 선생의 일로 매우 힘든 지경에 처해 있겠지요. 저도 놀랐습니다."

에비하라가 차갑게 말했다. 야마나는 아무 말도 할 수 없었다.

"실로 아까운 인재를 잃었습니다. 의료인권리원 의장에는 니미 선생 말고 다른 사람은 생각할 수 없었습니다."

"신문에 난 스기오 국장이란 어떤 분입니까? 관료가 의료인 권리원 의장이 되는 건 이상하지 않습니까?"

"어째서요? 스기오 씨는 관료라고는 해도 의료계 관직에 있습니다. 도테이 대학 의학부 출신인 데다 매우 우수하고 의료와 행정 간 균형 감각까지 갖춘 의사이기도 합니다."

"하지만 의료인권리원은 본래 의료청의 지도에 대해 의료인의 권리를 옹호하는 제3자 기관 아닙니까? 그런데 후생노동성 출신자가 의장이 되면 정당한 권리 옹호는 힘들지 않겠습니까?"

"아마도 그렇겠지요."

에비하라는 순순히 수긍하면서도 확신에 찬 미소를 지었다. 야마나는 그 의미를 알 수 없어 당황했다.

"야마나 선생, 의료인권리원은 그것으로 충분합니다. 의료는 어디까지나 저희 관료가 주도하겠습니다. 즉, 관료의 문민 통제(국가 통치 권력에서 군부의 개입이 거부되고 민간인이 군인까지 포함하는 최고의 지휘권을 가진다는 원칙 – 옮긴이)입니다. 의료를 의사의 손에 맡겨두면 제어가 안 되니까요."

"어째서 의료를 제어해야 한단 말입니까? 의료는 발달하면 발달할수록 환자의 이익으로 이어집니다."

"물론 의료는 국민 생활에 없어서는 안 됩니다. 국민에게 의료의 중요성은 국방의 중요성과도 같은 개념이지요. 하지만 의료도 국방과 마찬가지로 당사자에게 주도권을 주면 한없는 팽

창주의에 빠질 위험이 있습니다. 당사자는 그 중요성밖에 생각하지 않으니까요. 국민의 의료비가 연간 37조 엔이라는 막대한 규모에 달합니다. 이런 상황에서 중립적인 입장에 있는 자가 의료를 제어하지 않으면 국가 자체가 위험해질 수 있습니다. 그런 의미에서 니미 선생의 구상에서는 의료인권리원의 권한이 너무 컸습니다. 하지만 스기오 씨가 의장이 되면 적정한 선에서 멈추겠지요."

"그렇다면 설마 당신들이 니미를……."

야마나는 믿을 수 없다는 듯 에비하라를 바라보았다. 에비하라는 여유 있는 표정으로 쓴웃음을 지었다.

"남이 들으면 오해할 만한 말은 삼가주십시오. 우리도 손을 안 쓴 건 아니지만, 니미 선생은 자살한 것 아닙니까? 시기적으로 맞아떨어지기는 했습니다. 아니, 이건 실언입니다. 취소하지요, 흐흐흐."

에비하라는 의미심장한 웃음을 흘리면서 손목시계에 흘깃 눈길을 줘 야마나에게 면담이 끝났음을 알렸다. 에비하라가 이렇게까지 대놓고 이야기하는 걸 보면 상황을 뒤집기는 어려울 것 같았다.

야마나는 초조한 마음으로 후생노동성을 나섰다. 의료인권리원 의장은커녕 고문 자리도 기대하기 어려워졌다. 그런데 에비하라의 그 웃음은 무슨 뜻일까? 모든 것이 그가 꾸민 일이란 말인가? 설마 에비하라가 '선생'…….

아니, 의사도 의원도 아닌 에비하라가 '선생'일 리가 없었다. 에비하라에게 사도하라 잇쇼까지 움직일 수 있는 힘이 있다고는 생각되지 않았다. 만약 그랬다면 처음부터 의료인권리원은 만들지 않았을 것이다.

야마나는 깊은 안개 속을 헤매는 기분으로 JAMA 본부에 돌아왔다. 부대표인 가와무라가 또 다른 문제를 보고하러 들어왔다. 지금까지 JAMA에 협조적이었던 자공당의 이무라와 민화당의 미카사 등 의원들이 잇따라 JAMA에서 등을 돌리기 시작했다는 것이었다. 관련 회사인 JM3를 통해 고다 요시마사 전 공화당 간사장에게 들어간 불법 정치 자금 문제로 지검 특별수사부가 조사를 시작할 거라는 소식에 JAMA와의 관계를 끊으려는 속셈이었다. 만약 불법 정치 자금이 세상에 드러나면 아무리 전 대표인 니미가 저지른 일이라고 해도 JAMA는 무사하지 못할 것이었다.

야마나는 어떻게든 특별수사부의 조사를 막기 위해 동분서주했다. 하지만 지금까지 의존해왔던 의원들이 모른 척하는 이상 어쩔 도리가 없었다. 야마나는 자신의 역량이 니미에 얼마나 못 미치는지 절실히 깨달았다.

이틀 뒤인 9월 30일, 야마나는 새로운 문제에 직면했다. 의료인권리원 의장에 내정된 스기오가 주최한 의약품 관리 기구의 오전 리셉션에서 다음과 같은 말을 했다는 것이다.

"의사의 압력 단체였던 전일본의사회는 작년 말 붕괴되었습니다만, 이번에는 JAMA가 같은 길을 걷고 있습니다. 의사가 조직을 만들어 자신들의 이익을 추구하는 건 국민의 이익에 결코 도움이 되지 않습니다. 제가 의료인권리원 의장에 취임한 이상 앞으로 그러한 움직임은 간과하지 않겠습니다. JAMA도 축소 또는 폐지 방향으로 지도해갈 방침입니다."

가만히 있다가는 JAMA가 통째로 사라질 수도 있었다. 위기감을 느낀 야마나는 이제 사도하라 잇쇼에게 도움을 청할 수밖에 없다고 생각했다. 사도하라라면 고다의 윗선이고 검찰청에도 강한 영향력을 행사할 수 있을 것이었다. 하지만 지금까지 거의 만난 적이 없는 야마나의 부탁을 과연 사도하라가 들어줄까?

그때 야마나의 뇌리에 시라카와가 떠올랐다. 일본판 포스트마 사건의 주인공으로서 안락사법 제정에 공헌한 시라카와라면 사도하라도 기억하고 있을 것이다. 시라카와와 함께 부탁하러 간다면 이야기를 들어줄지도 모른다.

야마나는 시라카와에게 '할 얘기'가 있다고 전화한 뒤 곧바로 야마나시 현 미나미쓰루 군의 구메무라 진료소로 향했다.

의료청과 의료인권리원의 개설을 하루 앞둔 날 오후 3시경, 야마나를 태운 리무진이 구메무라 진료소 앞에 급히 멈춰 섰다. 오후 휴진 시간으로 현관에는 '왕진 중'이라고 쓴 두꺼운 팻말이 걸려 있었다. 야마나는 자기도 모르게 혀를 차며 팔짱을 끼고 애써 기분을 가라앉혔다.

이윽고 '구메무라 진료소'라고 쓴 경차가 주차장으로 들어섰다. 운전석에는 모토무라 유키에가 앉아 있었다. 낡고 하얀 가운을 걸친 시라카와가 환한 웃음으로 반겨주었다.

"어서 오게. 바쁜 자네가 웬일인가?"

"갑자기 찾아와서 미안하네. 실은 자네와 의논하고 싶은 일이 있어서 말이야."

"그래, 들어오게."

시라카와는 열쇠로 현관문을 열고 야마나를 안으로 안내했다. 야마나는 원장실에 들어가자마자 급히 이야기를 꺼냈다.

"JAMA의 니미 선생과 시바키 선생에 관한 소식은 들었겠지? JAMA는 지금 심각한 곤경에 처해 있어. 『주간 분초』에 니미 선생의 추문이 실린 뒤 의료인권리원의 의장 자리도 날아가 버렸네. 모두 의료청 장관에 취임하게 될 에비하라가 꾸민 짓이야. 오늘 아침 니미 선생 대신 의료인권리원 의장이 될 스기오가 JAMA를 축소하거나 폐지하겠다고 말하더군. 물론 JAMA에 불미스러운 부분도 있었어. 전에 자네가 지적한 대로지. 하지만 그것은 니미 선생과 시바키 선생이 조직을 지키기 위해 부득이하게 한 일이었네."

야마나는 가능한 한 솔직하게 이야기했다. 그의 목소리에는 돌이킬 수 없다는 절박함이 담겨 있었다.

"하지만 그 두 사람이 세상을 떠난 지금 JAMA는 새롭게 태어나기 위해 노력하고 있네. 민주적이고 건전한 단체가 돼서 일본의 의료를 조금이라도 좋은 방향으로 발전시키려고 말일세. 그런데 이번에는 관료가 의료를 주도하려고 움직이기 시작했어. 이를 막을 수 있는 건 사도하라 선생밖에 없네. 시라카와 자네는 일본판 포스트마 사건으로 공적이 있으니까, 사도하라 선생도 자네 말은 들어줄 걸세. 부탁이니, 나와 함께 가서 선생에게 힘이 되어달라고 부탁해주지 않겠나?"

야마나는 무릎에 두 손을 대고 부탁했다. 하지만 시라카와는 답이 없었다. 야마나는 재빨리 의자에서 내려와 바닥에 머리를 조아렸다.

"부탁하네, 시라카와. 도와주게."

"야마나, 그만 하게. 미안하지만 나는 그런 정치 세계에는 관심이 없어."

야마나는 머리를 들고 잡아먹을 듯 시라카와를 향해 말했다.

"하지만 그냥 놔두면 일본의 의료가 관료들 손으로 넘어간단 말일세."

시라카와는 야마나를 바라보며 말했다.

"야마나, 내 말 좀 들어보게. 이 진료소를 개원하고 오늘로 정확히 한 달이 되네. 나는 지금까지 큰 병원에서 수술을 하고 목숨과 직결되는 질병을 고치는 것이야말로 최고의 의료라고 생각해왔어. 하지만 그건 외과 의사의 오만한 착각이었지. 진정한 의료는 그런 것이 아니야. 비록 낫지 않는 병이라도 눈앞의 환자를 소중히 여기고 환자의 마음을 치유하는 일, 환자의 두려움과 불안감을 조금이라도 덜어주고 평안하게 살 수 있는 시간을 환자와 함께 만들어가는 일이야말로 의사의 본분이라는 걸 깨달았어. 하지만 말처럼 쉬운 일이 아니라네. 시간도 걸리고 인내심도 필요하지. 나는 그것을 이 진료소에서 배웠어. 이제 겨우 한 달이 지났을 뿐이지만 마을 사람들이 나를 믿어주기 시작했네. 그러니까 나는 그 믿음에 보답할 의무가 있어."

"자네 마음은 이해하네. 이상적인 의료란 바로 그런 것이겠지. 하지만 그런 의료를 지속하려면 토대가 필요하지 않겠는가? 의료청 장관에 내정된 에비하라는 의료를 문민 통제하겠다고 말했어. 의료가 관료의 의도대로 규칙과 제도에 얽매인다면 자네가 원하는 의료도 맘껏 펼치지 못할 게야. 이상적인 의료고 뭐고 불가능하게 된단 말일세."

"그렇지 않아. 현장에 있는 의사는 언제라도 자유롭게 진료할 수 있어. 진료 보수나 이익을 생각하니까 제도에 얽매이는 거지."

"그런 이상주의자가 일본에 얼마나 있다고 생각하나? 대부분의 의사가 제도에 얽매이는 것이 현실이야."

야마나는 비통하게 외쳤다. 그리고 시라카와의 손을 잡고 매달렸다.

"시라카와, JAMA로 돌아와주게. 자네가 돌아오기만 한다면 부대표 자리를 준비해놓지. 자네가 꿈꾸는 의료가 실현될 수 있도록 최선을 다하겠네. 니미 선생이 말했던 '의료 신질서'를 우리 둘이 새로운 형태로 실현해보지 않겠나? JAMA가 궤도에 오르면 다시 현장에 복귀해도 좋네. 반년이라도 좋으니 도쿄로 돌아와주게."

시라카와는 한숨을 쉬고 조용히 고개를 흔들었다.

"그런 것이 바로 의료인의 이기적인 행동이야. 비록 반년이라도 내가 없으면 이곳에 있는 환자들은 어떻게 되겠나? 의료는 신뢰 관계가 중요해. 다른 의사를 보내면 된다는 식의 단순한 문제가 아니야."

현관문을 열고 누군가 들어서는 기척이 났다. 시라카와가 벽시계를 바라보았다.

"진료 시간까지 아직 30분이나 남았는데 벌써 환자가 왔군. 미안하지만 나는 이만 일어나겠네. 진료 준비를 해야 돼서 말이야."

자리에서 일어서는 시라카와를 잡으려는데 야마나의 휴대전화가 울렸다. 야마나는 하필이면 이럴 때 누가 전화를 하느냐고 짜증을 내며 반사적으로 통화 버튼을 눌렀다.

"야마나 선생님이십니까? 오랜만입니다. 진무리전드 제약의 무라오입니다."

"무슨 일이지? 바쁜데."

야마나는 화가 나서 버럭 소리쳤다. 수화기 저편에서 당황하는 기색이 느껴졌다. 야마나는 문득 불길한 예감이 들어 애써 화를 참으며 냉정하게 물었다.

"큰 소리를 내서 미안하네. 그래, 무슨 일인가?"

무라오는 미안해하면서도 공손하게 말했다.

"바쁘신데 죄송합니다. 다름이 아니라 사도하라 잇쇼 선생이 야마나 선생을 가류소에서 급히 뵙자고 하십니다."

"사도하라 선생이?"

야마나는 귀를 의심했다. 강을 건너려는데 마침 나루터에 배가 있다는 건 이런 경우를 두고 하는 말일까? 하지만 대체 무슨 일이지?

이것저것 생각할 겨를이 없었다. 야마나는 시라카와에게 허둥지둥 인사를 하고 밖에서 대기하고 있던 리무진에 올라탔다.

38. 신의 손

야마나를 태운 리무진은 중앙자동차도로를 타고 일단 도쿄로 돌아갔다가 도호쿠 자동차도로를 따라 사도하라 잇쇼의 별장이 있는 나스 고원으로 향했다.

나스 인터체인지를 빠져나와 북쪽으로 국도를 달려 오후 8시 45분에 자우스다케 기슭에 있는 가류소에 도착했다. 본 적 있는 웅장한 기와집이 거대한 그림자를 드리우고 있었다. 지난번 방문했을 때가 벌써 작년 6월이었다. 그때는 JAMA 집행부의 일원으로 사도하라와 밀담을 나누러 온 니미를 수행했었다.

양쪽에 돌기둥이 세워진 문이 활짝 열려 있고 그 앞에 검은 옷을 입은 건장한 남자 대여섯 명이 서 있었다. 경호원인가? 전에 방문했을 때는 없었는데. 야마나는 험악한 분위기에 긴장했다.

리무진이 작은 돌들을 튕기며 멈춰 서자 그 소리를 듣고 무라오 시로가 문 안쪽에서 달려 나왔다.

"야마나 선생, 기다리고 있었습니다. 어서 안으로 들어오세요."

야마나는 초조한 몸짓으로 구두를 벗으며 무라오에게 물었다.

"사도하라 선생이 무슨 일로 날 불렀는지 아는가?"

"글쎄요, 그건 저도 잘······."

"자네는 어째서 이곳에 있는 거지?"

초조한 목소리로 묻자, 무라오는 순간 일그러진 표정으로 야마나를 마주 보았다. 하지만 무라오는 아무 대답도 없이 빠른 걸음으로 안으로 들어갔다.

"실례하겠습니다."

무라오가 공손하게 장지문을 열자 카펫이 깔린 방 안에 기모노를 입은 사도하라가 예전처럼 등의자에 앉아 있었다.

"아, 야마나인가? 기다렸네."

사도하라가 낮게 울리는 독특한 목소리로 야마나를 맞이하며 크게 기침을 했다. 아흔이라는 나이지만 늘어진 눈꺼풀 안쪽에서 날카롭게 빛나는 눈빛은 여전했다.

"늦어서 죄송합니다."

"아니, 괜찮네. 자네도 여러 가지로 바쁘겠지. 보고는 듣고 있네. 그쪽에 앉게나."

"네."

야마나는 긴장한 채 사도하라의 왼쪽에 있는 의자에 앉았다.

지난번에 니미가 앉았던 자리였다.

"나는 60년이 넘는 동안 정치 활동을 하면서 다양한 사업을 해왔지. 국가와 국민을 위해 사심을 버리고 몸이 가루가 되도록 일했다고 자부하네. 야마나 군, 그 마지막 숙원 사업으로 선택한 것이 바로 의료였네."

사도하라는 반쯤 눈을 감고 목을 울리면서 자신의 정치 활동을 담담하게 이야기하기 시작했다. 고령임에도 말투가 명확하고 마치 신탁을 전하는 예언자처럼 힘이 있었다.

"의료는 말할 필요도 없이 평상시 국민 생활에 가장 중요한 활동이네. 국가는 국민의 건강과 안녕을 위해 필요한 의료를 제공할 의무가 있어. 그러기 위해 환경을 정비하는 건 정치가 가장 우선해야 할 과제지. 즉, 우수한 의사가 뒷일을 걱정하지 않고 마음껏 전문적인 기량을 발휘할 수 있는 환경을 만들어야 하네. 의사가 생활에 쫓겨 과로사할 위험에 처하거나 의료와 상관없는 불만 처리와 서류 작업 등의 잡무에 시달리는 건 국가의 손실이라고도 할 수 있어. 의사는 국민 생활에 반드시 필요한 존재로서 가능한 한 존중받아야 하네. 그렇지만 모든 의사가 대우받을 수 있는 건 아니지. 의사의 태만, 무능, 불성실, 황금만능주의는 엄격히 경계해야 하네. 의료계를 정화하고 의사의 윤리 의식을 높이고 나서 그에 맞는 대우를 하고 환자와 의사의 신뢰 관계를 재구축한다, 의료청 구상은 바로 이를 실현하기 위한 것이야. 그 대략적인 개념은 니미의 생각과 일치했네."

사도하라는 일단 말을 끊고 목에 끓어오른 가래를 뱉었다. 목소리가 더욱 낮아졌다.

"니미는 정말 아까운 인재였어. 하지만 그렇게 된 것도 어쩔 수 없는 일이야. 니미처럼 재능은 뛰어나지만 생각이 극단적인 자는 대체로 대성하기 어려워. 시바키의 일도 유감스럽지만 어쩔 수 없지. 우수하고 행동력도 있었지만 어쩌겠나? 정에 휩쓸렸으니. 여자는 대개 일을 크게 보지 못하는 경우가 많아."

야마나는 사도하라의 말에 귀를 기울였다.

니미를 버린 것은 역시 사도하라였나? 문득 아까 돌기둥 문 앞에서 본 남자들의 모습이 떠올랐다. 그들이라면 육교 위에서 시바키를 간단히 밀어뜨릴 수 있었을 것이다. 야마나는 공포와 두려움으로 떨리는 몸을 애써 억눌렀다. 그리고 어떻게 하면 현재 JAMA가 처한 상황을 헤쳐나갈 수 있을지 열심히 머리를 굴렸다. 만약 사도하라가 '선생'이라면? 그것도 나쁘지 않았다. 만약 그렇다면 JAMA를 다시 세우기 위해 도움을 받기가 더욱 쉬울 수도 있었다.

그런데 사도하라의 이야기가 생각지도 못한 방향으로 흘러갔다.

"마침내 내일 의료청이 발족하네. 안락사법도 제정된 지금 내 정치 활동도 마지막 목표를 달성했다고 할 수 있어. 의료청은 아직 과도기적인 조직일세. 언젠가 후생노동성이 재편되면 외국처럼 보건성으로 격상하는 게 좋겠지. 노동, 복지, 연금 등은 의료와 구분해서 국민생활성 같은 것이 생기지 않겠는가? 지금과 같은 과도기에 JAMA의 모두가 정말 애써주었어. 진심으로 자네들의 노고를 치하하네. JAMA가 그 역할을 다한 지금 니미와 시바키가 이 세상에 없다니 얼마나 유감스러운지 모르겠네."

JAMA가 역할을 다했다? 야마나는 가슴에 돌을 맞은 듯한 충격을 받았다. 사도하라의 목소리에는 흐트러짐이 없었다. 사도하라는 길게 휘날리는 한쪽 눈썹을 치켜올리며 가늘게 뜬 눈으로 웃었다.

"야마나 군, 정치란 그런 거라네. 복잡한 듯하면서도 단순하지. 세상 모든 물이 높은 곳에서 낮은 곳으로 흐르듯이 자연의 섭리에 따를 수밖에 없지. 이렇게 말하는 나도 삶의 마지막 순간을 맞이하고 있네."

"네?"

이번에는 야마나가 놀라서 자기도 모르게 소리를 냈다.

"계속 들어주게. 내가 안락사법 제정에 힘을 쏟은 데에는 물론 이유가 있네. 그것은 오직 국민을 위해서였어. 나 혼자만 안락사할 거라면 내 힘으로 어떻게든 할 수 있었네. 하지만 그럴 수는 없었지. 나만 좋으면 된다는 생각은 정치가의 자질과 가장 거리가 머니까 말일세. 많은 국민이 안락사를 필요로 하는데 법적인 이유로 불가능한 상황이었네. 그렇다면 그것을 바꿔야 하지 않겠나? 즉, 안락사법의 제정이야말로 정치가로서 나의 마지막을 장식하는 일이었네."

사도하라의 시선이 먼 곳을 향했다.

"인간이란 얼마나 슬픈 존재인가? 나처럼 은혜로운 삶을 산 사람도 마지막에는 가혹한 죽음이 기다리고 있네. 육체의 고통. 이렇게 나이가 들어서도 여전히 자연은 잔인하게 느껴져. 바늘로 찌르면 아픔을 느끼고, 숨이 막히면 가슴이 답답하지. 이 나이가 되면 남은 소원은 하나라네. 평화롭게 죽음을 맞는 것, 이 소원은 이미 수십 년 전부터 내 머릿속에 있었어. 돈이 아무리 많고 권력이 있어도 죽음의 고통을 피할 길은 없어. 오직 의료만이 그 고통을 피할 수 있도록 해주지. 안락사 반대파가 무엇을 우려하는지도 알고 있네. 그건 법률을 잘 운용해서 해결하면 되겠지. 그런 생각을 하고 있을 때 '선생'을 만났네."

야마나는 놀라서 머리를 들었다. 사도하라가 '선생'이 아니란 말인가? 놀란 야마나는 아랑곳 하지 않고 사도하라의 말투가 미묘하게 변했다.

"지금으로부터 10년 전이었나. 처음에는 약물 치료 상담을 위해 전문가를 찾아갔지. 그 전문가가 '선생'이었어. 그때 어떤 이야기를 하다가 나는 안락사에 대한 '선생'의 생각을 듣고 새로운 깨달음을 얻었어. 고통에서 해방되는 것만이 아니라 쾌적한 죽음을 보증하는 안락사. 누구나 피해 갈 수 없는 죽음을 더욱 쾌적하게 맞이하고 싶다는 바람이 왜 나쁜가? 그때까지 나는 죽음에 대해 긍정적인 말을 들어본 적이 없었네. 죽음을 거부하는 것밖에 모르는 의사와 환자를 도저히 이해할 수 없었지.

나는 '선생'의 생각에 감탄해 전면적으로 협력하겠다고 했어. 하지만 '선생'에게도 여러 가지 사정이 있어서 앞에 나서서 활동하기 어려운 입장이었네. 세상은 말이 많은 곳이니 말일세. 아무리 숭고한 이념이라도 사람은 지위와 위치에 따라 사리사욕에 눈멀기 쉬운 존재니까……."

야마나는 몸이 굳어졌다. 무서운 긴장감이 야마나를 압박했다.

"야마나 군."

사도하라의 부름에 야마나는 순간 뻣뻣하게 굳었다.

"안락사법은 내년 1월 1일부터 시행되네. 나는 그때까지 기다릴 수가 없어. 나 같은 사람이 마지막까지 쾌적함을 바란다는 건 지나친 욕심이라는 비난을 피할 수 없겠지만 어차피 내 몸은 한 줌 먼지가 될 뿐이네. '선생'이 생각한 안락사는 고통을 피하기만 하는 것이 아니었네. 오늘 야마나 군을 보자고 한 이유는 자네에게 '신의 손'이 되어달라고 부탁하기 위해서야."

"사도하라 선생님, 저는 도저히 그럴 수 없습니다."

"자네도 의사 아닌가? 게다가 내 부탁을 거절해서 좋을 일은 없을 텐데, 하하하."

몸을 뒤로 젖히고 크게 웃는 사도하라에게서 무서울 정도의 박력이 느껴졌다.

야마나는 필사적으로 저항했다.

"하지만 사도하라 선생님, 내일 발족하는 의료청의 활동을 지켜보셔야 하지 않습니까? 선생님은 그날을 위해 애써오지 않으셨습니까?"

"지켜봐서 뭘 어쩌겠나. 내가 할 일은 다 끝났네."

"아니요, 선생님은 앞으로 하실 일이 많습니다. 좀 전에 JAMA는 역할을 다했다고 말씀하셨습니다만, JAMA는 새로 태어날 겁니다. 새로운 조직이 되어 선생님이 원하시는 의료를 실현하는 데 도움이 되겠습니다. 의료청의 하부 조직이 되어도 좋습니다. 부디 다시 한 번 생각해주십시오. 저희에게 기회를 주십시오."

일어서서 공손히 절하는 야마나에게 사도하라는 노인 냄새를 풍기며 길게 한숨을 쉬었다.

"JAMA는 전일본의사회를 대신하려고 만들었지만 결국 같은 길을 걸었어. 의사는 의료에 전념하는 편이 좋아. 압력 단체나 이익 대표 같은 조직이 되면 본업에서 멀어질 뿐이야. 야마나 군, JAMA는 이미 끝났네."

의료인권리원 의장에 취임하는 스기오가 리셉션에서 한 말과 같았다. 스기오의 말은 사도하라의 의향을 반영한 것이었을까? 절망하는 야마나에게 사도하라가 차갑게 말했다.

"그래서 나는 더 이상 이 세상에 미련이 없네."

"하지만 사도하라 선생님."

야마나는 양손을 공허하게 뻗으며 울음을 터뜨릴 듯한 목소리로 말했다.

"이곳에는 도구도 약도 없습니다. 그런데 어떻게?"

38. 신의 손

"그건 이미 저쪽에 준비해두었네."

어느새 무라오가 케루빔과 주사기가 놓인 쟁반을 들고 서 있었다.

"아, 나는 즐겁게 기다리고 있었다네. 죽음이 대체 뭔지 마침내 알 수 있게 된 거야."

사도하라가 소매를 걷어붙이고 왼팔을 내밀었다. 정신은 아직 멀쩡했지만 피부의 노화는 막지 못했다. 주름지고 기름기 없는 피부에 난 검은 솜털이 불길하게 느껴졌다.

"야마나 선생, 여기 있습니다."

무라오가 케루빔이 든 주사기를 내밀었다. 무라오는 야마나의 손에 주사기를 쥐여준 뒤 사도하라의 팔에 지혈대를 감았다. 마른 나뭇가지 같은 정맥이 튀어나왔다.

"야마나 군은 안락사가 처음인가? 첫 환자가 나 같은 늙은이여서 미안하지만 잘 부탁하네."

"하지만 역시……."

"어서, 빨리."

내민 팔을 바라보며 야마나는 울음 섞인 목소리로 물었다.

"하지만 어째서 제가……."

"'선생'의 지시라네."

"'선생'이 누굽니까?"

"……그건 자네 스스로 생각해보게."

야마나는 떨리는 손가락으로 사도하라의 팔에서 혈관을 찾아 알코올 솜으로 소독했다. 두려움과 불안으로 쓰러질 것만 같았다. 하지만 실패는 용서할 수 없었다.

문득 오쿠히에이 세미나에서 니미가 목청 높여 선언한 말이 머릿속에서 되살아났다.

'안락사를 행하는 의사는 신의 손을 위임받게 되는 것입니다!'

야마나는 체념하고 사도하라의 팔에 주삿바늘을 꽂았다. 그리고 떨리는 손가락을 필사적으로 억누르면서 역류하는 혈액을 확인했다. 지혈대를 풀고 케루빔을 정맥에 주입했다.

주삿바늘을 빼자 사도하라는 등의자에 기대어 조용히 눈을 감았다. 효과는 언제 나타날까?

야마나는 의사의 눈으로 사도하라의 상태를 관찰했다. 호흡이 서서히 깊어졌지만 하악 호흡에는 이르지 않았다. 눈꺼풀의 경련은 탈분극脫分極 때문일까? 입술에도 청색증은 나타나지 않았다. 케루빔은 정말 쾌적한 죽음을 보증하는 약품인가?

이윽고 사도하라의 뺨에서 힘이 빠지며 아래로 처지기 시작했다. 이 시대의 대마왕이라 칭송받던 정치가의 생명이 눈앞에서 꺼져가고 있었다. 남은 시간은 대략 10분 내외였다. 그때 불현듯 야마나의 머리를 스치는 생각이 있었다.

사도하라가 마지막으로 자신에게 한 말. '선생'이 누구인지 스스로 생각해보라던 그 말, 사도하라는 힌트를 주었던 것이다. 조금 전에 들은 사도하라의 말이 하나씩 떠올랐다.

'정치란 그런 것……, 세상 모든…… 자연의 섭리에 따를 수밖에 없지.'

사도하라를 움직여 안락사법을 제정하도록 한 자, 그자가 '선생'이라면 안락사법이 제정되기를 가장 열렬히 바란 사람이다. 그는 누구인가?

그때 사도하라의 눈가에 형언하기 어려운 온화한 미소가 떠올랐다. 일반적으로 죽음을 맞이할 때 나타나는 괴로운 표정과는 전혀 다른 천상의 평화를 얻은 듯한 미소였다. 사도하라의 입에서 헛소리처럼 낮은 목소리가 흘러나왔다.

"훌륭해……, 이 약은…… 완벽하다. 모든 것은…… 케루빔을 발견한 뒤부터 시작되었어. 우리는…… 틀리지 않았다……."

케루빔의 발견이 모든 것의 시작.

그렇다면 설마, 모든 것이 속임수였단 말인가?

야마나가 지켜보는 가운데 사도하라가 허공을 향해 마지막 말을 남겼다.

"아, 마지막으로 감사의 표시를 하고 싶어. 손을…… 잡아주지 않겠나? 당신이야말로 진정한 '신의 손'을 가진…… 훌륭한 약제사다, '선생'."

황홀함에 젖어 내민 사도하라의 손을 무라오가 말없이 쥐었다.

39. 열두 개의 묘비명

 반년 후, 오다이바에 있는 도쿄 빅사이트 국제 전시장에서 세계 48개국 의사들이 참가하는 '국제 안락사 포럼'이 열렸다.
 시라카와 다이세이는 일본안락사의학회의 의뢰로 심포지엄의 진행을 맡아 지금 막 그 역할을 무사히 끝냈다. JAMA가 붕괴된 뒤 시라카와는 구메무라 진료소의 경영권을 사서 진료를 계속하고 있었지만 여전히 안락사 분야의 선구자로 대접받고 있었다.

 일본안락사의학회는 안락사법이 제정되던 지난해 10월에 설립되었다. 법이 제정되기 전에 활동하던 종말기의료학회와 존엄사연구회 등이 통합된 이 학회는 '안락사'라는 단어를 당당히 내건 학회 이름에서 시대의 변화를 느낄 수 있었다.

시라카와가 진행을 맡은 심포지엄에서는 '또 하나의 선택, 안락사'라는 주제로 네덜란드, 벨기에, 룩셈부르크, 미국, 오스트레일리아, 일본의 의사와 간호사 여섯 명이 패널리스트로 참가했는데, 모두 국가 혹은 주에서 안락사를 합법화한 지역 출신이었다. 패널리스트들은 안락사의 성공 사례를 열심히 이야기하며 안락사를 통해 얼마나 많은 사람이 참을 수 없는 고통에서 해방되었는지 강조했다.

토의가 끝나고 패널리스트들과 성공을 축하한 뒤 시라카와는 대기실에서 혼자 식은 블랙커피를 홀짝였다.

야마나 게이스케가 살아 있다면 이 포럼에서 얼마나 크게 활약했을까? 허탈한 생각에 컵을 쥔 시라카와의 표정이 어두워졌다.

의료청이 발족되기 전날 구메무라 진료소를 찾아왔던 야마나는 그대로 행방이 묘연해졌다. 그러다가 바로 일주일 전, 지바 현 오타키마치의 산속에서 사체로 발견되었다. 사체는 이미 형체를 알아볼 수 없었지만 DNA 감정으로 신원이 확인되었다.

간호사로서 부지런히 시라카와를 보좌하던 모토무라 유키에는 그 보도를 듣고 울음을 터뜨렸다.

"야마나 선생님은 절대로 말하지 말라고 하셨지만……."

유키에는 눈물이 그렁그렁 맺힌 눈으로 야마나가 시라카와와 자신을 위해 애써주었다는 이야기를 했다. 야마나는 시라카와를 이용하기도 했지만 지켜주기도 했다. JAMA가 시라카와를 없애려고 했을 때도 여러 번 방패막이가 되어주었다. 유키에의 말을 듣고도 시라카와는 믿을 수 없었다. 오히려 유키에에게 배신감을 느꼈다.

"언제부터 야마나와 연락을 주고받았지?"

"시라카와 선생님이 교라쿠 병원에 계실 때부터예요."

"그렇다면 내가 아라시야마에서 청혼했을 때 거절한 것도 야마나가 시킨 일인가?"

"아니에요. 그때는 그저 무서워서 시라카와 선생님이 안락사법 때문에 미묘한 입장이라는 말을 듣고 결혼 이야기를 할 때가 아니라고 생각했어요."

"어째서 그때는 그런 말을 하지 않았나?"

"야마나 선생님이 시라카와 선생님은 모르는 편이 낫다고 말씀하셨어요. 알게 되면 시라카와 선생님의 성격상 드러내놓고 담판을 지으려 할 거라고요. 그렇게 되면 오히려 위험하다고 하셨어요. 저도 괴로웠어요. 하지만 야마나 선생님께서 격려해주셨지요. 시라카와는 자신이 지켜줄 테니 걱정 말라고 하셨어요. 위험하게 되면 안전한 곳으로 옮겨줄 거라고요."

그래서 구메무라로 전근시켰단 말인가.

'한동안 이곳에서 애써주게. 그 편이 안전하니.'

야마나는 출세만 쫓았던 것이 아니다. 친구로서 자신을 걱정하고 있었던 것이다. 그 사실을 깨달은 시라카와는 야마나를 다시 보게 되었다.

포럼에서는 일본의 안락사 사례도 여럿 보고되었다. 첫 번째 사례는 히로시마 시에 거주하는 쉰여섯 살의 남성이었다. 폐암 말기로 자택에서 치료를 받던 이 남성 환자에게 주치의가 1월 9일 모르핀과 근이완제를 투여했다. 안락사법 규정에 따라 본인의 의사 확인에 일주일 이상 필요하다는 점을 고려하면 법률이 시행됨과 거의 동시에 안락사 의사를 표시했다는 뜻이다.

그 뒤로도 니가타, 아이치, 오사카, 도쿄 등지에서 안락사가 이어졌다. 대부분 여든다섯 살 이상의 고령자였다. 안락사법을 기다리는 사람들은 역시 존재했다.

그런 생각을 하면서 시라카와는 대기실에 혼자 앉아 심포지엄에서 오간 논의를 회상했다. JAMA가 주장한 것처럼 안락사법이 없었던 일본은 보이지 않는 안락사 금지법이 있는 상태와 마찬가지였다. 역시 또 하나의 선택으로서 안락사는 존재하는 편이 나았다.

그렇게 생각하고 있는데 요란하게 문을 두드리는 소리가 들렸다. 대답도 듣지 않고 무례하게 문이 열리더니 누군가 얼굴을 들이밀었다. 전일본의사회 전 상임 이사였으며 외국에 있는 것으로 알고 있었던 반도 교이치였다.

"시라카와 선생, 오래간만입니다. 잠깐 들어가도 괜찮겠습니까?"

반도는 몸을 굽히며 성큼 안으로 들어섰다. 화려한 줄무늬 정장에 나비넥타이 차림의 반도는 이미 일본 의사 분위기가 아니었다.

"언제 귀국하셨습니까?"

"사흘 전입니다. 국제 포럼 덕분에 오랜만에 고향 땅을 밟았습니다, 하하하."

과장되게 웃자 진한 향수 냄새가 코를 찔렀다. 시라카와가 소파를 권하자 반도는 시간이 없다면서 선 채로 떠들기 시작했다.

"그간 JAMA에도 여러 가지 일들이 있었더군요. 니미 선생과 시바키 선생 일은 정말 유감스럽게 됐습니다."

그렇게 말했지만 반도에게서 애석해하는 기미는 티끌만큼도 보이지 않았다. 반도는 입가에 비웃음을 띠며 시라카와에게 얼굴을 바짝 대더니 낮은 목소리로 말했다.

"소문에 듣자니 야마나 선생도 사체로 발견되셨다고요. 무서운 일입니다. 당사자들이 거의 다 죽다니. 시라카와 선생에게만은 사실을 이야기하지요. 가네코 선생 살해 사건과 관련해서 이상한 소문이 떠돌았던 모양입니다만, 저와는 상관없는 일입니다."

이상한 소문이란 반도가 복수하기 위해 가네코의 살해를 교사했다는 소문일 것이다.

"저는 특별히 의심하지 않습니다."

시라카와가 말하자 반도는 성급하게 말을 막았다.

"그렇다면 됐습니다. 모처럼 뵈었으니 선생께만 가르쳐드리지요. 후루바야시 야스요 씨는 시라카와 선생과도 아는 사이였다지요. 죽기 전에 별다른 말을 하지 않던가요?"

"무슨 말씀이신지?"

"니미 선생의 추문."

그랬다. 죽기 전에 분명 야스요는 나중에 말하겠다며 금방 모든 것이 밝혀질 거라고 했었다. 그리고 니미의 숨통을 끊어놓겠다는 말도 했었다.

"학회 일로 포츠담에 갔을 때 생각지도 못한 정보를 입수했습니다. 니미 선생이 예전에 신나치주의 멤버였다는 소문이었습니다. 사진도 손에 넣었지요. 니미 선생이 신나치주의자들과 함께 찍은 사진을 지인이 소개해준 약제사가 갖고 있었습니다."

"설마 『주간 분초』에 기사를 쓴 사람이?"

"그렇습니다. 접니다. 처음에는 야스요 씨를 통해서 공표할 생각이었습니다만, 그녀가 그런 일을 당했으니까요. 저도 조심해야 했지요. 후생노동성의 지인과 의논했더니 분초샤라면 믿을 만하다고 소개해주었습니다. 그래서 제가 가명으로 기사를 썼습니다. 그 정도 기사는 쉽게 쓸 수 있으니까요."

야스요가 말하던 소식이 반도에게서 얻은 정보였단 말인가? 입이 가벼운 야스요는 기사로 내기 전에 누군가에게 말한 것이 틀림없었다.

"그런데 왜 제게 이런 얘기를 하십니까?"

"누군가는 알아주기를 바랐습니다. 제가 확실히 복수했다는 사실을요. 시라카와 선생이라면 전후 사정을 잘 아시니까요, 헤헤헤."

반도는 뱀 같은 웃음을 남기고 대기실을 나갔다.

반도는 그 말을 하기 위해 일부러 자신을 찾아온 건가? 시라카와는 눈살을 찌푸렸다. 하지만 그런 사람이 어디 반도뿐이겠는가? 그 남자도 그렇다. 시라카와는 진무리전드 제약의 무라오 시로를 떠올렸다.

안락사법이 시행되고 2주 뒤 진무리전드 제약의 케루빔이 후생노동성의 인가를 받았다. 이례적으로 빠른 인가였는데, 그에 대해 후생노동성은 '약의 성격상 안전성 확인이 필요 없었기 때문'이라고 설명했다. 무라오는 그 직후에 구메무라 진료소를 찾아와 케루빔이 인가받았다는 사실을 시라카와에게 보고했다.

"모든 것이 시라카와 선생을 비롯한 JAMA 선생님들의 도움 덕분입니다. 후생노동성도 서두를 수밖에 없었겠지요. 약효에 대해서는 저도 확신하고 있으니까요."

겸손한 태도 너머로 빨리 인가를 받은 것에 대한 자만이 빤히 들여다보였다. 시라카와에게는 무라오의 그런 모습이 영업 사원으로서 몸에 밴 태도이자 비열한 근성으로도 보였다.

돌아가는 길에 무라오는 니미가 살아 있을 때 뒤에서 JAMA를 조종하던 인물이 있었다는 식의 기묘한 말을 했다.

"'선생'이라고 불렸던 모양입니다만, 시라카와 선생은 알고 계십니까?"

'선생'에 대해서는 시라카와도 JAMA 내부에서 소문을 들은 적이 있었다. 이전 집행부에서는 은연중에 그 호칭이 자주 언급되었지만 어느새 자취를 감추었다. 일설에 따르면 권위를 내세우기 위해 니미가 1인 2역을 했다거나 사도하라를 가리키는 은어라는 말도 있었다. 다른 정치가나 고위 관료라고 하는 사람, 실은 시바키 가오리가 '선생'이었다고 말하는 사람도 있었다. 그런 말을 농담처럼 전하다가 시라카와가 말했다.

"저는 그런 일에는 흥미가 없어서요."

무라오는 순간 시라카와의 진의를 캐려는 듯 굳은 표정을 지었다. 하지만 금방 생각을 고쳐먹은 듯 "그러시겠지요, 하하하" 하며 파안대소했다. 그때 무라오의 탐색하는 듯한 눈빛은 무엇이었을까?

인가는 났지만 케루빔의 사용 예는 좀처럼 보고되지 않았다. 세상이 아무리 안락사에 긍정적으로 변했다지만 선뜻 신약을 사용하겠다고 나서는 사람은 없었다. 어쩌면 당연한 일인지도 모른다.

그런데 케루빔은 예상치 못한 곳에서 인기를 끌었다. 네덜란드였다. 진무리전드 제약은 일찍부터 네덜란드 보건성과 교섭을 벌여 판매 허가를 취득했다. 연간 3천 명 이상이 안락사하는 네덜란드에서 케루빔은 순식간에 시장을 점유했다. 확실하고 쾌적한 죽음을 맞이하게 하는 케루빔의 효과는 호평을 받았고 2월과 3월에는 안락사자 수도 급증했다. 이대로라면 올해 네덜란드의 안락사자 수는 5천 명을 넘을 것으로 예상되었다.

인접국인 벨기에도 케루빔을 호의적으로 받아들였고, 안락사를 주법으로 허용하고 있는 미국의 오리건 주와 워싱턴 주에서도 케루빔의 매출이 급증했다. 이 뉴스는 일본에 대대적으로 보도되었고, 케루빔은 이른바 역수입 형태로 일본 각지의 의료 기관에 납품되었다.

그리고 3월에 들어서자마자 일본에서도 케루빔을 사용한 첫 안락사가 행해졌다. 안락사한 사람은 딸과 함께 살던 여든여섯 살 여성으로, 자택에서 케루빔 주사를 맞았다. 여성은 딸과 의사가 지켜보는 가운데 조용히 숨을 거뒀다. 고통이 없을 뿐 아니라 마지막까지 기쁨에 넘치는 웃는 얼굴이었다고 한다.

이 뉴스는 텔레비전에서도 특집 프로그램으로 다뤘는데, 인터뷰에 응한 딸은 이렇게 말했다.

— 어머니는 수년 전부터 안락사를 희망하셨습니다. 어머니의 바람이 마침내 이루어져서 얼마나 기쁜지 모릅니다. 이상한 표현이지만 오래 사는 걸 원망하셨던 어머니가 마지막은 안락사할 수 있을 때까지 오래 살아서 기쁘다고 말씀하실 정도였으니까요. 케루빔의 효과는 정말 굉장했습니다. 어머니를 안락사시키는 것은 자식으로서 불효라고 고민했습니다. 하지만 실제 케루빔으로 마지막을 맞이한 어머니를 보고 이거야말로 효도라고 생각했습니다. 그 정도로 어머니는 기쁘게 숨을 거두셨어요.

이 방송이 나간 뒤로 각지에서 케루빔을 사용한 안락사가 잇따랐다. 네덜란드에서 점유율이 올라가기 시작했을 때부터 급상승한 진무리전드 제약의 주가는 일본에서 첫 안락사가 행해진 직후 4일 연속으로 최고치를 경신했다.

심포지엄이 끝난 뒤 패널리스트였던 미국인 의사가 시라카와에게 말했다.

"일본의 제약업계에도 우수한 로비스트가 있는 모양입니다. 정치가를 움직여 기업에 유리한 방향으로 법률을 만드는 걸 보면요. 미국에서는 당연한 일이지만 말입니다."

국제 안락사 포럼에서도 케루빔과 관련된 발표가 몇 가지 있었다. 케루빔은 단순히 고통에서의 해방이 아니라 편안하고 쾌적하며 만족스러운 죽음을 가져다주었다. 어떤 발표자는 죽음을 맞이할 때의 온화한 표정이 에도 시대의 한 스님이 그린 웃음 띤 부처의 얼굴 같다고까지 표현했다.

또한 전날 있었던 워크숍에서는 안락사 특구를 선언한 가고시마 현 모로네 시의 시장이 참가자들의 주목을 받았다. 시장은 자신의 블로그에서 안락사를 권장하며 모로네 시에서 안락사하는 사람에게 자기 부담액의 30퍼센트를 보조하는 조례를 시의회에서 가결했다고 밝혔다. 안락사에는 케루빔을 사용했고, 조례가 시행된 뒤 모로네 시내의 특별 요양 시설과 노인 보건 시설에서는 안락사 희망자가 줄을 이었다. 케루빔으로 안락사한 사람의 평온한 모습이 입소문으로 널리 퍼졌기 때문이다. 그 결과 노인 보건 시설 입소 대기자가 크게 줄었고, 의료 보험 및 개호 보험의 재정 상태도 대폭 개선되었다.

케루빔은 죽음의 개념을 근본적으로 바꾸어놓았다. 죽음은 괴롭고 무섭다는 인상이 희미해졌고 대신 편안함과 해방의 이미지가 만들어졌다. 삶에서만 기쁨을 누릴 수 있는 것이 아니라 죽음에서도 마지막 기쁨이 있다고 케루빔은 깨닫게 해주었다.

하지만 정말 이대로 잘된 일일까?

창문도 없는 대기실에서 혼자 생각에 잠겨 있던 시라카와는 숨이 막힐 것 같아 밖으로 나갔다. 넓은 로비에 많은 참가자들이 서성이고 있었다. 휴식을 취하려고 회의장을 나온 사람, 오랜만에 재회하여 옛정을 나누는 사람. 의사와 간호사들의 대화가 귀에 들어왔다.

"안락사는 역시 좋은 것 같아. 척수 소뇌 변성증 환자였는데 다른 사람에게도 꼭 권하고 싶다고 말하며 밝은 얼굴로 죽음을 맞더라고."

"가족도 안락사법 덕분에 살았지. 불필요한 고통은 가족도 지켜보기 힘드니까 말일세."

"뇌종양에 걸린 남편이 고통을 겪지 않고 끝나서 다행이라며 부인이 울면서 인사하더군."

역시 안락사법 제정은 옳은 일이었나? 하지만 그렇지 않다는 의견도 들려왔다.

"딸의 원망을 들어야 했네. 루게릭병에 걸린 모친을 안락사시켰더니 그런 법률이 있기 때문에 어머니가 죽었다고, 안락사 법만 없었다면 어머니는 죽지 않았을 거라고 하더군."

"나도 환자의 아들에게 욕을 먹었지. 죽을 때까지 용서하지 않겠다고 하더군."

"가족이 환자에게 안락사를 권하는 집도 있어. 더 이상 괴로워하지 말고 그만 가는 것이 어떠냐며 말이야."

"그래, 그래, 있고말고. 안락사를 강요하는 경우가 있어. 너무 일찍 안락사시키거나 자포자기해서 안락사하는 경우도 있지 않을까?"

시라카와는 도망치듯 그 자리를 떠났다. 정말 안락사법 제정이 옳은 일이었을까?

"안락사를 행한 선생이 오히려 괴로워하다가 죽었으니 말도 안 되는 얘기지."

"정말 좋은 선생이었는데."

간호사로 보이는 젊은 여성 세 명이 이야기하고 있었다. 시라카와는 자기도 모르게 발걸음을 멈추고 젊은 여성들에게 말을 걸었다.

"실례합니다만, 지금 그 얘기가 무슨 말입니까?"

자기소개를 하자 그녀들은 시라카와를 알아봤다.

"조금 전 심포지엄에서 진행을 맡았던 시라카와 선생님?"

"일본판 포스트마 사건으로 텔레비전에도 나오셨던 선생님이죠?"

"알아요, 스물한 살의 환자였지요? 선생님, 사인 좀 해주시면 안 돼요?"

여자들이 한바탕 소란을 피운 뒤 그녀들이 들려준 이야기는 결코 기분 좋은 내용이 아니었다. 그 간호사들이 근무하는 병원의 내과의가 안락사법의 규정대로 환자를 안락사시켰다고 한다. 그런데 그 내과의는 자신이 과연 의사로서 옳은 일을 했는지 심각하게 고민하다가 우울증에 걸려 병원 옥상에서 뛰어내렸다는 것이다.

"그렇게 심각하게 고민한 이유라도 있었습니까?"

"아니요."

"나중에 살고 싶었다는 환자의 메모가 나왔다거나."

"그렇지 않아요. 그 선생님은 너무 섬세하셨던 거예요. 그렇지 않나요? 안락사라고는 해도 결국 사람을 죽이는 일이니까요. 앗!"

말하던 간호사는 자신의 실언을 깨달았는지 깜짝 놀라며 고개를 숙였다. 다른 두 사람도 어색하게 입을 다물고 있었다.

"고맙습니다."

시라카와는 인사를 하고 그 자리를 떠났다.

포럼에서 토론할 때는 성공한 예밖에 말하지 않는다. 의료학회는 늘 그렇다. 문제점을 강연할 때도 있지만, 해결할 수 있는 내용일 경우에만 그렇다. 안락사가 살인이라는 어쩔 수 없는 사실은 모두 알면서 모른 척한다.

자판기 앞에 젊은 의사 무리가 모여 있었다. 그들은 벽에 기대어 커피와 콜라를 마시면서 큰 소리로 떠들었다. 갈색으로 염색하고 한쪽 귀에 피어싱을 한 의사가 말했다.

"안락사법이 제정되어서 다행이야. 우리도 편해질 테니 말이야."

마찬가지로 머리를 갈색으로 물들이고 화려한 안경을 쓴 의사가 고개를 크게 끄덕였다.

"맞아, 맞아. 환자를 설득하기는 누워서 떡 먹기지. 환자야 의사가 그렇다면 그런 줄 아니까. 어떻게 이야기하느냐에 따라 얼마든지 안락사를 유도할 수 있어."

"연명 치료 따위 해봤자 어차피 낫지도 않을 텐데, 언제까지 하고 있느냔 말이야."

시라카와는 아연실색했다. 전에 '저지련'의 오쓰카 대표가 〈선데이 프라임〉에서 말한 그대로 아닌가?

'안락사를 시행하는 의사에게는 까다로운 치료를 빨리 끝내고 싶다는 잠재의식이 있습니다.'

그 말을 듣고 시라카와 자신은 울컥 화를 내며 부정했다. 의사라는 사람이 그런 생각을 할 리가 없다고 반발했다. 그런데 지금 이렇게 잠재의식이 아니라 공공연하게 떠들어대는 의사가 눈앞에 있었다.

시라카와는 갈색 머리의 젊은 의사들을 자기도 모르게 무서운 얼굴로 노려보았다. 한 사람이 그것을 알아채고 떠들어대는 의사의 옆구리를 쿡 찔렀다. 그들은 시라카와를 보더니 겸연쩍어하며 등을 돌렸다.

안락사법은 저런 자들에게 이용되기 위한 것이 아니다. 안락사법은 참기 어려운 고통을 겪으며 죽고 싶어도 죽을 수 없는 사람들을 위한 것이다. 하지만 안락사법 탓에 죽지 않아도 될 생명을 빼앗기고, 가족이 평생 잊지 못할 상처를 받고, 안락사를 행한 의사가 자살로 내몰리기까지 한다.

그래도 안락사법이 없었다면 죽고 싶어도 죽지 못하는 환자가 절망적인 고통을 견뎌야만 했을 것이다. 교라쿠 병원에서 자신이 안락사시킨 후루바야시 쇼타로의 고통, 미쳐버리기 직전이었던 이모 아키코의 참담함, 그 비참한 상황을 그저 지켜보기만 할 수 있을까? 있어도 곤란하고 없어도 곤란한 것, 그것이 안락사법이다.

안락사법이 제정되기까지 얼마나 많은 사람이 고통을 겪고 고민하고 괴로워했으며 생명을 잃었는가? 시라카와는 참을 수 없는 깊은 슬픔과 허망함에 지금까지 자신의 주변에서 세상을 떠난 사람들을 한 사람씩 떠올려보았다.

후루바야시 쇼타로. 스물한 살이라는 젊은 나이 때문에 죽고 싶어도 쉽게 죽지 못하는 상황에서 극심한 고통에 시달렸던 항문암 말기 환자. 결국 시라카와 자신이 안락사시켰다.

가모시다 하지메. 〈24시간 온 에어!〉에서 공개 연명 치료 대상이 되어 비참한 연명 치료 희생자가 된 환자.

오쓰카 아키히코. 연명 치료 중지에 완강히 반대해서 안락사를 시행하는 의사의 잠재의식을 비판했지만 공개 연명 치료 실패에 대한 책임을 지고 자살한 '저지련' 대표 이사.

가네코 리쓰. JAMA 내부에서 권력을 잡기 위해 스파이 활동을 하다가 반도 교이치를 버린 뒤, JAMA 본부 앞에서 살해된 전 일본의사회 전 상임 이사.

히가시 고로. JAMA에서 정치가에 전달된 불법 정치 자금을 캐다가 그 비밀에 너무 근접한 탓에 납치되어 살해되었다고 추정되는 히라마사 신문 사회부 기자.

이와노 하루오. 스스로 인공호흡기 떼기를 희망하여 안락사 했다고 알려졌지만, 그가 남긴 글 '문서 9'에서 본인의 희망이 아니었다고 야스요가 세상에 호소한 루게릭병 환자.

소네 미노루. 이와노의 '문서 9'를 발견하고 사생당 당수 미야기에게 제공한 뒤 거짓이었다고 주간지에 고백한 일로 고민하다 자살한 편집자.

후루바야시 야스요. 후루바야시 쇼타로의 어머니로, 안락사법에 시종일관 반대하고 니미와 JAMA의 극악무도함을 공격하다가 변사한 수필가.

니미 데이이치. 안락사법 제정을 강력히 추진하고 일본 의료의 지배를 꾀했지만 가루이자와의 호텔에서 자살한 사체로 발견된 JAMA의 대표.

시바키 가오리. 니미의 심복으로서 충성을 다했고 냉혹할 정도로 안락사의 실천을 추진하다가 니미가 죽은 뒤 육교 위에서 JR 중앙선으로 뛰어내렸다고 알려진 JAMA의 부대표.

사도하라 잇쇼. 니미를 비롯한 JAMA와 정계를 움직여 안락사법 제정에 온 힘을 다하고 의료청 발족 전날 밤 자신의 별장에서 '노환'으로 사망했다고 발표된 자공당 전 총재.

그리고 야마나 게이스케…….

헤아려보면 열두 명이나 되는 사람이 어떤 형태로든 안락사법 주변에서 세상을 떠났다. 앞으로 안락사법이라는 이름 아래 죽음을 맞는 사람들은 모두 이 열두 명의 뒤를 잇게 될 것이다.

여기까지 생각하자, 시라카와는 너무 피곤해서 서 있기조차 힘들었다. 일단 대기실로 돌아가 짐을 챙겨서 출구로 향했다. 부탁받은 심포지엄의 진행만 끝내면 바로 자유였다. '이런저런 생각으로 여기서 머리를 썩이기보다 빨리 유키에가 기다리고 있는 구메무라로 돌아가자. 그리고 유키에와 함께 눈앞의 환자를 위해 내가 할 수 있는 최선의 의료를 실천하자.' 그렇게 결심하고 출구로 향하는데 시라카와를 부르는 부자연스러우리만치 밝은 목소리가 들려왔다.

"시라카와 선생님! 벌써 돌아가십니까?"

뒤를 돌아보니 진무리전드 제약의 무라오가 잰걸음으로 다가오고 있었다.

"선생님이 진행을 맡으신 심포지엄이 대성공을 거두었네요. 축하드립니다. 안락사법은 역시 필요하군요. 덕분에 케루빔도 대호평을 받고 있습니다."

세상에! 이 사람은 안락사법으로 돈을 벌 생각밖에 없구나. 이 사람은 안락사법의 배후에 숨겨진 깊은 어둠을 어떻게 생각하고 있을까?

시라카와의 괴로운 표정을 무시한 채 무라오가 바짝 다가서며 말했다.

"시라카와 선생님의 진료소에는 아직 케루빔이 들어가지 않았더군요. 앞으로 잘 부탁드립니다. 야마나시에도 안락사를 희망하는 분들이 계시겠지요?"

"아니, 우리 진료소에는 아직."

"그렇습니까?"

"오늘은 좀 피곤해서 이만 실례하겠습니다."

시라카와가 대답도 듣지 않고 등을 돌리자 무라오는 가방을 열며 다시 시라카와를 불렀다. 그러고는 시라카와를 쫓아와 가방에서 꺼낸 작은 상자를 손에 쥐여주었다.

"선생님, 이것을 받아주세요."

"이게 뭡니까?"

"케루빔 견본품입니다."

무라오는 눈을 약간 치켜뜨며 대담하게 웃었다.
"부디 가져가주십시오. 좋은 약입니다. 시라카와 선생님도 분명 이 약이 필요할 때가 올 겁니다……!"

(끝)

옮긴이의 말

 대학 시절, '생명 윤리'라는 과목에서 안락사에 관한 토론을 벌인 적이 있다. 그때 네덜란드에서 루게릭병에 걸린 예순다섯 살의 남성이 주치의와 의논해 자신의 생일날 안락사하는 과정을 담은 비디오를 봤다. 아직 사람답게 살아 있는 동안 죽고 싶다는 것이 그가 안락사를 결정한 이유였다. 비디오에는 주치의가 주사를 놓고 그 남성이 죽어가는 순간까지 담겨 있었다. 죽음을 결정한 그의 마음을 충분히 이해하면서도 인위적으로 죽음을 맞는 순간은 충격적이었다.
 의학이 발전을 거듭하면서 안락사 문제는 더욱 논란의 대상이 될 것이다. 한국에서도 작년 연세대 세브란스 병원에서 한 환자가 연명 치료를 중단하면서 결과적으로 안락사한 사건이 사회적인 이슈가 되기도 했다. 비단 우리나라뿐 아니라 세계 각국에서 안락사에 대한 찬반 논란이 일고 있다.
 앞서 언급한 비디오에서 안락사를 행한 주치의는 경찰 조사와 함께 안락사 보고서를 제출했다. 안락사도 결국 살인 행위에

해당하므로 경찰 조사와 보고가 필요했기 때문이다. 치료될 가망이 없는 환자에게 고통을 감수하라는 건 건강한 사람의 잔인한 오만일 수 있다. 반면 안락사가 허용되었을 때 야기될 수 있는 여러 위험들, 즉 인위적으로 죽음을 앞당기는 행위에 대한 윤리적인 판단과 더불어 쉽게 안락사를 선택하는 풍조가 생길 수도 있다는 점, 환자의 의지가 아닌 주변 상황에 따라 환자에게 안락사가 강요될 수 있다는 점 등도 간과할 수 없다. 이처럼 안락사 문제는 찬성과 반대 어느 한 편에서만 생각하기에는 상당히 어려운 문제다.

이 소설은 안락사를 둘러싼 다양한 인물들의 생각과 입장을 중심으로 이야기를 전개한다. 주인공인 시라카와가 스물한 살의 항문암 말기 환자를 안락사시키면서 이야기는 시작된다. 안락사가 인정되지 않은 일본에서 안락사를 시킴으로써 촉발된 경찰 조사와 안락사법을 제정하려는 주변 이해관계자들, 즉 의사, 환자, 정치가, 관료 들이 얽히면서 사건은 생각지도 않은 방향으로 전개된다. 저자는 안락사라는 결론 내리기 어려운 주제를 통해 안락사가 필요한 이유와 함께 그 속에 잠재된 위험성을 동시에 제시한다. 아울러 안락사법 제정을 둘러싼 다양한 사건들을 미스터리하게 전개해 독자들을 더욱 이야기 속으로 빠져들게 한다.

이 책은 추리 소설을 읽는 재미와 함께 독자에게 안락사라는 딜레마에 대해 많은 생각을 하게 한다.

'편안한 죽음을 맞겠다는 바람이 왜 나쁜가?'

신의 손 2
ⓒ 구사카베 요, 2012

2012년 7월 30일 초판 1쇄 발행

지은이 구사카베 요
옮긴이 박상곤
펴낸이 우찬규
펴낸곳 도서출판 학고재

주소 서울시 종로구 계동 101-12번지 신영빌딩 1층
전화 편집 (02)745-1722 영업 (02)745-1770
팩스 (02)764-8592
홈페이지 www.hakgojae.com

ISBN 978-89-5625-178-3 (세트)
ISBN 978-89-5625-181-3 03830

이 책에 실린 내용의 전부 또는 일부를 이용하려면
반드시 저작권자와 도서출판 학고재의 동의를 받아야 합니다.